鹊桥——仙

萧耳 著

上海文艺出版社

这个码头的人,一辈子就喜欢荡发荡发。荡着荡着,江河湖海尽在掌握。荡着荡着,荡成了仙。他们或是今朝世上最接近庄子"逍遥游"真谛的人。

——题记

序

路内

萧耳是杭州人，我是苏州人。某日聊起，她说过小时候几次做梦，从她老家的古镇坐上轮船一夜到苏州，所以多年以后，萧耳觉得为《鹊桥仙》写序的人就该是一个苏州人。巧合的是，四十年前，我正是坐着整夜的轮船到杭州的。苏州的船码头在南门，杭州的在哪里，我从来就没搞清。为了这趟船，我这个苏州人，必须为杭州人萧耳的小说写序，尽管我也未必能讲清，她的故事最终停泊在何年何地。

这是一部气息绵长的小说，它仿佛跨越了时代，又仿佛无法跨过。我想这是我们共同的得失。每个中年人都能标榜过往年代的好，却往往无力诉说曾经的自己。萧耳曾问我《鹊桥仙》里有没有我喜欢的人物，我说易从、靳天蛮好的——我讲的可能不是小说的人物营造法，而是一种现世的好。我必定是混淆了什么，但这也无可厚非。

萧耳曾给我讲过一段逸事：在一九九〇年代的杭州，男女大学生们，爱得荷尔蒙飙高，便会在深夜骑了自行车，男的驮着女的，驶过苏堤白堤那一座座古桥。这是当时的恋爱仪式，偶尔也有怪力少女驮着男友的，长发飘飘，惊声尖叫。我听了就笑，如果张岱再世，会将这事写进《西湖寻梦》。

二〇二一年我写长篇小说，有一幕发生在杭州，实在写无可写，就把上述这段编派进了故事里。像小说，像电影，也可以是一段无因无果的 MV。再翻一翻《鹊桥仙》的稿子，抬头看窗外已经是秋天，只觉得情谊深长，那些写不进小说的故事，还可以坐下来再与萧耳聊一聊。

怀旧像一件打折出售的衣服，在一个标新的年代，易遭贬斥。结果却是，我们眼瞅着所谓的年代一场场过去，所有情绪——伤感、愤怒、嫉妒、痛苦、自恨、失真，统统被打上怀旧的标签，统统贬斥，统统左右无源。要是这样的话，活成另一个张岱先生，也没什么不好。我本想为《鹊桥仙》写一篇导读，读完稿子发现，萧耳的整本书，就是在为某一事物作漫长的导读，实无必要再由我来概述。我所能做的是把自己涂鸦的一句诗赠还予她。

往事成心事，流年似他年。

2021 年 11 月 23 日

目录

初 001

少年游·序曲 015

沉船（壹~陆） 032

鲲鹏（壹~捌） 140

少年游·上 115

杀狗（壹~肆） 265

少年游·中 253

少年游·下 331

鱼水（壹~柒） 339

青梅，夜船，丝绵被 416
——《鹊桥仙》的物质史【对话人：萧耳、吴越】

后记 427

初

少女思春，河边一梦。雨滴敲窗，敲瓦，密密匝匝，桨声灯影，旁逸斜出。水蒸云梦，恣肆漫漶，舟楫棹歌，渔栅幢幢。

夜里三点半，夜苏班轮船（指苏杭之间的轮船，开一夜，早上到苏州）开过长桥桥洞，是啥光景？梦里有，一两句弹词开篇散开。河边，平添一桩春愁。

少女对夜航船有一种执迷。小辰光经常骑在父亲脖子上，漫游过栖镇每一条街道和弄堂，每天晚上就在轮船汽笛声中入睡。深夜，夜航船川流不息，在运河上亮起点点渔火。河上幽微，有光闪烁。晴朗之日，天上繁星，几颗特别亮的，就落进河里。小辰光她在这样的时候会觉得孤单，就时常缠着父亲讲古代故事，听着听着就睡着了。

这个梦之前，少女经常做的梦，是父亲背着小人儿的她在河边老街荡发荡发，她正从父亲的肩膀上滑下去，快要落到地上,梦就醒了。不料这次,梦里有个新的小人出现了。

一个少年,十二三岁,笑意盈盈,眼神清澈,温柔敦厚。夜里河港上汽笛声响起,恼人的聒噪,惊得她很不情愿地从梦里醒来。她翻个身,听声音数着夜半河上驶过的轮船,须臾数了十来只。

醒来后就再也没睡着。少女怔怔寻思这怪梦,此后每晚睡觉前都会浮现少年的影子,又是无声的,绝不泄露一点声音出来。她有自己的秘密通道走过去,与住在那里的他说话。又觉得那是很羞耻的事情。又好像身体有了重量,从此不再是个无牵无挂的人了。

起初,他们一起出现在桥边的照相馆。一九八〇年代初,长桥脚下的照相馆,生意忽然热闹起来了。

栖镇不大,镇上本地人沾亲带故,拐弯抹角的,十有八九相识。一九八一年,大年初一上午,四家栖镇人家不约而同,新衣裳新裤子,到照相馆拍全家福。照相馆张师傅一家家摆弄,拍照,等待照相的几户人家,互相都熟悉,在一边聊得起劲。男人家互相敬烟,女人家掏出糖果,分给四个小人,讲一句,甜一甜。听说四个小人都是中心小学的同学,张师傅就讲,我来给你们小人也拍一张合影。

三男一女,陈易知和戴正小学同班,靳天和何易从在隔壁班。陈易知家的西横头老屋,一边面朝运河,一边的侧门就在弄堂口子上。戴正家在弄堂的另一端,无论上小学还是上初中,戴正都要经过陈易知家门口。

四个小人，扭捏着，稀里糊涂被拉到一起。靳天阳光，戴正憨笑，何易从略显严肃，陈易知有点骄矜，张师傅躲在黑色幕布后面，只听得轰隆一声响，照相拍好，过两日来取。这张小人们的合影照相，是奉送的。

十二岁那年，四个小人定格在同一张合影上。张师傅喜欢这张合影，精心放大了一张，挂在栖镇照相馆橱窗。洗出来的相片，交给各家大人时，张师傅都说，这几个小人，今后都会有出息的，我看好的。大年初一的吉利话，大家都听了欢喜。

有段时间，四小人的合影，跟在《杜十娘》中演丫鬟的杜秋依的照片挂在一起，秋依也是他们的同学。路过照相馆的人，时常驻足看橱窗，评头论足。

她路过，定睛看一眼照片上的自己，觉得自己长得还算好看，但是秋依比自己更好看，就走开了。

她在夏天开始发育。屋里是楼上楼下的老房子，有一具木楼梯连着，楼梯底下有小天井。发育第一天，奔下楼梯，一脚踏空，整个人滚下去，楼下的父亲听到咕噜咕噜滚落的声音吓呆了，以为这次伊要死了，伊一骨碌爬起，只是蹭破一点皮。第三十天，在屋里汰浴，从此不让人看到，父亲每次把洗澡水和大木盆抬上楼梯，去楼上的房间，伊汰浴，在窗边吹风，跟瓦檐上的猫聊天，看河上风景，父亲又把大木盆抬下楼梯，从不嫌辛苦。第三百天，月事一来，汹涌泛滥如海潮，母亲一脚盆一脚盆地汰衣裳。

第五百天,她觉得自己长丑了,脸变得圆嘟嘟的,样子蠢笨了,没有从前清秀好看,总之对自己的相貌,十二分不满意。还有初潮的麻烦。学堂里,他就坐在她后面,她很怕他知道自己某些日子的尴尬。

他们是运河主干道上的小镇少年。那时候的镇还是很热闹的码头,正历经一段繁荣岁月的尾声。清早环卫工人吆喝倒马桶和河边洗刷刷的声音,都是热闹市井生活的味道。外乡新娘子的嫁妆运来夫家,走的也是河道。在岸上看热闹人们的围观下,喜船敲锣打鼓靠了岸,嫁妆上装饰着大红花绣球。红漆雕花的新马桶里,有花生红枣桂圆,寓意"早生贵子"。

他们都是枕水而居。他家在东边,她家在西边。她从小爱看热闹。有时候,她会赶去他家的东边看个热闹。他们把看热闹叫作看西洋镜。据说,她家西边,河里有水鬼,他家东边,河里也有水鬼。水鬼讲多了,小人们你吓我,我吓你,小镇之夜就变得惊悚,惊悚里又飞扬着欢乐。放学之后,他们的心都野在外面,在河岸边玩耍,或者在各种空白地游荡,上蹿下跳。那时候小镇还有很多的白地,是野孩子们的天堂。

跟镇上那些野孩子比,她发现他其实挺斯文的,有种早慧的书卷气,他似乎不屑于一些同龄男孩热衷的调皮捣蛋游戏,也不打架耍污。这样一来,他在男孩们中间就显得特立独行,有时又显得落落寡合。

中学在东边，离他家很近。她每天上学放学都要路过他家。后来又铺好了一条新水泥马路，有更近的路可走去学校，但从那个梦后，她总是走那条能经过他家的路。不管他在或不在，门是否关着，都会往那里匆匆地瞥上一眼，这个习惯一直保持到她去县城上高中。那三年，每周五傍晚她回到小镇，从车站下了车，都会走从他家门前经过的路，行注目礼。他在家吗？他在忙什么呢？约摸晚饭时光，他一家三口，坐在厅堂间吃饭。每周日傍晚，她赶去汽车站，也会经过他家。她是吃了早夜饭去车站的。夏天天黑得迟，有时她能看到晚霞映照在河面上，他家的老屋就映照在霞光中，跟她家老屋长得一式一样。冬天天黑得早，她经过他家时，他家厅堂的灯已经亮起。也是快要吃饭的时候，她坐上黄昏六点左右的公交车，去县城上学。

她很多次看到他坐在屋里，静静地写作业，走动，或做着别的什么事。她看到他家灯光就高兴。

从前从他家走到她家，落雨天不用打伞。成排的黑瓦屋檐下，镇上人荡发荡发，来来往往悲悲喜喜地营生。

除了学校，小镇最重要的地点是轮船码头。二十世纪八十年代，小镇最重要的交通工具是轮船。轮船码头就在她家西面，西面尽头不到的地方。再往西，还有一座大丝厂，那时男男女女的青工骑着自行车进进出出，烟囱起劲地冒着热烟，大浴室里一大堆裸体在云蒸霞蔚中走来走去。医务室里定期给已婚职工发避孕套。丝厂再往西，就是一大片田地了，夏天有很多蛙虫鸣叫。

他去轮船码头隔壁针织厂玩耍,需经过她家门口。有几年,他母亲在针织厂上班。他会坐船去哪里?上海、苏州、无锡、湖州、德清、新市、震泽、嘉兴、平湖、练市。河道向东北方向流出小镇,不多久,有一个十分宽的河面,河道就分了汊,一条水道去苏州无锡,另一条水道是去湖州的。他坐轮船去过不少地方,最远坐船去过上海。

白日,她一个人搬把小竹椅,闲坐在街边屋檐下,看的不是镇上人荡发荡发,而是看船。船真是好看。一个船队由领头的船牵着,长长的十几条拖船,头船快要钻过大桥洞了,尾船看过去还是小小的一粒。看多了船,她的心思也摇荡起来,跟着船走。

下午四点光景,镇上两岸人家能望见河上炊烟。这是船上人家的生活。妇道人家穿着花色特别鲜艳的衣裳,在船的后部做饭,背上还背着个小把戏,身边环绕几个大一点的小把戏。男人家在船头撑篙、摇橹卖力气,抽烟吐痰,小人朝河里撒尿。驶过的船上,时常有一只珍贵的半导体收音机发出声音,下午五点光景,飘来"金玉良缘将我骗"的越剧徐派唱腔,连河水也流得铿锵起来。船上的人,岸上的人,彼此对望几眼,你看我我看你,彼此看穿了似的。寂寞时,船上的单身汉们冲着岸边洗衣的丰满女子指指点点,或吹一两声口哨,这来自水上的大胆调戏,岸边洗衣女子明明听到了,心里也不恼,只假装没看见，偶尔遇上个泼辣女人家，就对着行进中的船叫骂几声：枪毙鬼、杀头鬼、下作胚。

她听父亲讲过，陈家最早，爹爹孃孃摇个小船，从德清水路摇到栖镇靠岸谋生。年轻夫妻生殖力旺盛，船上住了几年，一连生了三男二女，一家七口，才搬到岸上。船上生的这五个小人皮实，一个都没夭折，倒是后来河边房子里生的娃，出天花一连夭折了好几个。

当时栖镇商业繁荣，是大码头，聪明能干的人就有发财机会。爹爹屋里男小人多，到陈家当了入赘女婿，本姓周，周致福，婚后随妻家姓，改姓陈。后来混过上海滩的致福老板做水产生意，大起大落。有年夏天，买来的鱼苗得了病大批死亡，亏本得伤筋动骨，再折腾终究时运不济，渐渐败落了。从穿绸到穿布，大鱼大肉到粗茶淡饭，长相漂亮的这对年轻夫妻，一路走到了中年，总共生了五男三女，夭折了两男一女，留下五个儿女长大成人。屋里穷了，夫妻就天天吵架，女的拼命守财，藏着掖着，男的大手大脚惯了，依然是散财相公，对谁都慷慨大方，不晓得收手。每次朋友聚餐，都抢先跟跑堂说，今朝算致福老板的。陈家最盛时，买了栖镇西横头的老房子，一幢前后三进的两层小楼，就在米行隔壁，另有几艘运输船跑生意，屋里伙计两个，学徒两个。生意败落后，只得把私房卖了还债，租镇政府的公房住，公房房租便宜，离原来的私房小楼就一百米，隔了七八户人家。从前致福老板混上海滩的日子就像前世梦里。

爹爹孃孃就没有和睦过,一直为钱吵架,孃孃一哭二闹三上吊。孃孃说得最多的一句话是:前世作孽啦。后面拖个"啦"字,带颤抖的花腔。伊将仅有的几只金戒指缝在一件贴身衣裳的小口袋里,樟木箱里藏好,每次迫不得已交出去一只金戒指换钞票买米买油,都要说几遍:前世作孽啦。

镇上人说的爹爹,是祖父的意思,孃孃就是祖母。父亲叫阿爸,母亲叫姆妈。后来少女听发小秋依叫她父母为爸爸妈妈,觉得叫得真洋气。

父亲跟伊讲过小辰光。正是解放前些年,陈家条件优渥过一阵子,伊梳小分头,穿黑色小皮鞋,跟大人去大上海白相,到豫园吃蟹粉小笼,大世界看西洋镜,外滩看大轮船,还住过和平饭店。屋里败落后,爹爹曾被日本鬼子在长桥上抓走过,孃孃后来背越来越驼,还得归功于日本人的那一记飞毛腿。日本人的兵舰开进了运河,就泊在长桥下,离他家门口几步路。小人们见到稀奇大兵舰,纷纷涌到船上,嬉笑玩耍,船上的日本兵给小人们一大罐头的日本糖,小人们欢呼着下了船,像西方小孩遇上了圣诞老人一样开心。也许过些天,给糖吃的日本兵会捅某个栖镇孕妇的肚子,小人们是不会知道的。

伊童年时,天真烂漫到无法无天,完全不像伊斯文有礼的母亲。直到一夜之间,伊忽然成了整个西横头最斯文的少女,母亲才放了心。

他们一天天长大了。少女觉得小镇太小了，想走出去。

上大学后，起初，还坐着轮船来回。杭班船舱里乌烟瘴气，三教九流，各色人等，咳嗽的，抽烟的，打牌的，嗑瓜子的，放屁的，脱了鞋袜臭气熏天的，高声谈笑的，也有在这种熟悉的污浊气味中只顾自己睡觉的，这些都是她能够忍受的。这样在水上两个半钟头，靠岸，登岸，回来或者离开。

他们上大学，同一个城市，两所大学都在市中心，相距不远。同样在小镇与省城之间来来回回，无论是坐长途汽车还是轮船，一样的路线，差不多的时间。

她做过一百多个梦，他在梦里。他是唯一，是原初，她喜欢他的语调、头发、脸的形状，有点倔强孤独的颧骨，他沉静走路的样子，他有男小人的骄傲与自卑，偶尔因某种热情闪烁的眼睛，在情窦初开的黎明前不自知的仇女行为。她梦见她家的花猫漫游过从西到东的河边老房子瓦屋顶，去了他家。花猫在他面朝河港的花窗前叫了几声，他就给它开了窗。她的猫跳上他的膝盖陪他写作业。后来她经过他家时看到他手里确实抱了一只猫。她又梦见他从一张长条凳上跳下来，一不小心把脚下的一只幼齿小黄猫踩死了。他用一条小被子包裹了可怜的小猫，哭哭啼啼在河滩边的一棵香泡树下埋了它，裹猫的小被子是她的，小被子是小时候天打雷时她蒙头专用的。她梦见自己责备他，你怎么不小心把小猫咪踩死了呢？他一脸委屈，泪眼婆娑。

秋天，母亲教她背了一首诗，名《塘西夜泊》。母亲那天翻一个老旧的笔记本，讲，是我做姑娘时我阿姐教我的，诗是明朝一个叫刘璟的人写的，后来母亲姐妹就离开家乡，一路从台州流落到杭州，母亲又到了这个江南小镇。母亲说，当时相信诗里写的，一定是个特别美的地方。诗是这样的——

客舟夜泊塘西浦，灯火几家犹未眠。
姹女纳凉谁氏宅，小儿唱歌何处船。
疏星影落湖波静，凉月光生竹露鲜。
蚊蚋无声清梦足，一团神气似飞仙。

她假想诗中的"姹女"是自己，"小儿"是他。随便河埠头找一条小船，他只要划拉几下，再划拉几下，很快就可以摇到她家门前了。他们小辰光，对这样的小船都不陌生，也都玩过，两三个小人就可以把小船划动起来，只是不敢划到河中央去，毕竟河里每年都淹死人的。

很多个梦之后，伤心的那一天终于来了。好像也没有下雨，也不是特别热，毕业照已经拍完了。最后的一个回校日，少年们曲终人散。她是等他走了之后，才一步步离开教室离开学校的，腿好像灌了铅。她想看着他走。教室边二楼的那条不长的走廊上，他穿着白衬衫，和两三个男生说笑着走出教室，她目送他下楼，转眼就不见了。她就竖着耳朵听他的脚步声，好像还有他说话的声音,弥漫在走廊。一堆杂乱的脚步声中,不知哪个是他的,又被后来的脚步声覆没了。他们连个"再见"也没有说,没有告别,那一年他们十五岁。

到了一九八九年的时候,她拍出一份加急电报,上面只写——

何易从,我孤独得要死了,人生好迷惘啊,我要你来看我,不然此生不见。

她并没有拍出这份电报,只是脑子里无数遍重复自己拍了这份电报,一个字八分钱,连同标点,这份电报值二块六毛四,邮局就在大学对面,五分钟的路程。

多年以后,他回到小镇。他们在一个梅园里晒太阳。

他说话的腔调还是少年时那样,仿佛不容置疑,语速很快。他坐在一棵梅树下,好像宣布一件重要事情:我们这些人,其实是共同经历了一百年的巨变。从倒马桶的时代,到如今互联网的时代,我们都经历了。

一瓣白梅花瓣落进他的茶杯。梅枝的花影斜过他的额头。他又像在宣布重要事情:这是最好的时代,也是最坏的时代。

他们一起坐在一张长条凳上,吃一碗馒糍汤。他说,大概放了两勺白糖,有点甜。她说,还是甜一点好吃呀。

他们说起夜航船。他说,我的睡觉功夫蛮好的,小辰光总是能枕着夜轮船的汽笛声入睡。她说,我也是这样。她欢喜夜轮船驶过河流的声音。呜呜呜,这声音下沉入水,天下太平。

长长斯远以后,她向他描述长条凳的故事。她讲,好像是一个星期天的下午,别的同学都放学了,我们的语文老师让少数几个同学到学校,一起商量个事情,我已经记不得具体商量什么了,可能是我们毕业班的一个节目,反正是跟毕业有关的。我和你在一间教室,那间教室有些不一样,没有很多课桌椅,我们几个想坐下来讨论,你忽然出去了,回来后,你拎一张长条凳给我,挺热情地让我坐下。

他说,长条凳,小辰光屋里都有的,还有骨牌凳。

她说,那个下午,你居然有一点绅士风度了,好像一下子变成大人了。

他说,我不记得了。

她说也许是真的,也许是梦境,因为隔太久了,记不清了。她说了一半,他说,你不要说了,让我想想。

他们河边枕水而居的老房子早已不在,轮船也绝迹了。真正的水乡故里早已被摧毁,那时毁得可真痛快。他们小辰光踏过的桥,游泳过的小河,全变成了水泥马路。河边的老房子不见了,她小辰光玩耍的河滩、洗过衣裳的河埠头,都不在了。

从前的小孩子,现在变成中年人了。从前的中年人,现在变成老人了。从前的老人,荡发荡发,去另一个世界了。

这条河还在,衰老的,快流不动的样子,但还没彻底干涸,时常还要卖弄几下老艺伎一般的风情,给外来的游客看看。

此年冬至,他在桥上拍了一张相片,郊寒岛瘦。他飞出去那么远,乡音比她说得更地道,像从未离开过似的。他说得自然而然,这平和的语调在她心目中是高级的。要是换了别人说,她可能会觉得这乡音土得掉渣,是端不到台面上的。

他们荡发荡发,荡到河边水北街东首,一家老朴素的茶馆。下午三四点钟,又是平常日子,茶馆外的水北街上冷冷清清,雨一直下。再往东走几米路,是姚宅,两百多年历史,清朝时,姚家门庭显赫,也是镇上大户之家。如今大门紧闭,门前杂草丛生。透过门隙,看到里厢雕花牛腿,花门花窗。他说,姚永兴酱园东家的房子,据传是俞曲园的丈母娘家。

茶馆内,只有他们两个人坐着。她就跟他说,我讲个故事给你听。

他安静听完,叹口气,若有所思。

此时又有一对男女顾客进来,雨落得更大了,两个人不说话,歪着头望着窗外,看天落雨。

雨快停了。走出店后,他们走去早已废弃的顺德码头,以前的登船处,有个男人家坐在小椅子上钓鱼,像尊石雕那样,对着运河一动不动。

再往东走,想走去从前的丝厂旧址,居然已是尽头。一大片铁皮围栏将向东的路阻断了。她看见一架简易梯子搭在围栏处,似乎有人翻越梯子进进出出。

她好奇，让他替她扶住梯子，爬了上去。

你穿着裙子还乱爬，小心钩住了。他说。

放心，我从小是爬梯子高手，猴子一样。她登梯四顾，只见前方的此路不通处，已是一片巨大的废墟。她下梯，又换他爬上梯子张望，巨大的废墟。

这时一个脏兮兮的捡破烂的流浪汉走过，冲他们傻笑，口中念念有词：来白相，来白相。流浪汉在废墟旁的墙角撒了一泡尿，朝她的方向，一脸欲仙欲死地说了句土话。

他赶紧拉着她快步走开，往河边的水文站走去。他说，还好我们小时候的水文站还在。

她说，现在是枯水期，运河的水也很浅。

一边走，她边悄声说，这个人长得好像从前我们街上天天碰到的毒鬼金发啊。他说，我也觉得像。她笑道，毒鬼倒是哪个朝代都不缺的。

他们在边上老顺德码头的水泥石阶上坐了会儿，这时细雨像河上起了一层雾。静默。

他叹息，真静啊。没有船了，感觉河都成了死水。

坐了一会儿，水泥板的寒湿气慢慢溢上来，她感觉屁股发凉。他们站起来，离开老码头。穿过一排老码头的花窗，看了一眼那个还在钓鱼的人，钓鱼人一动不动，也不知有没有钓到鱼，她脑子里闪过一个念头：这个人，真有点像姜太公。

少年游·序曲

一九八七年，七夕。

序幕是少年何易从和靳天的一次半路凉亭之旅。那时栖镇是一个不大不小的江南镇子，沿着河流过的地方，有四个尽头。东南西北，河的支流，也有尽头。走着走着，就荒芜了。

那是两年前的初夏，一日黄昏，吃过夜饭，靳天荡发荡发，从市心街走到东横头，叫上何易从，一起往09省道上走。他们沿19路车的线路一直向北走，走着走着，出了栖镇界域。

那时易从在栖镇，靳天在临平，上不同的高中，不过一到周末假日，两个就腻在一起，青春期少年开始分享彼此的秘密。易从刚读过《聊斋志异》，是用娘舅给的压岁钿从镇上新华书店买的，自己看完后，又借给了靳天看。

两少年在荒凉夜路上走，何易从给靳天讲《聊斋志异》里的女鬼故事，先讲聂小倩和宁采臣，讲得激动了，忽然说，我以后没准就是宁采臣。听得靳天艳羡起来，两人一路上争论起哪个女鬼最好看。靳天说梅三娘，又觉得阿宝更娇艳，又觉得辛十四娘美艳。易从初时认为聂小倩最美，又动摇说连城也许更美，才貌双全，又说婴宁也很美，一听名字就古典美。

走过了半路凉亭，再往前走，又走了十几分钟路，看天上星星不是很多，靳天说我们回转吧，天墨墨黑了。何易从忽然豪情满怀，说，我想要走到世界尽头。

两个少年把臂同游，又走了一站路光景，公路上没有路灯，有些地方乌漆墨黑，靳天就用打火机点一下照明。靳天那时候赶时髦，偷偷学抽香烟，口袋里有了一只石狮货（石狮，福建小镇，二十世纪八十年代批发小商品，时髦的集散地）的打火机。

走不动了，靳天看了一眼手表，已经九点多了。两人终于折回，又到了半路凉亭，又累又渴，就坐下来。半路凉亭的破败亭子上有联：雁将往候芦先黑，露到浓时月有烟。何易从磕磕巴巴念了两遍，说，又是黑又是烟的，这种荒郊野外的古亭古寺，最是女鬼出没、勾引赶考书生的地方。靳天说，这时候《画皮》里梅三娘一来，你肯定就跟她走了，然后半路就被吃掉了。易从说，我怎么会，你才会。

两人打量四周，黑咕隆咚，虫声啾啾，又不时闻乌鸦寒号，直叫得人心里发毛，寒毛倒竖。易从说，慌兮兮的，回去了吧。靳天笑说，胆小胚，还说要走到世界尽头。这时一只大黑野猫嗖地窜过靳天脚边,靳天跳了起来,一跳脚,又碰到了柱子边结得密密麻麻的蜘蛛网,粘了一头蛛丝。

易从笑道,是吧,蜘蛛精来抓你去当相公了。

他们在这荒野刺激中,疾走离开半路凉亭。一路上,靳天怪叫一声,大笑着说,也许道古寺那边有好多漂亮女鬼游荡的,下次我们晚上带上个大手电筒去吧,可以壮壮胆。易从说,走路吃不消吧,道古寺要走三小时,不如我们借两辆自行车骑过去。最好再叫上戴正,三个人胆子壮。靳天说好,要不一起叫上刘晓光。易从又说,你晓得不,道古寺以前是杀头的刑场。靳天说,我晓得,我们血气旺,不怕的。

这年七夕前一天下午,易从到靳天家,商量一起出去骑游的事。靳天说,明朝我们再叫上几个同学,一起骑车去郊游。易从说,我们去哪儿呢?靳天说,超山太近,余杭骑车有点远。易从说,要不我们跟你去临平,骑车一路玩过去,老是听你讲,你们学校铁路边上有个小水坝,你小子爱在那里放风,带我们去看看。靳天说,那倒没问题,我让我妈煮点茶叶蛋,再带点甘蔗。这时靳天妹妹靳瑶进来,见哥哥死党何易从在,就问,易从哥哥,你们在谋划什么?易从笑笑说,我们明朝想去郊游。靳瑶说,带上我吧,我也要去。最近我哥哥老不带我玩。易从说,只要你骑得动车,就可以带上你。靳瑶说,当然骑得动,不要小看我。

靳瑶比靳天小两岁,这会儿也是十七岁的姑娘了。靳瑶长身玉立,脸盘子也俏丽,家里叫她瑶姑娘,从小受宠爱,偶尔也任性使气。靳天的同学中,到家来厮混最多的,就是何易从,因此瑶姑娘从小跟何易从就熟。瑶姑娘学习一般,父母要靳天多辅导妹妹功课,时间久了,靳天也有些不耐烦,况且妹妹又不肯认真听他的。靳天上高中,离开栖镇去县中,其中一个原因,就是想逃避老要给妹妹补习功课的责任。男孩子,内心毕竟是贪玩的,不想整天当哥哥,背责任。有时瑶姑娘数学和物理卷子上的试题不会做,事后要订正,若是正好何易从在靳天家,靳天就把辅导妹妹的事推给易从,易从只好认真给瑶姑娘讲题。瑶姑娘不笨,易从讲的,她基本上能懂,就是平时心浮气躁的,不肯用功。后来靳天笑着说,看来易从辅导功课比我在行。我妹妹呢,我跟她说效果差,你一说她就懂了。易从只好说,瑶姑娘在亲哥哥面前调皮。

何易从听了天气预报,说第二天傍晚有雷阵雨,大家仍决定走。次日上午九点,郊游去临平的小分队,三男两女,五个人在靳天家聚拢,五辆自行车,两辆凤凰牌、两辆永久牌、一辆飞鸽牌,浩浩荡荡出发。何易从又叫上了戴正,靳瑶又叫上了小姐妹杜秋依。靳天说,本想叫上刘晓光,不晓得这小子去哪里野了。

小姑娘家的心思,就像江南三月天气,阴晴变幻不定。秋依曾经是何易从的小学五年级同桌,又因演过《杜十娘》中的小丫鬟,是栖镇中学的小名人。秋依小辰光就住在靳天外婆家隔壁，所以从小跟瑶姑娘是玩伴。后来瑶姑娘随父母住回市心街，两个小姑娘还时常相约长桥头见面，然后手拉手一起去上学，要么一起找同学玩，好得跟一个人似的。两个小姑娘又都长得俏，无心思读书上进，成绩马虎，也从来没有想过要考大学，私下里还喜欢对男同学评头论足，只是各有自己的小秘密：秋依喜欢瑶姑娘的哥哥靳天，不过对靳瑶不好意思说，怕靳瑶笑她花痴。瑶姑娘从小接触最多的，不是自己班级年级的男同学，而是时常来屋里玩的哥哥的男同学，她一开始有点喜欢何易从，后来又喜欢哥哥的另一个同学刘晓光，看起来，刘晓光比何易从高大帅气，也热情亲切，而且是学校第一男歌星，每有文艺表演，刘晓光是男生中最耀眼的那个。刘晓光足球也踢得好，是校队前锋。何易从斯文瘦弱，对文艺表演和体育比赛的事，一概淡漠无为，像书呆子，眉宇间又有些不可捉摸。

瑶姑娘不爱想问题，只爱想心事。自从有点迷上刘晓光之后，就把何易从抛一边了，有时又觉得，刘晓光好是好，如果何易从对她热情一点就更好。

这日早上，众人兴致不错。骑车带风，一路郊野，风吹稻浪。一行人很快骑过了半路凉亭，又到了超山，两个女生叫吃力，说要去超山休息一下，戴正说，那我们去找钟晓伟吧。

钟晓伟是他们在超山的同学，家住超山大明堂边上，这几年种梅树，又承包了蜜饯厂，屋里开青梅酒作坊，家里条件好了，他父亲兄弟俩合盖了两层的小楼。超山的后山有一大片墓地,很多栖镇家族的先人就葬在这梅花山上。钟晓伟家和戴正家祖上就有来往,结过坟亲,戴正家每年清明去超山上坟时,都会送烟酒水果等礼品给坟亲家,借些锄头铁耙等工具去整理家族墓地。上坟之后,客气的坟亲家又会留戴正一家吃饭,杀只鸡,烧条鱼,炒一盘落花生,地里摘点新鲜蔬菜,一边吃,一边唠唠家常。坟亲,也是一门亲眷啊。

戴正领大家拐进一条进山的小路,骑一段路,很快见一排新造的农民房子,最新的那个独门小院,就是钟家的。大家跟着戴正推门进去,见钟晓伟正在洗一匾筐的青梅子,戴正笑嘻嘻说,钟晓伟啊,你都已经会赚钱啦,果然厉害。一边抓起一粒青梅塞进嘴巴,然后牙被酸得直跳脚,滑稽的样子,逗得众人大笑。钟晓伟赶紧放下手上活计,招呼大家坐下,一边憨憨地笑着说,这种青梅,要用很多糖腌过才不酸,要么浸白酒,那酒劲道很大的。靳天说,听得我要流口水了,还想吃梅子酒。戴正说,小辰光看《三国演义》,青梅煮酒论英雄,那个向往。后来街上看到有卖青梅的老太太,一小盅里有三颗,很大的,五分钱。靳天说,我晓得,超山的梅花,大多会结梅子的。钟晓伟讲,梅花花落结子,分青梅、花梅两种。青梅花纯白,果实纯绿,俗称家梅。花梅花白,带点微红,果实绿中带红,俗称野梅。我听人家讲,以前超山的青梅运到杭州,乘轮船走运河水路,直达拱宸桥,一船梅子,大概装五十担以上,苏州商人上海商人,也来收购。现在我们刚开始自己加工,想多挣一点。戴正笑道，好的，钟晓伟会做人家的，将来说不定是大老板。

钟晓伟的爸妈，都在自家厂子里忙生活，只有他孃孃在家。孃孃张罗着给大家泡镬糍汤，每个碗里加两勺白糖。大家正好有点饿，就着茶叶蛋，满头是汗地吃得香。吃完后，又嗑了一歇向日葵瓜子，俗称向瓜子。戴正吃瓜子最快最利索，边吃边赞，说这把向瓜子真香，惹得坐在边上的杜秋依咯咯咯笑起来，说，戴正吃瓜子比赛肯定第一名。钟晓伟笑说，戴正平常日脚也专门叫我带瓜子到学校里。秋依叫道，戴正个腻心胚，怪不得我老是看到你抽屉里一堆堆的瓜子壳，大家一起笑起来。

钟晓伟不是读书的料，毕业后就在屋里的蜜饯厂帮屋里做生活了。在学校里，钟晓伟忠厚开朗，人缘好，他超山的家，离栖镇不远不近，时常成为栖镇同学去超山玩耍时的据点。

钟晓伟的孃孃在厨房忙活，过了一会儿，又端出每人一碗的荠菜馄饨。这一顿午饭，大家吃得又香又美。吃着荠菜馄饨，易从见坐在对面的两个女孩，鼻尖上都有小汗珠，亮晶晶的，瑶姑娘和秋依都是栖镇人说的美人胚子，只是瑶姑娘看着干练一点，秋依却有些说不清，易从的心思，像一只小萤火虫一样飞进了梅丛中，明明灭灭，飘忽不定。

钟晓伟孃孃跟他们拉家常，说，你们镇上读书人家好呀，我家阿伟，明年要定亲了。结了亲，成了人家，就是要挑大梁的男人家了。钟晓伟难为情地笑笑。靳天说，你小子厉害的，哪里的姑娘呀？孃孃说，同一个村坊的姑娘，我们从小看到大的，贤惠，懂事，靠得牢的。过两年我就抱孙子了。钟晓伟嘿嘿笑着说，梅芳我从小就认识的。戴正说，哟，青梅竹马呀！郎骑竹马来，绕床弄青梅，钟晓伟超山人，从小就是这么过的。这时秋依偷瞄一眼靳天，瑶姑娘偷瞄一眼易从，各自似有若无的小心思摇荡了几下。

靳天和易从，听得暗暗心惊。易从想，钟晓伟明年就要当人家的丈夫，然后生儿育女，这人生步伐，是不是太快了？本来是出来解闷的，可此时靳天想到好久不见的湘湘，心里又起惆怅。易从暗忖，钟晓伟说的梅芳是个什么模样的女子呢？是姐姐还是妹妹呢？不免好奇起来。

一行人又继续出发。戴正想叫上钟晓伟一起，他真心觉得人多点好玩，特别是应该男生多点才好玩，现在五个人一行，他倒是有点落单。可钟晓伟却像个懂事的大人，想了想就说，我还是不去了，等歇还要去梅芳家，帮伊做点生活。

他们就告别了钟晓伟，走出钟家院子。戴正感叹道，钟晓伟老实人，都要讨老娘挣钞票了，我们还在荡发荡发，逍遥逍遥。靳天笑道，要不要我们给你相一门亲事，你也早点讨老娘，你们一对老子老娘荡发荡发。众人笑，戴正忙说，我不要，我不要，老娘么，麻烦煞，哭哭笑笑，烂糖鸡污搅搅。易从说，钟晓伟就不怕麻烦，介早要当老子。靳瑶说，你爸要不讨老娘，哪里来你？戴正连忙说，我就要学庄子。靳天更笑道，戴正不想当老子,只想当庄子。戴正叫道,我是讲,学老子讨老娘,不如学庄子逍遥游。易从说,你们在讲绕口令,老子庄子,还有竹子梅子呢。

接着过了小林、蓬坞。这一路上,戴正是骑得最快的那一个,不像靳天和易从,要照顾着和两个女生保持同步。戴正经常一个人骑到了一百米之外,再慢下来等大家上来,口里还要嘀咕。靳天喊,你小子,追风少年啊。一会儿,戴正又说,看来是两个女生严重拖了我们后腿。秋依就没好气地说,那你一个人先去,到目的地等我们好了。戴正想想,一个人先走,也是无趣。

骑到蓬坞,一家小南货店前,大家停了车歇脚,在路边吃了根赤豆棒冰,又继续上路。终于骑车到了临平,一看时间,下午两点半钟。靳天说,等我们回来路上,再去道古寺转转。

靳天带着大家走过临平东大街,过一座小桥,路过火车站时,戴正说,想想我们栖镇,从来没有见过火车,只有轮船。临平有火车站,这点好,有了火车站,就可以去几千公里远的地方。易从说,早个十年,你可以坐上火车,三天三夜,去黑龙江插队落户,在那边讨个东北老娘。戴正说,黑龙江我不去,我喜欢江南,叫我去苏州插队,我乐不思蜀。靳天说,我在临平读书,夜自修前,学校外面荡发荡发,觉得绿皮火车蛮有味道。

易从说,靳天读书的地方,原来是一座庙,叫龙兴寺。秋依说，反正靳天又不会到庙里当和尚。靳天说，我还没有看破红尘，倒是夜里在寝室睡不着时，听着火车"哐啷哐啷"的声音，很想跑到老远的地方去。

瑶姑娘说，我哥哥喜欢火车的声音，易从哥哥是不是喜欢轮船的声音？易从笑说，我有点后悔了，从小听多了轮船的声音，当时应该跟靳天一起到县中读书，起码可以换个火车声音听听。靳天说，当时我叫你，你说要住校，算了吧，你比我恋家嘛。易从说，我也不知道为啥，也不是恋家，大概是缺乏动力，安于现状。戴正笑道，反正你们俩又拆不散。

他们荡到学校后面的空旷地。旷地之上，小野花野草丛生，铁轨隐隐现现，伸展向远方。三个男生走在一起，大步流星。两个女生走在后面，自顾自咬耳朵，窃窃私语，不时吃吃发笑。又走到一条小河边，河水干净，无声无息。靳天说，我们学校边上的河，比易从家门口的运河窄多了，不过有河就好。再过一个月，这里又是芦花满天飞了。

戴正说，以前栖镇到临平，也是有河道的。我爸说过，解放前，有几年，临平的人要到栖镇来读书，就是坐船来的。

靳天说，有两次，我跟班里男同学荡到这里来，想爬到水文站那边的坝上去，结果看到陈易知同刘春燕已经坐在河边坝上，我们的领地被女同学霸占了，只好荡到别处去了。她们呢，很开心的样子，还唱费翔刘文正的歌。

易从若有所思，想起自从陈易知去了县中读高中后，他已经好久没有见过她了。就说，不知她们考得怎样。陈易知心高气傲的，也不知她想考什么学校。

戴正说，县中有名的两个学霸，考不上就见鬼了，再说呢，陈易知一向用功的，课间还要捂着耳朵背书。

易从说，陈易知听到又要骂你啦，伊最怕人家讲伊用功。

戴正说，反正伊也听不到，不晓得这会儿在做什么呢，要是没考好，肯定就在屋里哭鼻子。

易从说，你不要瞎咒人家考不好。

戴正说，伊从小对我凶巴巴，还骂我"小死尸"。

易从说，以前伊也经常回过头来瞪我的，我都不晓得哪里得罪伊了。

戴正说，对你还算好的吧。我看伊老是跟你讲东讲西。

易从说，有一次伊请假去上海，回来后，问我上趟去上海，有没有去看海？我说没有，吴淞口离我亲戚家有点远，我只在外滩边逛了逛。伊就白了我一眼，那是黄浦江，不是海。我说，黄浦江还不是流进东海去的。伊讲我长这么大，海都不看，就晓得买军棋，真没劲。我想我看不看海要你管。

靳天叹气道，唉，我爸当海军时，一天到晚在海上漂。我倒想跑远一点，去北京学法医。

戴正说，我只欢喜家乡，最好一辈子待在江南，吃吃茶吃吃桃干，听听评弹，看看戏文，看看桥上风景，最好空的时候到河边钓钓鱼，学学姜太公，学学桐庐严子陵。我这个人，没啥理想没啥追求的,看不看大海,我倒无所谓的,从小到大,一天到晚看水,看大海,跟我们上次站在武林头码头边的桥上看野眼,四面都是河,有很大区别吗?

靳天听到"武林头码头"几个字,惊涛拍岸,卷起千堆雪,心思杂杂沓沓,拐到湘湘那儿去了,眼前闪过那日他和湘湘亲热的乌篷小船,湘湘蜜一样的气息又扑面而来,就听不见别人在说什么了。

这时秋依跟瑶姑娘走过来,两人身上一绿一白的连衣裙,被风吹起了裙角,额前的刘海,也被风吹得摆动起来。易从见着,想诗中写的青柳枝一般美丽的女孩子,大概就是这个样子。

不知不觉中,易从手里采了一把苍耳子,瑶姑娘见到,就笑起来,说,你要干吗?易从懵懂,说,我没有呀。

秋依撇撇嘴,笑着说,你们讲阿知呀,不过呢,女同学都不大要看伊的,伊嘲笑班里女同学,讲她们上个厕所,都要勾肩搭背,纤瑟瑟,伊喜欢独来独往。

戴正哈哈笑着说,伊整日一本正经,怪不得孤家寡人。

秋依说,小辰光我也跟阿知好的,后来不一道了。

易从想起陈易知凶他的样子。有一次,坐他前面、梳两条小辫的陈易知,发现自己头发上挂了好多颗苍耳子,以为是他干的,凶巴巴找他算账。他并没有,就很生气地要她不要乱冤枉人。

从前四月天春游,到了野外,戴正等几个没心没肺的男同学总是爱采一堆苍耳子，偷偷扔到女同学们的头发上，然后在后面嬉笑。如果女生理头发时一不小心手被刺了一下，后面男生的嬉笑就变成爆笑。易从羞涩，未曾干过这等恶作剧，这才反应过来刚刚瑶姑娘笑什么，连忙把手里的苍耳子扔掉了。

《诗经》中说，采采卷耳，可能这苍耳子就是卷耳。

他们在县中附近荡到了快五点钟，靳天说，不如去找我高中同学唐云玩吧，他是我高中的哥们，我们一起吃了夜饭再回去。

瑶姑娘和秋侬有点乏了。秋侬心里别扭，一路上，靳天离她不远不近，何易从又好像更关注瑶姑娘。秋侬就说，我想去我娘舅家吃饭，再洗把脸。瑶姑娘说，那我陪你去。靳天想想也好，带上两个小姑娘总归麻烦点，而且人也有点多，去蹭饭不大好意思，不如让她们在秋侬娘舅家吃饭，住一宿，明朝再慢慢回来比较好。

于是兵分两路。靳天带着易从和戴正，骑车去了唐云家。唐云家在临平山脚下一个大院子里，大院子一共三户人家，好像都有点来头。唐云姆妈见栖镇小客人很客气，说起他们一家老房子在栖镇南横头，一直住到唐云十五岁，唐云爸工作调动，才从栖镇搬到临平。唐云喜欢栖镇，每年寒暑假都要去栖镇找老同学玩，有时一玩三四天才回家。

唐妈妈去院子里的鸡笼里，抓了一只自己养的鸡杀了，做了白斩鸡，鸡汤烧成菠菜豆腐汤，炒了雪菜时件，再剥几个松花蛋，招待小客人们吃夜饭。夜饭有井水里浸过的凉爽的啤酒，唐妈妈说，你们是大人了，天气热，可以来点啤酒消消暑。这是男孩子们第一次正大光明吃酒。四个少年碰了杯，祝大家都考上大学。靳天发现啤酒很好喝，将杯中酒干了，感觉自己胸中有了豪气。戴正三口四口牛饮，觉得解渴，不过好像还是橘子汽水更好喝。只有易从皱皱眉头，笑笑说，我不会吃酒。唐云笑说，喝点酒，才有男子气概，我已经可以跟我爸干杯了。戴正说，何易从就算了，初三暑假我们一道白相，我拨伊空腹吃了一碗甜酒酿，伊醉了大半天。易从说，有种人天生酒精过敏的，我好像是。

唐云提议，晚上一起去看场电影，靳天想想太晚了，就说下次你来栖镇，我带你一起去看电影。

晚上七点半，三个男生踏上了归程。这时天已经黑下来了，比白天凉爽多了。一行人骑了廿来分钟，不觉已到了道古寺附近。靳天说，我每星期经过一次道古寺站头，倒是从来不晓得道古寺真面目，我们去看看吧。

于是，三个人骑骑停停走走，一边问路，终于看到一座像是早已废置的老房子，也不知是否是当年的道古寺。戴正说，这些庙大概解放后都废了吧。他们围着房子转了一圈，何易从发现后门虽然锁着，但是两扇门之间的缝隙很大，人完全可以侧身挤进去，他又比较瘦，马上就钻了进去，靳天和戴正随后，也一一进了门。里面光线更暗了，靳天拿出手电筒，照了一圈，说像是从前的庙,不过可能里面的菩萨早就没了,早就"破四旧"了吧。三个少年正好奇地东看西看,忽然雷声从远处到近处,滚滚而来。接着一道道闪电,夏天的雷阵雨来了。

易从说,果然是老天让我们到道古寺来躲躲雨,不然在路上的话,淋成落汤鸡了。戴正说,还好瑶姑娘和秋依不在,不然又要娇滴滴乱煞了。

郊外的雨下了有半小时,电闪雷劈,再变成哗哗大雨,渐渐雨点小起来,他们开始觉得新鲜,夜里道古寺躲雨,还好自行车没有淋得很湿。后来又觉得无聊,想雨快点停。

戴正说,我妈以前在小林工作,带我弟弟住单位宿舍,礼拜六才回家,后来回到栖镇,我弟弟反倒被瓦片敲坏了脑壳。我妈总是说,早知如此,宁可不调回来。戴正忽然严肃,倒使三个人沉默了。

雨小了,三个少年从坐着的一处避雨的廊檐下站起来,观察周围的地形。戴正说,我正好找个角落撒泡尿,刚才啤酒喝得有点多。靳天说,我好像也有点想撒尿。他们俩就去找地方。易从独自顺着廊檐往里走,又推开了一道门,也许是眼睛慢慢地适应了此处的黑暗,反倒比刚进门时看得见了,原来穿过月洞门,里面一进还有院子,也有蜿蜒的廊檐,易从就往前走。雨声渐止,忽然听到奇怪的、有节奏的声音,像有女孩子在哭泣似的,呜呜咽咽,觉得诡异,想过去看看又不敢过去,就立定细听,又听到粗重喘息的声音。居然还有人说话,喘息着说:

"爱枝，好不好，好不好。"易从听得，忽然心头大乱，失了方寸，石佛一样呆在那里。又听得女声带着哭声说："你天天带我来这破庙，姆妈晓得了不会饶我的，我要有小人了怎么办。"又听得男声急切地说："这里没人知道的，你要是有小人了，我带你去广州。"女声泣道："你要是玩弄我，我做吊死鬼去。"又是哭泣，又是呻吟，易从听得，浑身一颤，竟冒失地从裤子后袋里拿出很小的一枚手电筒，打开，往声音的方向照了过去，只见光亮处，一男一女，在长廊木椅上交叠在一起。又看到俯身在女人上面的男人，大半个夜光下惨白的屁股。易从听得男的呼女的名字，不知是爱枝还是美枝还是什么枝、芝，听不真切，不会是他同学沈美枝吧。易从被自己吓了一跳，又心想，女的不可能是沈美枝吧，沈美枝栖镇人，怎么可能跑到道古寺来呢。

易从又羞又怕，怕有人追他，更怕追过来的是沈美枝，赶紧快步疾走，急急出来的时候，和正想推门进来的靳天撞了一下。

靳天说，你跌煞扳倒，慌兮兮的做啥，撞上鬼了？

易从说，真的有鬼，快走吧。

靳天嬉皮笑脸说，我不信，男鬼还是女鬼？要是女鬼，你别怕，我去见见。

易从说，别去啦，男鬼女鬼都有。赶紧走吧。靳天一时好奇心大起，非要进去打探，一把被何易从狠狠拉住。

易从心慌慌地催促着，又强作镇定，等戴正汇齐，戴正说，何易从是不是看到里厢有死人呀,我们快点撤。易从没好气道,你才是死人。靳从说,不去就不去,奇怪何易从凶巴巴作啥。

三个人离开了疑似老道古寺的这个地方。外面雨已经停了,树上有鸟儿的叫声。一路上,戴正说,这不知道是不是从前的道古寺,还真有点像《聊斋志异》里的荒郊古寺啊,我去撒尿时,一只黄鼠狼窜过,吓我一跳,我以为是狐狸呢,尾巴很大的。

易从想着他听到的那一句话,"我做吊死鬼去",也不知道被压在男人身下的叫什么枝的女子为啥要这么说。易从想到《石头记》里的男女之事,司棋和表哥潘又安也做了这样的事,被鸳鸯撞到,事后怕传出去,怕得要死。易从的心里,觉得沉沉的,又是惆怅,又是担忧那个哭泣着的枝或芝的姑娘。可一路上靳天问他到底看到什么了,易从又不肯说,又想着男声说的"去广州",到底是什么意思。

雨后,回到栖镇,差不多九点,人困马乏,各自回家。这次临平道中的郊游,在靳天和易从心中都留下了烙印,只有戴正,来去一身轻,雁过无痕。

沉船

壹

一九八七年，何易从和陈易知十八岁，身高分别是一米七二、一米六。戴正十九岁，身高一米六九。靳天十九岁，身高一米七七。这一年，栖镇这运河大码头似乎有点萧条下去的迹象。

处暑之日，何易从闲坐东横头家中，听到半导体收音机里，一段老生的昆曲唱腔，不觉入耳，一听之下，却有几分沉郁，原来是昆曲名家计镇华的《开眼上路》：春深离故家，叹衰年倦体，奔走天涯。一鞭行色，遥指剩水残霞。墙头嫩柳篱畔花。见古树枯藤栖暮鸦，叉桠。遍长途触目桑麻。江山如画，无限野草闲花。这是戏词。过几日要去省城上大学，易从望着河上船来船往，不觉又呆呆的，有点惆怅。

处暑前后，陈易知乘19路公共汽车去临平女同学刘春燕家

深夜，夜航船川流不息，在运河上亮起点点渔火。河上幽微，有光闪烁……

白相，做了几日客。易知跟刘春燕告别，再乘 19 路回栖镇。下车后，过一号桥，照例又走东横头河边的小路，这条河边的小路，从东横头走到西横头，六年时光，从十二岁走到了十八岁，来来回回，走了上千遍。从何易从家门前路过，每次会朝他家里看一眼，看看他在不。从此以后，不会时常走了。

这次路过易从家时，他家的门关着。镇上住运河两岸的人家，白天有人时都不关门，邻舍隔壁，时常串来串去。那时民风淳朴，外来人口少，大白天关门是很奇怪的，你家白天神神秘秘，会被人背后戳脊梁骨。易知不知道，这一天易从也出门了，去了上海娘舅家小住。

八月的一些日子，考上大学的镇上发小们，打发暑假最后的轻松时光。吆五喝六，从这家屋里跑到那家，打牌跳舞，吃喝郊游，不亦乐乎。

没有考上大学的同学，与考上大学准备出发的同学楚河汉界，听说已经有好几对谈起了恋爱，只有班花沈美枝凄凄惨惨，被男朋友高庆甩了，天天在家哭得梨花带雨。后来沈美枝气不过，叫了吉彪等几个男同学，把高庆和"财仙婆"打了一顿。后来又听说，沈美枝顶她妈的职，去了红旗丝厂。厂里青工白天上班，晚上经常一道跳舞，沈美枝成了舞会皇后。

"财仙婆"是镇上对妖媚不正经女青年的蔑称。沈美枝在其他女同学眼中，也属"财仙婆"一流，当然这里面也可能有嫉妒的成分。传说沈美枝高中还没毕业时，就时常逃课，跟社会上的男青年鬼混，时常被人看见在长桥上荡来荡去，压马路。这一次，沈美枝只是碰上了比她道行更高的"财仙婆"，"木郎"高庆被抢走，沈美枝无力回天。另一位美女杜秋依曾亲见过沈美枝在校园里抽泣，正好给上厕所回来的秋依撞见，原来是沈美枝在学校教学楼下走路的时候，被三楼吐下来的一口飞痰击中，那口痰正好落在她的秀发上，沈美枝恶心得哭了。据目击者说，吐痰的是另一个班的女生，也是个"财仙婆"，看中了高庆，因为看不惯沈美枝在高庆面前妖里妖气，就暗地里恶作剧出气。

　　消停了几个月，高庆看中的女子换成了煤球厂会计，一来二去好上，两人郎情妾意，蜜里调油，没料到后来女方却变卦了，看上了另一个在县城的干部子弟。干部子弟气宇轩昂，彬彬有礼地找高庆谈判，说女方已经不喜欢他了，还是和平分手的好。高庆黯然神伤，方知这男欢女爱的事，自己并非要风得风，要雨有雨，螳螂捕蝉，黄雀在后。高庆不甘心，有一天厂里调休了半天，沉着脸走进煤球厂，穿过几个黑压压堆满黑色物体的车间，见到几个戴口罩的工人装煤卸煤，心情压抑。好不容易找到会计办公室，人家告诉他，那女子昨日请病假了，只得灰溜溜地回去。

　　这时沈美枝又回转来，对高庆百般示好。沈美枝每天下了班就去高庆家，高庆喝醉，美枝也陪他醉。高庆赶她走，她默默在一边不声不响。拉锯了三个月，高庆有点心软，有一天又喝醉，问美枝，枝姑娘，我对你凶巴巴，又三心二意，你为啥还这样对我，我也不是铁石心肠，也觉得对不住你的。美枝委委屈屈讲，我读初中时，有一回，跟我姆妈去栖镇剧院看戏文，看的是《梁山伯与祝英台》，也不知哪里来的剧团，戏文结束时，我看到边上坐的就是你，眼圈有点红，好像流过眼泪，我印象特别深，后来学校里看到你，才晓得你是我们高年级的，教室在我楼上，后来我就老是注意你。高庆说，不会吧？我看戏文流眼泪？讲笑话。美枝低头垂目，不吭声。高庆说，我想起来了，确实是去看过这个戏文的，我那天一个人去的。沈美枝说，当时我也看得眼泪汪汪的，后来才晓得你是高庆。高庆嘴上说沈美枝是琼瑶看多了，心里却被打动。

　　心灰意冷间，高庆答应跟美枝结婚。十月，陈易知、杜秋依、戴正和靳天，都去吃了高庆和沈美枝的喜酒，高庆和沈美枝亲戚朋友都多，喜宴共办了五十桌。大婚那日，沈美枝的嫁妆，从水北绕一个大圈，一船花花绿绿的嫁妆从船上款款运来，陪嫁丝绵被就有十几床，登岸再走一段路，到了高庆家，高庆的苏州姆妈拿出压箱底的金货，项链手镯戒指全套行头，送给了新媳妇美枝。又拿出压箱底的绣花苏缎，给美枝做新衣裳。苏州姆妈性子耐，手巧，会做裁缝，美枝喜酒上要穿的一套中式衣裳，伊亲手给美枝量体裁衣，衣裳做好，美枝试穿，好看得像是从老底子香港电影里走出来。结婚那日，美枝新烫了头发，新郎官也是风度翩翩，气宇轩昂。这是栖镇大大小小的工厂工人阶级最后的风光了。

关于栖镇美人，这一届的镇上高中生中有个说法：沈美枝和杜秋依谁是第一美人？男生偏向认为杜秋依最美，女生普遍认为沈美枝最美。为什么男生女生会有这种认知偏差？谁也回答不了。共同的是，沈美枝和杜秋依都与大学无缘。

这夏日喧嚣中，陈易知参加各种大大小小的聚会，一次也没有撞上过何易从。

一日半夜，运河上乒乒乓乓，发出船只相撞的响声，几条大船上人声嘈杂，一会儿又听见河上汽笛声大作。船上喇叭叽叽呱呱通告事故的声音，易知在楼上睡着了，听不大真切，只是觉得这一天的夏夜，河上特别吵闹，到后半夜才昏沉睡去，居然梦到何易从站在一只水泥机舨船上，从她家门前河港过，又过了长桥桥洞，要往北面去。第二天清早醒来，易知开了木花窗，朝桥那头张望，才发现一只水泥船一半沉没，一半搁浅，占领了七孔长桥下一个桥洞的航道，船上的人早不见踪影，应该是转移到别的船上去了。

清早五点多，环卫所的装粪船按时停靠河埠头。易知起来，帮孃孃将马桶拎下楼梯，放到家门口，再上楼补个回笼觉。等环卫工人收拾后，又帮孃孃去河边刷了马桶。上午闲着无事，又用火钳钳了些刨花，点燃了煤饼，帮孃孃发好煤炉，烧好开水。这时候，孃孃喝的还是运河水，水装在大水缸里，用明矾过滤几日后饮用。离公用自来水龙头近的人家，已经开始用自来水。

易知孃孃在老房子门前嘀咕，罪过的，罪过的。我活着，不要看到桥撞塌掉就好了。

镇志上讲，大清同治年间，京杭大运河上才有了第一艘运货轮船。到光绪二十三年，有了小客轮，从此江南人可以坐小客轮去北方，北方人也可以坐轮船，沿着运河下江南，过长江，无锡、苏州、上海、湖州、嘉兴、杭州，都是真正江南好地方。

这日一早，栖镇航运部门，就在桥墩周围围起了警戒线，过往船只少了两条通行的航道，行船变得拥挤。很多拖着十几条拖船的货轮，排着队，依次缓慢行进过桥洞。船从易知家门口，一直堵到了易从家门口，一两小时过去，行行停停。

街坊邻舍议论，昨日晚上有条船被撞沉了，还把长桥的一个桥墩，撞了个窟窿。戴正则跟何易从打赌，从同治年间到这日，这段河上沉过几条船？到底也都不知究竟。

前一晚，易从枕河而眠，也听到汽笛声半夜喧闹，又紧又密，不禁猜测，会不会有几只轮船的船老大喝了点酒，抢着过桥洞，打起架来了。听说运河上的船老大，晚上喝了点酒，夜里开轮船也会争强好胜，互相别苗头。有的船老大拜过师傅，学过点拳脚功夫，行走江湖以防不测，喝了酒火气大，血一往上涌，就一撑竿，靠拢了"敌船"，人跳到"敌船"上，喉长气急，双方扭打起来，个别的，听说过闹出人命。动了刀子、浑身是血的船老大，被自家船上的人抬上了岸，火急火燎送到栖镇卫生所抢救，已经断了气，闯祸的船见事情搞大，连忙趁乱跑船了。

喧闹声中，易从比平常晚一些进入了梦乡。那天睡了懒觉，一夜睡梦中，又做了些纷纷繁繁的梦。梦见桥，大河小河，河水泛滥，哗哗地流，变成了海，他乘一只不大不小的船在海上漂，没有尽头，海上风大，把他身上的白衬衫吹破了，冷飕飕的，海面上一艘船也没有，后来大雾中看到一座小岛，却怎么也靠不了岸。岛上雾蒙蒙的，有穿白色连衣裙的女同学站在岛上向他挥手，头发长长的，一时想不起是谁。易从靠不了岸，更加怅然若失。正慌张时，忽有一白衣飘飘的少女，已跟他在一条独木舟上，软语温存，半张脸头发遮着，他们就亲吻起来，亲吻的感觉非常逼真，可白衣少女的脸却模糊，认不清是谁。

日高三尺时，易从被轮船汽笛声吵醒，才发现春梦留痕。不禁回旋梦中情事，又被电风扇吹得鼻塞，易从头昏昏然，开始流清涕。母亲喊他下楼吃早饭，桌上摆着豆浆油条，一只水煮鸡蛋，易从没胃口，吃一点就放下。母亲数落他吃得少，从小吃饭，食量像只麻雀一样，平时大鱼大肉不太碰，男小人身体发育阶段，炖小公鸡给他，也不肯好好吃，怪不得连一百斤重都不到。易从慢吞吞吃咸豆浆，不响。母亲又数落，你害我被人家讲闲话，女儿夭折，一个独养儿子养得皮包骨头。易从低头不响。

母亲走开一下，易从坐在桌边看一份新到的《参考消息》，看到世界人口达到五十亿。母亲回来，收拾碗筷，仍数落他吃得精刁。易从就讲，我不过五十亿人之一，渺小得很，胖点瘦点，有啥所谓。母亲白他一眼，说，不晓得你脑子里整天想什么。

母亲出门买菜，易从懒懒走上木梯，穿过走廊到自己房间，走到朝向河的一排木花窗前，看到长桥桥洞下斜歪着的水泥沉船，心里闪过一丝奇怪的念头：长桥下的船沉了，这是一个坏兆头么？

立秋已过，天气时有雷阵雨，闷湿难熬。易从这一场感冒又拖延了几日，人有点恹恹的，靳天戴正来叫过，也不太想出门，宁愿自己独处，错过了几场假日小聚。夜里着凉，白天精神不振，偏又不肯昏睡养身，歪在床上，反复读家中的一本有点破的旧词集《花间集》。从那年无意中拾得范小姐的小楷诗词残简起，易从就喜欢独自琢磨古典诗词，似乎很多诗词短句，正合着少年心绪。这几日因感冒而英雄气短，只有《花间集》销魂。

易从读到花落子规啼，绿窗残梦迷，好像说的是昨夜深宵的自己。读到繁红一夜经风雨，是空枝时，想起昨夜梦中模糊不清的少女，隐隐作痛。读到夜船吹笛雨潇潇，人语驿边桥，又想起宝玉戏黛玉，我就是个多愁多病的身，你就是那倾国倾城的貌，惹得黛玉生气，又平添惆怅。读到忆来唯把旧书看，几时携手入长安，又有书生知己之感。读到千山万水不曾行，魂梦欲教何处觅,明明人在家中,忽起莫名乡愁。感冒使人感官迟钝,但易从仿佛见自己的病魂在《花间集》中游走,通体透明,变得很轻。

病体初愈日,母亲喊他去对岸买米。长桥东边有两处轮渡,镇上人叫东摆渡和西摆渡。易从上了家门口的东轮渡,到水北米行买米,再坐轮渡,背着米回来。摆渡船上,碰到陈易知。见易知意气风发,那日穿着红点白底的丝绸连衣裙,在轮渡甲板上迎风而立,裙摆吹起,轻灵秀丽,易从忙和易知打招呼。易知问,长远不见,你怎么瘦了呀。不料正说中易从自卑心事,易从尬道,我吃什么都不长肉。易知说,是高考用功过度了。易从说,也没有,我们栖镇中学,不像你们临平中学学风好。易知未曾察觉易从被她说瘦而情绪低落,自顾自讲起昨日夜里,很多同学一道,刘春燕也来了,后来去我家聚餐,杜秋依也来了,说是给大家送行,后来又一起去镇政府团委办的舞会。闹到将近夜里十二点多才散场。

易从说,昨日这么多人呀。易知说,我们让靳天和戴正去叫你的,你怎么不来?易从说,不巧我感冒发烧了好几日。易知说,最后的疯狂,马上大家各奔东西了。易从说,真是遗憾了。易知又说,昨日靳天喝醉了,可能没考好,心里不痛快。易从说,大意失荆州了。易知说,以后我们的学校挺近的。易从笑笑说,我们都在杭州。

摆渡船到了河中央,两个就没话了,都各自看河。易知见易从兴致不高,一时找不出话接下去,心里委屈。等摆渡船靠岸,陈易知和何易从跟着人群上岸,也没道别,一个往东,一个往西走了。

时间快到中午,河上的船上人家,在船尾开始生火做饭,船尾是女人的天地,她们在操持着船上之家,洗米洗菜,下锅炒菜,小把戏们在母亲边上玩耍追逐,笑声很是响亮,一般总有两三个。因为行驶得慢,船上的生活,好像是水中央搭了舞台,嬉笑怒骂,一幕幕地在表演给岸上的人看。这是一九八七年的运河场景。

易知从西往东边看桥,长桥有点像老头,大船过桥洞,桥好像颤巍巍的,快要咳嗽出来了。易从从东往西边看桥,长桥有点像老妪,一脸深深浅浅的褶子,一双眼睛又好像随时要流出眼泪,曾经的河上佳人,早不是盛年模样。他们一年年看着桥与河,就一岁岁长大了,如今到了要离开的时候了。

这一年,易知爹爹在走下长桥时摔了一跤,中风几个月后归天了。西横头的老屋,平时只剩易知孃孃一个人。隔壁爱妹妈国英也成了独居女人,丈夫生病死了,两个女儿嫁了,贴隔壁的国英和易知孃孃依然顽强地互不搭白。两个女人,自从因为陈子船大吵一架后,每天抬头不见低头见,几十年不曾说过一句话。爱妹妈也从来没有跟陈易知说过话。

这日,回新房子吃午饭前,易知搬把竹椅,和孃孃并排坐在家门口看来往的船。

孃孃说，易知要上大学去了，有出息的，易知是坐轮船去吧？易知说，是坐轮船去，到杭州武林门码头上岸，再乘公共汽车就到了。孃孃说，我以前是坐到卖鱼桥码头的，现在改到武林门码头啦。

　　这时，孃孃的女婿，易知叫干爷的姑父，拎了一只菜篮子，从钱家弄拐出来，走到西横头来看孃孃，女婿带了几只杭州知味观粽子、素烧鹅给孃孃。易知干爷对孃孃说，我过一个月就退休啦，从此就彻底回栖镇啦。孃孃笑说，阿柱你坐一歇呀。干爷就去里屋搬张竹椅子，坐在孃孃边上。孃孃说，阿柱你开船开了四十年，开够了吧？姑父道，说起来，又开够了么，又没开够。孃孃又开玩笑，格么你夜里做梦，再去开开，再去跑上海大码头喽。姑父也笑说，做梦开船，我是难免的。我相当于半个船上人。可惜我生的都是女儿，如果有儿子，我也叫他到轮船上当学徒。孃孃说，我看河上开来开去的轮船，女人家没有坐驾驶室开轮船的。

　　丈母娘看女婿，越看越欢喜。干爷和孃孃坐在河港边说轮船，能津津有味地说上半日。女儿家从钱家弄走进去，七八分钟就到了。不过女儿忙得很，打麻将比吃饭还重要，只要丈夫一回家，就时常派丈夫来看丈母娘。易知干爷每次来，都不是空手来，有时现烧了新包的馄饨或者肉丝沃面，也会盛一碗给丈母娘家，夏天就经常带上一杯子的赤豆汤。孃孃欢喜，"阿柱，阿柱"，叫得亲热。反倒是自己女儿没耐心，有时过来坐坐，一语不合，说一句"勿同你讲了"，翻下脸孔就走。

干爷跟易知说，知姑娘，你要去上海读大学的话，可以坐我开的轮船去，我最后再开一个月轮船就上岸啦。易知说，可惜我是去杭州，不是上海，没福气坐干爷开的轮船。干爷说，那也可以坐轮船去，近得多了，可惜不是我开的轮船了。

干爷走后，孃孃感叹道，你干爷总算要上岸了。易知早就听说，干爷和伲娘，就是运河客轮结的缘。伊干爷是地道的杭州人，家住卖鱼桥运河边的老房子。十八岁起，就到运河客轮上当学徒，后来成为开客轮的水手，时常在栖镇和上海之间往返。干爷开的轮船，夜里时常在栖镇轮船码头停泊，第二天再启航，那时十八岁的伲娘在西横头河滩上白相，从小没人管，女孩子照样野天野地，还捡香烟屁股抽，被二十岁的在船上休息的干爷看到，觉得这栖镇细丫头有趣，走到了近处细细一看，这么野这么漂亮的姑娘，他就想娶回家宠一辈子。他高大，说话声音洪亮，她小巧，俏皮。两个青春年少，船上船下地，搭了几句白，就认识了。时间一长，郎有情妾有意，十八岁的伲娘就时常上船去白相，干爷还时常捎上她去上海，两人一路北上，在驾驶室里说说笑笑，干爷河上的时光不再寂寞。到了上海，利用轮船港口休整时间，两个人上岸逛一逛，吃吃上海小笼包、千张粉丝包、油豆腐鸭血汤等点心，再回到船上，返程回栖镇，船要开一天一夜。伲娘觉得这样在河上漫游的日子很惬意，就很爱笑，见什么都是新鲜的。到一个新鲜的码头，岸上的西洋镜，有时跟着乘客一起上岸，花几分钟买一纸包瓜子落花生，回到船上吃吃。干爷最爱伲娘没心没肺笑，笑得他心里开花，他的嘴巴就凑到伲娘的嘴巴上了，两个青年情不自禁就吻香了，伲娘停止了笑，脸红了，原来吻香这件事妙不可言。

这是易知伲娘青春年少的逍遥游。伲娘十九岁生日，略略懂人事了，不再河滩上乱捡香烟屁股了，姑娘家看起来也斯文了些。干爷捎上她又去上海，这次他花了半天时间，陪姑娘荡了南京路，荡了百货商店，干爷用积攒下来的工资，给伲娘买了几尺好看的海棠花图案的香云纱，带回家找钱家弄的裁缝师傅做旗袍，量体裁衣，一个月后，一身精细的旗袍做成，小巧秀丽的伲娘，穿上新旗袍，杨柳腰肢一扭一扭，好看得不得了，绝对是西横头一枝花。半年后，干爷学徒正式满师，转正，跟伲娘结了婚，新家没有安在杭州，因为杭州房子太紧张，就安在了栖镇，干爷一直都很喜欢栖镇，就租了房管所的公房住，房子很宽敞，有楼上楼下。新客人性格开朗，说说笑笑。邻舍隔壁，也相处愉快。婚后样样事体，干爷对伲娘唯命是从，宠得伲娘倒是有些好吃懒做，他照样乐呵呵。

只有一件，干爷是个孝子，自己亲生父母早亡，这时候堂上还有父亲的填房，他的继母，一位苏州小脚老太太，一个人孤零零在卖鱼桥生活，身体又不好。干爷想想，就把继母接到了栖镇的新家，跟新婚妻子住一起。两个女人家，也没红过脸。苏州继母最爱女红，小辰光易知去伲娘家玩耍，总是见苏州阿太在梆子上绣花。后来物资紧张，绣花都困难了，阿太在楼上，手里的活计就变成了用各种布拼成布袋子、枕套、床单、桌布、靠垫的套子，易知一看，好看得不得了，简直"化腐朽为神奇"，心想苏州阿太比伲娘能干得多了。易知伲娘不识字，女红又不会做，结婚后就当了家庭妇女，生三个小囡，小孩子的衣裳、小被头等物，都是苏州阿太一针一线缝起来的，伲娘反正有人做，也就懒得学了，当甩手掌柜。

两个女人，加上三个女儿，干爷屁颠屁颠地，要对付五个女人。每次从船上放假回家，干爷就买汰烧，伺候一家五个女人，伲娘的内衣短裤都是他洗。他们一道吃烟，屋里打麻将以她为主，偶尔他替她打两局，她打麻将的时候，他在边上端茶递水地照应着。

年轻时，干爷开轮船，经常不在身边，伲娘年少寂寞，跟隔壁邻舍一个有妇之夫要好，红杏出墙。过两年，干爷听到流言蜚语，想想自己老是在外跑船，让老婆守空房，理亏，依然不响。后来隔壁男人的老婆吵上门来了，伲娘心虚，缩在后面，干爷出来打圆场，劝伊消消气。等隔壁女人回去，干爷心里七上八下，终于忍不住问伲娘。伲娘顿了顿，爽快说，我对不起你。干爷一声不吭，默默吃茶，喝了两大茶缸，还在喝，也不上厕所。伲娘看了揪心，觉得自己亏待丈夫了。以前伲娘想，丈夫丈夫，一丈以内才是夫。伲娘说，你放心，我会断掉的，以后只守着你。干爷"嗯"了一声，起身去上厕所了，一大泡尿撒掉，好像气也消了一半。两人从此无事，恩爱如常。

孃孃说，你小伲娘，大字不识一个，只有小名，连个大名也没有，生伊时兵荒马乱的，小名就叫阿桥，长桥的桥，因为伊是长桥边的船上生的，伊就是命好。

是啊，小伲娘命好。易知应道。易知知道每次孃孃都要从小女儿说到大女儿，说着说着，拿出手帕揩眼泪。你大伲娘，出嫁时屋里还未败落，条件好，嫁的本地栖镇旺族的小开，白相人，只会吃喝玩乐。解放后，男方屋里被抄家败光，大干爷脾气暴躁，人称白虎，动不动对你大伲娘拳脚相加，伊命真是苦。

易知小辰光，经常看到大伲娘回娘家诉苦，伊有点像嫁了中山狼的贾迎春，回娘家哭哭啼啼，说嫁错人了，可是娘家也没法为他撑腰，那辰光也没有谁因为吵架离婚的，日子只得自己过。六十岁刚过，大伲娘就病死了。大女儿出殡后，易知孃孃坐在家门口，对着运河一声不响地坐了一天。易知晓得孃孃每次总结的口头禅：唉，不管男人家女人家，都拗不过命。易知想，开了四十年轮船的干爷要坐轮船回家了，伊却要离家了，也坐轮船出去。武林头、清水港、三家村、余泾渡、义桥、拱宸桥、卖鱼桥，一站站停靠，上岸。本来可以跑得更远，去上海读书的，结果全中国哪儿也没去，就在杭州读大学，真是太近太近了，这也是命。

贰

从栖镇坐船去杭州，武林头、清水港、三家村、余泾渡、义桥、拱宸桥、卖鱼桥，终点武林门。第一个码头，是武林头丝厂，已到德清地界。栖镇到丝厂站，轮船票五分钱。栖镇有好几家丝厂，这里有养蚕基地，乡下的许多人家养蚕，种桑树，拿桑树叶喂蚕宝宝，蚕宝宝很快长大了，结成茧子。茧子到了丝厂，女工们在滚烫的开水里捞茧子，才能剥茧抽丝。靳天有几个同学姆妈是丝厂的女工，手心都是一道道的裂痕，看着肉都痛。其实女工自己已经不痛了，结过几道痂，蜕完皮就好了，但别人家看了还是痛。时间久了，关节也不好了，湿气重，酸胀酸痛，都是丝厂女工的职业病。

运河河道到那个地方会宽起来，四面烟水淼淼。小辰光的靳天，觉得运河流到了武林头，就成了汪洋。河有三四分汊，像未知命运，巨大宽阔，所有的水，不知要流去何方。栖镇内外方圆十里的水域，有好几处叫"漾"的地方，靳天小辰光没见过大海，以为这就是"海洋"的模样。人到中年后，回想起来，依旧觉得这是很大的一片水，配得上叫气气派派的"漾"。

他们坐船，远远近近，总是出过门的，无数次路过这个码头，匆匆靠岸，不及登岸一探陆上，又随航船离开。虽晓得这里孤零零的有一座很大的丝厂，但他们还是想，有朝一日要踏上这里的地面，看个究竟。

初中毕业前，有个星期三下午，班级地理兴趣小组搞测量活动，班长靳天提议去武林头丝厂。一行六人在长桥上集合，下了桥，从水北往西走，走了一个钟头，又见到一座桥，名叫五福桥。再走几步，又见到一座桥，就是有点名气的武林高桥。靳天站在桥上，好像四面都是河，走了三十几步台阶，就到了桥顶。桥顶上四顾，只见河道苍茫，各个方向的船只，络绎不绝，百舸争流，一时觉得此地河山壮美。

地理课代表何易从说，这里感觉像一座河中的孤岛。但是很快，我们应该能看到武林头丝厂了。

他们沿着一排厂房外的河边走廊走，果然就是武林头丝厂的厂区。正大门有传达室，几个孩子报上了靳天伲娘的名字，传达室大伯笑眯眯就让他们进去了。到里面荡了一圈，大家争议起究竟新华丝厂大，还是武林头丝厂大。何易从眼尖，转角就看到了厂区有邮局，就下结论说，我认为还是武林头丝厂大，因为新华丝厂没有邮局，好像只有邮筒。大家想不出反驳的理由，就认同了还是武林头丝厂大。

一行人又见到了小卖部，一人买一瓶汽水解渴，橘子汽水和盐汽水三分钱一瓶，酸梅汤也是三分钱一杯。出大门，再西行，就是一片田园桑地，种桑树，种络麻。测量完毕，又在河边玩了会儿水，比赛打水漂。靳天打得最多，戴正第二，易从第三。易知秋依等几个女生，都不太会用石片打水漂。靳天戴了表，看看已是下午四点多，他们回转，往轮船码头方向走去，准备坐轮船回栖镇。

靳天说，听我伲娘说，武林头没有别的交通工具，就是坐船。武林头的轮船码头，比栖镇顺德码头还要热闹，一歇歇工夫，就有轮船靠岸，再离岸。好多船上旅客，上岸买点东西吃，马上再回船上。

易知说，唉，为啥介早回去呀，我真想在这里呆一晚上。

戴正说，你一个人在这里，荡发荡发，百坦（吴语，慢慢来的意思）来。

易知说，是好百坦来。到晚上八点钟，武林头都有回栖镇的过路船。我还没去看水文站呢。

易从说，水文站门关了，今朝没人你怎么看？

易知说，为啥关了呀？也许值班的监测员出门了，等下就回来呢？以前我晚上在船上看到岸边的水文站，总是有电灯光。

易从说，我刚刚看到丝厂有家招待所的，你要是晚上要看水文站，可以住招待所，反正我们要回去了。

易知勿开心，说，有一回我船上一觉醒来，发现刚刚武林头靠岸，后来又睡过去了，结果发现，已经开过栖镇长桥啦，只好坐到新市，再回来。

靳天说，别犯傻了，你是未成年人，没有介绍信，谁让你住招待所呀。

易知说，我想看水文站，何易从居然叫我一个人住招待所。

杜秋依说，易知你要住的话，我陪你。

靳天笑了，说，其实我也很喜欢这里，风吹过来，感觉我们好像江湖中人。

戴正说，这么说，武林头也许是梁山好汉出没的地方，好像水泊梁山。

易从说，等天黑了，你们女生小心被抢去当压寨夫人。

杜秋依就去打何易从。易知也笑说，秋依最有可能被抢去当压寨夫人。戴正说，我肚皮饿了，要么我们先乘一站轮船，到三家村去吃藕粉。易知说，你个馋痨胚，总是西湖藕粉好吃吧，再说三家村是杭州方向，你弄反了。

戴正又说，陈易知想看水文站，何易从你是地理课代表，应该留下来陪陈易知探求科学真知。

易从说，水文站我们镇上也有，为什么一定要在武林头看呢？陈易知总是天上一脚，地上一脚的，我要回家。

打打闹闹间，夕阳斜了。那个下午的武林头码头，依稀是初中毕业前最欢乐的时光。

武林头丝厂原来叫顺丰丝厂，据说解放前的资本家老板，后来天天挨批斗，跳井自杀了，但是顺丰丝厂改名为武林头丝厂后，一派新气象。住在栖镇水北的靳天的伲娘，户口在德清，十八岁起就在丝厂当女工。那时候工人还吃香，每天早班船去，晚班船回。说到武林头丝厂，总是热闹又有趣，夏天时常用热水瓶带回整瓶的酸梅汤，还有好吃的菱角和糖藕。靳天小时对武林头丝厂就心生向往，心想长大了，去武林头丝厂做技术工也不错。

"姐姐"有个好听的名字，许湘柳。后来靳天在心里一直喊姐姐为"湘湘"。

三十年后，靳天依然记得那天黄昏。这是高三的最后一个学期，三月天，春雨绵绵，柳丝抽芽。正是星期六下午，靳天随姆妈在杭州娘舅家给八十岁的外婆做寿，姆妈还要休息两天，陪外婆再住两日。杭州娘舅家住拱宸桥，也在运河边住，是杭丝联的双职工。舅母过年时酱了几只蹄髈，还有猪舌头，要靳天回去时，顺道带给在武林头丝厂的小妹尝鲜，因为在武林头丝厂的小妹，也时常捎些新捕捞的德清雷甸河鲜给杭州的哥哥一家。

拱宸桥码头到武林头码头，水路很是方便，一天可以打好几个来回。下午四点光景，靳天在杭州拱宸桥码头上了轮船，过了一个小时，就到了武林头码头。这时天落起毛毛雨，又细又密，靳天带了伞，上岸后就撑开了伞，快步往武林头丝厂方向走。走几步路，见前面一个红衣裳姑娘停下来揉脚，也没带雨伞，靳天径直从她身边走过去，走几步，又犹豫着回头看，怕姑娘真有什么事。姑娘见他回头，忽然发出清脆的一声：哎——靳天一愣，原来姑娘是跟他打招呼，就走过去，问要帮忙不？姑娘说，我刚轮船上岸时，雨里一滑，崴了脚，很痛，你能不能扶我走到丝厂去？靳天说，可以的，我正要去丝厂。

姑娘问，你是新来的工人，我以前怎么没见过你？靳天说，我不是，我来找我伲娘有点事，送个东西，再坐船回栖镇。姑娘说，巧了，我等下也要回栖镇的，我也是给我同学带点谷维素，明朝早上再来上班。

靳天打伞，姑娘大大方方地搂着他的胳膊，两个人雨中慢慢走着。虽然很慢，走了一刻多钟，也进了厂门了。靳天问，把你送到哪里？姑娘说，医务室。靳天说，你是要看脚吧。姑娘说，勿要紧，我自己就是厂医。靳天说，哦，你是医生呀。

到了厂医务室，姑娘开了门，坐了下来，向靳天道谢。靳天转身要走，姑娘忽然叫住他，问他等下几点走。靳天说，我在伲娘宿舍待一歇，七点钟轮船回去吧。姑娘想了想说，好啊，我等下还跟你一起走。你走的时候，来医务室叫我一声。靳天答应了，转身走了。两个人都忘了问对方的名字，只称呼对方"哎"。

到黄昏六点半，天已暗下来，渐成铁灰。雨还在落，依然密。靳天从伲娘处回来，到医务室找崴脚的姑娘，见她已经收拾过。这时才看清楚她的模样，高挑的个子，细细的腰，马尾辫高高束起。刚才的皮鞋换成了运动鞋。姑娘见靳天来，笑起来更好看了。浓眉杏眼，眼睛好像会说话一样，嘴边有细细的绒毛。

姑娘站起来说，我上了点药，痛好多了，不过还是不太好走路，脚有点肿。

靳天说,那我扶你去码头。

姑娘说,刚才都忘了自我介绍了,我叫许湘柳,是这里的厂医,去年刚来的,你呢?

靳天说了名字,说自己马上要高考,忽然就有点脸红。就问,你是栖镇人吗?怎么会在这里上班呢?

姑娘说,我读的是卫校,我姆妈户口是德清的,我就分在这里了。这么说起来,我比你高两届,我弟弟跟你同一届的,他就在栖镇中学,今年也高考。靳天说,我在县中。姑娘说,你十八岁啦?靳天说,我十九,小学因为转学留过一级。姑娘说,我比你大三岁。

两人一路说着话,打着一把伞,又到了武林头码头。等了五分钟,几声汽笛响起,去栖镇的过路轮船就到了。登了船,见船舱有些挤,一些客人在打瞌睡,他们找到位子坐下来,船舱内光线很暗,都不说话了。

一刻钟后,西横头栖镇轮船码头就到了,汽笛长响,轮船靠岸,忽然之间,轮船码头的灯火照亮了晚上七点半时分的夜雨。靳天扶许湘柳上岸,随人群走出轮船码头的长长过道。许湘柳问,你家在哪里?靳天说,在市心街,栖华旅馆隔壁。许湘柳说,我家就在水北缸甏店东边一点。靳天吞吞吐吐说,那等下我不陪你过桥啦,我那一带有好几个同学的。许湘柳却娇嗔地笑起来,你怕人家说你呀,有什么好怕的,我是你姐姐。靳天一听"姐姐"二字,脸唰地又红了。

靳天还是扶着"姐姐",一路向长桥方向走。天黑了,所幸并没有遇上熟人。走到了桥下,姐姐说,你要走了吗?靳天说,你脚还痛勿痛。姐姐皱眉道,平地还好,上桥有点痛。靳天说,那我扶你过桥吧。姐姐说,你不怕撞到同学啦?靳天笑一笑,不响,手中不自觉地把伞压低了些。

夜雨中,姐姐扶着他手臂的温度传递到全身,靳天莫名地喜欢这暖暖的感觉。两人慢慢走到桥上,快到桥顶时,姐姐踩到桥上青苔,脚又一滑,靳天连忙扶稳姐姐,两人一下子挨得很近。到了桥顶,姐姐说,停一歇。两人站住,桥顶处略歇了口气,看了看河上正驶过桥洞的一溜儿货船。姐姐问,你猜这轮船要去哪儿?靳天说,我勿晓得,难猜的。姐姐说,北京。靳天说,你怎么晓得?姐姐说,我就是晓得。靳天说,也可能是湖州,也可能是苏州呢,无锡呢。姐姐说,就是北京,因为我想去北京。靳天"哦"了一声,说,北京远的。姐姐说,我男朋友在北京。靳天又"哦"了一声,姐姐笑说,骗你的,我哪来男朋友。靳天笑了。

两人往桥下走。靳天看看桥两边,河上岸上的光线闪烁,穿过雨幕交织得恍惚起来,夜色美得朦朦胧胧。到了桥下,姐姐撑开自己的伞说,你回吧,我就几步路,不用你再送了。靳天说声"哦",两人告别,各自转身走了。

靳天再次独自上桥,下桥,往市心街方向走,夜雨中竟觉得比刚才凉,身体没有靠着姐姐的一边,也有点凉津津。姐姐刚刚说话软糯的气息，又是热的。就这样一阵凉，一阵热，靳天下了桥，回了家，感觉复杂。到家后，打了几个喷嚏，刚才一路上，伞都顾着给姐姐遮雨，他竟不知道自己的左肩膀湿了一片，赶紧脱了湿衣裳。晚上躺在床上，又睡不着，总是想一路上的姐姐，她的红衣，她的话，她的脆笑。蒙眬入梦，还是有姐姐缠绕在边上，姐姐，姐姐，姐姐。

第二天傍晚，从栖镇坐19路车，回临平县中。晚上夜自修时，靳天做了几道物理和化学的复习题，略一开小差，就好像自己的身体移了出去，还在陪姐姐走在河边，慢慢上桥。

周六下午，从临平坐19路公交车回栖镇，售票员正好是之前的那位"19路西施"金枝，可是靳天奇怪地发现，其实"公交车西施"金枝就是个平常的姑娘，他再也不会为她心怦怦跳了。

老19路车站在南横头，老汽车站又小又简陋。公交车线路弯弯曲曲，慢吞吞开，要四十五分钟到临平。每天在车站候车的人围着一大堆，等久了，索性就嗑起随身带的瓜子来，总是满地的瓜子壳，还有甘蔗皮，青皮的紫皮的都有。好不容易汽车来了，车门前我拥你挤，有些挑担子的贩子硬要挤上去，因为这班车没挤上，又要等好长时间，说不定一等半个多小时。曾经许多个周末，靳天为了坐金枝的那辆19路，宁可在车站多等一小时。

对金枝的迷恋，就这样烟消云散了。一梦醒来，一梦生。

靳天十八，姐姐二十。从武林头码头相遇到栖镇长桥分别，一幕幕在靳天脑海里重演了无数遍，生怕漏掉任何一个细节，任何一点身体碰触到的体温。姐姐说的每一个字，都灿若莲花。姐姐对自己是喜欢的吗？不然姐姐怎么会那么自然而然地搀着他，时有娇嗔的憨态？

靳天想给许湘柳写封信，可又完全不知道该如何说，弟弟可以想姐姐吗？姐姐是否允许弟弟给她写信？靳天的心，七上八下，没了主张。写信的话，他不知该怎么称呼她才是合适的：许湘柳、湘柳、柳姐姐、湘湘姐、湘湘？柳儿、姐姐，还是？靳天想了一个星期，最后发现自己心里叫得最多的，是"湘湘"。从此，湘湘这个名字，在少年靳天的心里生了根。

熬到了四月，高考复习的紧张已到了白热化。靳天慢慢收了心，想等考上大学再去找湘湘。

到了劳动节，靳天兄妹跟爸妈一起去吃喜酒，新娘是他母亲厂里的同事。在饭店里，意外看到了日思夜想的湘湘。那天的喜酒规模不大，只办了十来桌，靳天这桌和许湘柳这桌隔了两张桌子。喜酒吃了一大半，靳天吃饱喝足了，觉得无聊，起身想去洗手间时，一转身，就看到了另一桌就坐着湘湘。湘湘穿了小碎花的长袖衬衫，配一条黑色长裙，上次看到一根的马尾辫变成了两根，正跟边上的一位姑娘谈笑风生，还不时发出清脆的笑声。靳天的血往上涌，很想跑过去跟湘湘打招呼，但大庭广众之下，还是没有这等勇气。他朝湘湘那桌望了两眼，就往大厅外走去。

往门外走着走着,后脑勺好像长了眼睛,仿佛看见湘湘也跟着他走出来了。走到一个拐弯口的通道,真的就听到清脆的一声"嗨",他吓一跳,回头看,果然是湘湘。

湘湘轻声说,我刚才就看见你了。靳天难抑激动,说不出话来。湘湘也不知说什么好,好像也怕有人看见他们,抬头低头地彼此对望着,她匆匆说了句,明朝我值班,到厂里来找我,就跑开了。靳天愣在原地,心咚咚地跳得厉害。

第二天上午,靳天跟屋里说去何易从家复习一天,就离开了家。第一次为了一个姑娘,坐船去武林头丝厂,在船上,简直坐立不安。很快汽笛声响,离舟登岸,想象不出等下见到湘湘的情形。

五一期间,丝厂里只有少数车间有工人在检修设备,医务室也需有一人排值班,值班也并没有什么事,只是坐看闲书。靳天走进医务室的时候,湘湘穿着白大褂,正在看一本小说《安娜·卡列尼娜》。见靳天来了,湘湘很高兴,赶紧削了一个梨给他,笑眯眯看着他吃掉。很快到了中午,她让他呆在医务室等她。她去食堂打了两份简单的饭菜,带回来和他一起吃了,靳天觉得食堂的咸菜蚕豆也好吃。湘湘说,我觉得白色的蚕豆花好看,你觉得蚕豆好吃,下次你来我家,让我姆妈炖蚕豆羹给你吃。靳天连连答应着。湘湘洗了碗,就说要带他出去走走。

湘湘脱下白大褂,换了便装。两人走在一起,午后的武林头阳光明丽,她带他荡发荡发,逛遍了厂区周围的白地,走得漫无目的。

他偷偷看她,她除了腰细,其实是挺丰满的,胸脯高耸处,他无意中瞟到那里,眼睛被烫了一下,视线赶紧移开。她说,平时中午的时候,我经常一个人在这里散步。他问,你在这儿没有朋友吗?她说,好像没有,一个人在医务室,孤零零的。医务室有大姐大伯,都五十出头了,他们快要退休了,我才分进来的。靳天说,丝厂女工多的。湘湘说,车间里的人,来往也少。我好像一个人也习惯了。

两个人一路说着话,湘湘说,我刚到这里的时候,蛮新鲜的。时间长了,又觉得这片厂就像一座孤岛,四面都是水。丝厂里女工多,所以也可以说,像一座水中央的修道院。靳天想起什么,问湘湘,你什么时候去北京?湘湘说,我也不知道,只是说说的。靳天说,你说像修道院,那还是早点离开的好。湘湘也问,你考大学想去哪里?靳天说,我也不知道。北京也可以呀,我想考医学院。湘湘说,那好啊,我们将来是同行,都去北京算了。

过了一歇,湘湘才想起问,你成绩好吗?靳天笑笑,马马虎虎,还可以吧。靳天不好意思说,自己小升初,全镇第一名。初升高,也是以高分考进的临平中学。从小到现在,一直是班长。

两人拐到一堵斑驳老墙下,墙的一边是河滩,另一边是大片的桑田，桑田外边是络麻田。桑树和络麻都是江南最常见的经济作物。桑树的叶子，是用来喂蚕宝宝的，蚕宝宝长大后，作茧吐丝，丝厂把一筐筐茧丝再加工出来，变成白亮细腻的生丝，变成丝绸。络麻收了，络麻的皮剥下来，再加工，变成各种档次的麻。高级的麻，并不比丝便宜。做这些生活的女工，两只手摊出来，手上都是一道一道的印子，看着可怜。刚进车间做生活的女青工，没有一个不哭的。时间长了，对开水的温度麻木了，手能在滚烫的水里捞茧子。湘湘说，我医务室里开得最多的，是给刚来不久的女青工开的烫伤药膏。

桑田边，靳天湘湘荡发荡发。湘湘摘了一片嫩桑叶，放在手里搓。靳天说，你手上染了颜色啦。湘湘说，你晓得吧？嫩桑叶可以做菜，桑叶采下来，略微有点腥气，要开水里焯一下，凉拌或者炒炒吃，夏天吃，味道很不错。靳天笑，没听说过吃桑叶的。湘湘说，我在洛舍外婆家吃过，听外婆说，桑叶嫩是嫩，炒起来费油。有一回，干脆猪油渣炒桑叶，真好吃。还有一只菜，我外婆家拿手的，是荷叶粉蒸肉，这荷叶是刚刚从河港里摘上来的。靳天说，我去过一次洛舍。湘湘说，洛舍有大漾，叫洛舍漾。漾漾泛菱荇，澄澄映葭苇，我就会背这句，我娘舅教我的。小辰光眼睛里的洛舍漾，跟海一样烟波浩渺，流进太湖，再流过去，就是吴兴地界。靳天说，到底是荡大，还是漾大呢？现在听起来，漾比荡要大。湘湘说，小辰光，没有见过海，从洛舍坐船到栖镇，听说最早还没有小火轮，只有乌篷船,要划大半天,我妈说慌兮兮的,漾到处是水,看不到边。后来我去外婆家,就有轮船了,感觉安全多了。靳天说,心太野。

湘湘兴致来了,忽然唱起了越剧《何文秀》里的《桑园访妻》——

  路遇大姐得音讯
  九里桑园访兰英
  行过三里桃花渡
  走过六里杏花村
  七宝凉亭来穿过
  九里桑园面前呈
  但只见一座桑园多茂盛
  眼看人家十数份
  那一边竹篱茅舍围得深
  莫非就是杨家门

靳天笑眯眯地听着,桑树丛中,湘湘忽然停下来,靳天也停下来,她一米六四,他一米七六。两个都是好看的。湘湘抬头看靳天,说,叫我一声姐姐。靳天不好意思,脸有点红了。湘湘说,是不是想我了?靳天脸涨得更红了,轻微地点点头。想去拉湘湘的手,结果不知为何,手却背到了后边,她却踮起脚尖,迅速亲了一下他的嘴唇,又迅速弹开,又拉起他的手,又放开。这一亲,亲得他魂飞魄散。

湘湘说,今朝你早些回去吧,下周六晚上来接我下班。靳天还不想走,说还早。湘湘说,今朝我医务室不能走开太久的。靳天说,我可以陪你的。湘湘说,傻弟弟,我不要你陪。

好不容易等到了下一个星期六下午,靳天从临平回栖镇,出发前,特地换了件清爽的短袖浅蓝色格子衬衫,到栖镇后没有回家,就直接坐船去了武林头。丝厂里的人,下班走得差不多了。湘湘在医务室已经换好了衣裳,五月的天有点热了,湘湘穿了淡绿底的花布腰裙,上身是白色圆领衬衫,靳天觉得说不出的好看。

湘湘洗了很多草莓,颗大饱满,鲜红欲滴,说是附近农民到厂门口卖的。靳天正好口渴,就大口吃草莓,结果一滴草莓汁将将要流到下巴处,湘湘就伸手去替他擦。擦了又喂给他吃了几粒,还会摸摸他的头,一副小儿女娇态。靳天的心里,甜蜜忧伤,湘湘更亲了。

此后靳天有了秘密行踪:每周六下午回栖镇后,再直接坐船去武林头丝厂看湘湘。他们一起坐船回栖镇前,下了班的湘湘,带靳天去厂附近的河滩和桑田边散步。到第三个星期六黄昏,靳天鼓起勇气,散步时牵住了湘湘的手,湘湘也没有甩开他,两个人就一直拉着手散步。她告诉他很多在医专时的经历,各种稀奇古怪的事情。靳天说,想不到你一个小姑娘,胆子真大。湘湘说，很多个夜里，我不想困觉，就看《福尔摩斯探案集》，你以后应该当法医，那样才酷。靳天说，我听你的，我也想当法医。湘湘说，你要学法医，那胆子要大，否则当不来法医。靳天说，我还好，不怕死人的。湘湘说，你不要当白衣天使了，你就当黑衣天使。我觉得法医就是黑衣天使。靳天笑说，法医也穿白大褂呀。湘湘说，法医就是黑的嘛。

靳天说，我以前乱翻书，看到过一本古代笔记小说，书上讲，人体全身骨头有三百六十五块，就像一年有三百六十五天，又讲，左右肋骨，男的各有十二条，女的各有十四条，怎么男的比女的少四根肋骨呢？我不相信，就对法医很感兴趣。湘湘大笑道，是不是还看到，男人家骨头白，女人家骨头黑？靳天说，对呀对呀，原来你也看到过。湘湘说，这是中国法医老祖宗宋慈写的书，叫《洗冤集录》，我学医时当闲书看过，稀奇古怪。我还看到书里讲，老虎咬人，月初时咬头颈，月中咬腹背，月末咬两脚。靳天一调皮，作势"阿呜"一口咬湘湘的脖子，湘湘一声惊叫，靳天说，今朝是月初。湘湘也调皮起来，回咬他，笑说，这不是老虎，是吸血僵尸。两个笑闹成一团。

少年靳天沉浸在湘湘带给他的更大、更神秘的世界里。有一个晚上，在丝厂的运河边，另一边是灰色围墙，天上一轮弯月儿，四下无人，湘湘跟靳天说，我们既然都是学医的，那就不要害羞了。靳天热切地看着她。湘湘说，来亲我吧。靳天的心脏，快要爆炸了。他颤抖着亲了湘湘的嘴巴，蜜糖一般少女的清甜。可湘湘说，这样不对。她回吻他，很快教会了靳天接吻。两爿温热的嘴唇颤抖地叠织在一起。分开之后，靳天的嘴唇麻了很久。

有了秘密的靳天不露声色，星期六晚上到家后，有时去找何易从，何易从感觉靳天有种从来没有过的雀跃，但靳天绝口不提湘湘。不像之前，靳天喜欢19路公交车西施，老爱挂在嘴上念叨，带着少年轰轰烈烈嘻嘻哈哈的味道。靳天有很多回跟何易从说，售票员姐姐好漂亮啊，笑起来像冰激凌化开来。而且不仅靳天一个，好几个在县中和栖镇间来回的高中生，那年夏天都喜欢上这个售票员姐姐，激励得大家热情更加高涨。有一次，站在这位姐姐边上的靳天，终于听到有熟人叫姐姐的名字，金枝。靳天想，噢，她叫金枝。但这个名字离他的想象有点距离，他宁可她叫娜娜拉拉或菲菲。作为死党的何易从，此时仍一点不知道许湘柳的存在，也不知道靳天每周都要去武林头丝厂看许湘柳。那一天，正好是靳天在武林头丝厂的伲娘休息的日子，伲娘也从未发现他。

到了六月，高考复习进入了最后的阶段，湘湘让靳天好好复习，不要再找她了，等考完了再去找她。靳天答应着，可一周不见湘湘就感觉自己丢了魂。

高考前最后半个月，停课自习，靳天回到栖镇，想要离湘湘近一点儿，就跟爹妈说，市心街在镇中心，白天太吵了，想搬去水北外婆家住。

外婆家就在水北长桥西边的老房子，门对着河。复习了两日后，靳天的心依然静不下来，因为现在离湘湘不远了。只要沿着河向西走上不到一个小时，武林头丝厂就到了。但是要真的走到丝厂，路并不好走，因为沿途好多地方是农田。

靳天刷数学题时最专注，奇怪复习生物时，就特别想跑出去，一直沿着河走，去找日思夜想的湘湘。坚持了一周，只剩最后一周，到了周五傍晚，内心激荡难安。

第二天周六，靳天知道，这天湘湘一般要比厂里职工晚一个小时下班，决定步行去武林头丝厂接湘湘。这天正好外婆吃过中饭后，就坐船去杭州伲娘家了，要星期天才回来。

靳天换上了长裤，出了门向西走，想了想，又回头带上了手电筒。听伲娘说过，运河边笔直一条路，中间不好走，稍微要绕一下道。他曾经问过伲娘骑脚踏车去方便不方便，伲娘说过有段路还没修好，骑车容易摔跟头。靳天的自行车又在市心街的屋里，他想想就步行算了。

靳天花了不到一小时就到了武林头丝厂，途中被花脚蚊子咬了两口，裤子差点被一丛河边荆棘划破，其他一切顺利。在路上，看到了运河边的晚霞，特别好看，不由唱起了费翔的歌。

到医务室时，湘湘还有一歇歇就要下班。见到靳天汗涔涔地进来，很是惊喜。她给他倒水，拿自己的毛巾给他洗脸，给他削了一个菜瓜，让他吃掉。休息了片刻后，湘湘脱下白大褂下班了。

随便河埠头找一条小船，他只要划拉几下，再划拉几下，很快就可以摇到她家门前了。

湘湘说，你知道吗，前两天我忙死了。厂里一个车间女工突然在宿舍里上吊，也不知为啥事体，有人说她被男人抛弃了。等到同宿舍的女工回宿舍拿东西时发觉，已经口吐白沫了，我们医务室赶紧送上轮船，到镇上医院抢救，最后还是没救回来。这个女工才二十岁出头，长得蛮好看的。后来她家属到厂里闹，说要一尸两命，骂得很难听。厂里风言风语很多，有人说厂领导玩弄女性，要是她家里告赢了要抓去坐牢。靳天说，上吊死的你有点怕吧？湘湘说，怕倒是不怕，我学医的有啥好怕的。

　　靳天就跟湘湘说起小辰光的一件事情。他家隔壁栖华旅馆里厢，有栖华书场，经常有来跑码头的评弹班子来演出，他小辰光时常进去白相，也不怎么听得进说书。倒是记住一句开场白，草木知春不久归，百般红紫斗芳菲。小人不像大人那样，一壶茶一支烟，就坐得住，书场里厢荡了一圈，看个热闹就出来。他倒是对从黄昏到深夜进出旅馆的四方客人更好奇。十岁的一个礼拜天早上，一堆街坊邻里到栖华旅馆去看热闹，听说前一天还在栖华书场演出评弹《杜十娘》的女演员，夜里吞了一大把安眠药，一伙人赶紧送伊到栖镇医院，洗了胃，女演员才活转来。第二天跟一个搭班的评弹男演员走了，一起坐轮船回平望。那时看热闹的纷纷猜测女演员为啥寻短见，说到后来，总归是红颜薄命。湘湘说，我晓得，镇上说得出名号的，就这么一家旅馆，外地客商来来往往的，基本上住这家旅馆，我以前路过，还觉得旅馆门口的灯箱很神秘。靳天说，我看见用担架抬出栖华旅馆的女演员，头发垂到担架下面，脸色跟纸一样惨白，以为她死了，心里很难过。湘湘叹气道，我当厂医到现在，还是头一次碰到这种事情。

他们好像久别重逢似的，湘湘又带他去厂外边走。就在经常去的河边围墙旁，靳天停下来，俯身抱住湘湘疯狂地亲吻。湘湘的胸脯一起一伏的，靳天的手，不知不觉鲁莽起来，就握住了那高耸处。

野外有接近满月时的月光，有河上摇晃的船灯，有汽笛呜呜的声音，有夏虫的聒噪鸣叫。男孩和女孩，经历相思，这一次的厮磨比从前都更大胆，更热烈了，靳天的手，伸进了湘湘的衣裳里面。他们站累了，就顺势坐在靠墙的一处河滩上，湘湘已经半躺在靳天的膝上。

靳天身上的火好像总是没法平复下来。他又流了鼻血。湘湘见他流鼻血，就赶紧替他处理了一下，又去河边用凉水给他洗脸。她说，这是荷尔蒙，也是激情。他不好意思说，前一天一群老同学打了狗，吃了狗肉。

河边白地野草丛生，周围有人家养蜂，有些蜂飞出去，飞远了，成了四处浪荡的野蜂。少男少女的气息里，或许有蜜，有香甜，有几只野蜂围着他们飞舞转圈，嗡嗡嗡嗡。靳天用一只手去挥赶野蜂，怎奈过一歇，蜂儿们又飞回来。湘湘笑，看来我真的招蜂引蝶了。靳天说，蝶还好，蜂倒真是个麻烦，蜇一口很痛的。

他们站起身来整理衣裳，靳天见湘湘微乱的云鬓，一些细细的碎发微扬着，红扑扑的面颊像路上所见的晚霞，再一次不能自持。湘湘拉着他的手一指，我们去那儿。他们沿河边走了五六分钟，湘湘说，这一带我最熟了。靳天跟着湘湘走，心脏仍是扑通扑通跳得很快。湘湘就是蜜糖，所以蜜蜂都跟来了。

湘湘走到河边，只见前方一丛野苇边，泊着一艘小船，很像是一只乌篷船。湘湘说，这船是我雷甸的亲眷家的，这两天就停在这儿，过几日我亲眷运了货回来，就要摇走的，让我这两天帮忙看着点呢。靳天问，运什么货？湘湘说，我也不太清楚，可能是枇杷、甘蔗这些吧，也有可能是鱼苗。湘湘拉着靳天进了船舱，舱很小，铺了一些干净稻草，刚够两个人躺下，面对面，看着彼此。湘湘的十指抚着靳天的嘴唇，轻声说，你别动。你一动，船会翻的。靳天有点害羞地笑了。终于躲过了野蜂，现在是两个小儿女的天地了。湘湘一边亲靳天，一边用手抚摸着他，靳天沉浸在湘湘温柔的触摸之中，闭上了眼睛，靳天忍着自己年轻强壮的身体的战栗，但湘湘始终不让靳天乱动，说船会翻的。

不知过了多久，湘湘忽然说，哎呀，我们要赶不上末班轮船了。两人坐起身来，爬出船舱，离开了小船。他们一路跑着直奔码头，果然从武林头回栖镇的末班轮船，几分钟前已经离岸，在他们视线之内渐行渐远。两个人只好步行回栖镇。

半路上，就着月光，靳天浑身是胆，湘湘的情绪好像也特别高涨，他们手牵手，似一对神雕侠侣。有时候，靳天要停下来抱着湘湘接吻，再走一段，湘湘又停下来，紧紧搂着靳天，让靳天吻她，然后，靳天臂膀上还是不可避免地被一只蜜蜂蜇了一口，也不过是热辣辣的感觉罢了。

走着走着，终于看到了远处栖镇水北人家的灯火。又走一段路，就到了靳天外婆家。靳天说屋里没人，带湘湘进了屋。进了他的房间，关上门。湘湘靠在靳天的床上，说你小辰光住的房间跟我的很像，就是床单花色不一样。靳天又亲湘湘，湘湘就躺下去，靳天也躺下去。就这样又慌乱又刺激地，靳天被湘湘引领着初试云雨。

他听到她轻声说，你不是探险吗？一次不要探那么多。靳天撒娇，湘湘说，等你再长大一点，靳天郑重点头。

湘湘整理好衣裳回家，她家也在水北，离靳天外婆家走七八分钟的路。

高考结束后的这一日，靳天按往常湘湘的上班时间，坐船去武林头丝厂，寻湘湘不遇。一打听才得知，湘湘乡下的嬢嬢病重，她请了假，回乡下看望嬢嬢去了。靳天记得湘湘说过，她嬢嬢家在德清雷甸，家里是养珍珠蚌的。她说过，商场里卖得很贵的珍珠项链，最早就是从一只只珍珠蚌壳里挖出来的，然后要经很多道工艺，就变成了白色的珍珠。她嬢嬢家的那个村子，有很多大大小小的水塘，几乎家家户户都在水塘里养这种产珍珠的河蚌。靳天没有见过湘湘戴珍珠项链的样子，心想等自己有钱了，就给湘湘买一条好看的，给她当生日礼物。

见不到湘湘，又没法联系湘湘，只能隔一个星期再去。湘湘每周有一两天早上上班很早，会住在厂里，不过她的宿舍他并没有去过，他想可能湘湘觉得不方便带他去。他们进行的是"秘密约会"，大三岁的湘湘和一个高中生恋爱，这肯定是不妥当的，靳天都不明白湘湘为什么喜欢他。

惆怅之下，靳天一个人直挺挺躺在床上，从中午一直睡到了下午三点。易从来找靳天，靳天才清醒过来，仿佛被拉回到现实。两人说起高考，易从虽然忐忑不安，倒是诧异靳天的自我感觉更差，这是从来没有过的。易从就说，反正等着也是等着，我们干脆找人一起出去散散心。

一礼拜后，父亲打麻将输多了，家里又为钱吵架，易从心烦，收拾了几件换洗衣裳，备了点过年时舅舅给的压岁钱零用，独自到临平，再从临平火车站坐火车去上海走亲戚。上海娘舅家的两个表姐，一个大学毕业，一个正在毕业实习，大表姐学外贸，小表姐学医。易从是独子，最亲的就是这两个上海表姐。晚上她们带他看电影，吃冷饮，一起荡马路，白天都有事要忙，易从就自己骑辆自行车，或者坐公交车，去人民广场，看上海博物馆，又看美术馆。玩到第三天，易从问娘舅舅母怎么去吴淞口，舅母说，小从你还是等星期天吧，让你小姐姐带你去，吴淞口在郊区，很远的。易从说，这两天我没啥事情，只要告诉我怎么坐公交车就行了，我自己去没问题的。娘舅说，注意安全。舅母说,到了吴淞口,你可以看到海面上远洋巨轮开进开出,这批船,顶远要开去南美洲,远到智利阿根廷的都有,美国都不算远的。

这日上午,易从带上水壶、两只豆沙面包和一点零花钱,换了三趟公交车。坐在公交车上看窗外风景,在心里比较娘舅和姆妈,想起姆妈总是说,我弟弟比我幸运多了,晚生了几年,少吃了多少苦头。娘舅从栖镇出发,一路求学,考上上海交大,当时国家特别需要工科人才,要搞建设,娘舅毕业后,顺利留在上海工作,在一个交通设计院工作。舅母是上海人,两人同单位。而他妈也是从小会读书,因女孩子,屋里还有弟弟妹妹要养,让她考了中专,毕业时又因出身不好,被打发回原籍,一生不得志,变得怨气冲天,到后来,学的专业也荒废了。娘舅也时常为他姐姐可惜,说他姐姐从小聪明,心气高,相貌也好,只是命不好,什么都只好将就,将就了一生,脾气也变坏了。娘舅叹口气,说,小从你多照顾你妈一点。

历时两小时,辗转到了吴淞口码头。何易从向大海的方向走去,然后依在围栏中,静静地看着眼前大海,海上烟波浩渺,一望无际。远处万吨巨轮驶过,各种彩旗随海浪起伏涨落,海上来往汽笛的声音,跟栖镇运河上轮船的汽笛声比起来,阔大沉厚,他好像怎么也看不够。

易从想起初二上学期,坐在他前面的陈易知从上海回来,对他到了上海不去看海很鄙视,白了他一眼。"你为啥不去吴淞口看海呢，真没劲！"她清脆的声音在他耳边响起，现在他觉得陈易知说的是对的。

几天后易从回杭州找靳天，不料这日靳天再次去武林头丝厂找湘湘了。一个月不见，湘湘见到靳天，愣了一下，似有意外，湘湘消瘦了一圈。靳天感觉湘湘一定有什么心事。

湘湘对他不似之前的亲昵，仿佛他们不曾耳鬓厮磨，倒是像姐姐那样，问靳天高考的情况，靳天垂头丧气。眼前则是湘湘连衣裙外露着的一截白嫩的胳膊。湘湘沉默了良久，对靳天说，我可能要去上海了。靳天惊讶道，你不是想去北京吗？湘湘笑笑说，北京是梦，够不着，上海是现实。靳天问，去上海读书吗？湘湘说，我要去上海进修两年。

靳天听了，不知该欢喜还是悲伤，感觉要抓不住湘湘了。天慢慢黑下去，他们一起走到武林头码头，至无人处，靳天冲动地转过身去，要吻湘湘，湘湘接受了靳天发烫的嘴唇，却并不热烈回应，似乎心在别处。靳天就紧紧拉着湘湘的手，湘湘也由他拉着。等到上了船，到栖镇的水路很短，两人找到最后一排的位子，并排坐着，黑暗中，靳天再次紧握着湘湘的手，湘湘的手由他握着，却无力似的。

回家后，靳天躺在床上，迟迟不能入睡，想起湘湘的异想天开。湘湘不仅想去北京，还想去英国。因为《福尔摩斯探案集》看得入迷，湘湘说过以后一定要去英国看看，那辰光整个栖镇年轻人中，还没有人出过国门。靳天曾对湘湘说过，你是扒脚野猫,就想野出去。湘湘说,我就怕闷得慌,我不喜欢小地方。靳天笑,我爸我妈说,栖镇是大码头呢。

叁

九月,新生活开始了。陈易知、何易从、靳天,一个月从杭州的学校回一次家。一开始,他们都坐轮船。杭州的轮船码头就在武林门,离学校不算远。同一个轮船码头出发,同一个轮船码头到达,放假时间也差不多,不过巧遇这件事,从来都没有发生过一回。后来,弃舟登岸,改去城东艮山门坐公共汽车。想遇见的人遇不到,不想遇见的人,倒是在船上碰到了。

轮船上,陈易知意外碰到了用扑克牌行骗的吉彪。现在吉彪完全长成了社会青年的样子。易知先是听说吉彪当起了倒爷,又迷上赌博,钱输个精光,现在却出现在杭班轮船上。

吉彪一看是老同学陈易知,就打着哈哈说,哦哟大学生回家啦,稀客稀客,各毛大学生顶有前途啊。易知听着,心里泛起一阵厌烦,觉得这个吉彪的话一点不友好,甚至带着点嘲讽和恶意。易知从小就特别不高兴一点,跟谁同一天生日不好啊,偏偏要和吉彪同一天生日。这个绝密消息是小辰光易知爸说起的,因为小毛头出生时,易知和吉彪,恰好在同一个病房,栖镇小地方,碰来碰去都是熟人,易知爸认得养鱼场工作的吉彪爸。易知爸说过,吉彪是早上生的,你是夜里生的。你哭得呱呱叫，全医院喉咙顶响。

船上狭路相逢，易知正不知怎么回答时，吉彪就已经闪开了，易知看他走开的样子，不像是猥琐，倒是决绝。她想起小学两人同桌时，吉彪时常欺侮她，又整天脏兮兮的，还故意将鼻涕抹到她的作业本上，从此她一见他就讨厌。后来好不容易同桌换成了刘晓光，伊一下子好像从地狱到了天堂。

在杭州上大学的何易从和靳天，都坐过轮船回家，也都在这班轮船上碰到过吉彪。有一日，吉彪在船上碰到靳天，船上贩夫走卒，乌烟瘴气，又是落雨天。靳天从学校回栖镇，船上光线昏暗，独自无聊，见吉彪和几个人打牌赌博，就在边上围观，他也看不懂吉彪出老千。吉彪心情不错，赢了其他三个人一百多块后，见靳天坐在边上，热情招呼老班长。递烟过去，靳天接了，跟吉彪对了火，抽了起来，两个老同学聊了一些镇上道听途说的事，吉彪的麻子堂阿哥在广东发财了，老同学王小强家的板鸭店生意红火，快发财了之类。黄昏六点多，轮船靠了岸，靳天撑着把蓝雨伞上了岸，吉彪也跟着上了岸，两人在上岸的客流中同走了一小段路后，过了圆满桥，靳天客气地跟吉彪道别，吉彪拐向圆满路的养鱼场宿舍。结束了船上"工作"的一天，这是吉彪愉快的一天。

隔两个礼拜，同一趟轮船上，吉彪几局扑克后，看见了隔条走道的位子上，坐着他另一个老同学何易从，正埋头看一本书。初中时，易从就坐在他斜前方，吉彪犹豫了一下，挤到何易从对面空着的一个座位，跟易从打招呼说，老同学啊，难得难得，你也坐轮船啊，我上趟刚碰到过靳天。易从从学校回家，见是老同学吉彪，也点头致意，不冷不热，犹疑疏离。吉彪说，你们读书好的学生，有阳关道好走，考上大学，是天之骄子啊，羡慕羡慕。易从尴尬，想问吉彪在哪里工作，又一想，就没问出口，看起来就像在沉思。吉彪说，我们不好好读书的，现在只好混口饭吃。易从更尴尬了，连忙说，哪里哪里，都是一样的。吉彪说，老同学，我等你们飞黄腾达，以后当官了，拉兄弟一把。易从听吉彪这么说，忽然大窘，不知说什么好，沉默中，吉彪连忙从上衣口袋里掏出三五牌香烟，递烟给易从，易从急忙手一挡，说我不抽烟。吉彪一愣，连忙缩回手，忙说，你读书人，看书，看书。吉彪走开了，易从又埋头管自己看书，心情却有点复杂。碍于老同学在场，吉彪不好意思在轮船上再行骗，只好干坐等上岸。好不容易船靠了岸，两个老同学随着人流下了圆满桥，没有再打招呼，各自上岸。吉彪逃也似的一拐，去了轮船码头的小卖部买香烟。易从一路从西横头走到东横头，看看运河上黄昏辰光的灯火，有些恍惚，又想着刚才吉彪递烟，自己推开了，他看到吉彪脸上失落的表情，心里闪过几分歉意，又一想本来跟吉彪不是一条道上的人，稍稍舒坦。

冬日。一天下午，何易从和陈易知正好同一班轮船，从杭州武林门码头回栖镇，却没有看到彼此。易从在轮船二层舱，易知在一层客舱，各自手里有一本书在看，易从看《悲惨世界》，易知看《傲慢与偏见》，都是从各自大学图书馆借的。易从手冷，略微活动下，搓搓手，轮船的上舱只能坐着，不能直立，但很宽敞，易从有时干脆就躺下来。

轮船汽笛声响起，到了武林头丝厂，大家就收拾收拾，等着下船。拖着长音的"嘟——嘟"两声，两人一上一下，几乎同时抬头看水面。

过一刻钟，到栖镇时，天已黑透。轮船靠岸，旅客们纷纷下船。易知合上书，动作慢了点，上岸时，昏黄灯光下，看到有一个很像何易从的身影快速从身边走过，往前去了，易知本能地追了几步，又慢下来。她再一次看清楚了何易从的背影匆匆离去，像对她完全不屑似的。

那日黄昏，何易从下了船，只闷头快步走路。本来这趟他并没打算回家，医学院功课繁重且快要期末考试，但母亲写信给他，说自己天天头痛失眠，人有气无力，跟他爸怄气，他不关心她，退了休只顾自己开心，天天麻将，老是输钱，真不想活了。易从看罢信，心烦意乱，想起母亲的怨天尤人，还有没完没了的愤怒，父亲的窝囊无为。多年来他听家里吵架耳朵起茧，本想置之不理，但正在学医学公共卫生课的易从，转念一想，母亲的很多表现，可能是女性更年期综合征症状，加之母亲工作的针织厂要倒闭了，只好办了病退手续，收入减少。易从决定还是回家一趟，劝劝母亲。

第二天傍晚，下了一点雨，易从和易知差不多时候吃过早夜饭，各自从自己家出发去轮船码头，两人一个东横头一个西横头，易知坐的那班轮船起锚离港时，易从刚进轮船码头售票处，排队买下一班船的票。吃晚饭和动身的时间基本上是固定的，一趟趟坐轮船回杭州，易从坐的轮船，总是要比易知的晚一班船。半小时后，易从也在杭州武林门码头登岸，再去同一个公交车站等车回学校。

九十年代初，栖镇在外的学子，已很少有人再坐轮船回家。也是同一趟郊区公交车，同一个车站候车，同在省城求学，相隔不过半小时自行车距离的易从和易知，还是从没碰到过。

靳天去杭州读大专的那个新学期，湘湘也去了上海进修。湘湘没有告诉靳天，她在杭州上大专期间，确实有过一个医学院的男朋友，男朋友是常熟人，健壮挺拔，父亲是当地医院的院长。后来男朋友考上了北京的研究生，一南一北，前程渺茫，就分了手。再后来，前男友没有留京，而是分配到了上海工作，她去看他，前男友惊讶于许湘柳回到小镇武林头丝厂工作几年后，出落得越发漂亮了，经过时间的洗礼，许湘柳的眸子里，似乎沉淀出水汪汪的哀愁，这似有似无的哀愁打动了他，这次前男友舍不得放手了。湘湘觉得前男友也更成熟了，一番挣扎，比较了前途可期的前男友和才上大专、前程难以预期的靳天，决定放下长相更英俊、也一直痴爱着她的小弟靳天，重回前男友怀抱。

靳天在杭州求学期间，趁假期去上海看过湘湘两次，那时候的湘湘还是模棱两可，既不给他希望，也不彻底打碎他的希望。靳天到湘湘宿舍，湘湘跟同宿舍女生说，这是我老家的表弟，把他安排到男生宿舍借宿。她陪他逛外滩，逛南京路淮海路，陪他看电影，吃饭，既像女朋友又不像女朋友。他牵她的时候，她也没有甩开他的手。湘湘还在南京路"一百"给靳天买了一套西装，一条皮带。靳天推辞，湘湘一定要给他买，说靳天穿西装最帅，以后用得着。男孩子毛茸茸的心，能感知姐姐心疼他。但每一次去，靳天都觉得自己和湘湘已是两个世界的人。

回杭州后，靳天给湘湘写信，湘湘也没有回音，他摸不透她，她一歇是云，一歇是雾，一歇是电，一歇是雨。靳天心里越来越自卑，觉得自己不能给湘湘她向往的生活，湘湘向往的是大都市，他自己的心好像也没有湘湘的心大。

船票便宜，最后一次，靳天从杭州坐轮船去上海，路上带一套《神雕侠侣》慢慢看。轮船的第一站，武林门码头。《神雕侠侣》里，风陵渡郭襄一见杨过误终身，靳天想，武林头码头就是他的"风陵渡"。到上海后，靳天没有去湘湘学校找湘湘，自己漫无目的荡了一圈，又坐夜轮船回了栖镇，自此沉默了。

一九九〇年的盛夏，有个三十八度蒸笼天的晚上，长桥边挂着个晕黄的毛月亮。易从、易知、戴正都回到了小镇，在自己家的电风扇下无聊地等着睡觉，又热得有点睡不着。此时靳天已经大专毕业了。

这天夜里的毛月亮,靳天终生难忘。晚上九点多,靳天觉得烦闷,走出水北外婆的老房子。老房子里只有他一个人,外婆去杭州女儿家做客了。他在隔壁小店买了烟,就不由自主地往武林头丝厂的方向走,走了十分钟左右,就到了湘湘家门口。他知道湘湘家,却从来没有进去过。他也不知道湘湘会不会恰好回栖镇来。又径直往西走了一段,河边一溜儿,是在外面搭起竹榻板乘凉的人。靳天走到灯火阑珊处,觉得没意思,心越来越空,无精打采地折回。

　　在快到家门前时,居然碰到了独自迎面走来的湘湘。湘湘刚刚下了长桥,往家的这边走。两个人停住了,不约而同说,你怎么在这里?湘湘说,我正好实习中间,回来休息两天,明朝又要回上海去了。

　　一起走了几步,在边上一处光线幽暗的河埠头台阶上,一起站了几分钟后,湘湘拍打了下手臂说,蚊子咬我。靳天赌气,说,那我回去了。湘湘说,去你家吧。靳天说,嗯。

　　湘湘跟着靳天进了他从小居住的老屋,进了靳天的房间,靳天打开电风扇,让湘湘凉快凉快,又找出驱蚊花露水,让湘湘抹一抹。湘湘站在电风扇前,把束发橡皮筋取下,头发就披下来了,在风中四下飞散,花露水的甜香也发散开来。湘湘吹够了,就在竹席子上坐下来,靳天也挨着她坐下来。呆坐了一分钟,靳天眼圈红了,湘湘就握住了他的手。两人一句话没有,就开始亲吻,交缠,湘湘先把靳天身上的衣裳脱掉了,又利落地脱了自己的衣裳。那个晚上,靳天结束了自己的处子之身。

耳鬓厮磨时,湘湘在靳天耳边说,对不起,我来不及等你长大。靳天眼泪一涌,一句话也说不出来,只是更疯狂地亲吻她,更疯狂地冲锋陷阵。他们的汗和体液混在一起,湘湘的头发被靳天咬在嘴里,又覆在靳天的短发上。靳天的臂膀穿过了湘湘的臂膀,长腿交叠着长腿,严丝合缝了,两个人叠成了一个人,他们皮肤几乎一样的白。赤裸的湘湘抱着赤裸的靳天,断断续续说,我是不是很虚荣?贪图荣华富贵。靳天只管将自己的头深深埋在湘湘的双乳之间,去吻那两个乳尖。湘湘的乳房是他心目中最美丽的女子的乳房,连带湘湘蜜甜般的气息,他会一直想念下去的。因为想念,他少年后搬离了外婆的水北老屋,仍然会不时回到这里住上几晚。

湘湘耳语,我们两个是不是都很好看。靳天说,我们是金童玉女。湘湘低语,十年内,你不要找我。靳天说,十年后呢,湘湘说,要不你来拯救我,要不我去拯救你。靳天也不管是戏言还是痴语,喉结处堵堵的。

第二年春天,湘湘嫁去了上海。靳天对湘湘,一点都恨不起来,好像觉得湘湘做什么都是有理由的。

四月,湘湘大婚时,回栖镇办喜酒。靳天把自己孃孃临终前给的一块老翡翠拿出来,孃孃曾交代这翡翠是好东西,将来要靳天给媳妇的,算是给孙子的礼物,靳天没有给将来的媳妇,却送给了湘湘当嫁妆。湘湘起初欲推辞,最后还是神情肃然地收下了。

肆

戴言礼跟回家度假的戴正说,现在我能去听听评弹的书场都没了,剧院不演戏了,真是想不到,栖镇没有白相去处了。戴正同情地说,你现在荡发荡发得不舒齐了。

戴正远在长沙生活,听说昔日发小们一个个离开了栖镇,远走他乡淘金。何易从去北京读博士后,留在了京城工作。又听说还有人南下,去了香港讨生活,有人去了广州当厨师。

陈易知回到红太阳的家中,眼前的小镇风景已经变了腔调。从三楼房间望出去,就是镇中心的广场。流行歌曲响起,扩音器里,嘭嚓嘭嚓,迪斯科皇后张蔷的歌声,"你可知道我在爱你,怎么对我不理睬。请你轻轻告诉我,不要叫我多疑猜",整夜在小镇上空响彻。深圳红菱艳歌舞团、巴黎红磨坊歌舞团等等,各种花名的歌舞团,在镇中心广场上搭个篷子,你方唱罢我登场。易知往窗口一站,江南冬天的冷风里,四个穿着红色高跟鞋,穿暴露易走光超短裙的姑娘,扭腰摆胯在台上卖力地跳舞。这风骚里,又是地道的村俗。观众三五块钱,买的流水票,看一拨走一拨。坐第一排的,看得兴奋,就叫好,就要跳舞姑娘弯下腰来,就往伊胸前塞小费。为了刺激观众,跳舞的姑娘,有时故意让上衣的带子掉下来,露出半个奶,下面的看客，尖叫声四起。这是白天表演，夜场表演，一张票比白天场贵两块，据说表演还要露骨刺激。

易知站在三楼窗前，几十米外的纸醉金迷的场景，一次次地见得多了，感到小镇有些东西变了。

母亲有时也站在窗前抱怨，一天到夜吵煞，这些小姑娘也不知哪里来的，一个个浓妆艳抹，奇装异服，袒胸露背，这哪里是艺术，这是低级趣味。陈子船笑谢清韵迂腐，说，什么高级低级，你还是老式古板的审美眼光那一套，时代不同了，现在趁年轻，跑江湖挣钞票要紧。谢清韵鄙视道，你这个人。陈子船说，那怎么办呢，女小人能考上大学的有几个，要是农村里女小人，不出来谋生，只能种地。谢清韵说，世风日下啊。陈子船说，白猫黑猫，能抓老鼠的都是好猫。现在不要说跳舞了，出来卖肉挣快钱的，不要太多。谢清韵没听明白"卖肉"什么意思，陈子船自顾自说，我给楼下的草台班子算笔账，五块钱一张票，一天不多算，就算卖三百张票，一千五百块。过年期间连演五天，再换个码头，钞票还是不少的。这种班子来，住顶差的旅馆，吃盒饭，顶多小饭店里马马虎虎弄几只菜，唱歌跳舞的行头，不过市场批发的蹩脚货，大篷车自备，成本不高的。

有一日，陈子船说汪厂长昨日去看过跳舞了，说好看的，新式白相，脱牌拉丝（吴语，指很牛，很厉害），交关赞。老汪倒是新潮人，一个人在家没事体做，顶喜欢去轧年轻人的闹忙。

再后来，去看大篷歌舞的退休工人越来越多，镇上三三两两男男女女的退休工人结伴而行，个个第一回开洋荤，在这种尴尬场合碰到，起先还有点难为情，嘻嘻哈哈互相取笑一通，以后也就见怪不怪，向着时髦的新生活方式靠拢。栖镇附近乡村小青年，成群结队骑着摩托车，带着衣着时髦、乡气尚存的女青年赶来镇上看表演，摩托车发动机轰鸣，一路高唱着哦哦哦，爱你在心口难开，增添了小镇的热闹气氛，也给大篷歌舞做了最好的活广告。夜色中，镇上小青年和乡下来镇上看热闹的小青年，两帮"洋火担子"互相看不起，互相嘲笑，互相"钓财仙婆"，于是骂架火拼，也是常事。只是到了一九九七年，栖镇小青年打架也比从前文明，顶多拔出拳头比划比划，鲜有动刀子的。

　　陈易知过年回乡，楼下日日夜夜歌舞不休，虽不待见，也打发了几日的小镇无聊生涯。从前的发小们忙着生儿育女，来往少了，春节也不知会不会回到镇上。那年月没有手机，联系不方便。从前大家互相串门，直接上门找人，如果听说要找的人去了另一家，就再登门去另一家。那种热情，不复再现了。

　　变迁时代，易知父母家搬到了运动场。何易从、戴正和靳天父母的家，也都搬了地方。易从家搬去了酱园弄，戴正家和靳天家，都搬去了南横头。从此要像从前那样熟门熟路串个门，也不能够了。

　　陈子船已经下不动象棋了，说年纪大了，白天着棋，要喝浓茶，夜里就困不着。只是娱乐活动不见减少。跟发小汪厂长经常一起混，老汪当厂长时，和颜悦色，不耍威风，人缘不错，退休后热衷白相经。陈子船听到风言风语，说汪厂长一个月只花五百块，就包养了一个外地女人。汪厂长时年六十六岁，外地女人比老汪小三十岁，也不清楚来历，有说是这边最大的丝厂改制后，到外地去招来的农民工。这时，镇上已经陆陆续续来了一批外地人，云南贵州四川河南湖南，五湖四海，以女性居多，四十岁不到，出来讨生活，也有一些来摆小摊、做小生意的外地人。外地人都讲不标准的普通话，听起来荒腔走板。慢慢地，栖镇这个曾经密不透风的封闭型古镇上，说不标准的普通话的人、租房子住的人多了起来。

一开始汪厂长还神神秘秘，闷声大发财一般，参加几个老朋友的聚会也少了。有一日，几个退了休的老朋友约好，一起去老余杭一个朋友家开的馆子吃饭，早出晚归，每个人头八十元，以前这种活动老汪蛮积极的，这次却推三阻四，说自己最近肠胃不太好，去不了。

过了段时间，大概人生得意，锦衣夜行没劲道，老汪忽然邀请陈子船到屋里吃饭。陈子船一进门，见老汪屋里打扫得清清爽爽，一结实大波浪女子，红衣紫裤，在厨房切菜。陈子船嘴上说，老汪你长长斯远不来一道白相，发财去了？心里吓一跳，心想老汪搞起腐化堕落了。

陈子船瞄两眼厨房里忙活的女人家背影，说不上好看，坏子粗壮,脸蛋黑里透红,就是年轻,可以给老汪做女儿的年龄。那辰光,镇上人家还极少家里雇保姆的,陈子船认定这女人家是老汪轧的姘头。

两人吃茶,见老汪面有春色,陈子船悄问老汪,老汪你齐人之福,老太婆不吃醋呀?老汪说,老太婆在上海,给儿子管小毛头,我一年也见不着几次,相当于老来打光棍。陈子船又问,反正你退休了,也可以去上海跟儿子住。老汪说,上海的房子你晓得的,叫叫十里洋场,实际螺蛳壳里做道场,儿子媳妇拨我钞票去,我都不去。陈子船说,现在你倒是逍遥的。老汪说,辛苦了一辈子,现在改革开放了,我也要享几日福。话说回来,讲句男人真心话,老头子老太婆天天一道等死,有啥意思,要说女人家,毕竟年纪轻的好,干瘪老女人,你没有想法。陈子船连忙附和:格倒是。老汪讲,老陈啊,我们这辈子做一世人,算白做了。我以前虽然当领导,漂亮女人家想都不敢想。陈子船开玩笑道,这把年纪了,你还能做事啊?老汪讲,不瞒你说,我吃药的,平时多滋补壮阳,狗鞭酒鹿鞭酒吃一点,勿要太节约,贵是贵,我不怕肉痛,虫草也吃一点,对身体好。陈子船说,你厉害的。老汪讲,勥想太多了,铜钿银子人骗人,女人家,不过是解解心焦。陈子船以为然。

年轻女人菜烧好,三人坐下来吃饭。女人家讲口音很重的普通话,老练地招呼陈子船,不要客气,多吃点,俨然女主人。两个男人家吃黄酒,老汪也给女人家倒上酒,笑眯眯说一声,金娥呀,今朝你辛苦哒。叫金娥的女人家纤瑟瑟笑,啊呀叫我吃酒呀。我们外地人,不太习惯喝黄酒的。老汪说,我们江南人,吃酒是黄酒第一,你入乡随俗,多吃吃就习惯了嘛。金娥也算健谈,说屋里种地,看天吃饭就是个死,她们村里,能干点的女人家,都出来讨生活,都是听说哪里工厂招工,一个带一个出来的。有的出来晚了,此地招工已满,就又到别处去碰运气。不过有几个心思活络的老乡,嫌厂里劳动太苦太累,做了一年半载,稍微有点熟悉,又出来给人做保姆钟点工,或者做点小生意,也比厂里三班倒、死工资要好。言谈之间,陈子船知道了,叫金娥的女子现在在老汪原来的厂里当质检工,工作相对轻松,看来也是汪厂长发挥余威,动用了关系的。金娥在这里讨生活,每个月有钞票寄回老家,老家的丈夫儿子倒也高兴。

一顿饭之后,陈子船回家,走在路上,心里骂一声"册那",又想想老汪毕竟是当过厂长的,脑筋转得快,样样不落后,跟得上时代。以前老老实实,屋里妻管严,现在轧姘头不算"腐化堕落"了,老汪哪怕吃药也要享受。

小镇日子慢,子女们都在外头,读书的读书,工作的工作,很少回家。关于他们在外边的消息,时常真真假假,捕风捉影。

已经不下棋的陈子船和何君乾,此时不约而同地迷上了打麻将。每天下午两点后,他们都走到工人俱乐部的棋牌室打麻将。陈子船精明,赢多输少,打麻将也要记账。何君乾糊涂,输多赢少，也不记账。陈子船话多，翻出老黄历讲，我家小囡上大学辰光，就有台湾制片人追求伊，制片人我也搞不清楚干啥的，小囡说是拍电影的，到省里，跟副省长称兄道弟，是老朋友，省政府拨给他一个院子住，说是鼓励文化台商投资。伊有一年暑假，给那家儿子做家教，回来说，台湾人的杭州屋里，有一大堆黑胶唱片，他放的邓丽君，还有很多外国歌曲，伊也觉得有趣，跟这个台湾人聊得来。结果台湾人就看上伊，很正式地跟伊讲，如果两人结婚，就可以带伊到美国去发展。台湾人是美国籍，在美国洛杉矶还有文化公司，以后都准备交给伊打理，还很正式地给她看离婚证，要明媒正娶。何君乾听了，也是啧啧称奇。

陈子船接着讲，后来我家阿囡一个礼拜天回来，说刘先生给伊看了很多相册，各种大场面，都是西装笔挺，有好多在好莱坞跟外国电影明星的合影，跟美国副总统和州长合影，跟香港小姐合影，跟法国文化部长合影，各种酒会，真是见过大世面的。伊讲，这个刘先生，年轻时长得英俊儒雅，现在四十出头了，保养得就像三十出头。

两人互相吹了下儿女，都神气活现起来，吹到后来，就有了别苗头的意思，互相有点不服气。陈子船看看烧饭时间到了，才跟何君乾几个麻友告辞了，各自回家。

又过了一个礼拜，陈子船桥头碰到戴言礼，又绘声绘色讲陈易知被大人物追求的故事，这次细节又多了一些。陈子船讲，伊一个女小人，吓都吓煞了，刘先生给伊请柬，请伊到省政府内部电影厅看了个台湾电影，是刘先生担任制片人的，据说还得过金马奖。伊好奇，就去了。伊回家，马上跟我说这桩事体，我说这种人家，我们高攀不起，而且人家已经结过一次婚了，有两个男小人，我同伊讲，我们不稀罕去给这种达官贵人做填房。伊找了个借口，不做家教了。戴言礼掐指一算，这台湾人高级是高级，比你家知姑娘大十几岁，荣华富贵有，可惜年纪是大了点。陈子船说，对啊，我们根本不稀罕的。

陈子船问，戴正现在多少铜钿一个月？戴言礼说，伊勿来讲的，一个人在长沙，逍遥法外，我是想叫伊回来。又讲，我家儿子不像知姑娘，什么话都回来讲，我们都不晓得伊有没有对象。陈子船喏瑟道，小囡我从小一泡屎一泡尿管大的，跟我比跟伊姆妈还要亲呢。

有段时间，麻将桌上，要数何君乾话多。说儿子杭州读完研究生还不够，还要到北京读博士。陈子船掐指一算，按老底子，大学生是秀才级别，研究生算举人老爷，你家儿子博士生，相当于金榜题名，中进士了。何君乾听了高兴，笑道，我家阿从有点像书蠹头，只晓得读书。陈子船讲，好人家都是讲读书的。何君乾讲，伊姆妈样样不称心，儿子好歹是博士，给伊撑面孔的。陈子船附和道，你屋里林师母书香门第，儿子博士，总归称心的。

时光飞逝。后来何君乾讲，我家阿从博士毕业，留北京的大学里工作了。陈子船讲,我家小囡,一个人跑到深圳去了,还好过年回来,被伊姆妈从包里翻出深圳杭州来回的火车票,还有在深圳的男小人写给伊的信,要伊过好年早点去深圳。小囡跟伊姆妈大吵一架,说乱翻伊东西。吵过架,小囡见瞒不过,坐下来跟我们摊牌,写信的男小人是伊校友,研究生毕业,在深圳做金融,天津人,从小没有爹,姆妈是大学教授。我们勿同意,小鬼人再好,一歇歇天津一歇歇深圳,我们吃不消的,小囡变成人家的人了,我们白养了。伊姆妈嘴上不说,夜里困不着,要吃安眠药。我说,我不会让伊去的,你放心。何君乾说,我晓得的,去深圳都要边防证的,前途是有前途,就是太远。

何君乾讲,还是老陈你想得长远。阿从跑到北京去,我们要是拦他,也怕以后他要怪我们的。陈子船讲,男小人不一样,女小人总归不要跑太远。何君乾连连点头。

又一日,一道打麻将,变成何君乾主讲。何君乾讲,是有好几个大好佬,要拨我家阿从介绍对象,木陀儿子一根筋,荣华富贵不要,不肯抛弃大学里谈的女朋友,也就算了。陈子船说,荣华富贵都不要,这小人倒是狠的。何君乾讲,我家阿从有点木知木觉。在北京都要讲关系,伊一个书生,有什么用,钞票也挣不着几个。陈子船讲,读到博士,高级人了,以后总归能挣大钞票的。何君乾讲,老话讲,找对象要找门当户对,阿从可能觉得,我们这种小户人家高攀不起吧,其实我们上代也是大户人家。陈子船顺势恭维了几句,你们何家原来发达的,绸缎店、米行都是你家的,屋里厢院子里埋着金子,老底子镇上人都晓得啊。何君乾说,没有的事,没有的事,中等人家而已。陈子船又高谈阔论。老底子有古话,读书人的梦想,就是夜里有狐仙到厢房里共度春宵,等高中了状元,再娶宰相家千金,差一点,也要娶自己老师家的千金,这就叫人往高处走。何君乾说,老陈你讲法顶好。陈子船说,你儿子小辰光看不出,不大响的。何君乾谦道,呆大一个,脾气像伊姆妈。

陈子船和何君乾,屋里都管买汰烧,早上八点档,小菜场买菜,挤挤挨挨,热热闹闹,抬头不见低头见。搭白几句,有时一不小心,就扯长了。买好小菜,回家路上,从前一个回东横头,一个回西横头,现在一个运动场,一个酱园弄。两个老头儿各拎一只菜篮子,哼着小曲儿,哼着哼着就停下来了,想到儿女婚姻大事都未定局,忽一闪念,两家要是结个亲,好像也不错,青梅竹马,门当户对。又有说法,英雄就怕旧邻居,这对昔日棋友,现在彼此有点看不上对方,都觉得对方家的底子,比自己家要差口气,应该联姻条件更好的人家,好得太多,又怕自己吃瘪。

又过段时间,戴言礼碰到陈子船,说起儿女们的情况,戴言礼说,伊姆妈身体勿好,我们两个管不动小儿子了,小鬼答应调回来了。陈子船说,长沙调回杭州,都是省会城市,问题不大。戴言礼说,我家阿正讲,只要找到接收单位。陈子船说,小人总还是在身边的好,飞出去太远,等于白养。

夏天晚上,陈子船和何君乾打好麻将,一个往西走,一个往东走。陈子船走到电影院边上一条闹中取静的小弄堂,忽见打扮时髦的外地女子走到跟前,招呼说,阿哥啊,要不要白相相,五十块,便宜的。路灯下面,陈子船瞥见一个穿得红红绿绿、露出上半部分胸脯和整条胳膊的丰满女子,看上去三四十岁,嘴巴涂得血红,陈子船心里别别跳,赶紧说,勿要勿要,对不住。一边赶紧快步走开,一边心里有点激动,心想,今朝夜里我碰到"野鸡"了。

几年间,镇上外来女人越来越多,一个个野性勃勃,寻找可以投靠的金主。洗浴中心,按摩店,夜总会,一家家地出现了。霓虹灯闪烁的地方,隐隐让人觉得,此地画外有画。

过了几个月,陈子船听打麻将的朋友讲,长桥脚下,现在有个私人诊所生意蛮好,实际上,是治疗性病的,打几针要好几百块,染上那种脏病,真是自己倒霉。有个麻将朋友神神秘秘讲,都是这批外地女人带来的脏病。听说街上有好几个退休工人,偷偷摸摸到这种地方打针去过了。

又过几日,有个下午,何君乾一边在工人俱乐部打麻将,一边讲,以后我夜里要想摸两圈,出都出不来了,老太婆昨日同我吵架,说现在外头乱七八糟,到处是坏女人勾引男人家钞票,不许我夜里再出门。其他男人家也七嘴八舌,有个一道打麻将的老蒋说,男人家真的想出去白相,女人家要管是管不牢的。也有人讲，做人做人，一辈子蛮快的，自己开心就好。样样听老娘的，自己就勿开心了。陈子船附和道，老何是个老实头人。何君乾唉声叹气。

夜场麻将凑不齐人时，陈子船就出门荡发荡发，荡过长桥，长桥上立一歇，看看河港两边，这时又有外地女人过来，碰碰伊肩臂，叫声阿哥，你要不要跟我白相相。陈子船火冒三丈，就朝女人低吼，册那，不要挡路好哦。无论如何，一个老栖镇人接受不了，如今长桥上也会出现这种龌龊事体。女人待要发作又忍住，朝石板上吐了口唾沫，陈子船瞪女人一眼，女人恨恨低骂一声。陈子船气得想打人，想想今朝晦气，万一被这种女人缠上了说不清楚，一路"册那""狗触东西"地低骂着，下了桥。

六月里，汪厂长的年轻女人金娥忽然打电话给陈子船，说有点事体，想同陈子船谈谈。陈子船有点奇怪，问啥事体，伊顶怕半生不熟的人来借钞票。金娥说，电话里讲不清楚，你有空到我房子来坐坐再讲。陈子船有点犹豫，不想摊上麻烦，但又不好意思拒绝，毕竟汪厂长家吃过人家烧的饭，支支吾吾几下，就答应了，心想只要不是借钞票，能帮忙就帮忙。

到夜里，陈子船拿了把蒲扇，心里七上八下，一直走到了东小河金娥的出租房，进了门，只见金娥穿一件玫瑰红吊带连衣裙，描眉画凤，打扮得妖妖娆娆。金娥泡了茶，切了香瓜给陈子船吃。陈子船问金娥有啥事体，金娥也不急，殷勤招待吃东西。陈子船奇怪,问起汪厂长,金娥说,老汪儿子搬了大房子,他去老婆儿子那里团聚,来回要一个多月。陈子船说,大房子,格倒蛮好。金娥道,有啥好呀?

后来金娥抱怨汪厂长为人小气精巴,一个月不在,就停发给她的五百块零用钱,金娥心里委屈,想另觅良人。陈子船听得,脱口而出:老汪倒是精明人。说完又觉得自己讲错话了。金娥用眼睛瞄他,似有别的意味。金娥说,陈大哥看着比汪厂长会体贴人多了,样子也比他长得嫩相。陈子船连忙说,哪里哪里,老汪当领导当惯的,有威仪。金娥耻笑道,领导又怎样,我都不想伺候他。两个人讲白相,金娥眼锋瞟一眼陈子船,巴结道,陈大哥,我时常看到你在公园里锻炼身体,你身体一定比汪厂长好。陈子船谦虚道,老了,老了,不比年轻时了。金娥殷勤道,我看你身体蛮强壮,人瘦筋骨好。陈子船嘚瑟起来,说,这倒是的,我天天锻炼,每天雷打不动锻炼三个钟头,走出去,好多人说我看上去只有六十岁。金娥连忙说,陈大哥你哪里有六十岁啊,我看你,跟我们农村里四十几岁男人差不多。陈子船听着高兴,连忙谦虚道,四十多岁是不可能了,毕竟老大伯了。金娥又说,姜还是老的辣么。陈子船笑起来,说,你不喜欢老汪吗?金娥说,喜欢老汪?老汪耐心好,夜里困觉,摸上摸下要摸半天,真的弄弄两分钟顶多了,我也是女人,你说是吧?陈子船听了,心别别跳,暗忖老汪"银样镴枪头",为了每次一分钟又要吃药,又要每月花五百块,倒有点"大好佬"

了。又思忖，金娥这个女人蛮会说下流话，心思太活络，明明是在勾引自己。

吃完一杯茶，陈子船觉得自己该走了。金娥依依不舍，说，陈大哥不用急，再白相相，陪我看一歇电视嘛。陈子船不好意思马上走掉，额头上出汗。金娥说，你热吧，过来吹吹电风扇。屋子里厢，摇头电风扇转着，坐在沙发上，金娥的身子靠过来，又剥一根香蕉，喂到陈子船嘴边，他瞥见金娥保养并不太好的手上，涂了大红的指甲油。陈子船只得接了，心思慌乱。一不小心，胳膊碰到了金娥丰满的胸部，金娥嗔怪道，老陈啊，原来你还是小伙子，毛手毛脚的。陈子船忙说，我没有想揩你油啊。金娥软软地说，你是正常男人嘛，说罢，已经软软地靠到陈子船身上来了。陈子船推开也不是，不推开也不是，就这样僵在那里。金娥身上的热气，一缕缕地传递到陈子船全身，陈子船觉得自己的身体仿佛膨胀起来，突然"豁"地站起来，对金娥说，你不要难过了，汪厂长少你的一个月，我补给你吧。过几日我来交给你。

陈子船逃也似的离开金娥家，有些恍惚，夜风一吹，心里后悔，刚才心一软，脚一软，五百块没了，说出口的，又不能赖账，路上气得直跺脚，对着半空骂一句"册那娘"。这个金娥，真是上伊当了。

过了半个月，一个星期六午后，陈子船思前想后，赖账怕金娥说出去，被人笑话，真金白银掏出去，又觉得肉痛。打了几场麻将，赢了点铜钿，算起来不止进账五百块，又想起金娥奉承自己看起来不过四十几岁，脚步就轻飘起来，绕道去了金娥家。金娥要陈子船歇一歇，两个人就在金娥床上歇了歇。陈子船心里还是疙里疙瘩，肉痛五百块是被这女人骗走的。

又过了一个多月，汪厂长回来，怀疑起陈子船跟金娥勾三搭四，也小气起来，又把陈子船叫到屋里，以请他吃饭的名义，两个老发小喝了点黄酒，汪厂长先说，老陈如果你有意思，老子把金娥转给你，只要你不少于五百块一个月给她，伊肯定高兴的。陈子船连忙说，误会了误会了，我真没这个意思。

两人继续吃酒，汪厂长忽然冷笑道，"册那"，这种女人家，你以为靠得住呀。老子只出去一个月，就到处勾搭男人。陈子船也推心置腹讲，伊不过是想挣点外快，也罪过相，想钞票想疯了。汪厂长骂骂咧咧，这种女人家不知足，老子勿要了。骂完"册那"，又骂"狗触"。陈子船连忙说，我没有这种闲工夫，也没有闲铜钿。你一个人，伊有空时拨你烧烧小菜，你吃好困好，也实惠的。汪厂长忽然霸气地说，水性杨花，等老子敲伊两巴掌，敲老实了再讲。

陈子船回家路上，暗骂：册那娘，老汪怎么会平白无故怀疑我呢？一定是金娥自己嚼舌头。女人家事体多，花样经十足，真是麻烦，目的不过是捞几个外快，还是不要骨头轻。

又一个多月后，汪厂长身边，已有了新欢，也不知金娥去了哪里，是否另攀高枝了。

陈子船依然跟汪厂长热热络络,后来听汪厂长说,老陈,你晓得那个金娥做啥去了?陈子船问,好长时间勿见伊了,伊做啥?汪厂长说,人家讲在夜总会碰到伊,做鸡,真不要面孔的。陈子船感叹道,钞票来得快。汪厂长道,人为财死,鸟为食亡,现在是笑贫不笑娼了,伊不会在乎被人家背后骂了。陈子船说,要堕落蛮快的。说是这么说,两个老头的心里,总有股说不出来的复杂滋味。

不觉到了一九九九年,小满。陈子船下午照例去工人俱乐部打麻将。问起几个麻友,老何长远不见了,到哪里去了。听麻将朋友讲,何君乾前几日买了张火车票,一个人拎了两篮栖镇枇杷坐火车到北京去了,说是给亲家送枇杷去的。

过了几日,何君乾回到麻将桌上,说儿子媳妇同亲家公亲家母一起陪他荡天安门广场,大家就夸老何生了个出息儿子。陈子船问,枇杷不经放,闷火车上会不会烂掉。何君乾说,这点就我们老栖镇人的礼节。我坐火车一夜,早上到北京,白沙枇杷只烂掉十一只,我自己挑出来吃掉的。陈子船讲,以前赵匡胤千里送京娘,今朝何君乾千里送枇杷,亲家肯定感动的,有没有好好招待你,北京烤鸭吃一顿?何君乾讲,我北京烤鸭是吃到的,全聚德烤鸭店,最正宗的。何君乾叹口气道,就是我回来,阿从妈妈又同我淘气,说我小气自私,为啥火车票偷偷摸摸只买一张,伊北京也没有去见识过。陈子船讲,说得也是,多买一张火车票就多一百块差不多。何君乾讲,我就怕伊路上还要同我吵架,一个人顶逍遥。一个麻友说,老何你上回到香港探亲,也是一个人去,也不带何师母去,何师母是要同你讨相骂了。另一个麻友又讲,香港花花世界,老何你是想一个人去,做坏事体方便吧。

这一日何君乾真是春风满面,成为俱乐部老年活动室的舆论中心。又讲,我儿子媳妇开年后就要去美国了,要见面也难了。一桌子的人都表示羡慕,纷纷讲,老何你儿子要做美国人去了,以后你就是花美金的人了,有得福享了。何君乾笑呵呵说,阿从万一到美国想吃枇杷,也不晓得美国有没有枇杷呢。陈子船见何君乾一脸傲娇样,心想,今朝老何真是脸上飞金。

伍

遇见子君前的那些年,陈易知每回一次栖镇,心里就跟何易从说一次话:

假如过年,正巧我们在哪个老同学家里碰到,我一定告诉你。

哪怕在街上碰到,我一定告诉你。

假如能在杭州任何一个地方碰到,我一定告诉你。

一年年过去,大学毕业了,也没有那么多巧合,该退一步了。易知心里就对他说,哪怕有人告诉我,你拐弯抹角地问起过我,我也一定去告诉你。

两人往桥下走。靳天看看桥两边,河上岸上的光线闪烁,穿过雨幕交织得恍惚起来,夜色美得朦朦胧胧……

一年年过去，易知每年回家都见老同学们，一起玩耍，吃饭。但是一个"如果"也没有发生。易知始终没有偶遇过易从，她也从不跟人提起这个名字。

易知的远游，终结于冬至之后。春节回家后，望穿秋水，再也去不了深圳。一年后，子君写来一封信，说心里早就知道，易知不属于深圳，不属于南方。他说自己是北人，对火热的南方天性里有向往，他以后就是深圳人，反正深圳都是新移民。易知却是地道的江南人，很难有理由真正爱上江南以南的南方。

他们早在杭州时就认识了，正是子君硕士毕业季前。那时，他已经在深圳工作过两年。

子君讲过一个故事。一九八九年，他大学毕业，一个人跑到深圳，根本不知道进特区还要边防证。人生地不熟地跑了一天，他到深圳的一个电子厂找工作，已经晚上八点多了。接待他的人，突然问他浙江大学的信电系在什么地方，他脱口而出，在六和塔，"三分部"。中年男人就高兴起来，原来也是信电系的老毕业生。子君运气好，就在那里工作了两年，看到这座新城，当时证券金融行业已经崛起，有点像香港的"小弟"，两年后他又考回了母校，改学金融。那时易知下班后，时常去子君的研究生宿舍听歌。听得最多的是西洋歌曲，从胡里奥到卡蓬特，他会唱很多歌，会吹萨克斯管和小号。子君在夏夜凌晨骑辆单车带易知去西湖边，骑到苏堤，她就坐在他的自行车后座上，由他吭哧吭哧骑到坡顶，再疯了似的全速冲上坡去，冲了六座桥，庆幸没有人仰马翻。他大声唱着歌，她大声笑着，这是他们的肆意青春。

子君暑假回老家前，要易知陪他去一趟商场，他给她的教授母亲买衣裳。他说他母亲跟易知差不多高，拿着衣裳在她身上比划着，终于买下一套他们都喜欢的素雅的夏季套装。商场女装部，两个人头挨着头，照见穿衣镜中的一双人，一高一低，一壮一瘦，青春逼人。他比她皮肤更白，微圆的脸，眼里有光。她头发很长，遮了一半脸。他们一起站在镜子前，在脑海里拍下合影，一刹那间，彼此看到镜中人，又有些犹疑，有些恍惚。

半年后，在深圳，易知和子君密集相处了一百天。他那时和几个同在见习期的同事共用市区一个套房，三室一厅一厨两卫。这一百天里，子君天天陪着易知，不曾抛开她和别的朋友出去过。每天下了班就回到宿舍，步行十分钟去菜场买菜。做饭，做菜，洗碗，没让她动一下。子君做得最多的菜是西红柿炒蛋，还有煎荷包蛋，肉末豆腐，偶尔也有红烧肉。他每天会在电脑前研究证券曲线图，休息天也不例外。到了晚上，她睡他的小房间，他去和他的同学挤另一间房间。

后来子君帮易知找了个住处，他哥们的女朋友公司的集体宿舍有张空床位。子君骑自行车送易知来来去去，吃完饭后，再骑车送她去她的住处。他们好多时间并没有骑在车上，而是推着车走。走半小时的路，她到了宿舍，他再骑车回。路上，有时候说话，她跟他说在展会上遇到的各种有趣的人，好玩的事情，有时候一句话没有，沉默。她不知道他在想什么，他又远又近。

　　呆得越久，心越乱。易知搞会务的地方也有很多的年轻人，二十四五岁，来自五湖四海，各大名牌大学的高材生。每天中午，他们聚在一个很大的休息室里，高谈阔论。每个人的脸上写着跃跃欲试。有个兰州来的姑娘，两三分风情，不算漂亮，那年二十八岁，是一群人中的大姐，唯一一个结了婚还跑来深圳的，总在休息室里独自起舞，像自娱又像表演。有一个星期，所有会务组人员都住在一家酒店。酒店就在罗湖边上的一个度假村，风景优美。会务组的七八个男孩子中，易知对一个西安人渐有好感。他的名字很特别，齐展，整齐的齐，展览的展。他高高大大，非常帅气，普通话说得好听，西安交大计算机专业毕业。到第五天晚上，在酒店，易知一时无聊，把电话打到了齐展的房间，他们聊了几个小时，情投意合，相见恨晚，直到互道晚安挂断电话。第六天早上醒来，易知忽然清醒，羞愧万分，一想到才几日没见的子君，不知道自己昨晚到底在干什么。与齐展的交流，戛然而止，第二天他见她似乎比往日冷淡，也只是微微惊诧了一下。

　　冬天到了，深圳刚刚微凉。年关日近，易知要离开的日子也近了，在子君的小房间里，他们的沉默也越来越长。一日夜里，他们到荔枝公园散步，子君的话越来越少。有一天子君说，我就像总是清醒在白天的人，你呢，爱做梦，像是晚上的生物。

又有一次他说，我像夸父一样，只知道奔跑。我这辈子的命运大概就是拼命工作，成为人上人。

最后，都定格在了这一晚，易知心中的"告别之夜"。他在信中，说到她回杭州前的那晚，她要他给她吹萨克斯管，他们带了乐器去荔枝公园，她说她要听，其实他并不想吹，因为心里很伤感，怕吹不成曲调。可她记忆中的萨克斯管并不是他说的那样，是夜风中有意无意的倾诉，是一怀愁绪，几年离索，错错错。他有好几次停下来，沉思一阵子，吹的是断断续续的音符，消散于夜空。

此后少有鸿雁传书。一年后的信末，子君说，小女孩，我的身边有了个女朋友，是公司的同事，比我大两岁，相处比较愉快，属于日久生情吧。子君说，也许大一点的女孩更适合他，如果那女孩愿意，他可能会跟她结婚。又说，这样的小事不值一提。她看到他有女朋友了，坐了会儿，把信收好了，再发了会儿呆。又看信上的地址：深圳上步区下步庙南华村。哦，还是老地方。他还没有搬家。

易知又神游回深圳上步区下步庙南华村他的宿舍，几个刚毕业的年轻人共居的公司宿舍，每人一小间，共用厨房和客厅。子君的室友们私下开他玩笑，他也不在意。其实虽然那段时间，她几乎每天晚上都在他的小屋，两个人坐在小床上时，她偶尔也会撒娇，把头靠在他肩膀上，他也会温情地揽一下她。他给她找了朋友那的住处后，每逢休息天，她总是一大早就来到他的宿舍，他还睡眼惺忪的，她就坐在他床边看书。他似乎很惬意有她在他身边坐着，闭眼睛躺着，脸上有微笑，有亮光。她忍不住摸一下他的脸，他就一动不动，假装睡着。他在深圳没有吻过她，似乎完全摒弃了男女之欲。一年后，他才在信里说，早知道他们不会有结果，所以他一直小心翼翼，怕伤害到她。

回杭州后，易知一发愤，考上了南大。读研究生期间，和同门师兄陆韶恋爱了。陆韶比易知大两岁，是半个老乡的校园恋爱，两人报到第一天就认识了。

运河栖镇以北，是湖州地界。陆韶江南人氏，湖州人，原来在湖州师专当政治经济学老师，干了三年，觉得在小城市没劲，又用功考出来。陆韶是老大，家里还有一弟一妹。

陆韶长得不算帅气，个子不高，白白净净，是易知最习以为常的典型江南人氏。师兄妹之间有日常的亲昵，互帮互助，在南京的读研生涯就不那么寂寞，在宿舍里过过小日子，偶尔手拉手，去看场电影，外面大排档吃个便宜的饭。研究生宿舍里有一只小电炉，烧个鸡蛋肉丝青菜面条，改善下单调的食堂伙食。两个江南人，都是典型的江南胃，吃得精细，不喜大鱼大肉，易知从小不吃猪下水，碰巧陆韶也不吃。

他们之间别样的默契感，源于一次在南大举行的国际学术会议，他们作为学生会的志愿者打杂接待，兼做一些翻译工作。活动结束，宾主答谢晚宴，在工作人员那一桌上，氛围比较轻松，陆韶坐在易知边上，两人坐的位置离上菜位很近。这时一个砂锅端上来,锅里的食物姹紫嫣红,正沸腾着,易知看看不错,先将新上的菜往前转,等这道菜重新回到自己面前时,夹了一块,仔细一看,原来红的是肥肠,紫的是茄子,吓得她跟生理反应似的,连忙将那肥肠扔到了碟子里,扔完了还皱着眉头,边上的陆韶看到,笑了一笑。轻声跟她说,我也不吃的,你没看清楚哈。易知说,好恶心。陆韶趁大家不注意,利落地将易知桌前的碟子和筷子都换了新的。易知感谢,陆韶坏笑说,一丘之貉。我知道你。

　　那天回去路上,两人一路走一路聊,各自讲了很多小辰光的事情,易知讲小辰光吃饭时的各种"作",有一次见到猪大肠上桌就哭,不肯吃饭,也不让她爸妈吃,要他们倒掉,那时物资紧张,猪大肠也是肉,她妈不肯倒掉,她又哭又闹,她爸真的心一狠去把整盘菜倒掉了。她妈生气,打了她三下手心,她爸赶紧拦下,另外又炒了一碟花生米下饭,从此屋里再没人吃这个东西。陆韶说,我们家孩子多,小孩要这么"作",没准要吃一顿"生活"。不过我家饭桌上一出现猪下水,我就宁愿酱油拌饭,然后我弟弟妹妹也跟风,要吃酱油拌饭,我爸妈也没办法。正是端午节前,易知跟陆韶说,我从小喜欢吃湖州粽子,那种细细长长的湖州粽子,比嘉兴粽子还好吃,我最爱吃的是细沙馅的甜粽子,还有条头糕,也好吃。陆韶笑说,你是湖州粽子的知音啊。易知笑说,嘉兴粽子胖,湖州粽子瘦。陆韶说,这个容易,我妈就会包这种瘦粽子,我回去给你带,猪肉的和细沙的都有。

几日后，是端午节，两人各自坐长途汽车回家，陆韶果然带了自家粽子给易知，易知知道陆韶要带粽子，就带了几斤栖镇枇杷，白沙和红种的，各带了一点，不辞劳苦地坐车到南京。两人回校，一前一后，差不多都是晚上六点左右，就在易知的寝室开起了小灶，各自献宝，陆韶又特地带了一包卤牛肉，两人美美饱餐一顿。陆韶说，我妈经常做的，还有一样千张包子裹肉，不知你爱不爱吃呢。易知说，我知道湖州美食的丁莲芳千张包子，蛮鲜的。陆韶说，那我下次自己做给你吃。只要超市里买来千张皮，买来肉包一包，用线捆起来就行了，烧汤包的时候，放一点榨菜和葱花，色香味就有了。

易知觉得此处应有音乐，就打开一个小录音机，放的是一盒美国乡村音乐的盒带，是从深圳回来时，子君给她的音乐盒带之一。易知说吃得太饱，不如去散一散步，散到最近的电影院，又看了一场好莱坞电影，回去路上，陆韶听易知说了好多国外的电影，是他这个"湖州土鳖"不知道的，对易知就刮目相看了。月色撩人，两人走到校园小径的一棵大树下，陆韶揽住易知停下来，就有了拥抱和亲吻。这是他们正式恋爱的第一天。日后易知回想，她和陆韶谈恋爱的最初起点，竟是因为两个人都不吃猪大肠，真是又古怪，又不浪漫。

江南人讲吃，食不厌精，脍不厌细，男女之间，要先能吃到一个锅里，才能睡到一张床上。相处得久了，两个人都觉得挺舒服。陆韶性格温和，不特别外向，也不怎么内向。做事说话不紧不慢，平时不太幽默，但也不过于严肃。因为时常一起开个小灶，求学之余，过过小日子，吃得落胃，易知比入学时胖了两三斤。

在南大一年混下来，易知发现陆韶不是文艺青年，只是珍惜跳出小城的不易，埋头苦干，踏踏实实，目标明确，不轻易浪费光阴，也没有文科生的那种虚无缥缈和浪漫情调。易知想，从前跟子君有缘无份，这次碰到的，是一个妥当的人。

陆韶毕业时二十九岁，陈易知二十七岁。陆韶父母都是湖州师专的教师，知书达礼人家，做事为人都算靠谱。暑假时，陆韶带易知回湖州一次，易知见了陆韶的父母，印象都不错，他们对儿子的女朋友既不过度热情，也不冷淡，特别是跟易知聊家常，问易知家里的情况，只是点到为止。

三年下来，陆韶很少向易知发脾气。易知也搞不清楚自己究竟爱不爱陆韶，只是觉得他合适。陆韶在校园里第一次吻她的时候，易知并没有一种特别的沉浸，只觉得那晚的风，刚刚好穿过校园的林梢，吹到脸上和头发上，很是舒服，而自己又很清醒。

晚秋，陆韶二十九岁生日那天，买了一个白金戒指向陈易知求婚，易知说，你让我想三天。三天里，易知想了想自己二十七年的浮生，想了想易从和子君，犹是春闺梦里人，伊梦见易从的次数比梦见子君次数更多。这一年易从二十七岁，子君二十九岁,生日比陆韶更晚,是天蝎座。易知很好奇后来他们都遇到了什么样的姑娘,易从是怎么谈恋爱的,子君后来是怎么谈恋爱的,她真的想知道细节啊。

入夜,她在一个空白本子上涂涂画画了十个姑娘,易从的姑娘画了六个,长发三个短发三个。子君的姑娘画了四个,都是长发。三天后易知答应了求婚。易知带陆韶回家,父母笑脸相迎,款待如贵客,知悉对方湖州人氏,甚觉乐惠。都庆幸女儿跟深圳那边,总算不再瓜葛了。

陆

一九九七年春节前,何易从自京城回乡探亲,很纳闷在栖镇呆了一个星期,一个要好的同学也没碰到。高中同学一个班有五十个人,可能只有十个人还在小镇扎根。

自从上世纪八十年代始,不断有家长在县城做官的同学,拍拍屁股,迁去临平了。何易从靳天童年时,班里女学霸刘春燕,初二上了半个学期就随父升迁,搬到县城临平去了,临别时,约了陈易知等几个要好女同学,去长桥堍下的照相馆拍了纪念照,从此绝尘而去。易从是走得最远的那个人,难得回来一趟,却为别人的陆续离开而惆怅。

女同学们纷纷当起了新娘。最早结婚的是沈美枝。陈易知回栖镇,又连吃了两场喜酒。上午,几个伴娘簇拥着新娘子在超山梅园拍婚纱照,又到长桥上拍照。晚上,婚宴在河边酒家进行。婚礼酒宴上都有家乡菜:酱油蹄髈、板鸭、粢毛肉圆、细沙羊尾、烂糊鳝丝、清汤鱼圆,是栖镇繁华时期留下的美食。

易从只赶上了靳天的婚礼。自易从去了北京读博士后,只有过年回家,才会与靳天见上一次。靳天比易从早好几年上班,关于他的恋爱史,总是扑朔迷离。

靳天谈过几个女朋友,有杭州人临平人栖镇人,基本上不超过一年就分手。易从每年回来,见到靳天身边的姑娘都不一样。第一年见的杭州姑娘,斯斯文文,说话软糯,公务员,比靳天大两岁。易从看得出姑娘很喜欢靳天,目光不离靳天左右,处处照顾他,靳天在她面前像个动口不动手的公子,完全忘了有绅士风度这回事。但是到了下一年,两人春节后小聚,靳天身边又换了个栖镇姑娘,在临平当英语老师,看着也是活泼开朗、得体大方。等姑娘先回去后,易从私下问靳天,去年的那个杭州姑娘怎么回事?靳天说,人家就想结婚过小日子,我真的不想结婚,就分手了。易从不免遗憾。又到了下一年,易从回乡,两人春节后小聚,靳天身边又换了个在银行工作的临平姑娘,长得也算漂亮,得体大方。易从又纳闷,问靳天去年见到的姑娘,靳天说栖镇姑娘也想跟他结婚,他还是不想结婚,人家等不起,又分手了。又过一年,易从见靳天,这次靳天身边没有跟任何女子,易从问,女朋友呢,怎么没带来?靳天说,每一个谈不到一年,都想结婚,见父母,建立小家庭,想想真是没劲。易从说，就没有一个能让你想结婚的吗？靳天说，说不清楚啊，我现在还不想结婚。易从开玩笑说，靳公子真是迷失花丛中了。靳天苦笑，我要是像你就好了，一根筋地死心塌地。易从说，其实我知道，秋依一直对你有意思的。靳天说，秋依我惹不起，她是我阿妹小姐妹，还是远点好。易从说，没准秋依挺失望的。靳天说，她大美女，追的人不要太多。

年初十，易从和从长沙回来过年的戴正，一起参加了靳天的婚礼，婚礼上碰到了刘晓光等几个男同学。高中毕业后，何易从跟刘晓光素无深交，也不知他的情况，只知刘晓光高考落榜，并没有离开栖镇。婚宴上，刘晓光和靳天妹妹瑶姑娘说说笑笑，眉目传情，看起来颇像一对，而且正在情浓时，别人都不好意思打扰。瑶姑娘出落得比从前更漂亮，烫了卷发，也有了成熟女性的模样，见到易从，只是浅浅地打了招呼。

这时女同学杜秋依和刘春燕也到了。言谈之间，仿佛刘春燕跟新娘子沾亲带故，后来才知道，新娘子的父亲是刘春燕现在单位的局长，刘春燕已经是该局的中层干部。从前刘春燕一路学霸，大学毕业后凤凰回飞，在临平工作。何易从在酒宴上看到刘春燕谈吐干练，面对各种熟人似乎游刃有余。

杜秋依刘春燕在女宾一桌，何易从和戴正在男宾一桌。婚礼正式开始前，昔日同桌寒暄几句，易从再见秋依，有种雾里楼台倾圮之感。几年不见，秋依新做了头发，浓妆艳抹，风姿迷人。当年一起骑游去临平的青柳美少女，几月前新嫁作商人妇，已是香港人汪太太。

这一年，镇上人紧跟形势，爱说香港回归。从香港来的都是大好佬，派头第一；台湾来的，派头也足，比香港大好佬略逊。从香港回来的，都戴金戒指、金项链，男的金利来领带，女的穿时装，烫时髦发型。从东横头到西横头，水南到水北走一遭，人发达了，必须衣锦还乡。

秋依秋天嫁到香港，香港男人是保险公司职员，比秋依大十岁。香港男人离异，带一个七八岁的男孩，秋依赴港后，又生了一个儿子，全职在家料理家政。

杜秋依嫁香港男人，版本有几个，一说是通过正式的婚姻介绍所介绍的。一说是杜秋依在香港的亲戚介绍的，据杜秋依的闺蜜沈美枝讲，秋依自己的说法很浪漫，说是在广州到杭州的火车上认识现在老公的，秋依到广州旅游白相回来，碰到了到杭州旅游的香港男人，两人就坐在邻座，聊了一路，香港男人就开始中意她，回去后天天打长途电话，打了三个月，又特地飞到杭州来，买了很多礼物专程来看她，秋依就被感动了。

秋依风光出嫁，第一年回娘家探亲，香港男人亲自陪来。香港男人头发考究，三七分开，喷过摩丝，每一根都精神。皮肤略黑，皮鞋锃亮，广东人的精瘦身材，一身浅灰西装，领带打得一丝不苟。秋依带香港男人走过塘廊，时髦漂亮，皮肤雪白，挎一只精致小包，香风阵阵。香港男人姓汪，从此秋依成了汪太太。

新婚第一年，秋依添置了好多名牌行头，这趟回娘家，给瑶姑娘、沈美枝等小姐妹们带了口红香水护肤品等手信。香港男人给秋依妈妈送了金项链金戒指，殷勤周到。秋依爸妈脸上飞金，四处表扬新女婿慷慨大方。还透露，这次来探亲，新女婿孝敬他们两万块港币，他们反复推辞不得，只好收下。邻舍跟秋依爸讲，你培养女儿这么多年，两万块当彩礼钱，也不算多的，这个钞票是要收的。秋依阿爸听了，有点不舒服，辩解说，我们又不是乡下人，不作兴彩礼的，香港那边也不作兴彩礼的，听说要是香港小年轻住在公婆屋里，还要交房租的，又嘟哝道，我们又不卖女儿。

作为曾经在《杜十娘》里演过丫鬟、剧照在照相馆里挂了很长时间的栖镇标致美人，秋依成了街坊口中嫁得好的样板，背地里也讲，秋依福气好，不然高不成低不就，也拖成老姑娘了，都不提秋依要给人家当继母的事，大概都被"香港"两字镇住了。有几个觉得自己女儿品貌不错的好姆妈，已经悄悄托秋依帮忙牵红线，顶好能帮自家闺女钓个香港金龟婿。秋依也都笑口应承，说回去后会仔细物色，看有无机会，让她也当一回红娘。

回乡省亲的汪太太，接到靳天的结婚请柬时，心里千回百转一通，决定盛装出席，又用港币包了红包。秋依暗中较着劲，风头一定要盖过新娘子。

新娘子出场，杨柳绿波。新娘子张静是临平人，温婉标致，高挑的身材，白净的皮肤，长眉长目，长发绾起。婚礼上穿婚纱、穿旗袍、穿礼服，都是仪态万方。新娘子也是公务员，在县税务局工作，靳天的老丈人是南下干部，卫生局局长。婚礼上听司仪介绍说，新娘是靳天的高中校友，但高中时两人并非同班同学，只是彼此耳闻，后来工作场合才真正认识的。易从看着，郎才女貌，春风满面。戴正说，虽然不是同班同学，也许新娘子老早就对我们靳天有意思了。易从说，你也是瞎想想。易从心想，靳天这次倒不怕结婚了。

酒宴后，宾客散去。刘晓光陪着瑶姑娘，在酒店处理婚宴后的杂事。新郎新娘各自的发小老同学七八个人，到新房里厢闹洞房，戴正最会起哄，猢狲一样蹦上蹦下。易从不会闹腾，只是斯文地在沙发上坐着，看别人起劲，心里还有点恍惚。这趟回乡，靳天成了已婚男人。有个节目，新郎新娘抽到一张纸条，要各自说出第一次相识的地点。靳天答，我们是在一个高中同学唐云的生日聚会上，第一次碰到。张静回答的版本不同，很早以前其实就见过一次，当时她刚参加工作不久，税务局团委组织舞会，财政局的一些青年男女也来联谊，那次很热闹，靳天请她跳过舞，她就记住他了，他当时穿一件墨绿色羊毛衫外套，相貌堂堂。靳天窘道，我还以为唐云的生日聚会上，我们是第一次见面呢。张静说，那是第二次，隔了快两年了，正巧人家都出双入对，只我们两个单独去的，就被起哄孤男寡女，要凑一对。靳天说，我记得刚到临平工作时，舞会确实多，各个局轮着张罗舞会，周六没事干，就跟几个兄弟到处赶场子，人太多，一时记不清了，有时我们中途就走掉，找个小馆子吃老酒去了。戴正插科打诨，说，原来靳天混成了舞林高手，奢遮的（吴语，了不起，出众的意思）。可惜我根本不会跳舞，只会走路，所以找不到女朋友。

张静嗔道，前些年舞会多，好像每星期都有，但是我记得你，你却不记得我。杜秋依说，他是孙悟空，你是如来佛。张静笑。戴正说，说起唐云我记得，靳天带我们去过他家吃饭的，我们在他家吃酒了。秋依说，就是那次郊游，我和瑶姑娘没有去，便宜你们大吃大喝。戴正说，你们姑娘家娇滴滴，车都骑不动，另立小分队，贪图享乐。秋依说，你现在还要秋后算账啊。

几个发小又起哄，要新郎跪搓衣板，罚答题错误，戴正新房里晃了一圈，找不到搓衣板，又让新郎自罚一杯酒，半跪着吻新娘，总算放过。

一番闹腾后，刘春燕端一杯香槟酒，过来跟何易从讲话。刘春燕说，你总是最深沉的那个，众人皆醉我独醒啊。易从腼腆地笑笑，说，我不会吃酒，不敢惹他们。刘春燕笑笑说，想不到。易从记得有好多年没见刘春燕了。刘春燕说，其实我一直晓得你们的。高中时，我好几次听陈易知讲起你们几个人的。易从问刘春燕现在在哪里高就，刘春燕说，我这一年都在北京进修，过年回来，刚巧赶上当伴娘。两人交换了联系方式，刘春燕知易从住五棵松，说自己也经常去复兴路一带，还跟人去过二炮文工团的舞会，易从笑说，我住在那边，也经常能碰到文工团的女孩。刘春燕笑问，博士你跟她们跳过舞吗？易从窘道，岂敢，我很少去那种地方，再说我也不喜欢跳舞。

刘春燕又被叫去新娘跟前招呼。一群人闹到午夜十一点多，喝多了酒的靳天，眼神有点迷离，倒在易从坐的沙发上，又靠在易从身上，勾住易从的肩膀，对着易从耳语了一句：其实每个人的心里，都有一个刻骨铭心的人。易从听见，愣了一下。秋依也喝多了，一会歪在刘春燕身上，一会歪在戴正身上，一会歪在何易从身上。戴正问易从，要怎么才能找到女朋友呢？你女朋友是不是学校里舞会上认识的？易从说，不是的。刘春燕说，何易从也有女朋友啦？戴正说，他不用跳舞，只要师生恋。刘春燕说，原来是师生恋呀。易从说，不算师生，我只是帮导师上了上课。戴正说，何易从看不出，有手段的，上课上出个女朋友。刘春燕笑说，看不出呀。戴正说，你太小看他，他人瘦归瘦，却是一肚子鸳鸯蝴蝶，读高中时，就爱对着女同学碎碎念：问世间情为何物。这下有了女朋友，不知女朋友喜不喜欢听。易从笑道，你瞎三话四，把我说成神经病了。秋依说，易从你爱背问世间情为何物，那你说说看，答案是什么呢？易从说，我也不知道啊，真的不知道。秋依说，不管结婚没结婚，我晓得的，都是痴男怨女。戴正说，杜秋依，以前男生都说你是第一美人，到底是美女啊，你钓到了香港金龟婿，厉害的。秋依说，我没本事呀，谈恋爱又不能当饭吃。不过是嫁汉随汉，穿衣吃饭。刘春燕笑说，多少革命浪漫主义，最后都是要过日子的。秋依喝一口酒，说，人是缺啥想啥。我在香港，又想念江南。在这里，又想跑出去。易从说，我好像也是这样。戴正瞎叫，何易从，你可不要朝三暮四，到底要林妹妹还是宝姐姐，要想清楚。易从笑骂戴正，你喝了点酒，又十三点了。

到凌晨一点，各自散去，易从和戴正披星戴月地送走了杜秋依和刘春燕，才各自回去。

春节后几日，易知孃孃听说西横头住了大半辈子的老房子要拆，呼天抢地，不肯搬走，房管所的人一次次上门做工作，都灰溜溜被骂了回去。隔几日又上门磨，工作队前脚刚出屋，易知孃孃后脚就哗地一声，一脸盆的洗菜水泼在门口。明知是这死硬的老太婆示威，不好发作。易知孃孃放出话去，讲，我住在河边大半辈子，离了河活不了，你们拆我房子，就是要我命。易知孃孃曾去几个儿子家轮流住，都觉得不习惯，又执意住了回来。

陈子船有一日倒好马桶，对老母亲埋怨，叫你轮流住住你又不肯，要一个人住老屋里，我们也老了，过几年吃不消倒马桶，只好把你送养老院去了。易知孃孃听了不响，心里气闷。

这时镇上换了领导班子，拆运河边老房子的事，也暂时搁浅了。陈子船听小道消息说，西横头重新规划，要拖一两年才拆。

易知孃孃说过要死在老房子里,在清明后几日,一着凉,得了一场小感冒,就无声无息地死了,九十岁寿终。陈子船对回来奔丧的易知讲,你孃孃五更天上路前,叫了两声阿爸,大概回到了做姑娘的辰光了,一路划着小船,回德清雷甸去了。

易知带陆韶回栖镇送孃孃,见一个瘦小干瘪的身体安详地睡着的样子,不觉回想起第一次带陆韶回栖镇,去了西横头老房子看孃孃。老少三人,三张竹椅坐在老屋门前,面朝河港聊天,正是盛夏,陆韶穿着一条休闲短裤,或许坐姿有点别扭,孃孃瞟了一眼陆韶裆部那里,居然跟自己孙女开玩笑说了一句下流话。易知顿时脸红,生怕陆韶听到。心想孃孃八十几岁了还老没正经。这一日告别孃孃,易知想到这个滑稽的场景,想到孃孃作为一个生育过八个子女的女人说的下流话,又瞥了一眼身边表情严肃的陆韶的裆部,不由笑了一下。

少年游·上

二〇一八年，七夕前一周。在长桥上，抬头见，月朗星稀，低头看河水，死寂死静。

何易从俯视长桥下的运河，说，可惜看不到我们小辰光门前开来开去的船了。

陈易知说，船还不算绝迹，昨日陪我爸在王元兴餐馆吃饭，坐在廊檐下，看到河上的清洁船慢慢摇过桥洞，我还拍了照片。

易从说，你跟你爸王元兴吃了什么好吃的？我过几日带我爸妈去。

烂糊鳝丝，用小黄鳝烫热，去骨划丝，再爆炒，易知嬢嬢划鳝丝水平一绝，伊自己从来不吃黄鳝，以前陈易知家左邻右舍，都叫伊嬢嬢帮忙划鳝丝。

虾爆鳝，红烧黄鱼，杭三鲜，油爆虾，想吃肉，就来个梅干菜扣肉，要么粢毛肉圆，总是这些。我在美国有辰光想起，直想流口水。易从说。

都是栖镇菜。易知说，我还想吃苋菜梗蒸臭豆腐，算绍兴菜吧。下次谁跟我一起吃，我就跟谁臭味相投。

易从连忙说，我不要吃臭豆腐，我受不了那个味。

易知说，就当吃苍蝇馆子嘛。我记得小辰光，我爸做的臭豆腐是碎碎的，油里煎过的，有时候还放春笋丁或者冬笋丁一起炒，那个好吃呀。

易从说，还是算了吧。小辰光到绍兴春游，我也不吃臭豆腐。

易知说，不知臭豆腐美味的人就是难弄，那你想吃什么？

易从说，我随便的，回来就觉得栖镇菜味道都不错。我早上天天粢毛肉圆，还没吃厌。

易知说，那我下次烧个好吃的黄鱼巴结你一下，看有没有王元兴的好吃。

戴正说，陈易知你好偏心嘛，你就给何易从开小灶？

易知说，人家美国天天中午吃蓝莓酸奶，说是健康食品，你说回来要不要补一补，我哩，只想吃戴伯伯烧的红烧羊肉，浓油赤酱，好看是好看得来。

戴正说，那要等到冬天了，夏天再吃红烧羊肉，"火热巴烫"，要流鼻血。

冬天我挺喜欢细沙羊尾，猪板油、细沙、蛋清、淀粉都要调得刚刚好，油里炸得不老不嫩。易知说。

戴正羡慕道，我晓得陈易知小辰光吃得好，我呢，天天早上开水泡饭吃吃，搞得现在每天早上还是习惯吃开水泡饭。就是直接冷饭用开水冲一冲，冬天才微波炉热一下，水泡饭。

三个人谈吃。何易从看看河上，一条船也不见。陈易知说，易从你回来，也就只有吃吃吃了，现在最稀缺的，是轮船。

易从说，我以前坐家门前，最喜欢两句诗，一带清溪三十里，霜飞犹有未归船。

戴正说，何易从又诗人附体碎碎念了。要说那种呜呜的轮船声，笃笃坦坦，你俩体会比我深。你们是河边老屋住的，我是弄堂里的小子，要晚上十一二点的轮船汽笛声，正好困不着，才听得到很远处的响声。

易知说，靳天小辰光住水北，也是河边长大的。

易从说，梦里水乡，要是没有了轮船声，还能叫梦里水乡呀。

戴正说，也不是什么江南小镇都有大轮船的，有些小镇的水路，河道一点点宽，只能划些小船，就没有轮船的汽笛声。

易从笑道，那大清朝前的运河上，也没有轮船汽笛声的。

三个人在长桥石头桥墩上一字坐开，等路上堵车现在又在镇上四处找停车位的靳天到来，就看桥上人来人往，继续闲话三千。

易知讲，我小辰光，跟好几个养鱼场同学鹦鹉学舌，讲铿锵的绍兴话，几日下来，绍兴话学得有模有样，回家学给我爸听,我爸说锵咣锵咣的,个傻小囡呀,学这种荒腔做啥。

萧山人刚过了钱塘江,也是要被看不起的,栖镇人嘲笑萧山人,没见识过什么东西好吃,只知道萝卜干下饭,萝卜干都好吃煞了,前世作孽。也看不起江北人,大多住在水北的江北佬同学,很少能跟镇上小孩平起平坐的。江北佬邋里邋遢,不懂道理,前世作孽。奇怪的是,镇上很少看到漂亮女子是江北人。

栖镇人也看不起县城临平人,不过这看不起里有别苗头的意思,也不讲"前世作孽"这种话了。栖镇人假装不清楚临平建镇历史是一千年,而栖镇只有五百多年,讲老底子,栖镇就是比临平辉煌。后来,栖镇人苗头别不过临平人了,年轻一代的一大批栖镇人,毫无留恋,拔脚到临平去了,临平的房价也比栖镇高不少。从此栖镇人说起临平,就有点怏怏的沉默,不想多讲。讲到上海,北京,有话说。讲到苏州,有话说。讲到杭州湖州,有话说,唯独临平,不响算了。

一部分底气足的栖镇人,有时候连杭州人也要看不起的,总觉得杭州人一半是北宋时从北方流窜下来的北佬后代,杭州人吃得粗糙,生活不够精致。杭州有知味观,栖镇有栖味馆,栖镇人认为栖味馆才是地道江南菜,知味观不过是小儿科。额头很高的栖镇人,到底最看得起谁?大概也就上海人和苏州人,再次一等,是无锡人或湖州人,当年栖镇运河上,是跑着沪班苏班锡班湖班的大轮船的,这些地方,栖镇人也觉得仿佛有自家亲戚似的。

他们在桥上等靳天。长桥上的人，上上落落。夏夜里，是一年中长桥上人流量较大的时候。夜里七点半，水南的人，走到水北去，水北的人，走到水南来，都兴兴头头。还有些人的目的地就是桥，上了桥，在桥上呆一会儿，就回转了。老人和小孩会呆得久一些，手里一把蒲扇，赶赶蚊子。也有老头老太、提早退休或下岗的中年男女，在红太阳跳完广场舞后又到桥上约会的，说说笑笑拌拌嘴。栖镇人男男女女的老了，有的一辈子无事忙，就忙了一辈子的男女关系，老了还要耍风情，还要争风吃醋，你争我抢，只要有一口气在。栖镇人男欢女爱，讲风流快活，无人能及。

这时靳天走到桥上，额头上汗津津的，说，今朝休息日，还被分管的副区长叫去开会，所以我出来晚了。戴正说，你领导嘛，总要比我们忙。靳天说，谁能想到，栖镇现在停个车都这么困难。戴正说，开发旅游了，停车场来不及造。易知笑说，勿急勿急，靳公子先歇一歇，在桥上吹吹风，我们再走。

长长斯远，没有这么坐在桥上吹风了。何易从一声感叹，大家面面相觑。

当年照相馆的四个小人聚齐时，在长桥上拍了一张合影。只是长桥脚下的照相馆，早已了无痕迹了。

三十年前的光景——

靳天在水北外婆家住，就在长桥脚下。上初中后，搬到了市河花园桥侧，栖华旅馆隔壁。后来叫市心街，也就是镇中心的位置，政府机关大都在那边，有种中心辐射边缘的地缘骄傲，犄角旮旯的，靳天没有大的征服欲。

靳天听外婆说，栖镇旧贵，一般住在市河两岸，新富居塘廊一带。真要比富，水南的富户，不及水北的富户。靳天家住的地段，就是栖镇的曼哈顿，他对其他偏远之地就没啥好奇心了。

从市心街到水北，上桥落桥，或摆渡船来去，叫上又是远房表弟又是同学的何易从，靳天忙煞。但靳天的云游也有限制，遇到管束极严的爹妈，有时候，何易从倒成了"帮凶"，因为靳天姆妈关照过易从，不要让靳天太野了。易从虽时常阳奉阴违，但受长辈嘱托，不好意思说不。

何易从不是野小人，很少窜到栖镇郊外去。从小怕蛇，越是郊外，蛇虫出没越多。戴正家也去得少，因戴正家有傻弟弟。何易从有亲戚在杭州上海，去杭州上海做客人要坐轮船，路过西横头。他不像陈易知爱用脚云游，更喜欢静静地看书、发呆、野思。

戴正顽劣，放了学就时常荡发荡发，扒脚野猫。陈易知脚头最散，她爸叫她白脚花狸猫。在镇上四处云游，把自己当成了侠女十三妹。栖镇四只角，西横头熟，东横头也熟。有几百次游手好闲，无聊了，就去易从家隔壁东摆渡码头坐摆渡船玩。易知喜欢跟着父亲荡，几次去南横头看死人，而且每次都是夜里。从此印象中，南横头的死鬼最多，有落水鬼、吊死鬼、电死鬼，顶不太平。北横头在水北，是田坂最多的地方。戴正虽号称神行太保戴宗，不过也有盲区，对南横头和北横头的发言权，戴正不如陈易知。

靳天肤白，瘦瘦长长，站在桥上，刚刚走得急，出了点汗，更显面如敷粉。陈易知是女士，皮肤细是细，但此刻肤色倒是没有靳天好，不过也还腰是腰，腿是腿，天热，头发扎成了最流行的丸子头，白T恤牛仔短裙，白色波鞋，清爽利落。何易从清瘦，穿圆领浅灰T恤，牛仔裤，脚上一双夹脚拖，大概在美国夏天这样穿惯了。因为清瘦，易从脸上比靳天略显沧桑。戴正一张娃娃脸，看着最年轻，不过肚皮有点挺出，脸上却光滑，一派天真少年气。

易知打量他们几个一番，对戴正笑着说，本来以为戴正十八岁，一看肚子就暴露了你的年龄，还是靳天容颜不败啊。戴正说，我游泳，我游泳。

东西南北四个尽头，一天走完吃力。不要一口吃成一个胖子，要像从前小辰光，游手好闲，看野眼，要荡发荡发。重要的是，路上的四个人，情绪要饱满，要细水长流，不要木知木觉。

他们从桥上往桥下走。戴正对靳天说，你来晚了，我们刚刚说轮船，你也是河边长大的，听不到轮船呜呜叫的声音，是不是觉得少了点啥？

靳天说，我小学放学后，时常跟同学从水北荡到水南，荡发荡发，一落桥，正对面就是茶馆店，一天到晚闹哄哄。有几次，我外公外婆会带我去茶馆店听评弹，里面有一股烟气，还有水气。不进去的话，走过就听到评弹叮叮咚咚的琵琶声。

戴正说，讲好听点，叫人间烟火气，讲难听点，是乌烟瘴气。

戴正走得高兴，一跳一跳，像只兔子。兴致上来，哼起蒋月泉评弹《杜十娘》来：窈窕风流杜十娘，自怜身落在平康。叹落花无知随风舞，飞絮飘零泪数行。戴正讲，小辰光评弹我顶爱听蒋月泉，还有张鉴庭张鉴国。蒋月泉的声音，那个糯呀。那十娘，偶尔把清歌放，呖呖莺声倒别有腔，多少糯。我下辈子，就想当个苏州男人。易知笑道，男人家也糯呀，不会太"娘"吗？戴正说，糯点好，温柔呀，现在的女人都要温柔的男人，不喜欢贴胸毛。

戴正爱边走边哼小曲儿，又哼起一首歌来，吴语歌《花好月圆》。浮云散，明月照人来。圆满美满今朝醉。易知嘻嘻笑道，呀呀呀，清浅，池塘，鸳鸯戏水。这么软绵绵的小哥哥呀，过去人要说，木郎唱小曲，钓的是财仙。戴正说，就是我长得太不像木郎了，靳天卖相好，好充木郎。红裳，翠盖，并蒂莲开。最适合靳天又唱又做。易知又笑，靳天风流倜傥的，多少好姑娘，眼儿相望，侬为郎陶醉，格么易从呢？戴正说，易从怎么看都像秀才，还是落第秀才。

何易从说，怎么轮到我就要落第了，我不服气。浮云散，明月照人来，范进中举了。戴正说，易从博士还没读够，还想中举人，再中进士，再当个豪门姑爷，看来何易从还没看破红尘。

易知说，木郎钓财仙，你们想到的"财仙"是谁？

戴正嘴快，说，我想起一个人，先不讲。易知逗戴正，你讲呀你讲呀，是啥人？戴正忽然扭捏起来，勿肯讲。倒是靳天忽然来了一句神来之笔：阿妹呀，侬个只夜菩萨，纤风纤样，我请侬到塘廊吃冷饮去，好勿好？

戴正说，到底是风流才子靳天，地地道道，木郎钓财仙。

易知说，戴正不肯讲，我心目中的财仙，是沈美枝。

戴正见何易从若有所思，就说，你不要说，何易从身上有一点劳少麟的影子。

劳少麟是栖镇乡贤，西小河人。从小家境小康，清末时屡试不举，与士绅为伍，诗酒唱和。民国时，受德清县故旧俞陛云邀请，一起去当时北洋政府所在地北京，谋了一个小职，一九二九年，人到中年思归故里，回来担任了栖镇镇长。

易从说，俞陛云我知道，中过大清朝探花，是国学大师俞樾的孙子，俞平伯的爹。

易知说，我还以为戴正要说何易从是木郎呢，吓我一跳。

靳天说，易知和易从两个臭味相投的，都喜欢做文人。跟沈美枝嘛，有点不搭。

戴正说，主要是何易从当不了何木郎，气质不像。

易从较真道，为啥男的叫郎女的叫仙呢？我有点不懂。

易知笑说，易从你回头考证好了告诉我，为啥男郎女仙。

易知讲，我听说一个叫郁震宏的文化人，伊写文章，写粗俗话时用吴语土话，一到文雅的就直接掉书袋，有诗有词，照样风雅，不然都是土话，就是"着鬼迷"了。

易从问"着鬼迷"什么意思，戴正说，就是我们小辰光说的"炸鬼面"啊，反正鬼嘛，总不是好东西。

易知讲，评弹的弹词都是俚俗的，我们小辰光，长桥塎下，茶馆店的弹词，有些还带点色的，《游龙戏凤》《描金凤》这一类的，还有《唐伯虎点秋香》。我高中时上夜自修，有段辰光天天读陈端生弹词《再生缘》，讲女扮男装的孟丽君的，很厚的一本书。

靳天说，茶馆店吃茶，要让客人坐得住，再消费点，唱评弹带点色，才能让下面的听书人叫好，精神头刺激起来，这个跟二人转带色是一个道理。我小辰光就记得，有一次进去站着听，上面弹琵琶的姑娘，很俏的一个，好像是昆山那边的人，来栖镇驻店唱的。

易从家在东横头，没进过这家长桥边的老茶馆。现在长桥塎下，从前的这个老茶馆店位置，也开着一家茶馆，不过此茶馆不是彼茶馆，里面设了雅座，不太时髦也不太老派，茶馆里放的音乐是各种流行歌曲，总感觉气氛哪里不对。

戴正听戴言礼讲过，现在长桥堍下的茶馆，退休工人消费不起的。八十八块坐一个下午，不合算的。十八块洋钿么，考虑考虑，请老朋友去坐坐，讲讲空天，最好是十块洋钿吃茶，其他吃的零食，比如茶叶蛋落花生可以自带，那就经常去。我同伊讲，八十八块，难得一次可以的，经常去吃不消。

戴正又说，听我爸讲，这里原来的老茶馆店，老底子看《红楼梦》时塌掉的，可能是人挤人，实在挤了太多人了吧。

易知说，就是徐玉兰王文娟演的越剧电影《红楼梦》，当时真是万人空巷。可能栖镇人看林黛玉，就是看国色天香。后来听镇上人说美女，就说伊生得像林黛玉，所以镇上人觉得，女人家瓜子脸最漂亮，鹅蛋脸第二，苹果脸第三。

戴正说，有一种讲法，讲电影《红楼梦》解禁上映，附近乡民倾巢出动，走路的走路，骑车的骑车，拖拉机的拖拉机，我家隔壁栖镇剧院挤爆了，电影散场后，很多人去吃冷饮，把原来"栖园菜馆"的楼板踩塌了。时间一长，弄不清楚塌的到底是原来栖园菜馆，还是老茶馆。

易从对靳天说，好像记得有人说瑶姑娘像薛宝钗，鹅蛋脸。

戴正对易从说，你俩三表兄弟，你怎么不给靳天当妹夫呢？亲上加亲。

易从看起来有点窘，赶紧说，瑶姑娘是栖镇一枝花，我可不敢。

易从忙转移话题，讲，老茶馆一倒，很多栖镇人魂灵都没了。又讲起，从前跟我爸去过东小河那边的刘师傅茶馆，也很热闹。易从感叹中国人真是多啊，在美国是没法想象的，有时候他在新泽西的社区里跑一大圈步，一个人都碰不到。易知笑说，这儿是江南佳丽地，哪里像你那里，鸟不拉屎。

靳天笑说，何易从是"敌营十八年"，易知说，王宝钏等薛平贵，也是十八年啊。这出戏文，我顶讨厌。易从忙道，我一个男人家，怎么能跟寒窑里的王宝钏比呢。

老底子的栖镇人，没有人不知道桥边这家茶馆店的。从前用的是老虎灶，小辰光栖镇人去打开水，一分钱一壶。打开水的人多，有时候还要排队。戴正的茶馆现在在重新装修，易从就说戴正你最好也再弄个老虎灶，专门烧开水。晚上茶馆里说书，红书绿书随你说。

戴正说，我本来就想做个说书人不错，沿江南水乡腹地，走街串巷说书，想说啥说啥，岂不快哉。

易知跟戴正说，你不是说想当柳敬亭吗？吃茶的人，嗑点瓜子落花生，轧轧是非，听听书，最是老茶馆味道。你穿上青布长衫。价格再实惠点，镇上的，外来打工的，脚夫码头工人等等，干了一天吃力了，都好来坐坐。

靳天说，茶馆店柳敬亭就缺一个老板娘。戴正你老婆肯不肯来当老板娘呢？

易知说，伊要不肯屈尊来当老板娘，你就在茶馆门口写块小黑板，上写：本茶馆店长期招聘阿庆嫂式漂亮风骚老板娘。

靳天说，江南灵秀，到处有西施。不仅有豆腐西施、粽子西施，还有茶馆西施、酒馆西施。

戴正说，我们牛吹得好，可惜时代不同了。

易知说，没准以后说书复兴了呢，到了黄昏，长桥边，我们就来听戴正说书。

戴正说，等这次弄好重新开业。杜慧不得不来接管我了，怕我开茶馆再亏空下去。

四个人在长桥堍下徘徊了一阵，拍了几张照，又聊起以前长桥上有亭子，有桥联，易知从手机上翻出一幅长桥的桥联，是这么写的：广迎远眺下瞻客，看沉沉碧水三千里；济渡南来北往人，视历历楼台四万家。易从说，写的倒也平平，碧水三千里，楼台四万家，气魄倒是不止于江南小镇了。易从寻到一幅桥联：千里运河纵南北，千帆竞发，南来北往，千秋水上通衢，五彩锦带；一桥飞架向东西，一派英姿，东雨西晴，一览无边悬挂，七孔长虹。易知说也写得一般，看来这长桥的桥联，也不容易写的。

已是晚上八点半，桥两边，各式店铺陆陆续续打烊了。他们沿着河，往东走。走到长桥东堍，易知问大家是否还记得栖味馆，是个老字号馆子。戴正说，我记得啊。栖味馆好像是原来老高家开的，我记得阿德师傅大我们两届，原来住钱家弄的，伊初中毕业后进的栖味馆，烧过面。

我小辰光最喜欢去吃栖味馆的片儿川，片儿川加一，一大杯子，我和我爸两个人分，一顿中饭刚刚好。易知讲。

戴正说，你家条件好的，我去栖味馆就吃沃面，开好票，去后厨拿。后来好几次是阿德师傅掌勺烧的。一般是家中大人有事，管不了我的饭才这样吃的。

靳天说，有一年我爹爹做寿，栖味馆订了好多碗寿面，分给隔壁邻居，那种寿面跟平时吃的片儿川有点不一样，带点酱油色。

戴正说，阿德师傅，我叫伊"阿德鸡污"，九十年代初带了家里给的一万块积蓄，去深圳打工，后来自己开了饭馆，发达了，现在广州、深圳都有分店，过年都是开奔驰回来的，衣锦还乡，给伊姆妈添了一身金行头，金戒指金镯子金项链金耳环，再带去香港澳门旅游，伊姆妈开心煞了，逢人便说，我们阿德出息了，我们阿德孝顺的。现在每年老同学聚会，都是阿德请客，听说前几年，有好几个老同学想投奔他，不知后来怎样。

穿过广济一路，走到了塘廊。易知想起从前有一天，富强点心店下午卖油条，三分钱一根，栖镇街上万人空巷，排很长的队。

万人空巷为油条？易从说，我好像忘记有这回事了，但记得有几个下午吃过油条，我姆妈装在一只大搪瓷杯里，很馋。

又往东走了一段，以前塘廊有百货商店，易知记得小学同桌刘晓光家，就在后面一幢五层楼公寓里。刘晓光阿姐，身材高挑，人也漂亮，在百货商店做营业员，很是风光，店里有好

他们一年年看着桥与河,就一岁岁长大了。

看的花布，卖得差不多了，伊就通知小姐妹去买顶便宜的零头布，那辰光都羡慕晓光阿姐工作好，追伊的小伙子，镇上东南西北都有，个个登样。

再往东走，快到东横头了。从前易从家就在东横头。河边老房子，一楼一底，摆渡船码头边上。每天河上人来人往，呜呜呜声中，靠岸离岸，永不停息，够当西洋镜看了。易从的眼皮底下是渡口，略远处是桥。长桥上也好看，人来人往，上桥下桥。现在连个老房子的影子都没有了，有一回易从看到一本摄影集子上一张老照片，跟戴正讲过，照片上的老屋就是我家门口。

我跟易从一个西横头一个东横头，离长桥都是五百米。易知说，想当年，实在无聊了，我就荡到东横头，坐条渡船到对岸去，沿着河在水北走，上长桥，再荡回家。

戴正说，乌镇人木心说的从前慢，就是何易从一个人在楼上看鸳鸯蝴蝶派小说，陈易知一个人荡发荡发。

易从说，谁说我就不荡发荡发了。记得我跟靳天沿着19路公交站一路走，不小心就到半路凉亭了。还有一次在水北走，走到德清雷甸乡下去了。

靳天说，半路凉亭离栖镇两站路的公交车，以前送人送到半路凉亭，送的人就要回头了。老底子栖镇秀才，肯定在半路凉亭写过送别诗的。我小辰光，时常去水北那边捉磷火玩，那边荒郊野地的，骨殖盆很多，死人骨头到处都是，不小心一脚就踩到了。可怜老栖镇人啊,很多死后都不安耽,一根骨头这边,一根骨头被人踢飞到路对面去了,有的骨头落进河里了。我记得胆大的小人,把死人骨头当足球踢,看谁踢得远。还好我没参与,从小家里教育,对死人还是要有敬畏之心的。

易知讲,我小辰光也捉过磷火玩,还以为是萤火虫呢。是在运动场上,以前运动场叫花园坟,枪毙人的地方,骨殖盆多,阴气重的,不过我就是喜欢去那里。上幼儿园时,有个夏天,天热不想困觉,我半夜里拖着一床小草席,吵着要去运动场露宿,被我爸打一顿。我爸小辰光,好几次到花园坟看枪毙,解放初,栖镇几个伪镇长伪乡长都是花园坟枪毙的。我爸说,何思敬的弟弟是伪镇长,没有枪毙,因为北京做官的共产党阿哥写信来,才保了命。

易从笑道,半夜到坟场去,哪里有萤火虫?是坟场边的鬼火。易知讲,你记得不?再老底子,栖镇人杀头,是在道古寺那边。

正说到惊悚处,抬头一看,运河边,肯德基的招牌光亮闪闪的。大概就是何易从家原来的位置了。

易知说,我们就在"你家"吃点心吧。以前去你家的话,你妈会烧糖吞蛋,还有白糖镬糍来招待我们,现在你只好请我们吃肯德基了。

戴正说,我最爱吃糖吞蛋了,就记得靳天姆妈最大方,过年去他家,给我烧的糖吞蛋是四个,再加一把风干荸荠。

易从道，我姆妈好像只给戴正两个糖吞蛋。戴正却说，易从姆妈糖吞蛋里会加一小把桂圆肉，讲究是伊讲究。

再向东走，过了里仁桥，再过了一号桥，就到了老底子的南横头老汽车站位置。陈易知和靳天都是去县城上的高中。三年时光，每星期要坐公交车来来回回。

靳天说，现在这个我们最熟悉的汽车站也搬到西面去了。想起我爸那时候，是坐小船去临平读初中的，要坐三小时。我却不知道从前去临平读书还能坐船去。

戴正说，我当时还想不通，陈易知跟靳天为啥要去县城读高中。我们栖镇可是百年江南名镇啊。

易知说，我就想早点远走高飞。

戴正说，结果远走高飞的是何易从。

戴正记性好，什么都记得。说从栖镇去县城，19路车全程十五公里左右，栖镇到半路凉亭汽车票三分、篷坞六分、超山九分、临平两角四分。

易知说，临平话比栖镇话好听，易从却说栖镇话也有好听的。很久以前，叫"长长斯远"，不是很有《诗经》的味道么。

易知说，何易从，我们真是长长斯远没有见啦，别来无恙乎？

戴正说，何易从奢遮的，"长长斯远"都能想到《诗经》，想多了，就想关关雎鸠，在河之洲。有女怀春，吉士诱之，捺么哪介好。

戴正还不尽兴，又说，你们记得吧？小辫子，翘辫子，马家桥上吃粽子、掼碎一只花盆子，想想苦恼子，拾张污草纸，揩揩眼泪丝。

结果谁也不想吃肯德基，就沿着河岸向西走。戴正又讲，我小辰光，从东面由南到北一路荡过去，冷饮店，酱油店，杂货店，理发店，点心店。荡到西面，是安乐旅馆，杂食店，照相馆。到了西横头，穿过钱家弄，张望一眼陈易知家的后门，我再走几步就到家了。

又走过原来混堂的位置，浴场以前叫"混堂"，专门有个灯箱招牌。易知说，以前我爸带我去过混堂泡澡，后来去扬州老浴场感受"水包皮"，其实跟栖镇的混堂差不多。

靳天说，我小辰光到扬州亲戚家白相，栖镇老底子，倒有几分小扬州味道。

又走几步，就到了长桥堍下的码头。易知说，我小辰光，我家东边码头时常敲锣打鼓，结婚喜船靠岸，坐新娘子的主船旁边，还有好几只小船，装的是新娘子的陪嫁和娘家亲戚。栖镇人喜欢秋冬天结婚的多，新娘子总是穿红色中式礼服，真是一个喜气烟火的码头。我家西边，有个重型水上码头，旁边还有运输站，从前天天很闹忙。

易从说，东横头只有渡口，码头都在西横头呢。

正说着，易知发现靳天已经落在后面，走得很慢，拿着手机，不知对谁窃窃私语。

靳天接电话时，手机里声音像是一个女的在说话，靳天唯唯诺诺，柔声细语，好像不想多讲又不得不接。

易从说，我们不管他，他事体多。

戴正说，昨日他临时有事爽约，这会儿又有事，主要是女朋友太多吧。

靳天大帅哥，又是地方父母官，要是前几年，他可能挡都挡不住啊，我跟他说过，国内当官诱惑太多，也不是好事，西方已经过了欲望横流的阶段，在中国你这样的尤其要节制。易从平时最喜欢挖苦讽刺的人，就是靳天。

电话那头，女子撒娇，说人刚到娘家落定，收拾停当，要见靳天。靳天轻声说，这会儿走不开，要不晚点见。女子嗔道，人家飞了十几小时再开车三小时，回来看你。靳天说，你先歇一歇，倒倒时差。女子声音说，我不要倒时差，我要看见你。靳天对着手机笑。女子声音又道，那边房子都替你看好了，基本谈妥了，你老婆的银行账户开好，你看我利索不利索。靳天又问，你夜饭吃好没有？女子声音说，我不要吃夜饭，我现在就去找你，你在哪里？靳天连忙说了碰面地点，歉意地说本来以为你今朝晚上到上海要休息一下，明朝再过来的。手机的那头，又是一阵娇笑，我哪里等得及明朝。

等靳天跟上来，戴正开玩笑说，靳公子你要保重身体，少近女色了。

靳天无奈笑道，是有点烦人的，说我不回微信。

戴正又一派天真嘴脸，起劲道，女人家靠哄，女人家微信要秒回。

靳天说，我说我跟老同学小聚，又来问长问短。

易知说，你们别笑靳天，人到中年，谁还没有本难念的经。

靳天一声叹息，说，参不透啊，等参透了，就七老八十，白胡子老大爷了。长桥头拄根拐杖，无所谓红男绿女，闲话三千就好了。

易从忽想起沈美枝，心里闪过一首歌：为悲欢哀怨妒着迷，舍不得璀璨俗世。只有戴正不依不饶问靳天，看你魂灵都被叫走了，人家是不是赶过来捉你啦？

伊偏要过来，快到圆满河边停车场了。靳天笑而无奈。

正说着，已过了圆满河，走到了圆满桥上。圆满桥啊圆满桥，再往西，就是轮船码头了。再往西，河对面就是顺德桥了，顺德桥早就不见了。

在桥上，易知停下来，让易从给她拍张照。说，从前我从家门口往西走，走啊走，一过了顺德桥，就要走到德清去了。

再往西走，河道一拐弯，有一分汊，大面积的水域荡漾着，烟烟渺渺。孔子说得好，逝者如斯夫，不舍昼夜。

戴正说，老底子栖镇人讲，灵清勿灵清，临平到德清，真是废话，也不知啥意思。

易知说，临平湖塞，天下大乱，老底子真有过临平湖的。

靳天说，我小辰光想法蛮多，住在水北，夜里乘凉，一把蒲扇摇摇，先是想在运河上开大轮船，后来又想，应该在长江上开轮船，我小辰光跟我爸去过一次舟山，看到海上轮船来来往往，又想最好是在海上开大轮船，当远洋水手，就好世界各地去跑码头。

易知说，我们回转吧，不然有人要苦等靳天了。靳天只好歉意地笑笑，说那我对付姑奶奶去了，失陪失陪。易知说，轮船码头我以后要一个人去朝圣。戴正开玩笑，要易从当护花使者。易从对易知说，我们下次再去好了。

走到了圆满路的岔路口，戴正道了别，说晚上要陪摔了跤有点小中风的老父亲，就大步流星往镇中心走去，很快就不见了。三人走到停车场，靳天有些急切地朝一辆白色轿车走过去，上了车，但不见那白色轿车启动。

易知猜想着那辆白色轿车里坐着一位怎样的女郎，是个姑娘，还是一个少妇，她为什么这会儿一定要见靳天？就问易从，你说靳天是舍不得走开，还是想逃开？易从说不好猜。易知又问，从小你们两个不是最要好吗？易从说，最要好，我还是弄不懂他。你说靳天这个人有心，也对，说他无心，也对，摸不透，再说我们有这么多年没在一起了。易知说，若说靳天出世，有一点，说他入世，也有一点。易从说，反正他总能应付得来。易知说，人生啊，我们的靳天，成了情场浪子。易从笑道，男人皮相好，烦恼也多。易知问易从，你烦恼多不多？易从沉吟不答。

这时天落起了毛毛雨。两人默默走着，易从陪易知找车，停车场很大，找了一圈，又找一圈，靳天坐进去的那辆白色轿车，此时已经开走了。雨越下越密，可易知怎么也不记得车停哪里了。易从让她不要发急，慢慢找。等到终于找到车时，两人头发和身上都有点湿了。

易知又找不到车钥匙了。两人又蹲在地上，易从让易知把包放在他膝盖上，在包里仔细找，还是没找到车钥匙。这一路，他们只在栖味馆停留过比较长的时间，于是又折回栖味馆，果然一问服务台，车钥匙是在洗脸台边发现的。易从笑道，长这么大了，你呀一点进步没有。

正要出门，忽然听到有人叫何易从名字，原来是刘晓光高高大大站在面前。刘晓光梳小分头，穿牛仔裤，枣红色休闲T恤衫，依然风流倜傥，只是眼袋有点明显。老同学彼此客气一番，刘晓光说，何易从原来有美女陪同呀，今朝我就不打扰了。

告别刘晓光出了店门，他们和刘晓光都有好多年没见了，听说他在镇上很吃得开，瑶姑娘跟他好了，后来他们又离婚了。又听说他去杭州的保险公司，做到了中层，后来不知怎么又出来单干，听说现在经营栖镇老字号酒厂了。这些都是道听途说。

刘晓光现在是"少妇杀手"，易从在国外都听说了。高中时何易从孤僻，不合群，刘晓光那会儿蹿个子了，英俊开朗，时常穿一条浅灰色卡其裤子，皮鞋锃亮，跟靳天一样是女同学心目中的白马王子。

我想到一个弱冠少年在河边顾影自怜的样子，觉得很好笑。

你说刘晓光吗？

不是呀，说你呢。

那时候我就是自卑又自尊又敏感。

谁知道一个小男孩长大后会变成什么样，刘晓光小辰光比你还文气呢。

你小学时最喜欢刘晓光呀？

好吧，他是我小学时的白马王子，我们同桌时从来不划三八线，两小无猜，我们从没吵过架，不像你。

你跟他两小无猜啊？易从一副不可思议的样子。

人家性格比你好嘛，温和开朗。

他性格是比我好，人也比我帅。

实话说，我也从来不知道你长得好不好看，你就是你。

以前不少人夸我长得清秀呢，易从不好意思地笑了。

你记不记得，那时候你自己丢三落四，老是找不到东西，还要冤枉是我拿走的，你很霸道，在我的桌子上，抽屉里，铅笔盒里一通乱翻，简直要翻箱倒柜。易从又道。

怪不得你老是对我凶巴巴的，一句好话没有。易知说。

我有时候不开心，就是自己生闷气，不是针对谁。易从说。

我小辰光最喜欢做的事情，就是翻箱倒柜寻宝，我妈最怕我到人家屋里去，回回要乱翻抽屉，说我没教养，老是唠叨我不要到人家屋里翻抽屉。我妈越是紧张我翻人家抽屉，我偏忍不住。易知说。

易知又跟易从讲,我再告诉你个秘密,有没有发现,你有好几支铅笔、圆珠笔上,被绕上了蚕丝,那都是我干的。

易知有几个亲戚在丝厂上班,小辰光喜欢玩茧子,觉得茧子抽丝,又白又亮,她问易从是否知道一只茧子,丝能拉到桥那么长,蚕茧的气味是臭的,蚕宝宝吃桑叶的沙沙声,像是落雨声。

给铅笔绕上蚕丝,要绕很多圈啊,这很好玩吗?易从奇怪道。

反正你就不会猜是我干的。易知说。

易从笑说,那倒不一定,我只是记不得了。

两个人乐颠颠了一会儿,说好找时间再去新华丝厂遗址看看,听说废弃的老厂区,留着建厂初期的民国老建筑一幢,五十年代的建筑还有六幢,也是老古董了,以后规划要做文化创意园区。

正说着,有电话进来,易从接了,易知在边上听到一个女声,好像问易从几点过去?只听得易从说,还有点事,等下好了过去找你。易知听见自己变成了易从嘴里的"事",敏感道,原来你晚上也有事啊,那不用陪我了。易从歉意地说,这趟回来是有些事情,以后再跟你说。易知说,干嘛要跟我说呢,你的事是你的事。易从急道,是沈美枝找我要说点事。易知问,原来是沈美枝,她还好吗?易从说,不太好吧。易知说,我有阵子没见她了。上次我碰到她还在三观庙里,她好像在吃素修行,妆都不化了,像个女居士。我想反正现在有钱人都流行修行什么的,也没在意。易从殷勤道,还早,我再陪你转转吧。易知奇怪道,怎么还早,难道你要半夜去见人家呀?易从忙说,不是不是,我怕你不高兴。易知哼道,今天你和靳天都心猿意马的,我都不要你们陪,我一个人也可以逛。易从赔小心道,你别生气了,你生气我罪过大了。易知一个白眼飞过去,嗔道,谁说生气了?好像我要独霸你似的。易从笑了。

易从跟易知上车。又下雨了,天也更黑了。

易从说每次回来,还是喜欢落雨天。易知问他新泽西那里的雨少吗?他说感觉不一样。那边下雨就是下雨。易知说,我观察过,好像只有这儿的雨,颜色是湖绿色的,有时是灰绿色的,有时是白色的。印象中,美国的雨,颜色偏蓝一点的。

车上,易知说了一个白虹精的故事,很难得就是讲栖镇的仙妖故事。讲到一半,易从家小区马上到了,易知说,我下次再讲了。易从听得肃然,伤感地说,真遗憾,我这根木头什么都不知道,枉做几十年人。易知说,时光不能倒流,连白虹精里的那块神仙给的麻布也被烧掉了。车在一家水果店门口停下,易知看着易从心事重重地下了车,向父母家走去。

鲲鹏

壹

> 夜雪初霁，荠麦弥望。入其城，则四顾萧条，寒水自碧，暮色渐起，戍角悲吟。予怀怆然，感慨今昔，因自度此曲。千岩老人以为有《黍离》之悲也。

二〇一六年冬，何易从回家第一晚，时差加失眠，躺在陌生房间陌生的床上辗转反侧，索性起床，从房间一个小小的竹书架上抽出一本词集翻看，一边吃着家里自制的风干荸荠。一吃风干荸荠，好像才真正回到老家了。

易从想起某年过年，小简跟他一起在栖镇，学他样子啃风干荸荠，一尝，就说吃不惯这种奇怪水果的泥土味，到底不是江南人氏。竹书架老旧得寒酸相，是他在栖镇读书时用过的，上面不齐整地摆放着一些陈年旧书和杂志，还有报纸。旧书架上堆着的，依然还有些是他高中时代的读物。这一本词集，也是当年他的心爱之物。

何易从三十七岁，去国离乡经年，未料到自己离家的方向已越来越远。先是几十公里，几百公里，再是上千公里，现在是一万多公里。易从想起自己第一次独自离家去上海走亲戚，在舅舅家呆了整个暑假，那一年才十二岁，回栖镇时，他妈说他讲话像个上海人了，没想到，他没当上海人，当了几年京城过客就远走了。

腊月初八，易从辗转归乡，那时还未到新泽西州定居。一路舟车劳顿，先从北卡的罗利达勒姆机场登机，中间转机一次，停留并等待三个多小时，中转纽约、洛杉矶、西雅图、亚特兰大或底特律，再飞十几个小时，到上海，再从上海坐长途大巴到杭州。

靳天开车到杭州武林门，把风尘仆仆的何易从接回栖镇。这日下午，车到易从几年未归的故乡，看到长桥时，易从心头泛起一些复杂滋味。

路上，靳天接了个电话，是瑶姑娘。易从问起瑶姑娘现在过得怎么样？靳天说，伊勿大开心，在跟刘晓光办离婚。易从不便多问。靳天自己讲，刘晓光这个人，聪明面孔，花花肚肠。伊前几年外头就有人，跟我阿妹吵吵好好，也没离成婚。去年跟着个有赌瘾的相好到澳门赌博，去了好几趟，钞票输得精光。女人家我认得，临平街上人，也算美女，看起来斯斯文文，不知怎么沾上赌，前夫是给国企领导开车的司机，吃不消伊败家，离了婚。易从惊诧道，女人家豪赌，少见啊。靳天说，赌性不分男女。美国不是有赌城拉斯维加斯吗？我前年去过。易从笑道，你倒是潇洒，公款旅游。我在美国这么多年，还没去过赌城。

靳天说，这女人家不知怎么搭上刘晓光的，听说专门找帅哥，伊前夫也是卖相好，但司机么，没什么钱。刘晓光和我阿妹结婚后，两套房子，栖镇一套临平一套，栖镇的一套房子，只好卖掉，后来工作也丢了，听说挪用公款去赌博。我阿妹眼光不准，想想到这个地步，夫妻仁至义尽，离婚算了，还好没养小人。易从半晌沉吟道，刘晓光变成这样，真是没想到，我以为他一定混得很好。靳天说，人不可貌相，胆子太大，总有风险。刘晓光已经算万幸，钱要是退不出来，得坐牢去。易从说，听说不少官员，都去澳门赌，人财两空，乌纱帽也丢了。靳天说，说实话公款出去旅游，一般机关里干部都轮得上，到澳门，到马来西亚云顶赌场，感受一下就好了，我也去过的。拿出五千块试试手气，体验一下，输光走人。这种事情，怎么好当真？易从说，美国没有公款考察旅游这种事的，纳税人的钱，都监督着呢。靳天摇头，笑笑说，你现在反正都是美国的月亮圆。易从连忙说，这倒不是。

靳天想起什么，又说，你晓得哦？我们女同学里，沈美枝最近也离婚了，离婚后伊搬出来，现在家就住在酱园弄你爸妈楼上。易从问，沈美枝当年是不是嫁给我们上一届的高庆的？靳天说，对的，后来高庆到广东那边做电子产品批发生意，发了财，在外面乱七八糟的，对沈美枝没有以前好了。沈美枝听说高庆在外面包了二奶，或许还有私生子，受不了，拿了一笔钱走开了。易从说，沈美枝倒是不肯委曲求全的，烈女子啊。

靳天送易从到酱园弄公寓楼下，靳天有事先回临平去了，约了改日再聚。易从见到陌生房子中的父母，好像父母都缩小了一号。再见的一瞬间，变老的父母让他生出一丝陌生感。两三分钟的局促不安之后，陌生感渐渐褪去，愧疚感占了上风。

易从新世纪之初从帝京漂洋过海，一晃八年了。八年来，在异国添了儿女一双，却只回过故乡三次。熬了八年，如今是大洋彼岸美利坚公民了。

当初也不是十分坚定地，半推半就地跟着医学院的博士们一起走向了出国之路，不过是随大流而已。留在京城，似乎未来的路都看得到，进一个研究院搞医学方面的研究，或者去高校教书。

易从的导师和师母，都是见过大风大浪的人。导师上海人，名门之后，与荣毅仁是中学校友，他上海的家，当年与宋庆龄是邻居，后来导师的父亲在"文革"时自杀了，他当时在部队，幸好没受什么冲击。易从从他导师身上明白了斯文是什么，只唏嘘这一代斯文人也都老了。

易从想过，斯文到底好不好呢？想想自己，从离开栖镇后，一步步变得斯文起来。大学斯文，研究生再斯文一点，读博士时，更斯文一点，却又觉得自己越来越无趣。

导师一家似乎对帝京豪门动向了解不少。师母的工作有点特殊，京城不少大官的医疗档案都是师母管着。师母为人热心，见易从一个清俊斯文的江南秀才，一个人在京城独来独往，也不见他跟女生约会，也没听他说起女朋友，就操心起他的终身大事。给易从介绍了三次，对方都是高干家千金，一个中将的千金，一个部长千金，一个央企高管千金，易从想也没想就婉拒了。后来师母追问，才说有个女朋友在杭州读书，他是为了她才考到北京来的。导师请易从到屋里吃饭时，师母就笑着跟导师说，你这个学生，傻气是有点傻气，人倒是忠厚的。导师说，人不忘本，这是对的，荣华富贵也不一定能长久。师母笑着说，易从女朋友不会差的，肯定是美人儿。易从想起快要毕业的小师妹小简，难为情道，就是娇小型北京姑娘。

易从在京城一呆五年，像一棵树一样，从江南移植到了北方。他工作和居住的地方，地名叫五棵松，在海淀西四环。潜移默化中，易从的行止也向着"松"靠拢。五棵松的历史要追溯到清朝年间，曾经是个荒僻的、土匪出没的地儿，在这儿很可能遇到的是"骆驼祥子"，贩夫走卒，后来北京有了地铁，五棵松成了帝都西郊的一个大站，原来那儿作为接头地点的老松树死了，地铁站边又种了五棵新的松树。易从一直是喜欢松树的，他不仅喜欢柳树，也喜欢松树，他曾以为这两种树，应对着自己性格的两面。记得刚来到五棵松的时候，此地是欣欣向荣的，离北大和中关村都不远，聚集了一大批从各地赴京的高学历新北京人，每个人都觉得自己前程不可限量。复兴路上，时常可见附近总政歌舞团和文工团的女孩，漂亮的脸蛋上青春逼人，眼睛里闪着随时可能嫁入豪门的希望之光，有时候易从听到一串轻笑声擦肩而过，就有一个念头飘过：这些姑娘，有多少人会坚持唱下去跳下去？

有一天，头发长了，易从走进了宿舍边上经常光顾的一家理发店，一时心血来潮，让理发师改了一直以来的分头，把有点长度的鬓脚理了，剃成了很短的寸头。易从看镜子中的自己，好像换了一个人似的，显得精神了不少，此后就一直保持着寸头。

新世纪之交，在帝都的高知圈子，几乎人人都按捺不住跃跃欲试的心，想要走出国门，去外面看看世界。所有的走出国门之路，又以赴美之路最是公认的阳光大道。五棵松一带的一大拨新青年们，也纷纷拔脚，起锚，怀揣博士、硕士等各种文凭以及托福分数、大洋彼岸的录取通知信函，向着他们心目中的下一站进发，何易从觉得自己不过是一个随波逐流的人罢了。

在五棵松呆了五年后，易从和太太小简一起漂洋过海，抵达纽约后坐大巴，跟着一个艾滋病研究的实验室到了罗德岛，大西洋彼岸的美国最小的州。第一站是大西洋海滨城市金斯顿，罗德岛大学药学院，易从成了驻站博士后。世界忽然从热闹的东方变成了宁静的西方。罗德岛在纽约和波士顿两个东部大都会之间，从金斯顿开车去纽约只要三个小时，一到长周末，易从和小简就去纽约玩，比如去百老汇看一场《悲惨世界》音乐剧。罗德岛却像是一处世外桃源，海水蓝得惊心，夜里海上点亮的灯塔，让他忽然回想到家乡运河上夜航船的灯火。

他和小简去罗德岛首府普罗维登斯游玩，看到了十九世纪的古老街道和建筑，这是一座典型的新英格兰小镇，和家乡的江南小镇一样，镇中心有河道，河上有一种手划的小船来来往往，船身狭长，两头尖尖地上翘，不像江南的小船船头基本是平的，还有简易的蒲苇顶盖。

庞大的北京城渐渐地推远了，退出了何易从的中心视野，中国的首都忽然就成了过去时，何易从成了罗德岛新移民，又从大都会心脏回到了象牙塔，工作和生活半径，基本上就围着罗德岛大学。

两年后，易从跟着他工作的艾滋病研究实验室迁徙，从罗德岛出发，转机纽约，又到了下一站，美国中南部的田纳西州。他们先到了田纳西州首府纳什维尔，纳什维尔也有一条河。再到田纳西州立大学所在的小城诺克斯维尔，在这里只花五千美元，买下了人生中的第一辆二手车，开着这辆丰田二手车，初来乍到的夫妇去了超市购买日用品，购买了一套豆绿色的沙发，一点点安顿下来。小简看着他们田园风的新家，忽然笑道，我们怎么一步步努力，漂洋过海的，从大都市走到乡下来了？易从道，我是一步步从小镇到了省城，再从省城到了首都，然后又从首都，一步步回到了小镇。

第二年，在田纳西州，小米出生了。小简刚生完，就问易从，女儿是不是双眼皮？易从仔细一看，是双眼皮，小简就高兴了。小米一出生就是美国国籍，易从说，中文名字就叫何望兮吧。小简说，大概是从你喜欢的诗文里来的。易从说，也不是，我好像哪天脑子里冒出一句渺渺望兮天地，还记得一句望美人兮天一方，也不知道哪里看到过，就老是念叨这两句，不如给女儿作名字吧。小简说，果然她爹有文化。

何易从将小小的女儿抱在手里，感觉自己忽而少年，忽而迟暮。夫妻俩在田纳西的生活，就变成了工作和育儿两件事，时间很快就过去了。这里是"猪和玉米饼之州"，有很多的树木，干净的街道，随处可见的小松鼠，最好的乡村音乐，密西西比河，还有全美最高的消费税。他们开着车，抽空去过一趟大雾山国家公园。何望兮满周岁后，跟着外公外婆回国，在北京养了一阵，有一天中午，看到电视上有个瘦瘦的、戴着金丝边眼镜的播音员叔叔播午间新闻，小望兮激动得手舞足蹈，对着电视大叫爸爸。小简打电话回家时，听何望兮外婆讲起这笑话，心里舍不得。过了几个月，夫妻俩休了探亲假，又把小米接回了美国。

两年后，他们开着二手丰田车，翻越阿巴拉契亚山脉，一路听着电台播放的田纳西乡村音乐，还有孟菲斯的猫王阿尔维斯的情歌。易从记得，他们到达刚租下的房子时，起居室的一面墙上贴满了猫王的演出和电影海报，房东或者上一任房客，一定是个猫王的铁杆粉丝。后来离开时，才有些遗憾，两年来，除了到达时当地工作团队的接风，他们一次也没有主动走进过田纳西的乡村音乐酒吧。"今晚你寂寞吗？今晚你想我吗？"易从最熟悉的是猫王的这一首歌。

在离北卡罗莱纳州还有一百公里时，他们在一家墨西哥餐厅吃了个午餐，还没吃完时，餐厅里来了五六个黑人，粗壮肥胖，貌似粗野，他们不笑时，让人会有紧张感。易从观察周边，隐隐不安，对小简说，我们快点走吧。他们起身，迅速打包了食物上了车，易从发动了汽车。小简问，你害怕了？易从说，看了太多新闻，黑人砸过路客人的车窗抢劫，还有杀人的，我们惹不起赶紧躲。小简叹道，说到底我们还是不了解这里的人，特别是黑人，只要他们不笑，看起来就觉得像危险分子。易从说，我刚有点紧张，是不是眼花了，看到有个黑人裤兜里像插着手枪，心想等下没准会有一场枪战。小简哭笑不得，说，没准，美国不禁枪。易从说，准确地说，是有些州不禁枪，州与州枪支管理政策不一样。小简说，电视上枪击案有点多，枪支不管控，总归不安全，易从说，是的，我们车上，只有一柄藏刀。小简看到了那柄很漂亮的藏刀，说，你什么时候放进车里的？易从说，这是靳天送我的，我放车上就当避邪了。

车开出约半个小时，两边风景好看起来，大片的湖、碧绿的牧场，花花树树，他们的心情明朗起来，也不再去想枪的事情。易从说，讲起来好笑，第一趟回去，靳天送我这把藏刀，我想他抽烟牙齿黄，送他电动牙刷。小简说，靳天要笑你真变成美国人了。

几个小时的车程后，一家人到达了人生的又一站：北卡罗莱那州三角洲的"东部硅谷"，租下了维克郡凯瑞市郊区的一幢小别墅，有四个房间，超大的客厅饭厅和地下车库，一个需要打理草坪的后院，每月租金是何易从薪水的三分之一。易从在这块南方土地上学会了割草，学会了使用洗碗机，也学会了像大多数美国中产阶级一样，在早晨或晚上在小区周围跑步。这里相对他曾经居住的北京海淀区五棵松，显得过于安静空旷。某天在开车上班的路上，易从忽然想到，他远离大都市的生活已经很久了。

夫妻俩下班后带小米在小区散步。一个夏夜，小米对着树丛中一闪一闪飞舞的光手舞足蹈，原来是萤火虫。这么大的空旷之地，宽敞的房子，地广人稀，适合养儿育女。秋天，一个长周末，他们开车去北卡西部山区，汽车奔驰在蓝岭公路，红叶翻飞，灿烂在蓝岭公路两边的山丘上，被红色晕染的群山连绵不绝，似乎看不到头。他们住在一个叫阿什维尔的小城。天高云淡。小城闹市区的最高楼，不过是一幢简朴的十多层的小楼，阿什维尔街上走着穿得很波西米亚的流浪汉，此地是波西米亚风的歌手和艺术家的聚居地？易从想念起住过五年的北京，那时也知道北京有798和圆明园艺术家村落,还有宋庄画家村,都是艺术家们的聚居地。相比之下,阿什维尔不过是乡村。

易从说,你说我们为什么要放弃北京,跑到这么鸟不拉屎的地方来呢?小简说,这可是阿巴拉契亚高地最惊艳的城市啊,说它是古朴的小山城比较公平。小简说话时像画眉一般清脆,让易从感觉欣快。

他们去了比特摩尔庄园,庄园建于一八九五年,是美国镀金时代的象征之一。他们带着小米在庄园的绿地和边上的森林玩耍,小米用一顶草编的小帽子拾了一篮子的红叶,易从就说,在这里隐居不错,谁也不认识最好,自由自在。小简说,那你就在这儿找个小草坡,造个小房子住里边,负责思考人生吧。我十天半个月给你送点食物来,免得你饿死。易从笑道,不管美国人中国人,都有出世者,隐居爱好者。小简说,可惜你老婆是个平凡人,你就负责多关心人类吧,我就帮你打理柴米油盐行了。

当晚,他们住在阿什维尔郊区的一个度假村,复古式酒店舒适,这是他们来美国后住过的最贵最好的酒店,想庆祝一下小简的三十三岁生日。山城之夜,夫妻缱绻,易从因为小简白天的"柴米油盐"之说,惭愧在心,就格外地温柔细致。如此,就在阿什维尔的那一夜,孕育了一个儿子。十个月后,易从给儿子想名字,左思右想,捻断三根须,最初想叫"望雨",是他某日曾梦见江南的小弄堂,又想起从前背过戴望舒的《雨巷》。

小简说，有一个替你望乡了，还不够吗？易从说，那你来取。小简说，男孩子名字要大气点，雨巷的格局太小。又提醒易从，你这个秀才，既然出来了，就多适应此地，融入此地，老是思乡望乡的，你当初又何苦来？易从醍醐灌顶，反省自己，近来老是乡愁难解，心情就像江南雨巷，淅淅沥沥的愁怨，也不知因何而来。

小简又道，起名字是你在行，你是我家秀才嘛。易从提了精神，往大气里思索，偶尔翻到一首曹丕的《善哉行》，中有策我良马，被我轻裘。载驰载驱，聊以忘忧，觉得特别契合他们这一路从田纳西驱车来到北卡，又在蓝岭公路中驰骋的心境，于是给儿子取名何载驰，小简也喜欢"何载驰"这个中国名字。

孩子们好像生来就是美国人，根本没有融入这回事。从幼儿园开始，何望兮和何载驰就有了美国本土的小伙伴，很快拉着白皮肤黄皮肤的小伙伴的手到处乱跑了，然后就被邀请，去小伙伴的家玩耍。小米喜欢上了小伙伴家的小狗小猫，回来就吵着对爸爸妈妈说，我也要养条小狗玩。不久后，屋里有了一条小狗。孩子们就讲流利的英语，倒是中文需要刻意地教他们。

又过了几年，他们开上新买的越野车，带上一只两岁的柴犬，从北卡罗莱那州再次迁徙，在药厂和医药公司众多的新泽西州定居下来，买下了自己的第一处独幢别墅，过上了有房有车的美国中产阶级生活。这时屋里除了狗外，小米又捡了一只折耳猫回来，毛色黑白相间，有点像易从小辰光家里养的土猫。

从此家中队伍更壮大了，一儿一女，一狗一猫，因为这一狗一猫总是处于对立状态，时常在屋里的走廊上，一东一西盘踞着，各自为政，若是狭路相逢，或猫咪因不满狗狗太不要脸地谄媚主人而愤怒挑衅，就会各用狗爪和猫爪斗上三个回合。易从有一天觉得好玩，给经常盘踞走廊东边的狗夫人，取绰号叫"东横头"，盘踞西边的猫老爷，叫"西横头"。小简开玩笑说，那你哪天还得把它们带回栖镇去，要去东横头西横头认祖归宗。易从笑说，你不记得了，有一次你跟我回栖镇，我家老房子里有老鼠，把你吓得，半夜跑到我屋里来。小简想起，自己正是那夜听到老鼠吱吱叫，吓得钻进了易从的被窝，青涩的两人，交付了彼此。那时的自己，还是长发飘飘的女子。后来，家里就养了一只猫，再后来，小简父母不同意女儿远嫁，易从这江南书生一跺脚，放弃了进杭州这边吃香的政府机构，索性再考博士，考去了北京。小简未料平日优柔寡断的易从如此干脆，感动之下，心想从此跟易从浪迹天涯都愿意。

　　孩子们的外婆来美国后，在他们的后院种了一些菜。后来外婆回国了，那些菜地的区域又被小简种成了玫瑰花，不过这对学医出身的夫妇，种玫瑰花似乎还不得要领，花开得时好时坏。屋里又添置了一架二手钢琴，一台跑步机，一个户外烧烤炉。这时小简已学会了像美国主妇那样，不定期在家开派对，易从就打个下手。有时搞冷餐会，有时在院子里搞烧烤，聚会基本上是以家庭为单位，一开始是两人的同事，后来就以孩子们玩得好的同学的家庭为主。小简在家中准备派对的一切用品，一次做十多个人吃的食物：三明治、热狗、自己烘焙的蛋糕、马卡龙、饼干等小甜点、水果杯等。家里第一次按美国人的习惯过感恩节，两人去超市买了火鸡，按照火鸡制作的步骤配制完，放进烤箱，火鸡看着油光锃亮，很好吃的样子，但易从品尝了一块火鸡肉后，不太喜欢，就说还是家乡的白斩鸡用酱油麻油蘸蘸好吃。

在新泽西小镇人烟稀少的街区跑步时，易从习惯看天。有时家里高朋满座，几个家庭一起开派对时，易从总是独自走到露台上站立片刻，抬头观星。

家里已经买了一台天文望远镜，易从时常教两个孩子看星星。孩子们以为，牵牛星和织女星，是中国的星球。爸爸讲的《星球大战》里面的星星，是美国的星球。新泽西的夜太静，他心里不时泛起寂寞之感，眼眶湿润了，其实并没有，他的眼睛干燥，发涩。好不容易安定下来了，如今每个月按揭房子贷款，一儿一女可以在最好的学区上学，倒是在身体或灵魂的某处，感受到一丝一缕的七年之痒，挠着人心。故国一别千万里，匆匆已七载。

易从拿绿卡满五年后，正式加入了美国国籍。当年冠盖满京华，可七年间，当年所有在国内的博士同学全都去了美国和加拿大。好像每一个人都不敢多想，只怕自己赶不上大步流星前进的人们，只能选了一条路，一直往前走。

貳

易从到家第二天,陌生的环境加上十三小时的时差,几乎没怎么熟睡就醒了,他每天睡醒后自己下楼去买早餐。这趟回来,易从忧心如焚,母亲不知又受什么刺激,抑郁症再次发作,人极消瘦萎靡,一天到晚躺在床上。易从回来,母亲只是盯着他,头低着,一句话也说不出来,家务也做不了。看到母亲这样子,易从一筹莫展,夜深时,他独自仰天长叹。

易从坐在母亲床边,给她看一双儿女的相片,跟她说孙女儿望兮长得像奶奶。林冰芝倒是难得地笑了。

易从在家烧饭,父亲吃过中饭就出门打麻将去了。他下楼扔垃圾袋,楼梯口碰到提着一堆东西正准备上楼的沈美枝。沈美枝穿着灰呢大衣,系一条彩色图案丝巾,黑色高跟靴子,脸上化着精致的妆容,多年不见,依然还是个标准的栖镇美女。易从想起靳天送他回来路上,讲起沈美枝的新情况。易从礼貌地跟美枝打招呼。美枝一脸笑意,说,原来是我们何博士啊,回家探亲了,稀客稀客。易从道,不好意思,现在确实难得回来了,也难得碰到老同学。美枝讲,我现在跟你爸妈隔壁邻居,我们很熟的。易从客气道,我妈脾气不大好,你多多包涵。沈美枝爽快地说,你客气啥呀,老同学了。

又几日,林冰芝夜里泡脚,易从看到她腿上一根根青筋暴突，静脉曲张厉害，又觉察母亲视力有所退化，怀疑其糖尿病症状也在加重，好说歹说，总算带着母亲去了趟杭州看医生，一折腾就是好几日。这次回乡，易从见老同学的心思寡淡了，连靳天也不曾再约。

一日，易从自医院回，听到有人敲门，开门一看，是楼上的沈美枝，连忙请进门。美枝放下一只袋子，说是有朋友送来一箱菜籽油，拿几瓶给易从父母。除了菜籽油，袋子里还有一袋枸杞子一袋核桃肉，美枝说也是北方的朋友一同寄来的。易从不好推辞，连声道谢，想想礼尚往来，不知回什么礼，就说找时间请她吃饭。美枝马上了解到易从母亲在医院治疗，易从爸也时常在医院里陪着，就善解人意地说，不是隔壁邻居么，也不要麻烦外面吃了，你哪天医院回来不想开伙，来我家，炒几个小菜就是了。易从不好意思，美枝落落大方地说，说实话，你是大博士，见识多，我正好有点事体请教你。易从只好答应了。

到了礼拜六中午，易从接到美枝邀请，匆促之间，去超市买了一篮水果，再加上两盒美国带来的巧克力上门。美枝开门，屋里并没有其他人。

美枝让他在客厅看看电视，吃茶坐一歇，说原来几个小菜早就准备好了，不过现炒一下。易从坐着看电视，有几分局促，虽说跟沈美枝是老同学，小学时同桌过一年，多年不见，到底还是生分的，但如今美枝跟自己父母做了邻居，忽然又拉近了距离。

不到半小时,菜已上桌。两人在餐桌前坐下来,美枝要给易从倒点黄酒,易从说自己不会吃酒,美枝惊讶,给易从的杯子里换了可乐。美枝聪明人,是不会让两个人的这顿饭冷场的。她先说看到易从父母平时如何如何,这是他肯定要听的,两个人渐渐陌生感少了。易从窘道,我妈这脾气,没少得罪楼上楼下邻居啊。美枝劝慰道,你不要光听他们说,有些人自己就爱斤斤计较,也不知道谦让老人,也有问题的。你妈人蛮好的,也不要占人家便宜。我还晓得,这小区里的大妈,也有厉害角色的,不要理他们就是了。易从心稍安。美枝又问,你在美国做点啥?易从说,在大学里,也不过是打打工而已。美枝说,你打工跟我们不一样,打工也是打高级工。易从笑笑说,华人融入美国社会都比较难。

两个人的饭桌上,易从讲美国那地方的饮食生活习惯,车子,房子,中国菜哪里买,细细地跟美枝说了。美枝说,美国街上夜里八点以后就没啥市面了,介冷冷清清的呀。易从笑说,是的,我住的那边,还没有栖镇热闹呢。美枝说,不是说美国都是不夜城吗?易从笑道,那是纽约。除了纽约,美国其他地方都是大农村一样,基本上大家都呆在家里。倒是中餐馆这几年越开越多了,还有韩国餐馆日本餐馆越南餐馆,中国人也去得多。下次你有机会过来的话,也不用担心吃不惯。美枝说,我妈总说,在家千日好,出门一时难。不过我也想出去见识见识的。

易从又说，在美国，穷人富人都过得还可以，穷人有各种福利，房子有廉租屋，看病免费，还有食品券发放，就是中产阶级最辛苦，承担社会责任最多，要交很多税，很多保险。不过美国上了七十岁的老人，社区里有免费车子接送去社区活动室。老人们在社区活动室，可以一起休闲，聊天，看电影，也可以互相教烧菜，烤蛋糕，做手工等等，打发时间。美枝说，那你爸妈不是可以跟你去团聚吗？易从说，他们语言也不通。又说，我住的社区，也有几户中国人家，但是老头老太会不会打麻将，这就难说了。

易从找出一双儿女的照片给美枝看，美枝看了，甚是羡慕易从儿女双全。

当时国内房地产如火如荼，美枝就讲现在温州人炒房这些故事，易从也讲美国房地产相关的一些见闻，一通聊下来，易从感到美枝对美国是真的感兴趣，像小学生一般问长问短。美枝烧的四菜一汤煲一点心，酸菜黑鱼片做得好吃，一个火腿老鸭煲，吃得热乎乎的，还有一只家常的雪菜炒毛豆，饭锅里蒸熟的酱油茄子，居然还有一个菜，是沸龙虾片，易从的眼睛发亮了，说这是小辰光过年过节最贪吃的。美枝说，我也是，猜你小辰光也爱吃，所以专门开了个油锅。易从感谢，吃到一半，不再像刚来时那么做筋做骨，僵硬的肩膀也放松了下来。

闲聊之间，易从方知沈美枝这几年过得辛苦。红旗丝厂下岗了,离婚后,分了些财产,自己做生意,先在临平一个市场租了摊位卖服装,赚不到什么钱,还欠了债务,走投无路之下,索性绾起头发,捋起袖子,在市心街租个门面,卖起了板鸭。美枝对谁都笑脸相迎,板鸭生意好,一年后翻身,又跟板鸭厂合作,开起经销板鸭的门市部,也开发栖镇板鸭的旅游商品。美枝想栖镇板鸭有特色,并不比南京盐水鸭差,需要的是打开销路和知名度,所以时常跑来跑去,抛头露面,为了订单跟人吃酒应酬,现在生意总算上了轨道。沈美枝讲起,父亲老底子就是栖镇手艺响当当的板鸭师傅,后来得癌去世,她自己七转八转,命中注定还要跟板鸭打交道。易从终于知道,沈美枝同高庆离婚后,一个儿子平时跟着她,休息日会去苏州奶奶家吃饭。虽然离婚了,高庆的苏州姆妈,对美枝一直不错。

美枝说,杭州拱宸桥那边,我买了一套房子,两年后交房,生活是不成问题的。现在我住栖镇,主要为了管儿子方便些,他有爷爷奶奶、外公外婆家,都可以去。我有时候想,要不争口气,把儿子送到美国去吧,在这里,总归也不太有出息。易从说,现在国内发展快,出不出国,倒是难说好歹。沈美枝说,主要我不想让儿子跟他爸一样,男人家,有钱就变坏,吃喝嫖赌。易从略尴尬,沈美枝连忙赔礼说,不是说你,我是说我前夫。你是读书人,跟他们不一样。

易从也感叹道,这几年回来,家乡越来越冷清,几乎碰不到什么同学了,离最近的,都在临平住了,叫我吃个饭聚一下,我也要特地临平跑一趟。美枝讲，现在留在栖镇的同学真的没几个了。这里连个两三千块工资、适合年轻人的工作都不好找，以前的工厂基本上都关掉了，要是不离开栖镇想办法，只能吃老米饭（吴语，意为简单糊口）。美枝说，我因为有一个阿妹在深圳，想多照应点父母，暂时留在这里。

易从说，我晓得以前的棉纺厂也关掉了。美枝说，听说中国人好多出国的，一开始都很艰苦，住地下室里厢，打工，餐馆里洗盘子、做车工等等，你有没有吃过这种苦头？易从说，我倒没有，一去就在大学实验室里待着，做博士后。不过也很无趣的，刚去时我英语也不太好，张口结舌，倒是我太太学英语天赋高，她在那边很受欢迎。美枝笑道，我不知道，我都是电视剧里看来的。易从笑说，那跟我妈一样，我妈的世界观都是电视剧里看来的。美枝难为情道，我知道我这个人就是太感性了。易从正色道，其实在哪里都是过活，差别没那么大。

美枝笑道，只有我在这里留守了，还住你家楼上，真是有缘。易从道谢，说，你也真是客气了，听我妈讲，你是一会儿枇杷一会儿杨梅，一会儿乡下的土鸡蛋，总是给他们东西，他们都过意不去的，我都不知道该怎么谢你。美枝说，都是顺便的，我本来是要给我爸妈的，顺便也给你爸妈带一点，也不值多少钱，不用在意的。有次我听你妈说，养个儿子离这么远，现在样样自力更生，想想也可怜的。易从叹了口气，说，早知道是这样，他们当年死活不会放我出去。

易从听美枝絮絮叨叨，发现美枝完全不懂去美国的途径，心里发出一声轻笑，只好跟美枝说，要去美国的捷径就是你去嫁个美国人，甚至也有中国人为绿卡假结婚的，到美国后再离婚。话说出口，刚刚后悔自己不该这么轻浮说话，不料沈美枝听了，竟有几分当真，跟易从说，我去通过征婚机构钓个美国佬，这样儿子就可以去美国受教育了。易从无语，见美枝喝了点酒，脸上灿若桃花，几分世故几分天真，低头憧憬着带儿子去美国开始新生活的模样，顾盼之间，婉转良人之姿，不免又有几分怜惜，又有几分轻狎浮想，一愣神间，美枝问易从在想什么，易从连忙正襟危坐起来。

几日后，归期迫近，易从因母亲还需要住院几天，心里犹豫是否再向公司续几日假，改签机票。给小简打电话，小简正盼星星盼月亮等他回去，她才能去外地出差。家里还有一双儿女，故乡有一双父母，易从想推迟几日的话又咽了回去。

美枝问了易从的归期后，说自己那天正要开车去上海办事，可以顺路送他去浦东机场。易从不知她是否特意为送他去上海的，顺口就说，那太辛苦你了。

易从在故乡的最后一晚，听父亲说，东横头的河边老屋很快要拆，心里空落落的。吃过夜饭，独步去东横头。这时的东横头一带，只有隔了一段距离的路灯的昏暗光线了，运河上死寂，没有夜航船的灯光打在水中晃悠，再也没有河边七十二家房客的灯火，易从想起美枝所言，心中凄然，在黑暗中走着，

熟悉的河埠头，流淌着缓慢静寂的时光。

纳闷东横头如今这么荒凉了，正可谓，老去闲僧忘岁月，倦来行客恨东西。河边的一排老屋也是死寂的，以持久的沉默等待着最后的拆迁时刻。河流拐角处，易从家的老屋，不过是一排死寂的房子中的一幢。

正想离开，却好像还是本能地，用手推了推门，老木门吱呀呀地开了，易从吓了一跳，原来只是假锁着。易从心想，不会有流浪汉叫化子栖身在里面吧？心里有点乱乱的，但脚还是不由自主地往屋里迈。他从厨房、客堂间过，走上有点年久但依然可以使用的老木楼梯，踏进了自己的房间，有几道黄昏的光线，从木头楼板的几处裂缝里透进来，有气无力。屋子里空荡荡的，父母亲从他们住了大半辈子的老屋搬走时，他远在美国。一些被扔弃的废物还堆在一边，他发现其中有他小辰光爱玩的几套残缺的军棋，他从小学四年级就开始读的几部金庸梁羽生的武侠小说，是他在香港的伯父带给他的，如今破破烂烂地叠在一角。易从微笑了一下。这时天色渐暗，房子早已断电，屋里光线更暗了。易从下楼，哪怕闭着眼睛瞎摸，他也可以轻松走下这再熟悉不过的楼梯。没有吃的东西，连老鼠都不光顾了。易从想，如果他家的狗狗"东横头"真的来到这里，是汪汪乱跳乱走呢，还是胆小地不敢进门呢？

从东横头往西横头方向走，河两岸的灯火亮堂起来，易从七拐八拐，回到酱园弄的新家。明天一早就要出发，又检查一遍要带的行李，跟父母一别又要一年，天各一方。

最后一个晚上，母亲似乎精神了一些。人坐直了，眼睛也有神采了。拉住易从的手说，明年再回来，我就好了。易从悲喜交加，眼泪欲落未落。又听见母亲说，我现在好像脑子有点清爽了。原来我想同你讲讲话，怎么都堵在心口，就是讲不出来。

在栖镇的最后一夜，何易从睡得不踏实，乱梦不断，梦是黑白的。易从梦见自己从老房门前望过去，运河上有一艘客船沉了。船沉没前，杜秋侬坐在船上嗑瓜子，吉彪在船上玩扑克牌。易从看见自己也在船上，准备跳进河里，听到两个女同学在桥上喊，何易从，等等我。他回头朝长桥上看看，大雾之中，一个穿白色汉服的少女好像杜秋侬，另一个穿着浅色汉服的看起来更成熟一些的女子，好像沈美枝。听不清沈美枝对他讲了什么。易从又在梦里问自己，我怎么会梦到沈美枝的？

这日，沈美枝开车送何易从到浦东机场，一路上，何易从挂心挂肠，心情复杂。沈美枝说，反正我就住隔壁，有事侬跟我讲，平时我照应一下，送个医院这些都没问题的，你不要太担心，自己保重。两人分别前，易从心头一热，拥抱了美枝一下。

叁

六月，江南梅雨季，雨哗哗下个不停。钱家弄的青石板上积着水,各种老房子的墙脚墙边,长满了滑腻的青苔。戴正家的老房子里,墙的四壁都开始渗水。厨房和天井的墙上,大批黑乎乎的低等生物潮湿虫满墙壁爬行。这对戴正来说是司空见惯的事了,梅雨季回家,虫子横行,长得有点像蜘蛛,趴手趴脚,也觉得没必要喷杀虫剂,因为潮湿虫不咬人。戴正只是跟爸妈说,有空弄点石灰来,干燥一下。屋里的泥地也是湿的。这辰光,河边或老弄堂还没搬走的人家,有些已经把屋里的泥地改装成了水泥地,居住环境好了很多。但戴正父母心里等老屋拆迁,拆迁的消息不时传来,加上屋里有个傻儿子要操心,就一直维持着原样。刘凤娇的关节炎一到梅雨天就发作,有时痛得整夜都睡不着,小声地哼着,也只是贴几张膏药,抹点红花油,实在痛得受不了,去医院扎个针灸。这些年生活不易,刘凤娇早已习惯了有病就熬熬。

戴言礼在屋里愁闷地叹息,今年这梅雨天没完没了啊,被子要长霉了,人都要发霉了。心想梅雨天一过,出几个大太阳,人就会舒服点,傻儿子也不会这么烦闷躁动了。

戴言礼记得在栖镇呆了大半辈子,从他童年时开始,每一两年冗长的梅雨季节,镇上就会有一件悲伤的事情,有小孩子溺水而亡的,有屋里或者厂里漏电触电死的,有正常人变成精神病的。他记得从前镇上有名的范小姐,就是在一个很长的梅雨季之后变成精神病人的,如今范小姐病好了,已经去美国好几年。

刘凤娇洗好一篮子黑炭杨梅，摆到八仙桌上，擦擦手对戴言礼说，不要让阿风出去玩，落雨天，他不仔细看着路，很容易摔跤的。

戴正的傻弟弟阿风，梅雨季困在屋里厢，爸妈不让他出去，看得很牢，每天基本上是以抓取墙上的潮湿虫再用脚踩扁取乐，抓虫子玩腻了，有时候会莫名其妙地发脾气，大喊大叫，要母亲哄他很久，才能安静下来。

有一天傍晚，阿风盯着墙上的黑虫子发呆，忽然大叫起来："蛇，蛇！"戴言礼一看，果然有一条不大不小的蛇，从家中天井游过去。戴言礼不敢打它，有种说法，家蛇是不能打的，家蛇无毒，连忙开了门，让这条蛇从天井沿着墙根，一路游过门槛，游到钱家弄去了。

江南河边人家的老宅，蛇出没很多。运河里也时有水蛇，特别到夏天，雨季辰光，有些水里的蛇就游到岸上透气。有一年，戴正带着阿风去长桥下的一个河埠头看热闹，看几个运输站工作的强壮工人，用一条粗大的绳子，将游上岸来的青花色大蟒蛇勒成了两段，一帮人又用汽油烧，半条蛇终于死了，另半条蛇却依然逃生，滑进了河里游走了。工人说，那半条蛇又会长成一条蛇。

刘凤娇自家中出现蛇之后，心里忐忑。有一次梦见这条蛇爬上了阿风的床，心里更是不安。栖镇人风俗，对蛇有忌讳，又有敬畏。大白天屋里看到蛇是不吉利的，这种蛇是家蛇，一般与人相安无事，但如果家蛇大白天出来，这家人家可能会出事，刘凤娇就更加看严了阿凤，不让他出门去玩耍。

戴言礼嘴上不说，蛇的出现，心里也怪怪的，不舒畅。有日下午，戴言礼跟陈子船几个老朋友打麻将，说起屋里出现蛇，陈子船说，老底子讲法，宁信其有不信其无，你最好去烧烧香，心里安耽。另有麻友说，可能乡风不一样，我姆妈娘家另有说法，说家蛇是镇宅之宝，不能打的。戴言礼听了不响，心里为难，因为这段时间，刘凤娇正在考虑要不要跟着小姐妹一道信耶稣，平时一有时间，伊就去水北的耶稣堂，只是还未正式入教。

雨又下了一个星期，镇上住老房子的人家，家家有东西发霉了，等到镇上人的愁云惨雾变成了叹气声，从东到西，从南到北地连绵成一片，所有人在街上碰到，问候语一律变成了这雨要落到啥辰光啊。另一个应声说，是啊，真是伤脑筋啦。

这时戴正已经从长沙调回了杭州，在一家省级医院麻醉科上班，可老是觉得学非所用，医院里又是干边缘化的工作，依然不称心。

戴正分到单位的一套老城区的旧房子，房子破小，四十几个平米，螺蛳壳里做道场，终算栖身下来。每个周末，再倒腾公交车回栖镇，要帮年纪越来越大的父母照顾弟弟。

戴正依然是单身汉。回杭州前后，朋友熟人给介绍过几个对象，戴正每次老老实实，先把自己有个傻弟弟要照顾的事和盘托出，结果姑娘都打了退堂鼓。有个杭州姑娘，长得周正，自己这些年因为高不成低不就耽误下来了，不觉过了三十岁，被家里催婚。两人经人介绍认识后，姑娘对幽默风趣的戴正颇有好感，戴正照样交代了自己家的情况，姑娘也没有被吓退。有一天，姑娘借口要戴正陪她到传说中的栖镇古镇玩一玩，戴正欣然答应，两人早上出发，玩得也算开心，戴正一边走，一边热心介绍栖镇各个景点，参观几条老弄堂，老房子，戴正也认真给姑娘拍照。姑娘没有提出去他家看看，戴正也不敢带她去，毕竟不算确定关系，夜饭后乘公交车回杭州，再各自回家。但是此后姑娘对他就冷淡了，戴正也不清楚缘故，姑娘的心思太难猜，姑娘的脉，总是搭不准。

戴正继续蹉跎，倒并不觉得孤独，他从小爱唱歌，养成了一个习惯，自己一个人在房间里时，会经常哼歌。有段时间想学五线谱，觉得太难而放弃，改学简谱，倒是容易。恋爱不顺，就更想学唱歌，从声乐自修起，买了几本声乐书看，又觉得自己五音不全，不像父亲戴言礼年轻时有副好嗓子，开口就能唱。洗澡时唱得最多的歌，是童安格的《其实你不懂我的心》、姜育恒的《再回首》、巫启贤的《特别的爱给特别的你》、王杰的《一场游戏一场梦》、杨庆煌的《再一次为我披件衣》、张镐哲的《不是我不小心》、陈百强的《一生何求》，有时唱江南小调《无锡景》，有时也大唱帕瓦罗蒂的《我的太阳》《今夜无人入眠》，有时说梦话也在哼歌，因为唱的是《我的太阳》，音太高，唱不上去了，戴正喉咙处吊牢，就把自己唱醒了。

忽然大暑一过，漫长的梅雨就停了。

过了两个月，戴正碰到介绍人，才知晓杭州姑娘对他有意见，栖镇一日游下来，罪状倒是收获好几条。其中一条，是给姑娘拍照片，把姑娘人拍得绿豆那么小一点，不仔细找人，几乎看不见。又一条罪状，走路太快，只顾自己走，也不等，也不晓得帮姑娘背包。又有一条罪状，姑娘口渴，路上他也不主动停下来买水，更不用说找个清静点的地方坐一歇，只晓得走啊走。戴正一听，心里冤枉，不由叫道，那人家也没有跟我讲呀。介绍人说，杭州姑娘回去，第二天就吃力得感冒发烧了。戴正说，身体太差，弱不禁风啊。介绍人责备戴正道，真拨你个木陀气煞。戴正连连赔罪道，我是木陀，我是木陀。

这日上午，出了大太阳，明晃晃的，有点晕。刘凤娇去街上买小菜，戴言礼解手，一个没看牢，阿风一个人走了出去，手里还拿着个苍蝇拍子。两天没回家，一家人到处找也找不到，第三日，发现阿风在丁山湖的一个塘里淹死了。

刘凤娇给阿风做了"五七"后，一直心事重重，有段时间，有点神神秘秘的，跑了好几趟乡下。戴言礼问她去乡下做啥，伊也不讲。后来戴言礼碰到东塘一个乡下本家，才听说刘凤娇在给儿子寻访可以做阴婚的姑娘。听说在云会访到一个，在宏畔也访到一个，都是因病因灾祸去世的黄花闺女，刘凤娇找到人家屋里，东塘的那家人家信迷信，一开始有点动心，后来了解到刘凤娇儿子智力不全,又不肯了,说自己姑娘不会同意嫁个傻瓜的。宏畔的那家人家,听说比较贪财,出价有点高,也要阴婚的"彩礼",刘凤娇承受不起,所以还在寻访中。戴言礼一听,心想孩子他娘真是昏了头了,但不知道该怎么劝她。

有一天,见刘凤娇又要下乡去,说有点事情,戴言礼就打开天窗说亮话,说,你不要去了,我不会同意的。刘凤娇脸色灰白,知道瞒不过戴言礼,就哭起来,说,我儿子这样走了,我不甘心啊。戴言礼说,已经走了,认命吧,我们不要搞迷信,毕竟是有文化的人,搞迷信被大家笑话的。刘凤娇又难过又羞惭,泪流不止。戴言礼说,你不要多想了,活人总还要好好过日子,我们就希望小儿子重新投个好胎。刘凤娇遂不再下乡,也不再提阴婚的事,只是此后少见笑容。

戴正感觉母亲更爱弟弟。弟弟一走,父亲默然,话少了,其他也还正常,父亲有时会念叨,叹气,母亲却像魂灵被他弟弟叫走一样,从此之后,人变得空空洞洞,只剩一副瘦弱躯壳还挂在人世间。

一年之后,刘凤娇就病倒了,人一日日消瘦,自己对自己的病也漠不关心,药也时常不吃。

戴正工作后这些年一直很顾家,是别人眼中的孝子,很少想到自己。父母退休金有限,还要养弟弟,戴正工资省下来就往家里寄,自己节衣缩食,就找不到合适的对象。三十五岁后,有些灰心,怀疑自己生来是和尚命。发小中,好像靳天何易从都蛮受女同学欢迎，女同学却把自己当小弟弟。戴正发育晚，上高中时个子小，人高马大的女同学，还要摸摸头搭搭肩，要他喊阿姐。

戴正读研时，身高长到一米六九，离一米七差一公分就定格了，自认是三等残废。硕士毕业后留在长沙，幸好湖南人个子也不高，戴正其实还算清秀，男女之情将将开窍，因为觉得自己矮，有些自卑，内心就想赖在无忧无虑的少年阶段。同屋男生把女朋友带进宿舍，拉起帘子又亲又啃，戴正独以江南少年在班里"立万"，有人给他取了个"戴少年"的绰号，他索性就躲在"戴少年"的诨名背后嬉笑怒骂起来。

一个夏日，戴正无聊，提议男同学一起横渡湘江，大家都说好，想看戴少年出洋相。到了江边，从湘江东岸到橘子洲，估计有八百米，戴正一脱衣裳，什么装备都没有，拍了两下大腿小腿，跳进江里。戴正水性好，泥鳅一样，几个猛子一扎，转眼就在江中。男同学们对他刮目相看，尤其旱鸭子的北方人，看得目瞪口呆。戴正游回来，上了岸，抖抖身上江水，豪迈地说，我小时候京杭大运河主干道上游泳，都是自学，一开始扶一只木桶游，慢慢就学会了。先是运河中能站住脚的地方才敢游，后来跟弄堂里几个小阿哥一起下水，河上船多，来来往往，实在吃力就抓住一只拖船休息一下，再游回岸边，再后来胆子大了，就敢游到河对岸，爬上岸，叫河对岸的同学一起下河，经常玩得手上皮都皱了，天黑透了，才上岸回家，到家后，再吃杯酸梅汤，真是开心。湖南的同学说，我小时候也在湘江里学游泳，但是只敢沿着岸边游，从来不敢横渡湘江，就怕游一半抽筋。戴正说，刚才中间江水有点冷的，不过还好，我身体热量足。

渡江回来那晚，夜半，戴正做了个梦，梦里，见自己和一个穿杏色连衣裙的姑娘在河边的一个阁楼上，河港涨大水，阁楼就像独木舟一样漂到了河中央。杏色连衣裙姑娘的胸脯一起一伏，他就抱住了她，亲她。姑娘问他这是哪里，他说苏州老城里。梦里姑娘说苏州怎么涨大水了，他说，是黄梅天到了，黄梅天落雨落多了，就会涨水。姑娘说，我是苏州人，可是我找不到我家在哪里了。戴正说，阿妹我帮你一起找。姑娘问，哥哥哪里人？戴正说，我是栖镇人，坐苏班轮船，船上过一夜，就到苏州了。两个人在水上迷宫一般漂浮的房子间又找了一阵。戴正说，这边跟我老家蛮像的，我小辰光，栖镇黄梅天也发过大水。他们找到一个青瓦白墙的老墙门，姑娘说，那个墙门里就是我家了，哥哥进来坐一歇。戴正说，不得了，屋里都出乌花毛了。这时戴正见自己和姑娘在一只小船里，伊划小船，停靠到一座老宅前，老宅有好几级青石板台阶，地势高，水就没有漫上来。戴正和姑娘进了一间闺房，伊见墙上挂着唐伯虎的画，桌上有青瓷花瓶，就说唐伯虎也是苏州人呀。姑娘就说，唐伯虎是我本家，我也姓唐。戴正说，原来是苏州唐姑娘，在下有礼了。姑娘端一盅酒给他喝，喝了酒，两人就在一只古色古香的雕花榻上缠绵起来。戴正听见自己说，阿妹我们生个小人吧。姑娘说，哥哥讲怎么生？戴正说，我来教你。他们就从一只画匣里，翻出一轴唐伯虎的春宫画，边看边学。等早上醒来，方知是南柯一梦，似乎唐姑娘浮上红晕的脸还不曾远去。戴正趁同屋们都在睡觉，悄悄起身，去了男生宿舍水房洗了裤头。

苏州是戴正的梦里水乡，苏州姑娘是戴正梦里的姑娘。戴正从小就很向往苏州。那个春梦之后，有次正逢国庆假期，戴正独自从长沙坐火车，先去苏州游玩，再折回老家栖镇。途中，遇上了一个苏州医学院大三女生，名叫程芸。伊乌黑短发，圆脸上有点婴儿肥，五短身材，一米五五左右，虽不算艳丽，也有邻家女孩的可亲模样。程芸在游沧浪亭时丢了钱包，同在沧浪亭闲坐的戴正帮她找钱包未遂，就请她在悬桥巷吃虾腰面，又送她回学校，就此两个医学院大学生认识了。此后戴正和程芸通信，戴正讲，我回家后看了苏州人沈三白写的《浮生六记》，程芸的名字很好，让我想起我们一起玩的沧浪亭，以前沈复和他妻子芸娘，也经常到隔壁沧浪亭来，芸娘真名叫陈芸，跟你的名字程芸念起来差不多。程芸回信说，看不出你学医的，原来还是个江南才子。戴正心中欢喜。程芸是苏州吴江人，主修中医针灸，本有些羡慕戴正的学校是"北协和南湘雅"的"湘雅"，可戴正信中说，我其实不喜欢学医，最想学的是历史，还有民俗，我羡慕的是扬州评话的开山祖柳敬亭，程芸就不知说什么了。

　　两人依旧通信往来，戴正仍然稀里糊涂，见程芸不讲苏州了，他就说起自己求学的湖南来了，说自己对湖湘文化充满好奇，湖湘文化，踏实肯干，心系苍生，刚刚读了唐浩明的《曾国藩》三部曲，好男儿立于天地间，不拘于卿卿我我。戴正从曾国藩说到李鸿章，洋洋洒洒，说得得意。程芸回顾戴正数封来信，思量戴正从没有细问过她在苏州的情况，他从来自顾自滔滔不绝，哪里有儿女情长。程芸神伤一番，自此对戴正淡了很多。

　　到了下一年暑假，程芸刚刚毕业，还未上班，最后一个暑假，想四处走走。忽然想起戴正，猜他应该放假回了杭州。程芸想，戴正这个人，做个朋友也不错，于是写信给戴正，说自己毕业了，过两个月就上班去了，想去杭州玩。不巧那时戴正母亲生病，父亲要照顾母亲，暑假他要在家照顾弟弟，脱不开身，又不想跟程芸说弟弟的事，只推说自己这段时间都在老家，那几日实在没空陪她玩，相当抱歉。程芸非常失望，此后戴正写信去，程芸没了音讯，戴正也不知她有没有来过杭州。

　　开学前，戴正鼓足勇气，去苏州找程芸表白，程芸见到从天而降的戴正，很是惊讶，此时程芸已经分配在苏州老城区一家医院工作，有了一个一起分在医院工作的校友男朋友，程芸和男朋友一起请戴正在得月楼吃了一顿饭。戴正抱歉地问，程芸后来有没有来杭州玩，程芸指指男朋友，说跟他一起去的。

戴正告别苏州姑娘程芸，黯然而归。

送走弟弟后，又过三年春秋，母亲也走了，戴正作为长子出面，替母亲办了体面的丧事。戴正在栖镇的几个要好的同学都来了，靳天特地从临平赶来，沈美枝作为从小学一直到高中的老同学，也来参加了他母亲的葬礼。来参加母亲葬礼的人中，还有老同学刘春燕的父亲，跟刘凤娇娘家沾亲带故。出了殡，一行人一起吃豆腐饭时，刘春燕的父亲说，我家燕子现在单位里混得不错，领导要提拔伊，去北京党校培训半年，回来就要提局长的。

刘凤娇走后，屋里就剩下父子两个单身汉，光线有些昏暗的客堂间里，高挂着母亲和弟弟的遗像，两双眼睛，似悲似悯地俯视着他们。戴言礼有时望望照片，心想刘凤娇这一世，不知吃了多少苦，跟他结婚后，他也没有让她真正舒齐过。戴正看看墙上的照片，心想，母亲顾不得我们父子了，急急忙忙就想去陪阿凤了。一阵彷徨，一阵深悲。

戴正回杭州上班，医院里人际关系也搞不好，好像总是说错话，踩错点，被人说书呆子，不接翎子，他自己也觉得总是鸡同鸭讲，心中郁闷。

周边人让戴正感到不适，渐渐地，这种对环境的不适变成了厌恶。医院里的几个中年妇女，一边有点轻视戴正，嫌弃他不懂人情世故，一边又热衷给他介绍对象，以护校毕业的外地护士为主。戴正强打精神见了几个，都不是心目中的苏州姑娘，也没有共同语言。小嫂儿老嫂儿们背地里嘲笑戴医师眼高手低，介绍的姑娘，文化低点，学历差点，长得一般点，都看不上，自己家境一般，条件好的姑娘，谁愿意以后跟他一个"书蠹头"过日子。

一日中午，戴正走进医院食堂，听到几个老嫂儿小嫂儿正兴致勃勃嚼舌头，说他死去的弟弟说得起劲，又笑话他再熬下去，要变成老光棍。戴正听得刺耳，饿着肚子拂袖而去。

两个月后，真的辞了职。戴正学医七八年，一股脑儿什么都不要了。一身轻松地回到自己的小屋，过往经历的一切，就算做了一个不开心的梦。

辞职后第一次回家看父亲，一说不喜欢医院的工作，已经辞了，把戴言礼气得血往上涌，血压一下子升高了，骂儿子一句"伲个掼掉货（吴语，意思是败家子，没用的人）"，竟气出了小中风。有一个月时间，戴言礼出不了门，只能在家门口拄拐杖，在竹椅子上坐坐，去不了他每天要去散步的长桥上了，在家独自喝闷酒，心想人生不如意事十有八九，自己的不如意事十有九九。直到炙冷杯残，戴言礼独自像个小孩那样呜呜哭了起来。

有两年，心灰意冷的戴正过年才回家一次，父子俩吃年夜饭，面对几个小菜，相对无言。戴言礼自斟自饮，年轻时，也曾风流倜傥，相貌堂堂，好身段加一副好嗓子，风头出了不少，后来梦断西湖，被打发回原籍，无非凄凉度日。如今衰年残喘，儿子又不得志，徒增叹息。两杯黄酒下肚，戴言礼开口问，你辞职了，单位里分的房子会不会收回去？戴正说，房子已经作为商品房买下了，不会收，放心好了。戴言礼心想杭州大井巷的房子还在，儿子也不算一穷二白，心里稍安。夹了一筷梅干菜焐肉，对戴正说，男人家好歹总要成个家，也不要太挑，屋里厢有个女人，弄璋弄瓦，养儿防老，日脚总归好过点。戴正听着心酸，嘴上无话，也夹了一筷梅干菜焐肉，慢慢咀嚼。这是老父亲最拿手的家常菜。母亲和弟弟走之后，父亲每年还是不嫌麻烦，坚持自制梅干菜。

新年过后，戴正想走出去闯一闯。通过一个湘雅医学院老同学的牵线，做起电脑代理生意，也是时来运转，遇上行情大好，戴正做了三年代理，赚了一笔钱，就想出门旅行一次，再仔细想想接下来的营生。

这趟旅程，最后定下目的地山西五台山。三月，戴正背包出发。一个人的旅途中，在绿皮火车上遇到一个眉清目秀的姑娘，剪齐耳短发，穿一件绿色的开司米开衫，牛仔裤，运动鞋，面色忧戚。两人卧铺的下铺相对着，戴正见绿衣姑娘不言不语，不吃不喝，一直望着窗外发呆，形容也略有憔悴，觉得不对劲，就洗了苹果和葡萄，买了泡面，热情地请姑娘一起吃一点。姑娘起先推辞，慢慢地，发够了呆，两个人就聊起天来。戴正自嘲，人生半途，无问东西，出来荡荡。姑娘见戴正白净斯文，笑容温暖，又长着一张娃娃脸，心想不会是坏人。两个人越讲越多,以为一下火车,就此匆匆别过,也无甚顾忌。戴正知道了姑娘乃江苏徐州人氏,母亲祖籍浙江绍兴,芳名杜慧。这趟一个人的旅程,只因她想辞职去南方工作,男朋友只想结婚生孩子,完成人生任务,两个人谈不拢,恋爱两年分手了,杜慧失恋,心里难过,想去五台山拜菩萨。戴正说,你是不是方向弄错了?要是求姻缘,应该南下,去我们宁波普陀山拜观音。杜慧说,我只是散心。听说普陀也不错,海上仙山,以后一定去看看。一路上,戴正说个不停,逗得本来愁眉不展的杜慧笑个不停,忽然就饿了,将戴正给她准备的泡面一口气吃完了。

辗转到了五台山,北方的天气晴好,春和景明,两人一起同游,戴正抢着买票。姑娘发觉跟戴正一起很开心,总是笑声不断。

他们在五台山边的一家客栈住了三天,五台山晚上凉意袭人,杜慧和戴正山上逛了一圈,杜慧一个喷嚏,戴正说小心感冒,山上凉。两个人马上回转,到了房间,杜慧开始流清鼻涕,戴正说你感冒了,不过没关系,我是学医的。戴正回房间,拿出个迷你小药箱,感冒药和维生素泡腾片各一种,到杜慧房间,烧了开水,叫杜慧一大杯水就着药喝下去。等杜慧吃了药,戴正告退。杜慧说,你等下再走吧,我一个人睡不着。戴正说,那我陪你,你安心睡。等杜慧钻进被窝,又过了半个多小时,两个人有一句没一句地说着话,各自说起小辰光的事。又过一会儿,杜慧打哈欠,想闭眼睡了。戴正让她睡,说等她睡着了他再走，杜慧果然一会儿就睡着了。戴正还是第一次看一个姑娘在他面前安稳熟睡的样子，心里好生幸福。看了一会儿，轻轻离开。

三日后，杜慧感冒大好了，在五台山也玩够了，搭上火车，到了大同，又住了两日，看云冈石窟。又从大同坐车去浑源县，到达北岳恒山，看半崖峭壁间的悬空寺，两个人一起惊叹悬空寺的险要奇观，这是中国仅存的儒道释三教合一的寺庙。戴正说，徐霞客很喜欢悬空寺，我也喜欢。杜慧说，你是想在石壁上刻上"戴正到此一游"吧？戴正说，要刻那也要刻上："杜慧戴正到此一游。"杜慧见他一派天真，心里一热，就说，那你把我名字也刻上。戴正说，你看李白到了悬空寺，写了"壮观"两个字了，还嫌不够"壮观"，硬要再加上一点。杜慧说，那你在我的"慧"字下面，一颗"心"里，再加上一点好了。戴正说，我正有此意。杜慧大笑。一路上，戴正又说，我记得《笑傲江湖》里，悬空寺好像令狐冲和小师妹仪琳来过的。杜慧忽然说，我发现你是个才子哎，荣幸啊荣幸。戴正难为情道，我不过是三脚猫，什么都知道点皮毛。

游悬空寺的路逼仄，杜慧不时要戴正拉着她走，几个回合下来，两个人就牵着手走了。戴正怕杜慧走累了，时常说你歇一歇，又说，悬空寺很早是道教圣地，传说"八仙过海"里的张果老在这里隐居修行过。我小辰光很羡慕张果老，因为他有白毛驴可以骑，还倒着骑。杜慧笑着说，前几日我们不是也看到驴子了么？你可以问问驴子，它肯不肯让你骑呀。戴正笑说，我们看到的驴子怎么不那么白呢？杜慧逗他说，你拉回家给驴子洗个澡就白啦。

两人开心地说笑着，出了悬空寺，杜慧在寺庙后山的一处空地，发现有桃树已开花，一朵朵粉嫩娇艳，要戴正给她拍照。戴正见杜慧白衣红裙，站在桃花树下，忽然闪过一念：天下名胜大川不少，自己到过的地方并不多，原来到五台山，就是为了遇到杜慧的。

到恒山的当晚，杜慧就退了自己的房间，和戴正住了一个标准间，说还不如省点钱，吃点好的。似乎有佛光辉映着、护佑着，戴正也奇怪，和杜慧素昧平生，竟一见如故，那一晚，两人很自然睡到了一张床上。戴正和杜慧初试云雨，小儿女情态，既慌乱又甜蜜。事后戴正搂着杜慧似信非信，似真非真，一会儿两人都睡着了，早上醒来一会，翻个身，又相拥而眠。已近不惑的戴正，就这样猝不及防地，跨出了人生的一大步。又醒来，赖在床上说话，两人才各自报上生辰，戴正不敢相信，自己比杜慧大了整整一轮。

戴正最感叹的是，总以为自己的缘分是在江南，没料到竟是在北方。此番逍遥游，得遇红颜，决定将自己的生命历程和盘托出。

戴正第一次说起自己三十岁那年的一次旅程。正是五月，他独自骑自行车环太湖行，先坐船至古镇南浔，再骑自行车经震泽、平望、盛泽、王江泾、吴江、苏州、无锡、丁蜀、宜兴、湖州，从湖州坐船回杭州。戴正本想买一把紫砂壶，就在宜兴的一条老巷子里逛，那一晚大概月色撩人，逛到后来，就跟一个穿湖蓝色旗袍的女子走进一条更深的弄堂里吃茶，伊很年轻，二十出头，声音软糯，水蛇腰，化着略浓的妆，在夜色下烟视媚行。戴正有几分疑心伊是风尘女子，却依然跟着走了，像午夜的梦游一样，想起从前做过的梦，原来这里是平康巷里？戴正跟着女子七拐八拐，进了一条很狭的弄堂，这弄堂让他想起自己从小串进串出的老家钱家弄，拐进一个老墙门，又过了一个回廊，跟女子上了木楼梯，又进了一间阁楼，阁楼顶上糊着各种旧报纸，灯光是橘黄色的，伊的假古董床上，挂着白帐子，有点像戴正小辰光的床。伊让他坐在床上，用一把紫砂壶倒了热的茶捧给他，是一种无锡的红茶，桌上还有一小碟桃干和话梅。

　　戴正随手拣一颗桃干放进嘴里，味道不错，这是他小辰光的心爱零食。戴正慌忙中还想闲聊，女子客气道，今朝还要做一单生活，才好歇着，我不能耽搁太长时间的。就让戴正脱了鞋上床。这张床上，戴正被引领着，结束了旷日持久的处子之身，付了三百块。女子事后说，你不是要买壶吗？我送你一把壶，就从一个柜子里拿了一把小小的紫砂壶，用报纸包好了给他。戴正就自己下了楼，摸出了巷子，回到老街，这时老街上还有几家店零星地开着。整个过程应该不超过一小时。后来他把这把壶带回了杭州。他说这是他最离奇的经历，以后再未有过，一个人独处了很多年，要向伊坦白。杜慧只是安静地听着。

农历七夕，戴正和杜慧在杭州吴山街道领了结婚证，领证后，在十五奎巷的老面馆各吃了一碗虾腰面。杜慧从广告公司辞了职，自徐州来到杭州，带着所有的积蓄，又卖了徐州父母给的一套小房子的钱，在武林路女人街开了一家童装店，童装店生意好好坏坏，尚能维持下去。杜慧住进了戴正的小房子，将小房子收拾得比从前的单身公寓脱胎换骨了。戴正说，房子小，只好螺蛳壳里做道场了。杜慧说，来日方长，等以后赚了钱，再换大一点的好了。这一年，新郎官戴正四十周岁，镇上人爱讲虚岁，就讲戴正四十二岁了才结婚。这跨越江南江北的婚事一切从简，杜慧带着戴正，去徐州办了一个还算热闹的婚礼。戴正带着杜慧，去栖镇看望了老父亲。戴言礼听说媳妇祖籍是绍兴，很是高兴，给了新媳妇两万块钱的红包，说是让她买金首饰。戴正因为是同学发小中最后一个结婚的，大多数同学早已拖儿带女，也没打扰任何同学。直到四十三岁那年，戴正抱着牙牙学语的女儿走过长桥，遇上老同学沈美枝去水北看父母，戴少年终于结婚当爹了的消息才不胫而走。

戴正结婚的事，陈易知是后来听父亲陈子船说起的，戴正最要好的发小何易从，是第二年回国时才知道的。

二〇〇九年春，靳天升任环保局副局长。过了几个星期，靳天和陈易知两个老同学，就在一个省里的环保学习班上碰到了，学习班在超山风景区脱产学习一周。功课结束后，大家聚餐，到晚上，还有包厢里的卡拉 OK 节目。靳天和陈易知如今是从省到县区一条垂直线上的同仁，老同学相逢，却是近了不是，远了不是。

白天严肃紧张，夜里团结活泼。卡拉 OK 包厢里，靳天见陈易知像跟白天换了个人似的，歌一首一首地唱，啤酒一杯一杯地喝，眼波流转，座中的男人，位置重要一点的，似乎每一个，她的眼波都能照顾到，每一个她都不曾冷落。对这一个新的陈易知，靳天稍稍惊异。从前和他一起在临平中学的陈易知，在靳天眼中虽有几分俏丽动人，却有一点不易接近。陈易知点的歌，既有当时的流行歌曲，又有适合怀旧的老歌，又有适合男女对唱的，听得出训练有素。低音时深情款款，高音时高亢嘹亮。靳天暗暗纳罕。

歌过五味，酒过三巡，两个人都已经主动或被动地灌下了不少啤酒。晕晕乎乎中，有人知道他们是老同学，就开始起哄，要他们情歌对唱，还要他们喝交杯酒。靳天好像手脚已经不听自己了，唱歌的时候，在她耳边说，阿知，你歌唱得好。易知说，你也很会唱啊。靳天说，女大十八变，你越变越漂亮了。易知说，没有的事，不过是我时常跟剧团的演员们玩的缘故吧，偶尔跟她们学了学。靳天说，你怎么会跟剧团演员在一起呢？易知说，我先生的关系，他管着一堆剧团，我跟着玩票。多年混下来，我跟省里一些剧团的演员也熟了。

靳天说,你女学霸变成女文青了。易知说,大概在你们男生眼里,成绩好的女生都是丑八怪吧。靳天就顺势搂住了易知的肩膀。他一边唱歌,一边含情脉脉地注视着她,她也并不回避,主动点了一首陈慧娴的《飘雪》,又见雪飘过/飘于伤心记忆中/让我再想你/却掀起我心痛/早经分了手/为何热爱尚情重/独过追忆岁月/或许此生不会懂。

一曲终了,两人坐到一起叙旧。想当年都在临平中学,靳天在理科班,易知在文科班,都学业优秀,易知未料靳天会高考失利,此后多年未遇,再相逢时,忽然就人生四十了。

包厢里,灯光幽暗,两个老同学不停窃窃私语,或许都有酒精的作用。易知说,你知道吗?你到临平中学后,是很多女生眼中的白马王子。靳天说,怎么可能,从来没有女同学向我表白过。陈易知说,是不敢吧。你看起来谁也不在乎的样子。靳天说,那你呢,也不敢吗?易知说,我喜欢过的人,我也不敢。靳天笑说,是谁呀,反正不是我。易知不响。靳天说,我只知道,我可能让杜秋依失望了,不过她是大美女,追她的人不要太多。易知说,你记不记得,去上大学前,大家互相串门,后来一起到我家聚餐。我记得你那天穿了红色的T恤,就是不开心的样子,好像有心事,喝了黄酒,有点醉。后来我们一起去一个地方跳舞,我看到你躲在一边抽烟。靳天说,那时你春风得意,我是失意人。说到后来,两个人头依着头,肩膀靠着肩膀,感叹岁月。

靳天说，刚才的《飘雪》，你唱得真好，好像我都开始怀旧了。易知说，我也在怀旧。

肆

遇到靳天前，陈易知都是从父亲的口中，陆续听到何易从和戴正的故事。后来辗转从女同学刘春燕和杜秋依口中，听说了靳天的故事。

易知和陆韶婚后数年不曾生育，也不知谁有问题，也都懒得去医院查个究竟。平时各忙各的，吃饭在各自单位食堂，到了晚上才回巢。因为上班时间不一样，早饭也不一起吃。偶有双方老人来小家庭视察，总说他们家锅冷灶冷的。易知回想起来，在南京读研时，陆韶比较空，那时两个人生活里的烟火气倒是更多。学校食堂难吃，就自己想着法子烧点好吃的，自得其乐。现在陆韶当个副处长，开不完的会，晚上经常是她快睡觉了，他才到家，也时常要出差。到底做了啥，好像陆韶自己也拎不出一根主线来，一歇忙下乡抓非物质文化遗产，一歇又整顿文化市场演出市场，东一榔头西一榔头，要应付上面，又要应付基层，陆韶倒是不慌不忙，好像天生有好脾气对付各种事务，既不热情也不会懈怠，按部就班。当了官，陆韶自我感觉好起来，易知却觉得他膨胀了。到家里，偶尔也冒出陆处长的腔调来，像狐狸的尾巴。易知在水利局呆了几年，无功无过，一见事务性工作,头皮就会发麻。但易知写的调查报告,过于展示负面信息,时常不合时宜,吃力不讨好。陆韶总说,你该跟上面保持一致,否则给大家添堵,忙死了也是白忙活。易知说,那做调查的意义在哪里?陆韶说,中国的问题那么多,你弄得完?易知说,有些课题兴师动众的,就是应应景的。有些却是很有必要的。陆韶不以为然,说,你呀,就是长了一颗不合时宜的天真脑袋。

后来有国外的文化基金会可以资助易知搞江南水文调研,易知回家说起,又被陆韶泼了一瓢冷水:国外文化类基金会,你千万小心,不要招惹,万一背后有政治目的呢?易知泄气道,那我真的啥事也做不了了。陆韶说,你去做做水利资源与耕读传家,不是蛮好吗?易知笑道,所以你能当官。

陆韶近水楼台,搞得到各种各样的演出票。一开始尚有新鲜感,周末无事,两人时常一起去看演出。易知对西洋乐和地方戏都有兴趣,看演出看得认真,有时还提前做功课。比如费城交响乐团、柏林爱乐乐团、伦敦交响乐团这类来杭州演出,易知去看演出前,会查资料,听一听这几个老牌一流乐团之前的录音,演出的名曲。陆韶笑话她,你真是书呆子,看个演出都像搞研究一样。易知说,人家欧洲人看演出,特别讲究。普通老百姓进剧院,也是西装笔挺,女士穿礼服高跟鞋,这叫仪式感。陆韶说,就是装。易知说,我看上海女作家陈丹燕的书上说,前苏联解体后,物资紧张,老百姓生活苦,但是一到有歌剧、交响乐团演出，他们会排长队买票。俄罗斯天气冷，好多男人家酗酒，活不长，可能前一天屋里还在吵架打架，但是要去剧院了，他们就带上最好的衣裳，外面冰天雪地，进了剧院，自觉换好礼服皮鞋，手挽手一对对地走进去，蛮庄严的。陆韶说，你就是小资产阶级趣味。易知说，中国人活得就是粗糙，活着不就是活一口气。陆韶说，做人够累了，还是放松点好。

说归说，夫妻俩一起去看演出过周末，对陈易知来说是快乐时光。易知从小爱看越剧评弹京剧昆曲等戏文，看戏曲，对她来说就是怀旧，是重温旧梦。小辰光，栖镇上唯一的戏馆就在弄堂尽头，她跟钱家弄发小戴正两个，时常会挤到戏馆后台的化妆间，有时挤不进就爬上窗台，看演员上妆卸妆，穿脱行头，有时一看一两个钟头。长大了听西洋乐的音乐会，则是文明教化后的开洋荤，她也有新奇感。有时陆韶直接从单位下班就去剧院跟易知碰头，易知嫌他穿得太随便，略有不满，陆韶解释，我哪里有时间回家换西装，打领带。易知想想也是。如今单位里有一官半职的人，基本上忙得像个陀螺，但要是真的清闲了，他肯定又担心自己靠边站了。

有一天两人在家，也不知怎么起的头，两人说到单位里的事。陆韶说，有两个正处，一个五十八岁一个五十七岁，过两三年都要退了，这下子好几个副处，明里暗里较起劲来，大家都好像忙不完的活，加不完的班。易知说，有种情况叫人浮于事，忙也是瞎忙。

易知就分析起陆韶来，滔滔不绝说了一堆。说到四十岁的男人，易知说，你现在正是野心勃勃的时候。陆韶说，男人跟女人不同。易知说，跟你一起读研时，我倒看不出你有多少野心。那时陈易知眼中，陆韶是安逸的，会生活的江南秀才，典型的湖州人。湖州人不像温州人，不像宁波人，就是心平气和，恬恬淡淡，宠辱不惊。所以这些年，湖州的发展比不起温州宁波，以前可是湖州富庶多了。

易知又分析陆韶，说他到文化厅后，好像变得对某些东西热衷起来了，看来也是环境熏陶的。陆韶不响，只是听着，陆韶嫌她太过锋芒，易知又觉得陆韶时常模棱两可，温温吞吞。易知说，我好像明白了，读研对你不过是块敲门砖。所以你现在对什么最感兴趣呢，我猜不是发财，而是升官，中国人所谓仕途。陆韶说，读书时是一回事，工作后是另一回事，不过适应环境罢了。我是男人，总不能像你。男人到了中年，还被人家吆三喝四，总归不爽的。易知说，总归都是勾心斗角。陆韶说，你这些不过是失败者的言论，不过还好你是女人，可以不必搅进这种权力游戏。易知说，假设我是一只孔雀，我喜欢开屏，但是只对我喜欢的人才开屏。陆韶说，你是没有吃过苦的人，任性。易知说，任性吗？我觉得是态度。陆韶说，我以前湖州师专当个普通老师，工资一点点，无权无势，也觉得人生无望，一心想出人头地。

说着说着，陆韶忽然气道，你到底要怎样的人，才觉得配得上你？在你眼里，天生平庸的人，好像不该有活路，如果资质一般的人还爱折腾，就是蝇营狗苟，你这种态度，以后小心被人踩死。易知说，你怎么说这种话，你最想看到的是我被人踩死是吧？陆韶说，你不知道自己吗？我最怕你探照灯一样，一脸深刻要分析别人灵魂，而且你老觉得自己分析得很对，谁受得了。

一语不合，接下来两个人冷战了几日。易知心里，还在继续分析陆韶，想着种种对他的不满。结婚后，她才听人说起，陆韶在湖州师专时，曾有过一个相处好几年的女朋友，是他的高中同学，后来女同学工作一般，陆韶去南京读研后两人分手了，前女友就有点抑郁，后来草草相亲，跟本地一公务员闪婚了。她从未听陆韶说起过。易知心里，老觉得这件事情是陆韶的错。又想想陆韶这个湖州人越来越不像湖州人了。易知心目中，湖州人应该是懂得风雅的，因为湖州自古人杰地灵，有一点天然的风流自信，肚子里墨水也多，谈吐斯文。想当初，易知一听陆韶是湖州人，顿时好感加了倍，现在再看陆韶，除了思想上偏保守，性子不急不慢外，其他就很少湖州人的特点了。有次两人说到地域性格，易知说，湖州人本来温文尔雅，现在却也世风日下。陆韶说，你这是贴标签，难道宁波人就精明？上海人就小气？杭州人呢，上有天堂下有苏杭，哪里都不想去，最缺雄心壮志？不过以前杭州人还有叫"杭铁头"呢。

时间久了,陆韶对看演出懈怠了,开始是易知陪陆韶看,慢慢变成了陆韶陪易知看。有些跟他工作有关的演出,哪怕是他看了直想打瞌睡的濒危地方戏,为了表示对非物质文化遗产和濒危剧种的支持,各种汇报演出他都在场,易知陪他去,有些也不太喜欢,也看不出保护的价值,倒也毫无怨言,说是一方水土养一方人,花两个小时,了解一下风土人情也好。这种时候,陆韶觉得易知对事物的好奇心值得赞许。有时候易知随口说一些看演出的感想,陆韶听进了耳朵,适时说给下面的剧团领导听,剧团的人听了都很开心,对热心支持的陆处长也就更有好感。

陆韶对付这一切,只是因为跟他的工作有关,其实他在文化方面并没有特别的爱好,易知批评他毕业后就不学习了,也没见他认真读几本书。有几次,她把自己觉得好的书放他床头,半年过去了,也没见他动一下。易知不高兴了,就说他不学无术。陆韶说,我的学养对付工作绰绰有余了。多了,反倒成了书呆气。易知说,你这是反智。陆韶说,人在江湖飘,最要紧的是人生的历练,是情商,你懂吗。易知说,什么历练,情商,还不就是同流合污。陆韶急了,就说,就像你这样,你以为就自由了?还不是照样受人奴役?要看人脸色?易知说,你应该去读读哈耶克,《通往奴役之路》,我们每个人多少是摇摆在自由和奴役之间,没有绝对的自由,只有相对的自由,生死也不由自己。陆韶吓一跳,说,我老婆怎么越来越成书呆子了?人不能总在象牙塔里不下来。

易知发现，自己和陆韶走着走着，好像一个正在南辕，一个正在北辙。她看他平庸又随大流，完全不像知识分子。他看她固执己见，清高又无用。每每意见不合，同床异梦，一个贴着床沿睡在左岸，一个贴着床沿睡在右岸，大有井水不犯河水之势。易知怀疑是自己本来性子就淡漠的缘故，也不怎么在意。

后来陆韶父亲脑溢血去世，留下陆韶妈一个孤老太太一个人呆湖州家里，时常长吁短叹。陆韶在湖州有一个哥哥，早年在中学当物理老师，后来下海自己做课外培训，嫂子也在一所普通中学当地理老师。兄弟俩商量，就怕母亲一个人在家寂寞，想先让母亲在湖州大儿子家住一年试试，看能否适应，如果不适应，以后再到杭州小儿子家住段时间再试试。陆韶母亲是小知识分子，平时为人骄傲，不屑与小区里的大妈们为伍，嫌弃她们喉咙响，是非多，也不肯去凑热闹跳广场舞，以前也不曾带过孙儿孙女。他母亲独居后，渐渐就有了头痛失眠的毛病，经常整夜整夜困不着，要吃安眠药。陆韶妈去大儿子家住了一段时间，每天接送上幼儿园的孙女儿上学放学，可是孙女儿不懂事，嚷嚷着仍然要住附近小区的外婆接送她，陆韶妈觉得无趣，心里又嘀咕，是不是大儿媳私底下教孙女儿这么说的。同在湖州住着，以前爷爷奶奶不怎么参与带孙女儿的事，让外公外婆占得了先机，现在孙女儿也不太要她了，陆韶妈心里就失衡了。两个月后，陆韶姆妈打电话告诉陆韶，你哥家我住不习惯，我还是回家住吧。电话里，姆妈又说大儿媳大手大脚，总要到外头吃饭，浪费钞票。又不上进，专升本的文凭，也不想努力一下，到现在学校里连个中级职称都没有。又说大儿媳妇做家务木手木脚，烧的菜咸煞，湖州馄饨都包不像样。陆韶妈说话音调高，易知在一边听得清，心里打起鼓来，婆媳最好不要生活在一起。陆韶本来有邀请母亲来杭州住的意思，看易知的反应，冷脸冷心，只要小日子安耽，又想自己在家的时间也少，也不能好好陪母亲，也就打消了念头，心里却有点责怪易知性情凉薄。

不久过年，两个人又为到谁家去过年吵了一架。本来轮到陆韶到易知父母家过年的，但陆韶说，母亲新寡，他不放心，希望易知陪他去湖州过年。易知说，讲好的事情，最好不要变来变去。我爸妈也盼着我回家过年呢，老早就在准备了。两个人僵持了一星期，到了年廿八，易知说，不如你回你家，我回我家吧，这样大家的需要都能满足。陆韶心里虽不开心，也只能这样算了。

易知独自回栖镇，陪父母过年，陈子船对女婿失约，不来栖镇过年表示不满，易知也无可奈何，跟父母三个人的年倒也其乐融融。只是陈子船又催易知生小孩，再不生以后要是生不出，后悔药都没有，易知听得心烦。谢清韵倒是看得开，觉得女儿有没有小孩都无所谓。谢清韵说，宋庆龄宋美龄姐妹俩，都没有生小孩的。陈子船说，有个小人，是婚姻的纽带，这句老古话是有道理的,两个人结了婚一直没小孩,变变心是很容易的。谢清韵道,养小孩总归女人顶辛苦。陈子船说,倒也不一定,你看我,从小阿囡我毛毛头管起,一把屎一把尿。谢清韵笑道,你这点是好的。易知赌气道,过得好就过,过不好,一个人反倒逍遥自在。陈子船说,这个陆韶,结婚前结婚后不一样了,现在我看伊有点彪(吴语中傲慢,自以为是的意思),阿囡你眼睛要看清爽,多留个心眼,男人家心是会变的。易知笑道,伊只不过是回家陪自己姆妈去了,你想得多了。

年初一,夜里无聊,易知听得外面零星的爆竹声。不想看电视里的联欢会,又找栖镇的零星资料来看,找到一首诗,是清代文人查慎行写的《三月三日栖镇卓氏园看梅》,其中有四句:良辰与我期,喷雪当晴空。清香袭襟袂,澹若松下风。不免怅然,这卓氏园,风雅本不输于苏州园林,可惜再也没有痕迹了。

年夜饭跟父母聊天。易知听父亲讲,栖镇新一届领导班子,出于种种考虑,否定了落实该镇建设省城新机场的提议,结果新的杭州机场,落脚在了萧山。陈子船讲,这批领导,真是木啊,这种水平,介好的机会勿要,鼠目寸光,要我去当镇长,当得比他们好得多了。谢清韵道,你吃点老酒,就要吹牛,人家都没你有水平。陈子船说,以前栖镇富庶地方,萧山是越国地界了,吃萝卜干过饭的苦地方,你看牢,一有机场,以后萧山要比栖镇好得多。谢清韵讲,不要建机场,小道消息吧?我想想做领导的不会这么糊涂的。易知听到,很可惜家乡又错失了经济发展的大好机会。陈子船又讲,现在栖镇GDP是余杭区最低的,工厂越来越衰败,一家家都关了,也看不到发展的样子。易知想想,小河都填光了,只剩下运河主干道,栖镇这一段都不通航了。老房子也拆光了,还搞啥旅游业啊。很多人讲,栖镇现在是养老的地方,年轻人都跑到周边的杭州临平打工去了,根本就引流不进来,城里的老年人退了休,这里房价便宜,城里房子让给儿女,上下班方便。易知不免一声叹息,说,现在是晚了,好东西都败光了。陈子船讲,以前我作为一个老栖镇人,心里是蛮骄傲的,现在变破落户了。我又有两个老朋友房子买到临平去了。有辰光还坐19路回来白相相,跟老搭子打打麻将,等到临平有朋友有搭子了,也不会再过来了。谢清韵也说,我好几个退休老师姐妹,也都跟着子女住到临平去了。难得回来一趟,碰到我就说,临平比栖镇的马路清爽多了,宽敞多了,临平人素质也比栖镇人好。陈子船气道,当个临平人都不得了了,真是滑稽。临平人比栖镇人素质好,我不相信的。易知说,要是你们无聊,就多来杭州吧,反正有你们的房间。陈子船马上讲,我住不惯的,老栖镇人,总归还是栖镇好。易知笑道,你怎么跟我孃孃一样的,要孃孃离开西横头都不行。

陈子船说,你老同学靳天他爸还在当镇委书记吧,伊个脑子,呵呵,以前也不过是你妈的同事,这些年,官运亨通,蹿得真快。易知想起靳天,虽然知道他在临平,两人有好多年不

栖镇的小人们桥上桥下,河南河北,荡发荡发。

见了。

易知偶尔跟朋友讲起自己的烦恼，朋友就说她，你们是家里两个人，大眼对小眼，要是塞给你一个娃，你每天忙得鸡飞狗跳，哪里会有心思用放大镜研究孩子他爹。易知听得笑了，想想也是。相看两不厌，唯有敬亭山。陆韶又不是敬亭山。

过了三十五岁以后，双方大人着急起来，旁敲侧击地要他们去医院检查看看，为什么一直生不出孩子。易知觉得自己身体没问题，到了高龄产妇的年龄，也不再抗拒有个孩子。陆韶却莫名地担心起自己有问题。两人各自去做了检查，易知没问题，先放了心。陆韶也没毛病，只是医生说，精子活力度偏低。陆韶心里检讨自己这些年在外面应酬的确有点多，于是决心戒酒并跑步。易知看到陆韶的改变，也高兴起来。

不久后易知生日，陆韶用心买了玫瑰，又给易知买了一套华丽的真丝睡衣。易知感觉陆韶对自己用心，也穿上新睡衣打扮了一番。这一夜就有了孩子，一年后，易知生下儿子，取名陆篱，小名篱笆，初为人父母的两人更忙碌了。

从此二人不再谈虚无缥缈的东西。

一日，易知抱着小毛头在长桥上走，迎面碰到何易从姆妈林冰芝。林冰芝见易知，说，这不是阿知吗？长远不见了啊。小毛头有半岁了吗？易知叫声好姆妈，林冰芝逗弄着小毛头，说，我家儿媳妇也快生了。易知笑笑说，你家阿从也这么迟当爹呀？冰芝说，阿从大概在美国辛苦吧，一开始一直说不想生，被我们催了很多次，总不能因为去了美国，小人都不生了。易知先恭喜林冰芝快要当奶奶了，想多问些易从的情况，见林冰芝手拿两袋东西像是要去谁家做客，就打住了。易知抱着小篦笆下桥时，忽然笑起来，对小毛头说，啊呀！我们易从怎么都要当爹了呢？

这期间，陈子船好几次叫女儿托人办事，陈易知推三阻四，不想麻烦人家。一日，易知一个人回栖镇，父女俩聊天，陈子船听说刘春燕现在吃得开，想让易知找人家帮忙，帮他一个户口不在此地的女性朋友家的小孩进一个公办幼儿园。易知说，我办不到。也不知陈子船为何对这事反复地说，好像对那女性朋友邀功心切。易知心里反感，也不知父亲跟人家啥关系，就没好气道，你少管点闲事。陈子船气得不行，骂易知，我养你介大，一点用场没有。易知回道，你让我去叫人家办这种事情，丢不丢人？陈子船说，刘春燕不是你最要好的女同学吗？同进同出，你到她临平家里都住过好几次，叫伊帮忙有啥丢人的，客气点送点东西，甲鱼湖蟹送几只，土特产意思意思，到底是老同学面子。易知说，太腻心了，叫我去贿赂刘春燕？陈子船气道，你要介清高做啥？读了书出来混，钞票挣不来，官当不上，一点用场没有，我白养你。易知说，反正我开不了口。陈子船大喊大叫，从小一把屎一把尿，培养你个女小人读到硕士，我还想脸上飞金，结果一场空欢喜。

正逢谢清韵回老家省亲去了，家里少了和事佬，父女俩针尖对麦芒。陈子船一时胸闷，赖地打滚，捶胸顿足，骂女儿不孝。易知见老父亲这副蛮人吃相，心里又难过又厌恶，默默将父亲从地上拉起来，给他倒水找药拍背，等父亲不再吭声，她自己回杭州。临走前，陈子船恨道，册那，我从此蛔虫朝下（吴语，安耽，不指望的意思）。易知回家，哭了一夜。父女俩陷入冷战。好几年，不咸不淡，很少交流。易知觉得，人到中年，世界上好像一个懂她的人也没有。易知易知，一点不易知啊。

伍

二〇〇九年，新年后没几天，何易从四十还乡，第一次作为外国人入境中国，过上海海关时，递上中国签证，海关窗口的工作人员扫了一眼他理得很短的头发，按下印章。易从喉咙口涌起一阵难言的酸胀。

几次回乡，易从见得最多的故人是靳天。靳天身上起了一些变化。靳天犹在盛年，本来就是玉面郎君模样，这时在小城也算得志，就像靳天对易从说的私房话，那些女人，一个个自己就扑上来。人生苦短，不能太较真。靳天说自己现在是"三不主义"，不主动，不拒绝，不负责。

昔日发小日渐南辕北辙。易从活得越来越像美国的清教徒，虽然夫妻俩并不是基督徒，但这些年他和小简相依为命。靳天在外面玩，太太不闹，也不管他，走出去仍然是相亲相爱的一家人。易从听说，现在很多中国家庭就这样。

正月里，两个发小约了在临平吃饭聊天，易从惊讶地看到靳天身边跟着个女子。三人一起吃完饭，靳天和易从先把那姑娘送回家，两个人才坐下来。易从笑问，这个是你妞头？靳天说，别说得这么难听。易从说，你现在是酒色财气，醉生梦死啊。靳天说，你大惊小怪，都是成年人了。易从问，这么多的红颜知己，有你真正放不下的吗？靳天说，好像都是蜻蜓点水。易从说，那如果对方一定要跟你结婚呢？靳天说，不可能的，真要这样就断了，家庭还是最重要的。靳天问易从，你呢，不要告诉我你没有。易从窘道，还真没有，美国生活很乏味的，这些年都在忙生存。靳天喝了酒，有点晕晕地说，花花世界，鸳鸯蝴蝶，我好像在其中，又好像与我无关。易从道，你是逢场作戏。

回栖镇路上，易从心里不平静。隔几日，易从忽然接到靳天的电话，说要他帮个忙。那天跟着他的姑娘怀孕了，要去医院做人流。靳天出面陪同肯定不方便，哪怕去省城的医院，也因为到处有同学熟人在医院工作，怕被人撞见尴尬，靳天让易从替他陪一下姑娘去医院。易从哭笑不得，就骂靳天荒唐，寻欢作乐还不戴套。骂归骂，易从还是硬着头皮遵命了，陪了姑娘一天，鞍前马后帮着跑跑腿。姑娘全程神情淡漠，很少说话。姑娘与靳天的事，他也不敢多问。完事后，易从又把脸色苍白的姑娘送到了靳天事先订好的宾馆休息,接下来的事就交给靳天善后了。这次小简也一起回来了,小简听说后,说你这狐朋狗友,真是太过分了。易从连忙说,他人不坏,就是这几年好像有点失控。小简说,国内男人现在都这样混吗?我也听说几个男同学差不多的情况。易从说,我看他爱喝酒,喝酒时又老要打酒嗝,心脏也不太好,还有点三高,国内好多男人有这些富贵病。我提醒他注意身体,这老兄却说,做人没意思,都会有惩罚的,我信命。小简说,我回去高中同学聚会,看那些男同学现在还在拼酒,啤酒海鲜的一大顿一大顿,痛风了才知道苦头。易从说,听他这么说,我想想他真是心大。小简说,倒要庆幸你不在大染缸里了。易从说,我要在国内,还真不知道自己会是什么样。小简说,每次回去,你都要心神不定两三个月,看来还挺羡慕他们的嘛。易从知小简言下之意,有点羞愧。

那年冬天,镇上一连下了好几日的雪。易从在酱园弄屋里待了几日,也无门可出,只是偶尔去河边走走,赏赏雪景。新闻里说,很多地方断电断水,飞机火车停运,一场雪灾,人心惶惶,弄得小半个中国兵荒马乱,连江南小镇的雪,也不那么宁静出尘了。易从怕爸妈落雪天出门不方便,自告奋勇上街买东西买菜,其他时间闷坐家中,小简回京陪自己父母后,易从退了宾馆,回到了父母家住。

雪一直下,想跟老同学们见个面也不太方便。易从闲坐无事,在劳家亲戚家看到一册跟栖镇有关的古诗词,就借回来看,读到断鸦流水栖镇路，风雪谁知昔掩门，是清朝诗人张际亮的诗。张际亮是个狂生，亢直负气，年少有狂名，历游天下山川，倒是给他赶上了栖镇的一场雪。

易从想起小辰光，栖镇一落雪，雪在瓦片上冻住了，变成冰雪。他家河边的屋檐是朝北的，少见太阳，要化好些时日，化成雪水，到晚上一冻，又结成冰凌，挂在屋檐下，长长的一根。河埠头结冰，很滑，走路须特别小心，好在后来有了自来水，不需要再去河埠头汰衣汰菜。小辰光落雪天，在记忆中变成了江南古镇雪景图。又读到一首明朝进士、刑部尚书王世贞的《塘栖道中得转山西报自嘲》，诗云：长河风雪舞孤舟，兴尽真成王子猷。尘世偶然那可料，故乡明日是并州。王世贞是江南大才子，易从小辰光就听劳家小娘舅说过，有种说法，写《金瓶梅》的兰陵笑笑生，其实就是王世贞。王世贞在运河的孤舟上风雪兼程，落雪天的栖镇，不过是他宦游途中的一个码头。这么说来，王世贞的船，一定曾路过易从东横头的老家门口的，也不知道明朝时候的东横头，是否有一模一样的一排两层楼的老房子。

这趟回来，林冰芝对何易从说，你要好好谢谢楼上的沈美枝。易从连忙答应，心想沈美枝这样热心，真是帮他的忙了。林冰芝又说，沈美枝这几日正好带儿子去香港玩了，两三日后就回来，你带点礼物去谢谢伊。

易从听靳天讲起过沈美枝的近况，说她只过了两年时间，已经从栖镇"板鸭西施"起家，转身开起了临平第一家美体中心"夜来香"。靳天说，这个沈美枝有点意思。她给老同学都打六折，对有钱人的老婆和小三，就巧立名目下个套，狠狠斩上一刀。但是开业后的新鲜期过后，"夜来香"并不好维持，沈美枝的美体中心，就开始有了些暧昧勾当。幸亏公安局里，有一个副局长关照她。但沈美枝内心仍不安定，也有人跑去砸她的场子。

易从说，听说现在国内很多生意，打的是擦边球。靳从说，老话讲，水至清无鱼。靳天酒喝得有点多了，跟易从讲，你晓得美枝的靠山是啥人？就是我高中好朋友唐云，唐云是警校保送生，现在是公安局副局长了。易从想起高考那年夏天，他们几个骑车去临平，在唐云家吃饭，印象中那个热情又阳刚的少年唐云，当时比他们几个看着都要成熟，不料竟成了沈美枝的靠山了。

两日后，马路上东一堆西一堆的残雪，被反复踩踏得狼藉。易从独自去长桥上走了走，阴天，河上一片死寂，偶见河边几片惨白，泛着青光。坐在桥墩上，易从让过桥的路人给自己拍了一张"长桥残雪"的照片。

易从回栖镇探亲这数日，易知也在栖镇。初三当日，雪后阳光正好，运河两岸的街上很是热闹。下午三点多，陆韶陪易知走亲戚，留在亲戚屋里打麻将，易知带着五岁的小篱笆去河边玩耍。篱笆的手里，拿着根孙悟空的金箍棒，边玩边走，见着相貌丑点的行人，就大喊"打妖怪"，搞得易知甚是窘迫。母子俩荡发荡发，过桥到水北，在水北桥头的法根糕点，买了篱笆喜欢吃的糕糕饼饼，又走到乾隆御碑那里，篱笆一边舔着雪白一团的棉花糖，一边走过了铁板平桥，到了水南，再回家。

易知走过平桥没多久，易从带着五岁的女儿小米在外面玩耍。小米穿着一身古色古香的大红中国褂子，易从哄女儿说，以前地主家的闺女才有这身漂亮衣裳穿。小米就问爸爸，什么是地主？易从说，地主就是有土地有房子的人。小米不断重复地说着"地主"两个字，咯咯地笑个不停。这也是小米出生后，第一次回到爸爸老家过年，第一次探望爷爷奶奶。小丫头看什么都新鲜，父女俩从平桥走到了水北，往西边走边逛，快到长桥边时，小米手里有了一团白云朵一般的棉花糖。易从领着女儿也在法根糕点前停留，买了自己小辰光爱吃的椒桃片和枇杷梗，还有一种绿豆糕，又买了一种桂花糖糕。小米一边吃小零食，一边蹦蹦跳跳过了长桥，吃得小肚皮鼓鼓的，父女俩手拉手回酱园弄。易从只是有点可惜，他从小冬天最喜欢当零食吃的风干荸荠，小米不喜欢吃，这一点跟小简一样。

易知和易从前脚后脚，上桥下桥，易知带儿子在长桥上的时候，易从正带着女儿在两三百米远的东边另一座平桥上玩耍。

也是这日下午三点多，易知带小篱笆沿着运河边散步，一直走到东横头，发现何易从家河边的老房子已经拆了，从前东横头的热闹之地，现在市面变得寂静萧条了。小篱笆在从前易从家门口一处白地，捡得一根树枝当棍子，称自己是威震江湖的篱笆侠。

结果下午四点多时，他们在红太阳最大的那家超市里碰上了。两个小孩子都要到这家镇上最大的超市坐会唱歌的摇摇车。两个小孩都在小马和小鸭子上骑得开心，投了币，一次次不肯下来。易从手头的硬币投完了，小米还不肯下来，闹着要继续坐，易从正为难要不要去柜台收银处换硬币，听到边上一个稚气的男童对小米说，我还要坐三百回，小米不服气，也说，我要坐四百回。男童说，你的小鸭子，我的小马，我们换着坐。小米叫，好的好的。

忽然易知的视线从小篱笆身上一抬头，见边上站的人正是何易从，连忙迎上去跟他打招呼。易从见一少妇，素头素脸，一副潦草家常打扮，黑眼圈略显憔悴，马上认出是陈易知，连忙说，怎么你也在这儿？多年不见了啊。易知笑笑说，怎么你也在陪娃呀。易从说，是，过年探亲假，回来几天。易知怕易从手头没有可换的纸币，连忙主动去收银台给两个小孩兑了一大把硬币，两个小孩都欢呼了。易从笑道，这两个小孩倒是自来熟。

他们就在嘈杂的超市人声和玩具车的歌声中，东拉西扯，寒暄了几句。易知忽然说，你怎么还这么瘦？易从笑说，看来美国的食物也不养人。因为两个孩子不断要叫爸爸妈妈，他们也无心多谈，不一会儿，看看已过了下午五点，就告了别，各自带着孩子回家了。

　　回去路上,易知的脸不由挂下来,心想,他连个通信方式也不留。又想起,今天自己太难看了。刚才匆匆被小篱笆催着出门,来不及收拾一下,她最不想这么马马虎虎就碰上多年不见的何易从,偏就这样狼狈地碰见了。

　　易从走到半路,见扫到马路两边已经发黑的残雪,才想起刚才环境喧闹,竟忘了跟陈易知互留联系方式了,只知道刚刚一起玩耍的两个孩子是同年生的。走在路上,少女陈易知的脸渐渐清晰起来,时而认真时而淘气,易从一路微笑着到家。

　　易从为了表示谢意,这次特地从美国给沈美枝的儿子买了衣裳文具学习机等礼物。等大雪停后,在香港多耽误了几日的沈美枝回来,两个人电话联系上了,易从登门拜访,送上了礼物。美枝谢过,说改日请他吃个便饭。美枝听说前夫高庆也回家过年了,就把儿子送去苏州奶奶那里团聚几日。高庆送了她一个上万块的名牌包,又给了一张卡,给儿子的生活费,也算出手大方。此时跟高庆的恩恩怨怨,美枝总算也看开了。

　　易从离开栖镇前两天,美枝盛情邀请他和父母一起去她家吃饭。她烧了一桌拿手小菜,易从父母很开心,连赞美枝心灵手巧。美枝"好伯伯,好姆妈"叫得亲热。易从不便推辞,任她给父亲倒了上好的十年陈黄酒,给母亲倒了栖镇自酿的一种甜米酒,易从盛情难却,也倒了一点米酒,大家边吃边聊,细细碎碎,无非是些生活家常,老同学们的今昔。沈美枝最让易从舒服的,是一种知冷知暖的体己态度。美枝家的客厅,除了开着空调,还有一个发红光的取暖器,正所谓绿蚁新醅酒,红泥小火炉。

八点不到,易从说父母要休息了,就告辞了。美枝说,你们再坐一歇,喝口茶聊聊天。易从说,反正我下趟还要回来的,我们以后再聊。美枝将他们送到了门口。

过了一个小时,易从父母已经睡下,正收拾行李,见美枝信息:我有东西忘记给你了,你来拿吧。易从有点惊愕,犹豫了一下,心跳得乱七八糟的,又犹豫了一下,回了一个字,好。上楼,正欲敲美枝家的门,美枝就出来开门了,易从进门,还没反应过来,美枝已经扑进了易从的怀里,热热地贴着他。

易从僵住,忙说,怎么啦?美枝只是歪着身在他怀里,不说话。易从轻声说,我们坐下说话。

易从扶着美枝在沙发上坐下,但自己仍然坐在了一米开外,保持了社交距离。这次两人相对,易从也不再局促。刚才夜饭时喝了点酒,脸上的彤红才退了些,美枝则桃花上脸,星眼乱飞,娇声说,你记得我们同桌过吗?你怎么没什么变。易从笑道,老了,我都是两个孩子的爹了。美枝说,真的,我眼里你一直没变。我身边那些男的,没有一个人有你气质好的。易从难为情道,那过奖了,其实我这人,时常不知道自己怎么回事。美枝忽然眼圈发红,说,你们男人家,志在四方,你就是啊。你看我们女人家,红颜薄命是真的吗?为什么我兜兜转转,总是遇不到好男人？易从不知如何作答，就安慰道，也可能缘分还没来吧。美枝哭道，中学时啥也不懂，看个戏文看到人家男孩子会流眼泪的，就喜欢他了。

美枝忽然说，你知道我最喜欢的一部电影是什么吗？是《大话西游》，我一个人时看了好几遍的，你能再陪我看一遍吗？易从欲走还留，见美枝情意拳拳，不忍拂了她的意。

两个人坐在橘黄色的布艺沙发上，美枝调暗了客厅灯光看影碟，易从本是坐在一张双人沙发上的，离沈美枝坐的那张三人沙发，正好呈一个直角。看着看着，忽见美枝的眉眼似有几分像紫霞，特别是美枝神情忧愁时，也有一种楚楚的风致。易从不由自主多看了一眼美枝，哪知正撞上美枝看着他的眼睛，易从慌忙躲闪开眼神。美枝却忽然起身，坐到了他的沙发上来，身子倚在他肩膀上。易从半边肩膀僵硬得一动不动，感觉美枝趴在他肩膀上无声地抽泣了一阵子，很犹豫要不要拍拍她，表示安慰。美枝带哭腔说道，我知道，你是看不起我。易从连忙说，没有没有，怎么会呢？我们是发小。慌乱中，他连忙站起来拿纸巾，递给美枝。美枝抽泣道，那你为什么对我介冷冰冰的，外面天也介冷。易从心又一软，头晕乎乎的，心迷意乱间，与美枝两个依偎在沙发上。但见她脸上犹有泪光，梨花带雨，又红晕飞散，易从忽然想到，曾经的小学同桌，如今都已人生四十了，心中一紧，就伸臂抱住美枝。美枝的脸就贴着他的脸，嘴离得太近，就碰上了，吻住了。缠绵了一会儿，她说等一下，起身去房间拿了床被子出来，盖在他们两个身上。他脱了她身上的红色羊绒衫，美枝露出了白腻的前胸和后背。

厮磨之时，他忽然看见她身上有很多细细的伤痕，像是抓伤的痕迹，还有淤青，连忙停了下来，用被子裹好她。他小心问她怎么了？身上这么多伤。她不语，说不用他管，这是她的命。美枝说不出口，这些伤痕是那重口味的副局长情人酒后粗暴对她时在她身上留下的，她自己都麻木了，时间一长，不痛不痒，甚至忘记了，不料会被易从看到。易从震了一下，忽然明白了早先靳天说的美枝的靠山是什么意思。

易从身体的欲望彻底退了潮，头脑也瞬间清醒，心生悔意。他抚慰性地摸了几下她的乌发，轻手轻脚帮美枝重新整好衣裳，轻声说，对不起，是我不好，明天要走了，心绪烦乱。美枝尴尬不语。易从又歉意地拥抱了她一下，说，你别难过了。美枝依然不语。易从狠狠心，起身告辞。

美枝听到易从离去时的带门声，心里难过，又泣。又想起唐云，想忘掉唐云。如果何易从对她真的动情，她或许是可以放下唐云的，可是她感觉自己不在何易从心上。

易从回楼下父母家。心里怪刚才自己太荒唐，他和美枝明明是两个世界的人，他对她这点不明不白的情愫，像云雾聚于巫山，散于巫山。又怪自己优柔寡断，到底今晚，他是辜负美枝了。易从又想美枝的出路在哪里呢？他也帮不了她，她是走江湖的女人，而他远离江湖，他们却又有几分不明所以的、同病相怜的亲近感。

次日，易从飞去北京与太太孩子会合，离岸回美。

林冰芝的病时好时坏。此后越洋电话里，林冰芝仍会跟易从说起美枝的好。

一日晚饭后，一双儿女在客厅玩耍，易从与小简在餐厅相对而坐。易从说，我们以后葬在哪里？小简被吓了一跳，说，怎么突然问这个？我没想过呢。易从说，我以后是葬回去，还是就葬美国呢？我也不知道。小简说，孩子们在这儿呢。你不要胡思乱想，老了总会知道的。易从叹息，说，中国人说落叶归根，这里总归是人家的地盘。小简有点生气，说，那难道你葬回栖镇，我葬回京城吗？易从被噎住了。小简说，你总想着回去，当初干嘛来了。易从说，也许当初错了。现在中国发展好，机会多，国内的朋友都过得不错。小简说，我看你就是心不定，每次回去一趟，心浮气躁很久，叫魂都叫不回来。易从"唉"了一声，不想再说，就上楼，独自关进书房，小简还在楼下料理，也不理他。

易从心里烦恼，夜里想跟小简亲热以忘却烦恼，去抱小简，小简却背过身去不理他。易从意兴阑珊，也背过身去，又反复出现美枝凝脂一般的肌肤和雪白肌肤上的旧伤痕。易从眼前浮现美枝伤感脆弱的脸，又自嘲独在异乡为异客，这些年的儿女之思，又只在故乡的几个少女的幻影中徘徊，有时思念这个，有时思念那个，有时丽影交叠，心无定处。数十年在美国与小简过着清心寡欲的生活,这一趟回故乡,似乎有些乱了神。

一时翻来覆去睡不着,就戴着耳机听歌,听到一首歌,歌词里有这样几句——

> 在你的手提箱里贮存过往,
> 带上你的小马驹,
> 冷风萧瑟,盖上风衣,仍近乎被寒冷吞噬,
> 皮肤的感知渗入灵魂,
> 岁月渐渐模糊了你陈旧而潦草的字迹,
> 也掠夺了自由。
> 沉浸在水中,也深入骨髓中,
> 你所有的爱都已杂草丛生,
> 你身体的一切都已廉价抛售,
> 你所有的等待就是等待走在回家的路上,
> 回家。

陆

公安局副局长唐云,也是沈美枝旧相识。唐云孃孃老家,住在栖镇南横头。美枝外婆家,也住在南横头,隔壁邻舍,时常碰到。到初中快毕业时,唐云才搬去临平父母家里,此后美枝很多年没有见过他。

多年以后，沈美枝为自己的美体中心"夜来香"办各种证照，小姐妹帮她托了公安局里的人，美枝到了唐云办公室，两人碰面，看着都觉得眼熟，一讲起来，才知道是小辰光旧相识。沈美枝说，我想起来了，我小辰光老是看到你在河埠头白相，有一次还看到你划一条小船，我好羡慕的。还有一年暑假涨大水，我跟你南横头河埠头一道抓螃蟹摸螺蛳，你蛮大方的，后来抓的一桶螃蟹，你倒给我半桶。唐云笑了，说，你记性好，小辰光顶喜欢划小船。

　　唐云说，我蛮想我孃孃家的，临河枕水，老底子的南横头真是有味道。所以拖到初中快毕业了，我才转学去的临平。美枝笑说，隔壁邻舍，你多关照我啊。唐云说，你坐一歇，等歇下班，我请你吃饭。

　　两人在办公室聊了会天，到了五点半，唐云就带沈美枝去了附近一家酒楼吃饭。吃饭点了两瓶黄酒，美枝兴致好，见当年的小男孩如今长得浓眉大眼，有不怒自威的硬朗，心里暗暗喜欢。又说起各自生活，唐云说，在栖镇时，我是大人管不牢的野小人，到处拆天拆地，在琵琶湾游泳抽筋，差点淹死。美枝说，我小辰光，是听大人说，南横头有水鬼的。唐云说，还好还好，我没有被水鬼拖走。后来大了，被喊去父母身边，我爹南下干部，打过仗的，对我严加管束，棍棒伺候，才学会讲规矩。美枝说，我小辰光，好像样样聪明，就是不会读书。后来就想白相，经常逃课，现在想想懊悔。唐云笑，说，女人家太漂亮了,读书当然没心思。美枝娇嗔道,这倒没有。唐云说,肯定有给你写情书的。美枝说,倒是有过,你记得木鸭弄吧?唐云说,当然记得,我以前时常去那边同学家玩的。美枝说,那条木鸭弄,光线墨墨暗,走路刚刚好并排两个人过。我记得高一时有日放学,我走过木鸭弄去找同学白相,一个人追上来,在弄堂里堵牢我,我吓一跳,以为碰到坏人了,一看是高我一届的师兄,我们在一个合唱团的。结果伊从书包里掏出一包东西塞给我,叫我回家看。里面是好几封情书,还有一枝新钢笔,伊字写得蛮好看,叫我"枝妹妹",我也不理人家。美枝不说,人生若只如初见,她那时刚在戏馆见到高庆。两人你来我往,彼此敬酒,喝完了两瓶黄酒,酒酣耳热,报上各自生辰,原来唐云比美枝大半岁。美枝说,那你是我阿哥。

唐云说,明朝我一早还有重要会议,今朝不能多陪你了。美枝说,我要回请你的,让你帮了这么多忙。两人客气一番。临别,唐云很绅士地为美枝披上外套,让已经有几分醉意的美枝有些不舍。

过了几日,唐云通知美枝,需要的所有证照办齐,让她来一趟。美枝特地化了精致的妆,打扮得漂漂亮亮去见唐云,说要请他吃饭。唐云说,还是我带你去一个地方吧,你应该会喜欢。美枝依了,心想,当局长的总比自己江湖大。

美枝不知道,唐云带她去的会所,正是靳天太太张静开的普洱茶坊。星期三晚上,人少,清静,张静也不在那里。唐云带美枝进了一个和式包厢，跟服务员吩咐了一下，然后两人脱了鞋，盘腿坐进榻榻米，吃茶聊天。不到一小时，包厢里已经送上了六道精致的菜肴和点心，足够两个人吃了，又上了一瓶日本清酒。须臾，服务员把吃剩的菜肴撤走，奉上水果、茶点和茶壶，就退下去了。包厢里的背景音乐是日本抒情老歌，美枝听得感伤，后来就软绵绵半躺在唐云的怀里。唐云搂住美枝的腰说，盘腿不习惯吧，还是伸直腿舒服。美枝就舒服地伸直了腿，身体越靠越低，后来上半身都枕在唐云腿上了。美枝娇声道，你怎么盘腿功夫介好？唐云说，我当然是练过功的。在警校时，我文的武的都来势，是优秀毕业生。美枝说，云哥你厉害的。唐云摸美枝尖尖的下巴，说，你大美女，这些年男人不会少的。美枝嗔道，瞎讲，我哪里有，就跟了一个我前夫，还负心，我伤心死了。唐云说，还想他么？美枝气道，枪毙鬼，伊伤害我太深，我想伊做啥。唐云低头，勇猛地把舌头伸进美枝嘴里，伊躲了两下没躲掉，顺势张了嘴接住了，混着酒精压抑很久的情欲很快被唤起，热气流排山倒海地在身体里奔袭，唐云就把美枝的手拉过去，美枝也不羞怯，像是被施了魔法一般。唐云说，我想干你。美枝一边娇喘，一边怕服务员突然进来，唐云说，放心吧，我不按铃，她们永远不会进来。两人忘乎所以，放肆起来，美枝闭了眼睛躺在榻榻米上，唐云的手大刀阔斧，很快就剥春笋一样剥掉笋衣，纤白笋肉在茶室的柔光中无处躲藏，他的手和嘴双重地蹂躏着她的乳房，并不温柔，很快就顶进她的身体，她忘了自己置身哪里，很想尖叫，他已迅速地将一块热毛巾塞进她嘴里，让她咬着。她忽然想到老电影里严刑拷打的场面，一丝紧张后，身体却兴奋起来。迷离中，她听到唐云笑着称她南横头的小妖精，从此她就成了唐云的女人。

唐云是美枝看不透的，他出手大方，经常送她礼物，衣裳包包都送，似乎还挺会买东西，说都是在香港托人代购的。他又霸道，说一不二，对她好起来，甜言蜜语，百依百顺，怒起来，把她当个小妾般对待，伤她的自尊心，有时两人亲热时，他脱口而出，骂她小婊子，过后又道歉，说长期精神紧张，自己也怀疑职业病了。他一身的肌肉，又在盛年，喜欢岛国生活片，在床上有一点怪癖，时常擦枪走火，她也顺了他，只要不用手铐铐着她做就好，她觉得他本质并不坏，可能是特殊职业干久了，尺度不一样，喜欢玩那些花样显示自己的雄风。

美枝的美体中心顺风顺水，她时常觉得唐云是医自己的药一般。有了唐云，她渐渐忘了高庆对她的伤害。有时候唐云忙工作，任务繁重，一连大半个月也不跟她联系，她就痴痴地想他，又打电话又发短信，说想他。他有时候电话里笑道，你跟个小狗似的，太缠人了。她娇嗔道，人家想你了嘛。他又笑，粗鲁地说，你是欠操了。她就笑着骂他下流胚，他说，我就是下流胚，你偏要喜欢。挂了电话，她就打扮自己，开始新一轮等待。

他有空到她家来的日子,她总是打发儿子去爷爷奶奶家,美枝也不计较他有家有室,也没想过要转正。有时他说要来,结果很晚才到,来了往美枝床上一倒,嘴里会抱怨一句:这活儿真不是人干的,真他妈狗一样,累死。美枝就心疼得不得了,小心地伺候着。自此还上了心,时常给唐云煲滋补的汤。两个人很熟了后,也知道唐云的妻子是中学教师,比他低两届的县中的师妹,两家是世交。中学教师也很忙,唐云有时对美枝抱怨,她那点收入,有时比我还忙,我也指望不上她,她帮我管好儿子,考个好大学就行。

两三年后,美枝的身上有一些暗伤,有时唐云把她弄哭,美枝怪他下手太狠了,唐云却说,这是你爱我的证据。美枝反问,那你爱我吗?唐云说,男人家没有爱不爱,只有要不要。美枝自怜,这是痛并快乐着,唐云像她的鸦片一样,他够男人,她从小就喜欢这一类有点霸道的男人,高庆是,唐云也是。私下比较,唐云的段位比高庆高,到底是读过书的人。美枝慕强,从电视上看到过唐云公开场合那种英气逼人的权威和风采,讲话头头是道,她就更加仰慕他。

美枝的花容月貌,唐云渐渐地腻了,背着美枝,又有了更青春的红颜,比美枝更黏人,又在兴头上,就没多少空到美枝这里来了。有时唐云想吃美枝烧的菜,或者小红颜作闹得他烦了,才会来美枝这里放松一下。美枝怀疑他有别的相好,哭过闹过,他一开始哄她一下,后来对她更不上心了,总是托忙。

只是唐云此人，情逝了义还在，对美枝做的生意，唐云仍然会尽心照拂。

跟何易从尴尬别过的第二年，美枝爸急病，也是唐云托了关系，直接送杭州，找了最好的大夫手术，替慌乱中的美枝先付了医院的手术费，救回一命，还亲到医院探望。美枝父母说，你这个同学真是好，你好好谢谢人家。美枝答应着，心里也感激唐云肯出力，找了个好日子，隆重地烧了一桌他喜欢的菜请他来，他终于来了一回，还带了礼物给她。美枝一再感谢。饭后睡觉，美枝极力讨好，又起了想留住男人的心，纵容他玩了更野的花样。唐云说，你不怕我吗？美枝眼泪汪汪说，我愿意的。唐云说，我知道我有点玩大了，真不知道会不会有报应。美枝就去亲他，说，你不是坏人。唐云说，我也不是好人。我小辰光不会想到，我现在是这样。美枝又怨，你的缺点就是女人家太多。唐云一笑说，阿枝啊，你要我爱你一辈子我做不到，你要我帮你，我会尽力的，你有事体，想到找我。美枝说，想不到你这样肯帮我。唐云笑说，怎么想不到？你是孝顺女儿呀，这点我喜欢。美枝娇声道，你样样好就是太花心了。唐云说，男人家都喜新厌旧，跟动物差不多。美枝想到自己之前想托付给远在云端的何易从，终究是一时糊涂。

靳天的太太张静几年前辞职下海，做起了普洱茶生意。张静的娘舅，是杭州一家大的茶业进出口公司的老总。那几年，玩茶的人越来越多，普洱茶水涨船高，成了收藏的大热门，有钱人玩茶，成了有品位的时髦。

张静辞职后，拉了离婚后的瑶姑娘一起，姑嫂两人联手，时常跑去云南等地采办，各种年份、各种品种的普洱，几百、几千到几万块一饼。张静做事干练，有头脑，瑶姑娘从前做过酒的代理，现在茶行情好改做茶。在思茅，也就是普洱，很快结交到了当地的茶霸。茶霸宋大哥是汉族，有江湖气，茶仙气，也讲义气，人称普洱宋江。入乡随俗，宾主尽欢，各种山珍和野味端上，味蕾大开。一席热闹饭局毕，茶霸大哥请江南来客到自家茶庄喝茶。茶庄在半山腰上，山上有泉水，有古茶树，有茶田，有野花，竹篱茅屋，内室静雅简素。主人拿出自己收藏的各种年份的普洱茶给她们欣赏，除了云南当地的普洱，还有印度大吉岭红茶、斯里兰卡红茶等品种。茶霸宋大哥说，有些红茶妖，不是道中老客，很难驾驭。让两位女客自挑喝哪一种茶，张静说，不如喝本地的普洱，于是打开一饼古树普洱陈茶，一位穿汉服的茶姑来冲泡。张静略矜持些，以学习了解为主，瑶姑娘喝茶喝得高兴，初接触古树普洱，也不懂节制，十几小杯后，就喝得飘飘欲仙，三分醉意，方知茶亦醉人。又从熟普换到生普，瑶姑娘虽有醉意，还是接着喝。宋大哥于是开心地说，瑶姑娘跟普洱有缘，要成茶仙了。瑶姑娘就笑说，索性成了茶仙，在这里当仙人，又有何妨。喝多了茶，瑶姑娘巧笑倩兮，软软倚在张静身上。

茶霸宋大哥察人，但见这两位江南女茶客，一恬淡，一爽媚，交定了这新茶友，从此总是把好茶采办给她们。以后她们去，宋大哥还专门开一辆皮卡，陪她们去各个采茶点。

靳天又利用这些年的八方人脉，替张静和妹妹张罗着，在临平闹市区开了家普洱茶坊，品茶卖茶，也收来一些老年份民间茶器，供客人把玩，喜欢的就买走。

开业那日，相当风光，来了当地各方面的头面人物，有靳天的几个当了局长的老同学，其中有刘春燕、唐云。张静也有两个局长同学，悉来捧场。刘春燕的父亲，已经是区领导班子成员，看在世侄靳天面子上，亲自前来为新店开张讲了话。请来剪彩的，则是从栖镇飞出去的金凤凰，著名越剧青衣，出道前曾得到过靳天父亲的提携，这次算是还个人情。

普洱茶坊里有两个包间，一间是日式，内铺设草席和榻榻米，另一间中式，仿明清红木家具，这两间茶室成了政界和商界的朋友聚会，谈生意，拉人脉的隐蔽会所，茶倒是成了道具。唐云、刘春燕都来光顾过。偶尔茶客们聊得兴起，到了饭点也不想离席吃饭，张静就会打发服务员叫餐馆的外卖送进包厢。对于特别熟的客人，有时张静的母亲会在家里亲手烧几个拿手小菜，让人送到茶坊来，茶客们昵称为"静家私房菜"。

跟刘晓光离婚后，瑶姑娘云南去得多了，留起了长发，以前常穿干练的牛仔裤，现在换成了有点民族风格的长裙，棉麻类或绣花的长衫布衫，看起来比先前飘逸。瑶姑娘喜好上茶后，才发现原来茶也欺生。慢慢地，品茶有了心得，可以想醉就醉，想不醉，就控制住不醉。

瑶姑娘有趟云南回来后，跟靳天商量在那边买房，靳天担心路途不便。瑶姑娘说，普洱有机场了。靳天想想也是，倒是羡慕妹妹异想天开。没过多久，听说妹妹在茶马古道上的碧溪古镇已买了个小院子，跟杭州这边的房价相比，只是一个零头。

一夜，靳天和张静夫妻床头闲话。靳天对张静说，我阿妹从前不想事的，读书一般般，现在倒是有主张了。张静说，我们姑嫂档还不错吧。靳天开玩笑道，我们夫妻档也不错。张静说，都讲夫妻就像开公司，你是把我当合作伙伴了，你是总经理，我不过是你的财务总监。靳天说，哪里哪里，你才是董事长。张静冷笑一声，说，你嘴上说得好听。靳天连忙道，我的真心话，我晓得我老婆是贤内助。

张静心里还是委屈，想起这些年靳天在外面惹的风流债，就把身子背对着靳天。靳天知趣，连忙搂住她，岔开话题说，你说我阿妹会不会那边有喜欢的人了，不然也没必要总往云南跑。张静说，她自己不说，我也不好问。靳天说，听说刘晓光又要结婚了。张静有点恨恨地说，风流债太多。靳天把张静扳过来，抱住她，说，他怎么样跟我们没关系了。张静见老公求欢，扭捏了一下，嘴上说，男人没一个好东西。

多年夫妻，恩情有，怨气也有。张静生儿子时，胎位不正难产，吃了不少苦，靳天一直守在产床边。平时靳天对妻子态度温和，几乎很少在家发脾气，有空就做家务。但张静总觉得靳天的心不在她这里。这些年他的瓜田李下，她真是受够了。有一次，靳天一个相好竟敢给她打电话，说靳天并不爱她，要她让位，张静一句话没有，就挂了电话。等靳天回家，平时文气的张静又哭又闹，打了他一耳光，要跟他离婚。靳天愧疚，说这辈子她都是第一位的，他们是一家人，他会好好待她，当场保证从此跟那姑娘断绝来往。他说他时常觉得人活着没意思，管不住自己游戏人间。

这一场家庭纷争平息后，靳天下决心戒色，很长一段时间不惹花花草草，应酬也减少了，下了班就尽量早早回家。张静感到丈夫是真的收了心，心才宽下来。

二〇一一年，劳动节小长假期间，靳天一家从临平开车回栖镇，参加一个姑表妹的婚礼。婚礼在东小河的一家大的酒店举行，隆重地办了三四十桌。婚礼开始前，靳天一家按座位表落座，靳天落座后，定睛一看，座位表上有一个名字，令他心怦怦跳，有些坐立不安了。

几分钟后，来了一男一女，照座位表上对了下，就坐下来，那女子，正是多年不见的许湘柳。两人就这样斜对着，愣了片刻。圆桌直径的距离，他的湘湘，又一次在两人共同参加的婚礼上出现了。

这一桌虽是女方亲眷，但绕来绕去，大家并不怎么认识，彼此客气几句，就没了话，靳天夫妇跟湘湘姐弟也点了头，算是彼此打了招呼。过了一会儿，靳天才知跟湘湘一起来的，是她的堂弟。湘湘看到了靳天妻子张静的模样。新娘子是湘湘的远房三表亲,可能平常还有走动,所以婚礼湘湘也来了。

乍一看,湘湘比从前瘦了不少,不见了那时脸上的婴儿肥,五官分明的脸成熟了,一看便是三十几岁的女人,衣着倒是有一点时尚和贵气,其实湘湘已经四十出头了。靳天也人到中年,比从前胖了一些,气色比从前要差一些,岁月的痕迹,在彼此的脸上,刻画得不多也不少。但她是湘湘,世界上就只有一个湘湘。

接下来的时间,靳天完全不知道婚礼是怎么一个一个步骤进行的,表面上不动声色,心里却乱了。从前不堪回首的青涩时光袭来,像钱江潮,一浪打过一浪。湘湘在此。

靳天注意到湘湘吃得很少。以前他们并没有好好在一起吃过一顿饭,只在上海吃过,她请他的,在栖镇并没有。他不记得她爱吃什么,不爱吃什么。他心神不宁,用眼睛的余光用心观察她,终于看清她的样子。她现在是三七分的长直发,眉毛似精心修过,姑娘时,湘湘的眉毛是纯天然状态,浓,略有些散。如今比从前细了,又细细地描过。她的妆很精致,还戴了假睫毛,口红是大红色,又戴了一对珍珠耳环。脸上有几粒明显的雀斑,以前没有雀斑。她穿的一条土豪金的丝绒长裙,腰上束了一根紫红的宽带子。这一身是为喜宴精心准备而来的,只是在家乡小镇,仍然显得有点突出。相比之下,张静的一身行头就平淡多了,一件质量不错的绿色真丝衬衫,黑色短裙。

靳天心想，湘湘现在是上海女人了，比从前讲究多了。印象中，武林头丝厂时期的湘湘天真娇俏，脸上没有任何的妆。弹指十多年过去了。席间，靳天总是开小差，思绪围着湘湘跳来跳去，以前的湘湘最像一种水果，水果的表皮还有一些细细的绒毛，现在的湘湘呢？他眼里的湘湘，已变不成各种各样的水果了。可她仍然是湘湘。

喜宴的菜上到一半时，靳天坐立不安，跟张静说出去抽烟，张静要他别错过新娘子来这桌敬酒。靳天答应了，携了手机及一包烟走了出去。下了电梯，走到酒店外边的院子里站了会儿，空气清新，比在热闹的大厅里安静多了。

他点了一根烟，深深地吸了一口。湘湘并没有过来，她可真坐得住呢。刚才他们俩很默契地装作不认识，并没有单独致意，完全就像婚礼上的临时桌友，只是略寒暄几句。此刻靳天真想和湘湘说说话。一别多年，自她结婚起，他没有再去打扰过她，也不知道她这些年的生活。她不知是否听过一些他的传闻，他这些年在女人堆里打滚多了，总会有一些传闻在坊间传来传去，或许会传到她耳朵里，他忽然担心起来。

湘湘，你过得好吗？靳天又抽了一根烟，下决心发短信给她，也不知道她有没有换过手机号码。他没有署名。

干嘛问这个？他收到她的短信时，感觉等了很久。回复的五个字，很湘湘。

你没换号码。他回复。这时他感到身体内的大半个自己，已经回到了高三毕业前的那个夏天。

你也没有。这次她马上回了。

不敢换,怕你找不到我。他又回了。

等了几分钟,没见湘湘再回信息。想想出来透气有一刻钟了,怕张静喊他,就慢慢走了回去,进电梯前,又发了一个短信:我进来了。他貌似平静地回到桌前坐下。新郎新娘正在一桌桌地敬酒点烟。他不看湘湘,湘湘也不看他。新郎新娘来这桌敬酒,他们之间的暗流,被掩护得刚刚好。

喜酒尾声之前,坐湘湘一边的同桌小男孩打翻了桌前的饮料,他注意到湘湘的衣襟上洇了一小片橙汁,孩子的妈正好跑开了,于是就站起来帮忙收拾了一下,又给同桌喝饮料的女士们各倒了一杯橙汁,也给湘湘的空杯子里倒上了橙汁。湘湘礼貌地道谢。他左边的胳膊,不经意碰到了湘湘的右臂。

后来就散场了。靳天和张静起身,离开酒店,去停车场取车。湘湘和她堂弟也几乎同时离开,不是同一部电梯走的,后来就不见了。回临平是张静开的车,因为他喝了一点酒。一路沉默,张静也没怎么说话,大概乏了。到家,洗洗睡了。没有再给湘湘发消息。

第二天是星期天,靳天心中纷乱,不知湘湘有没有离开栖镇,还是决定冷静几日再说。于是忍住不联系她。除了电话没变,他对她现在的生活一无所知。第三天就上班了,他开了好几个会,忙碌,机械,说些场面话。清醒明了又有点心不在焉,是靳天这些年的状态。除了出差或特别的应酬，周五晚上基本上去岳父母家吃饭，双休日有半天时间，一般是小家庭一起去他父母家。他不想再像从前那个毛头小子那样，莽莽撞撞地去追湘湘，从前是湘湘负了他。

与湘湘重逢后的第二天，从那时积到现在的委屈怨忿，从身体各处漫溢出来，靳天就想算了，好马不吃回头草。一个星期里，这复苏的委屈和怨忿一点点退潮，到第六天，怨气烟消云散了，变成一个念头，无论世道如何纷扰，他就找湘湘叙一叙旧。

到下一个周六，他给她发了信息：这周忙，没问候你，在上海吧？

回来探亲，陪我姆妈。等了半个小时，湘湘回了。

他说，我去找你？他心里做好了被她拒绝的准备。他心想，如果她拒绝，那他就正好彻底放下了。可她很快就回复了，问他是否在栖镇？靳天说他开车过来。湘湘说好，说她下周要从上海飞新西兰了。这时靳天才知道，湘湘现在定居在新西兰的奥克兰。两个人短信发来发去，约好了靳天去湘湘母亲家小区门口接她。

一小时后，靳天出现在绿荫街的一个新小区楼下，这时湘湘原来水北的家已经搬到了这里的新小区。穿着黑白圆点连身裙的湘湘，坐进了他的副驾驶座上，似有点不满地说，等你好几日了，不然我早回上海了。

大小姐，我这礼拜很忙。靳天说，再说你有空，为什么不给我打电话呢？

湘湘说，我就是要你先打。

靳天哭笑不得，过了这么多年不见，从小白菜到黄花菜了，湘湘还这么理直气壮，颐指气使。

五月里，已经有点热了。靳天将车子开了一点空调，可仍有一股热血上头，此时天还很亮，离吃饭时间还早，他问湘湘想去哪里？湘湘说不饿，每天在妈妈家就是吃吃吃，就说开车随便兜一兜。靳天想自己家新市街的房子现在没人住，不方便带湘湘去，忽然想起什么，就说要带湘湘去一个地方。

车子在镇上七拐八拐，过了一会儿，上了省道，又过了运河大桥，湘湘一看，已是德清地界，问，你要带我去哪里？靳天说，别急，很快你就知道了。开了一段路，靳天发现公路边有卖桑葚的小摊，就停了车，从小贩那里买了一篮子鲜紫鲜紫的桑葚果子，花了十五块钱。湘湘开心地说，呀，这才是最好吃的野果子，记得以前，每年五月，满街卖桑葚的老阿太啊。靳天笑，从前一角钱一大堆了。

进入雷甸镇时，湘湘轻声说，我知道了。两个人都不说话，靳天凭记忆找，拐来拐去，车拐到了当年的武林头码头附近。靳天仍记得从前武林头丝厂的门牌是武林头三十六号，终于找到这里时，此地似曾相识又似换了天地。从前的砖红色厂房还在，只是周围多出来几幢楼房，衬托着陈旧的老楼房更寂寥，像是被时间遗弃了。曾经的武林头丝厂已经破产,老字号消失了,老烟囱还在。靳天找了老厂房边的河边空地停下来,两个人并没有下车,只是静静地坐在车里,望着眼前的这一片风景,他记得初见她时,天气要比现在凉些。

靳天问湘湘要不要下车?湘湘说,就在车上吧,我不想下去走了,我穿了高跟鞋。接着湘湘望着窗外,好久不说话,仿佛陷入了沉思。靳天问,回去吗?湘湘说,待一会儿。靳天说,那我们坐后面去吧,舒服点。靳天离开驾驶座,坐到了后面,湘湘顺从地跟他一起坐到了车后面的长椅上。关上车门,靳天什么也没说,张开臂膀拥住了湘湘,湘湘几乎是扑进了他怀里。

十几年,荣华富贵都有了,许湘柳跟着丈夫定居上海,过几年,又从上海移居去了新西兰,在新西兰开了口腔诊所,生活富裕。过了几年诊所稳定了,她也就退出了诊所的劳作,一心当全职主妇。两个孩子都大了,学校有校车接送,她一点点给自己松绑了。慢慢地,一年在国内的日子就多起来,从每年两个月变成三个月,四个月。等以后一儿一女都上了大学,她就彻底自由了,可以在新西兰、上海和老家之间,狡兔三窟。

两个人都不饿,偎依在车上说话。湘湘说她这些年的经历,她倒是好,什么都有了,现在又折回来,想找回当年自己丢掉的东西了。她从领口拉出一件东西,正是她结婚时他送的家传的翡翠。一见翡翠,靳天胸闷,一股怨气蹿上来,一种当年自己被卖了还替她数钱的屈辱感。他推开她，打开车窗，找烟，点烟，到底意难平。

湘湘等靳天抽完烟，说，你还在怪我呀。靳天说，怪不怪的，早就过去了。你命好，想要的都有。湘湘咬咬嘴唇，说，我想要回你。靳天说，你想得美，不难为情么，国外呆久了寂寞是不？现在说话这么直接，下菜单呀。湘湘撒娇说，是的，都这把年纪了，还玩假的吗？靳天慢条斯理地说，我很忙，没空怀旧。湘湘说，那你带我来这里做什么？靳天说，带你老外看看。当年这里很繁荣是吧，现在很萧条。湘湘说，你为了这个带我来的么？靳天说，你不是说要去英国么，怎么跑去新西兰了。湘湘说，我身不由己啊，嫁鸡随鸡，嫁狗随狗了。靳天说，不是嫁得很好么，人家可以带你去那么远的地方。湘湘叹口气，说，年轻时搞不懂自己要什么。靳天说，现在知道了。湘湘说，也不是全知道，难道你全知道么？靳天说，我知道我是有家室的人了，人到中年，身体也不如以前好。湘湘捏了一把靳天的胳膊，说，你什么意思？靳天说，没意思。湘湘说，我就是想看看你怎么样了。靳天说，我还是没出息，没混出啥名堂，还在这小地方，做一天和尚撞一天钟。湘湘说，本来这个婚礼我可参加可不参加的，我知道你会来。靳天说，就是想参观我一下，我要是又胖又秃又瘪三，你就心安了。湘湘说，不是这样，你以为我一点不知道你的事情吗？靳天笑说，人生如戏，逢场作戏，见笑了。湘湘说，我就是想要回你，那些女

那几间长期沉默的老房子里,夜里从花窗漏出几缕灯光,灯光总是暗昏昏的,河上的幽光也是有气无力,在水面上晃动几下……

人我没放心上。靳天说,不给,总得给你留点遗憾吧。湘湘用手搓着靳天一天没刮的胡碴,喃喃说,我就是想要回你嘛。靳天石佛一样,一动不动,冷冷说,不给。湘湘又说,我想要回你。声音更轻了。靳天说,你四十五岁了,美人也迟暮了吧?湘湘眼圈一红,"啪"的一个巴掌,打在靳天脸上,打开车门决然下车,被靳天一把拽住,对她吼,你讲不讲理?变心的是你,打人的也是你!湘湘愣了。靳天继续发泄道,你想要就要,不要就不要,世界上的事有这么容易?你当我什么?

湘湘颓然瘫在座位上,鼻涕眼泪肆意横流,以为自己全败了,多年之后,处心积虑,面对靳天时,未料却一败涂地。他再不是当年那个什么都听她的痴情少年了。

湘湘边哭边说,你不晓得,我那时只想赶紧离开那个鬼地方。你不晓得,那年夏天我被人欺辱了。靳天吓了一跳,忙问是谁。湘湘说,那个人恶有恶报,现在已经死了,六十岁不到,生癌。靳天说,我要是那时候知道,没准会拿把刀去捅人的。湘湘说,我那时小,不知事。后来听说不少这种厂里的事,一开始女的都是被强迫的,后来男的软硬兼施,手里有权,给你好处,女的就变成自愿了的,女的工作调到更好的岗位,或者当个小领导,厂里人背后议论,当面还是要拍领导马屁。那时候,一个单位,把人都捆死了,我只想有人带我快点逃走。

湘湘记得那年夏天,特别闷热的一个晚上。那时她每周四晚上要值夜班,那个领导也值夜班,就趁半夜没人的时候,叫她去他办公室，说有事体。她去了后，领导给她殷勤倒水，说两个都值夜班，长夜难熬，一起谈谈心。她以为领导关心她这个新厂医。后来一次，他对她说一些下流话，说老早喜欢她，开始对她动手动脚，摸她胸部，她站起来要走，他一把锁上门，把她顶在门上欺辱。他力气大得要死，她叫起来，深夜周围一个人也没有。她吓得哭了，求他放过她，他却说，其实你也想要，越哭就是越想要。他说，你一个小姑娘，在这里一个人多寂寞啊，要学会享受。她没能挣脱。后来他给她穿好衣裳，要她不要声张，以后他会关照她的。他还大言不惭地说，这个厂里很多女人喜欢我，这些骚娘们，巴不得我上她们。他看上她，是有一次食堂买饭菜，他正好站在她身后，他闻到了她身上的花露水味道。他还看到了她红裙子下白腻的一截胳膊下，几根细细的腋毛。他是个老手，没有射在里面。他替她擦擦眼泪，说，我再弄你几次，你就离不开我了。她气愤地唾了一口唾沫到他脸上。他笑着哼哼几声，说，小野猫啊，好，有个性，等着吧，我会让你变成小乖猫的。边说边把脸上的唾沫又擦到她的嘴唇上。她哭得更凶了。他说，好了好了，小姑娘，我不会亏待你的。

　　她是医生，回医务室后马上吃了药，以防万一。这个流氓，她恨透他了，却不敢告他。他是领导，厂里大有前途的二把手，一把手没几年要退休了。他平时衣冠楚楚，一本正经。没有人会相信她，只会说她是狐狸精勾引领导。她一直不敢响，想赶紧逃掉。后来她值班时，他还想骚扰她，她在身边备了一个针筒。她真的扎过他一下，把他吓住了，但是她预感报复马上会来。她每天焦虑，困不着，想要抓住一根救命稻草，等不了靳天了。不离开就死路一条。她写信，哭哭啼啼地向前男友求助，后来动用了他家的关系，去上海读书。她离开很多年后，才听说那时厂里，这个领导有好几个姘头，有小姑娘，也有小嫂儿，开始都是利用值夜班的时间，威逼利诱，据说这时女人意志最薄弱。有的一开始不情愿，后来就反过来了。他睡腻了，喜新厌旧，不要人家了，人家还闹，争风吃醋。闹到他老婆那里，鱼死网破。眼看他有麻烦了，一转眼却风向大变，改制了，一个丝厂的几千号人，男男女女，全都散了，连着见得光和见不得光的事体一起，都散了。后来，听说他当了私企老板，还是成功人士，上过报纸。再后来，听说他得癌症死了，得的是睾丸癌，不知道是不是真的，但死了应该是真的。

靳天亲眼见湘湘这副中年女人的残山剩水，心里一颤，把眼睛一闭，用力抱紧了她。如果她是残花败柳，那么他会抱她更紧。然后是令人窒息的亲吻。两个人，灵魂还彼此有意见，想要互相折磨一下，久别重逢的身体却诚实。湘湘爱虚荣，会犯错，他也会，这些年他感到自己的心是空的，早已不知情深。

天一点点暗下来。他们缩在车上的小空间。他打开车上的天窗，露天的深蓝夜空漏进来一块。又打开一包车上的饼干，拧开一瓶矿泉水，说，没想到第一次请你吃饭，十块钱就把你打发了。他们依偎着,在这新的荒凉之地,静默地看了很久星星。湘湘说,在新西兰的旷地,时常看到流星划过。我就觉得自己是在太空中央飘浮。我很多次想到这里,好像又看到我们从前。天快黑了,我们还在这里散步,我那时就想,星星是免费的,可是星星真的贵啊。靳天说,还有我们头上飞来飞去的蜜蜂,也是免费的,也很贵,免费来吃过我一口。时光飞过,同样的河边,那时他们躲在一条小船上,他孟浪,她老担心亲戚家的小船会翻掉,现在躲在车上,他的奥迪车,四平八稳。河上也没见过什么来往船只,静悄悄的寂静。湘湘枕在靳天腿上,以一个舒服的姿势面朝运河,躺下来,她的长头发都披散在他腿上。

湘湘说,我现在想到从前当厂医,真恍如隔世啊。靳天说,你跟我说过,这里像孤立在水中央的修道院。湘湘说,我当时觉得呆得都快死了。靳天叹息道,那年高考我考砸了。湘湘说,想想不可思议,造化弄人,你是有名的学霸。靳天说,其实我挺抱歉的,不然我应该可以和你一起去北京。湘湘说,我当时是挺失望的,出了那个意外,我的如意算盘没成。靳天笑道,是命吧,我完全弄不懂生物考十七分是怎么回事,又不能查卷子。就说读书这件事情,我那么多年都很好,父母以我为荣。结果这一次不好,就完蛋了。湘湘说,要是我们认识晚几个月多好,真不敢想。靳天说,是我那时嘴上没毛,办事不牢。

湘湘抚摸靳天的脸颊,说,你看你都掉眼泪了,毛头小伙子呀。靳天亲亲她的手。

湘湘说，那时我们多好，你是在我最难熬的时候出现的，像个小太阳。又说，你那时真是好看，我看不够。靳天说，那时毛头小伙子，我天天都想去看你。湘湘沉吟道，是我不好。我曾想，如果我们都窝在这里就太无趣了，井底之蛙啊。靳天说，我还是井底之蛙，小公务员一个，整天蝇营狗苟，你不觉得我无趣吗？湘湘说，现在你是蛙的话，我就是那口井。你可以呆在井里看世界。靳天说，其实我只想呆在井里，不一定要看世界，不像你。湘湘说，我也看不动了，想做蛙了。靳天抚着湘湘的头发，说，你有白头发了，我也有了。湘湘说，是，两三个月要染一次。靳天问，他对你好吗？湘湘说，他这些年很努力，其实他当时不太想离开上海的，我对什么都好奇，想出国。上海房子小，看到新西兰大花园洋房的照片，我就心动了。后来有个机会，我们就办了移民。新西兰生活也不错，环境好，除了寂寞。靳天说，你不是安分的人。湘湘说，这个我也没办法啊。靳天抚摸着她的手，将她的手指骨节一节节地揉捏着。湘湘说，我老了吗？靳天说，比以前肯定老了，姐姐。湘湘反手把靳天的手拉到唇边，咬了咬他的手指，又舔了下他的手心。靳天笑道，我会忍不住的。湘湘咯咯地笑起来，说，你又不是当年要把船弄翻的小屁孩了。靳天笑说，还没有变成石佛。说着，手就去解湘湘衬衫式连衣裙的扣子。

车厢里还有一点天青色，从外边透进来，幽暗中，她的乳房又成了月白色，在这月白色中间，是绿色的翡翠项链坠子。他记得她少女时的胸型，饱满的，蹦蹦跳跳会说话的，跟她一样的俏皮，现在的她，可能有一点下垂了，奶过两个孩子了。可是他不以此标准去评判湘湘，他对她的柔情复苏了，又添了新的，属于两个沧桑中年人之间的义气。他俯身下去，将脸埋进了她的胸膛，他的胡碴轻轻蹭着她最娇嫩的这块皮肤，他听到她的心咚咚跳着，她的乳尖仿佛是有记忆的，自己跳进他嘴里，在他的唇齿之间尽情撒欢了，她还是他厚颜无耻又风情万种的姐姐。

夜里十点钟，他们吃掉了一包苏打饼干，半篮子桑葚，嘴唇乌紫乌紫，整理好衣裳，靳天启动车子。刚上路，湘湘让靳天开车兜一下，看看以前他们常去的桑园还在否。靳天凭印象兜了几圈，却是一片桑地也没看到，两个人都有些纳闷，湘湘说，难道现在都不养蚕不种桑树了吗？从前我外婆家洛舍，有大片大片的桑园，现在想起来，美得不得了。靳天说，不可能，没有桑树，哪里来的桑葚呢。湘湘说，怪的呀，我们从前喜欢的桑林呢。靳天叹息，物是人非都不对，物也非，人也非。湘湘说，我以前还想过，要养多少只蚕宝宝，等它们吐完丝，我才能织出一件丝绸衣裳，穿在身上。靳天笑了，说，男耕女织，回到小农经济。湘湘问，你愿意跟我过男耕女织的日子吗？靳天想了想，说，如果两个都是自由身，我种田，你织布，蛮好嘛。我这个人，其实要求不多，随遇而安。湘湘叹口气，道，真想这样啊。我们就在这里买块地，造个房子，再种桑养蚕织布。靳天摸了摸湘湘的脑袋，说，很奇怪，我这些年梦到你，好像都穿着绿色的衣裳。湘湘问，深绿色还是浅绿色？靳天说，跟湖水差不多的绿色吧。湘湘说，那就是湖绿色，正是我喜欢的颜色。

次日湘湘从栖镇回上海。又改签机票，把回新西兰的日期推后了一星期。到下个双休日，靳天谎称出差，悄悄去了上海湘湘的家。晚上，两个人在卧室，靳天拿出一串珍珠项链给湘湘，说，我第一次听你说，你孃孃家是雷甸养珍珠的，就想存够钱送你一串珍珠项链，哪知道实现这个心愿过了这么多年。湘湘指指胸口的翡翠说，你把传家宝都给我了。靳天说，这不一样。珍珠项链是我想自己赚了钱就给你买的。湘湘坐在梳妆台前，穿着乳白色真丝睡袍，取下脖子上的翡翠项链，让靳天给她戴上珍珠项链，两个人盯着镜中人，细看良久。

靳天和湘湘一起度过了两天，然后把湘湘送到了浦东机场。湘湘在他耳朵边说，你要乖。靳天说，好，你放心。

回到家里，靳天上卫生间，无意间在镜子前看到自己，感觉自己好像年轻了七八岁，眼睛有了光，眉宇间，几分少年气还了魂。耳边响起湘湘的话，上帝为了让他们两个坏人不要再祸害别人，只能在一起互相祸害。靳天笑了，不知不觉中吹起口哨。

柒

二〇一三年夏，小暑后三日。黄昏，何易从意外地在长桥上遇到了杜秋依，这时的杜秋依已经不再是汪太太，跟香港男人汪先生离了婚，回娘家住一段辰光。发小久别重逢，两人正好闲来无事，就一起去桥脚下的茶馆。

正放暑假，秋依的儿子交给了父母带着，自己和老同学发小们天天麻将，暂时忘却烦恼。秋依已是香港永久居民，香港教育好，开了学总是要回去的，没有房子住，还是带着儿子跟前夫住在一起，现在倒更像是同居，秋依还是做三个人的家务。

秋依说，我孃孃上个月刚过世。你想不到吧，伊活了一百岁。易从说，我记得我们同桌时，你孃孃落雨天来学校给你送雨伞。秋依说，我从小跟我孃孃感情好。

秋依的孃孃，原来是水北绸布行老板的千金，姓吴，屋里有伙计，有学徒，有佣人。后来家道中落，不得已嫁给了原来屋里的长工，安徽人，还比自己大二十岁。大小姐被改造成了喉长气粗的劳动妇女，时常心情恶劣，嫌丈夫不能干，就抽起了香烟，打发生活的不如意。相当于虎妞找了骆驼祥子。兵荒马乱时，丈夫被日本人抓去，失踪不见，伊到处寻人，活要见人，死要见尸，一直找到水北荒僻处的安徽会馆，这地方很是阴森恐怖，小孩子们都不敢到那边去白相，相当于在栖镇做生意的各种遭遇不测的外乡人的太平间，没人认领的，这里有人帮忙草草收殓。有人认领的，各自认领回家安葬。秋依孃孃一个女人家不害怕，在安徽会馆寻到了丈夫的尸体，叫一声"短命鬼"，哭一场，骂一顿，买了一具红漆薄皮棺材，选了日子，棺材先装到一只水泥船上，走水路，再走陆路，护送回乡，秋依孃孃和丈夫族人披麻戴孝，哭天抢地地下了葬。秋依孃孃当了寡妇，照样要养几个小孩长大。孃孃唯一的儿子成了亲，生头胎是个女儿，也就是秋依，吴孃孃看了一眼，不屑地说一句"一只细丫头"，从此新媳妇在屋里几年抬不起头。虽然秋依姆妈来头不小，是县越剧团的头牌花旦，秋依孃孃也不咸不淡。直到秋依有了弟弟，吴孃孃才有了笑脸。秋依曾经说伊孃孃，要强是真要强，大小姐活活被生活逼成了女汉子。重男轻女是真重男轻女，孙子孙女，手心手背都是肉，但是永远区别对待。

秋依说，我大概骨子里有点像我孃孃。秋依说起她的经历。香港金融危机爆发，汪先生失业，炒楼又失败，背负了不小一笔债务，一时又看不到头，秋依的全职太太生涯维持不下去了，夫妻本是同林鸟，大难临头各自飞。秋依很怕，一怕债主上门，二来自己终归是香港外来客，缺乏安全感，就想离婚。汪先生无奈，只得同意了。又想想老婆孩子还在一个屋檐下，还是一家人，怕只怕秋依这样的美女，很快就会有人下手，另攀高枝而去。在香港，美女仍是稀缺资源。经济一不景气，美女的水准也一路下行，近年竞选香港小姐的，歪瓜裂枣，不再有从前风光。

秋依跟易从讲，你觉得我无情无义吧？对我来讲，嫁汉就是穿衣吃饭。我这人，从小谈不上什么理想，跟你们不一样，我就想过一份好生活。易从说，大家都不容易的，无所谓高低。秋依说，主要是我对汪先生也没有真感情，当时觉得去做香港人是个机会，他又待我不错，就跟他去了。爱不爱的，想都没想过。易从说，难怪的，前些年都觉得，去香港就是出人头地。我小辰光，我爸去香港探亲，看我爷爷和伯父，回来后说香港比大陆要繁华几十年。秋依说，我知道你有亲戚在台湾香港的，你爸那时候怎么不办出去呢？易从说，他好像没有想过。秋依笑说，但是你跑得更远了。易从说，也许我去美国，潜移默化还是受我爷爷和伯父的影响。又问秋依有什么打算，秋依说，还好后来我为自己打算，晓得理财，买香港保险，买黄金，保住了几十万港币的私房钱，现在暂时回来住一段时间，散散心，再做打算了。

秋依问易从在美国过得怎样，易从笑笑说，在哪里都一样，打工为生。秋依说，你是我们的高材生呀，哪里跟普通打工一样了。易从说，在美国，白领蓝领，没有高低，要么自己当老板，要么给资本家打工，差不多的中产阶级。秋依说，我到香港，学英语学粤语，都头痛的，我这个人，就是不爱读书。易从心思荡开去，想起秋依读书时，成绩一般，还有公认的栖镇美女沈美枝，成绩也不好。老话讲，女小人太漂亮，是没有心思读书的。等回过神，就对秋依说，你说粤语不习惯，我说英语也不习惯，刚去的时候，要逼着自己讲出来，否则只能当哑巴。秋依说，香港女人风风火火的，好像都比我能干，个个精干巴瘦，喜欢穿牛仔裤，我顶不习惯牛仔裤。后来我跟那些香港太太学点理财，还真有用。秋依又讲，想想我到香港，也算入乡随俗。我学会了做叉烧。易从想起坊间笑话，广东女人骂小孩，说生你还不如生一块叉烧。

秋依讲，有一次跑银行，我穿了身旗袍，路过铜锣湾有个街口红绿灯，居然被一个星探相中，说我旗袍穿得像张曼玉，让我去一部古装电视剧试镜，我有点心动，说要回家问我先生，那时汪先生不同意，大概怕我一到那种地方，会被别的男人拐走，我当时想想不缺吃少穿，做了人家老婆才到香港的，也就算了。要做明星梦，感觉晚了点，那时候我廿八岁了，可能看不出年纪，星探以为我是小姑娘。易从听着，心思又荡开去。忽想起他在美国时，在艾滋病毒疫苗研究的实验室工作的空隙，网上看《长恨歌》的电视连续剧，里面有个上海美人叫王琦瑶，也曾经去过片场，穿旗袍，选美。易从道，你小辰光演过《杜十娘》里小丫鬟的，镇上人都晓得啊。秋依说，小辰光就是好玩。易从说，记得你的古装照片在照相馆挂了很长时间呢。秋依笑笑说，我知道，和你们四个小人的合影挂在一起。易从说，我想起来了。秋依说，你们怎么凑到一起的呀？易从说，我也不记得了，好像大过年的，我们被大人带到照相馆拍全家福，就在照相馆里碰上了。秋依说，不怕你笑话，我那时看到照片，就觉得我跟靳天很登对，你跟陈易知也很登对。易从说，那才多大点人，就想这个。秋依也笑说，我脑子就是俗。

秋依叹气，说，我小时候满脑子爱情，长大了又碰不上爱情。桃花运不灵，财运倒不错。秋依讲起在娘家时，陪一个小姐妹去看房，在栖镇与杭州市区之间一个湿地公园排屋区，相中一套房子，才千把块一平米，相比香港曾经的楼价，真是白菜价，一冲动，把三十几万港币全投进去，没想到房子买了个把月，就节节看涨。易从微笑，说，人生随缘就好。

秋依说，现在我一个离婚女人，真不知道姻缘在哪里。易从忙安慰道，你从小美人胚子，不知有多少人喜欢你呢。秋依笑，说，我怎么都不知道。你呢？易从不提防被秋依问到，以为秋依逼问他是否喜欢过她，慌忙回答，我那时也喜欢你的，但知道你喜欢的是靳公子。秋依笑起来，说，易从你真坦白，我本想问你姻缘好不好。易从难为情道，我不会说谎，有就是有，没有就是没有。不过少年心事，随风而逝。

秋依一听"随风而逝"，笑对易从说，你还是那么书生气。不过要谢谢你告诉我。那时我跟瑶姑娘常一道玩，可是靳天从来没有注意过我。后来有一年平安夜，我和瑶姑娘，还有靳天和他的一个同学，一起去临平舞厅玩，舞会快要结束前，放一首邝美云的《堆积情感》，那是我很喜欢的歌，就希望他请我跳，可是他居然先站起来请他妹妹跳了，意思是让他同学请我跳。我真的伤心过一阵。

易从想起自己高中时，曾偷偷为秋依写的诗，没有拿出来示人过。眼前美人依旧，只是美得离他少年时恋慕的那个秋依远了，秋依如今是一种成熟的、繁盛的美艳，就像古装戏里凤冠霞帔的贵妇。易从依稀记得自己上大学时，有一个暑假，在家读他外公收藏的《石头记》，觉得大观园女儿们清纯可爱，不由慨叹如今再也没有这等水做的女儿了，一时沉浸在书里，深夜睡不着，就细数自己一起长大的江南女孩里面，有谁是配得上住大观园的，他就一一对号入座，秋依对了宝钗，因少女时的秋依肌肤雪白、略丰。瑶姑娘对了湘云，记得瑶姑娘少时在他面前总是娇憨。沈美枝对了尤三姐，因沈美枝身上有股子横冲直撞的野气。刘春燕对了探春，探春也是大观园里的学霸，春燕五官俊秀又明亮。陈易知几分像薛宝琴，总想着探究外面的世界。只有林妹妹一直悬在空中。

又叨了些别的，茶过三巡，秋依说，我得回家陪儿子睡觉了。易从埋了单，两人出了茶馆。秋依说，你还是这么瘦，看来美国的牛肉不养人。易从笑说，以前人家说我瘦我要难过半天，现在倒无所谓了。秋依笑说，瘦都说不得呀。易从忙说，不是不是，是从前因为瘦而自卑。又说，我这次回来是陪母亲看病，也没怎么跟老同学们联系。秋依说，我现在跟老同学也联系得少，也不知道说什么。前两年靳天到香港公差，我们见过一次。陈易知到香港来，我陪她逛过街，吃过饭。易从感叹道，他乡遇故人啊。

两人在广济大街分手，易从目送穿红花白底半身裙的秋侬袅娜地向河东走去，心想杜秋侬这样的人是令人放心的。

小暑后十日，易从回美国前，戴正叫了些男同学，说趁何易从在，多年不见了，一起聚聚。这一日黄昏，戴正定了个河边饭馆，是他们的中学同学王小强开的。靳天来了，戴正来了，何易从来了，见膀大腰圆的王小强忙前忙后照应着，有空就进包厢坐坐，喝上一杯。后来范小荣也来了。

戴正说，我本来想，当年我们"江南七怪"一道聚聚的。

易从说，"江南七怪"？我没听说过啊。靳天说，我晓得，是戴正叫出来的。

戴正说，你还记得吉彪吗？我们的小学同学，以前叫伊"聪明面孔呆肚肠"的吉彪。

戴正讲故事。那年高考前，我们一堆同学在水北荡发荡发，结果打死了一只狗，后来去吉彪家，吉彪姆妈烧的狗肉，靳天也在。我去你家找你，后来被你一说，我回家了，没有参加。这个吉彪，十年前失踪了，到现在还下落不明。我听人家讲，轧坏道，赌博欠了一屁股债，借的钞票都不还，后来就没有人肯借钱给他。问我借五百块，我说我没有这么多，身上一百块你拿去，以后不要赌。后来就想坏心思，半夜里入室偷窃，摸到东小河我们小学班主任张老师屋里，大概晓得张老师一个人住，有点积蓄。哪里晓得，吉彪用万能钥匙开了门后，张老师半夜里困不着,听到动静爬起来,正好撞着。张老师正要叫,一看是从前自己的学生。这个吉彪,手里有刀,对着从前老师,总归刺不下手。张老师生气地叫他走,他就灰溜溜走了。后来就不见了。

易从和靳天都感叹道,我们同学里,还有这种事。

戴正又讲,吉彪失踪后,张老师亲口跟我说,吉彪可能出去跑江湖去了。吉彪也要脸孔的,又不想还赌债,只好跑掉。我想吉彪水性好,肯定是趁半夜里没有人看见,扒了开过长桥桥洞下的一条运煤船逃掉了。

戴正听街坊讲,吉彪姆妈,人称"养鱼场西施",后来哭瞎了一只眼睛,剩一只眼睛,还要小菜场里厢烧粽子、羊肉,摆摊头做小生意。吉彪阿爸,养鱼场的退休工人,后来经常老酒吃醉,骂骂咧咧,真是罪过。

吉彪是哪年失踪的呢?易从对这个小学同学,一时想不出样子,后来眼前慢慢浮现出一张俊俏的脸。

二〇〇〇年以前吧,戴正说,你不记得吉彪也正常。我小辰光,三教九流。我跟吉彪还有范小荣,差点火烧养鱼场。想想吉彪对张老师下不了手,总归讲点良心的。就是那几年,镇上出过凶杀案的,就是为财。

何易从说,凶杀案,镇上多少年没听到过了。

戴正说,小辰光就听说,以前镇上附近,往东边或往北边,运河上只要是交叉航道,水面开阔处,也有过杀人越货的江洋大盗的。

易从说，我记得的，那天戴正来叫我去吃狗肉，我听了气煞，才不去呢，不过也好奇，怎么靳天你会在？

靳天说，我也不知道，大概那时有点心烦。

易从故作正经地说，你听说过怨灵吗？这是高庆的狗在报复你。

戴正问靳天，我让你叫上刘晓光的，他怎么没来？

靳天沉吟道，他来不了，好像最近有麻烦。

王小强以前开的饭店，去年盘给别人了，听说先赚后亏，前几年倒是风光的。王小强十九岁开化工厂，后来认识了铁路上的朋友，做起石子生意，开山挖隧道的石子，拿去销售，做得不大，后来听说这位铁路上的朋友进去了，王小强石子生意做不成，就开起饭店来，现在身上毛病一大堆。今年刚刚又盘下这家饭馆，说是要东山再起。吉彪的下落不太清楚，这老兄行踪最诡秘。靳天说起几个老同学。

易从听得云里雾里，问，开化工厂，哪来的钱？

戴正说，虾有虾路，蟹有蟹路。王小强不晓得是什么路。易从点头，若有所思。

戴正说，范小荣说等歇来的。他要先办点事体，你们晓得么，这小子现在算镇上首富。

易从问，看不出，他靠什么成为首富的？

戴正说，范小荣会投胎啊，以前不晓得。东石塘那一带的一大片老房子，都是他爷爷的私房，他是长房长孙，以后基本上是他继承了。

靳天说，现在要开发旅游，这片老房子值钱了。

戴正说，我真想把他们都叫到一起，大家喝一杯。哪怕吉彪牢里放出来，我跟他也可以一起喝酒的。我们三教九流，喝杯酒，讲讲小辰光总没问题。

易从说，你们讲"江南七怪"，我总以为是金庸小说里的人物，原来是江南"打狗帮"。

戴正说，何易从你是什么名门正派，不过是"红花会"的陈家洛嘛。

王小强抽空进包厢来，给老同学轮番敬酒，话题又回到了"杀狗事件"。易从见大家说得起劲，只有自己完全是局外人。

王小强被服务员叫走后，他们开始议论，当年"七怪"中，有没有谁认得高庆家的狗的。靳天说，我真不认得。戴正也说天太黑，可能一时认不出是高庆家的狗。他们就猜其他几个人里，可能有人认得这条狗是高庆的。戴正说，打狗还要看主人，可能吉彪他们胆子大，不怕高庆。

易从说，高庆带他的狗，那时经常从我家东横头门前经过的，他的狗也漂亮，人也漂亮，一人一狗街上荡发荡发，当年栖镇上绝代风华。

戴正说，想不到何易从评价这么高。要是高庆跟靳天、刘晓光、吉彪四个人一道走在长桥头，就是栖镇F4啊。

易从说，你们吃掉的狗，相当于高庆的家人或者说朋友。

忽然靳天打碎了一只酒杯，边收拾边说，这多少年前的事了？连高庆都去南边发财好几年了。大家面面相觑。易从见啤酒沫沫从破的杯子里漫延到桌上，也帮着擦桌子。

这时范小荣进来，说，来迟了来迟了。范小荣高高大大，满面红光。何易从印象中，已经记不起这个同学了。范小荣说，我赶上给老同学们埋个单。

戴正说，你老兄埋单是应该的，听说镇上搞开发，想买你家弄堂里的那一大片房子，你家还不同意是吧？范小荣说，是呀，为啥要卖给政府呢，我家祖传私产。我准备收拾一个老房子，内部重新装修一下，以后你们好来吃茶，打麻将都欢迎。戴正说，范小荣是镇上首富了吧？范小荣笑笑说，首富谈不上，谈不上。

范小荣说，我上个月刚刚弄了条藏獒回来，据说藏獒难养，这狗好像还不太喜欢我现在住的房子，所以我打算搬回老房子里去了，也许我家"马路"喜欢呢。"马路"，是这只藏獒的大名。

靳天说，范小荣你小子当年杀狗，吃狗肉胃口顶好，现在倒养起狗来啦。

范小荣说，我现在养了四条狗呢，三只小狗加一只藏獒。

这时，一个锥子脸的漂亮姑娘牵着狗绳进了饭店，一只小约克夏径直往范小荣这边扑过来。范小荣对姑娘惊讶道，你怎么跑这里来了，我跟同学聚聚，你们先走吧。姑娘说，不是我要来的，它带我来的。说了几句，有点不情不愿地走了。

又过了不到半个钟头，有一只博美、一只雪纳瑞又朝范小荣叫着扑过来，范小荣见是自家的另外两只小狗狗，对走进来牵狗绳的姑娘说，怎么跑这来了？这姑娘说，又不是我要来，是它们带我来的。范小荣又说了几句，我跟同学聚聚，你们先走吧。这个也长着尖锥脸的漂亮姑娘不情不愿地走了。

戴正说，范小荣你的三只狗我们都见过了，还有两个姑娘，看来很神秘啊。范小荣说，见笑，见笑，狗的鼻子真是灵，大概一路追着我的味道来的，我是走路过来的。

因为范小荣来了，本来已经意兴阑珊的老同学们，兴致又上来了，王小强又回来敬范小荣，大家又继续喝酒，话题基本上围绕着范小荣。靳天说，你小子，小心回去两个美女争风吃醋。刚才差一点就狭路相逢了，会打起来的。范小荣说，我现在单身，雾里看花，雾里看花。王小强勾着范小荣的肩膀说，你小子，什么雾里看花，明明是拔屌无情。已经有好几个小姑娘，到我这里哭过了，为范哥哥伤心了。范小荣笑说，王小强你嘴巴贼老。又改用普通话说，我现在是，乱花渐欲迷人眼，浅草才能没马蹄。王小强说，范老板你要多多来捧场，小姑娘我帮你安抚好。

范小荣起身去上厕所，王小强趁着酒兴，又同众人讲，你们倒是评评理，范小荣给美女们发红包，五月二十日，伊就发五块两角。情人节，伊红包发十三块一角四分，比铁公鸡还精啊，范小荣呢，伊讲就怕美女看中他的钱，所以发红包考验女人家。众人哄笑，王小强更是起劲。唯有何易从听着甚觉尴尬。

这天夜里，戴正送喝了两小杯啤酒的何易从回家，易从走出王小强的饭店，走到河边就吐了，吐得翻江倒海。吐完了，跟戴正说，开弓没有回头箭，这里的一切我越来越糊涂了。戴正说，我天天在这里，我也弄不懂，你就省省脑子，当你的"湿人"吧。

捌

沈美枝历经蹉跎岁月，重拾河山，决定通过国际交友平台相亲，交了一笔会费，一年间，几个来回后，选了一位五十出头的美籍华人麦克，两人有结婚意向。麦克是休斯敦唐人街的一家中餐快餐店小老板，有个很土的中文名字，叫吴金发。

二〇一四年初秋。吴金发给自己休了半个月的假，特意飞来中国，在杭州与沈美枝约见。沈美枝见吴金发相貌一般，比照片上略胖，有一点肚子，头发量略少但也不明显秃顶，待人接物和气又热情，其他也没有什么特别。美枝就说服自己，这次不要非帅哥不找了。她从前的男人，无论是高庆还是唐云，都是条儿壮脸盘靓，偏偏都风流好色。经历了对两个帅哥的痴迷后，美枝想想自己，一晃青春的尾巴了，才决定试试交友平台找个老外。

吴金发邀请沈美枝一起去了西安、南京、上海、苏州等地旅游，沈美枝的旅游费用全包。先到西安，吴金发订的是五星级酒店的标准房，沈美枝一犹豫也就没反对。都是成年人，既然已相亲，就试试床上的事，也说不上好，美枝完全没有跟高庆和唐云时的那种邪乎的激情，只是清楚自己在做这件事。吴金发倒是对她的美色赞不绝口。美枝劝自己，这辈子就吃帅哥的亏了，遇的都是负心人，跟这个麦克，再试试吧。

中华大地旅游了一圈回来，最后三天，正逢中秋佳节，吴金发陪美枝回栖镇。美枝跟他说好，栖镇太小，到处碰到熟人，要是问起，就说他是她的客户。吴金发看到江南古镇的破败，很同情地说，没想到沈美枝这么美丽的女人，在这种脏乱差的地方呆了半辈子。吴金发表现出来的优越感，让美枝有点不舒服。但是这美国人在栖镇的三天，除了吃饭睡觉，的确没地方可去，只能每天夜里去桥上桥下及河边走走。他比较喜欢的水北老街，也只有不长的一段，河里的水脏，桥洞下的河面，生活垃圾明晃晃油腻腻地漂浮着。沈美枝平时不喝咖啡，爱喝茶，家中没有咖啡机。吴金发美国人习惯，想喝杯纯正的咖啡，一路上的五星级酒店都有咖啡喝，一到栖镇，想找一家像样的咖啡馆也找不到。沈美枝去超市找咖啡，也只买到速溶咖啡，吴金发见了速溶咖啡，表情滑稽。

吴金发这次倒是有一个意外收获，就是栖镇特产粢毛肉圆。他看美枝做粢毛肉圆，鲜肉剁碎，淘好糯米，用温水浸泡三小时，捞出沥干，再将四一比的瘦肉和肥肉剁成肉茸，掺上辅料葱、姜末、黄酒、盐，加少许水，与一半的糯米拌匀，看美枝再用手搓成乒乓大小的圆子，一个个放进盛有糯米的筛子里滚动，肉圆子的表面就均匀地沾上了糯米，再放入蒸笼里蒸。蒸熟之后，美枝揭开蒸架，糯米已经珠圆玉润，粒粒竖起，吴金发尝了一个，这味道鲜得实实在在，灵机一动，粢毛肉圆这道菜或者点心，可以开发进自己休斯敦小饭店的特色点心里，说不定会大受欢迎。吴金发于是认真学了两天，一道道程序学下来，终于会了。

中秋夜里，月亮皎洁。一对男女吃饭，喝梅子酒，又尝过水北点心铺子现做的鲜肉榨菜月饼，到河边散步，吴金发承认，运河边夜里比白天美得多。中秋节的感觉，到底是江南古镇有味道。

两人边走，边说起过往。美枝讲，我小辰光，镇上还有很多桥，栖镇是江南十大古镇，现在萧条了。我曾经想过开咖啡馆，也怕没生意亏本，外地人来得少，本地人也不会来喝咖啡。吴金发给美枝看他自小生活的美国休斯敦郊区小镇，漂亮得像明信片一样，又跟美枝讲他父母在美国的奋斗史，解放前从温州乐清偷渡出去的美国劳工，一开始在旧金山打工，后来因为开饭店，移居到了休斯敦找新机会。美枝寻思，自己对美国，既向往，又不怎么向往。这些天的交流下来，美枝思忖，吴金发在美国也普通得很，开个小饭店而已。自己曾经经销板鸭，后来开美体中心，接触各种各样的人，在美国当小饭店老板娘，跟在这里当老板娘，难道有云泥之别吗？

中秋夜里，圆月映江南。靳天一家和妹妹瑶姑娘在临平饭店陪父母吃团圆饭，心里却记挂已回新西兰的湘湘。戴正和杜慧回了栖镇，带刚满周岁的女儿小月芽到栖镇看爷爷，戴言礼特地去买了本地亭趾月饼。戴言礼这么多年来老一套，从来不吃广式月饼，说那不叫月饼。他只吃苏式月饼，苏式月饼中，顶顶喜欢亭趾月饼。亭趾月饼中，有鲜肉、百果、椒盐、白糖、火腿等等品种，他顶顶喜欢火腿月饼，咸中有甜，甜中有咸，酥皮松脆。戴言礼见杜慧喜欢吃亭趾月饼，就讲，以前戴家跟亭趾镇沈家是表亲，过年过节时常坐船走动的，现在老一辈亲戚都作古了，慢慢也就断了来往。可惜沈家娘姨顶顶考究的手工亭趾月饼，再也吃不到了。

这日，陈易知带着小篱笆也回到栖镇，陪父母过中秋节。陈子船忙了一整天，早起去小菜场，买了只本塘甲鱼，野鲫鱼，还有几只湖蟹，烧了一整桌的菜，见女婿陆韶没有一起来，有点不高兴。陆韶中秋节参加省里送文化下乡慰问，去了丽水蹲点。易知说，他是个大忙人，不要说这种锦上添花的事了，就是孩子生病，都指望不上。谢清韵说，工作要紧，勿要怪伊。

远在美国的何易从，早上和小简去亚洲超市，买了台湾月饼。易从打电话回栖镇，何君乾说，我和你妈都好，我们夜饭吃过了，等歇去河边荡一荡，你忙，你忙。易从难得听出母亲心情不错，才晓得前几日，也就是林冰芝七十周岁生日，她曾经的中专母校搞五十周年同学会，一帮几十年大半辈子没见过的老头老太见了面，在杭州栖霞山庄住了两日。他听母亲说，有三分之一同学已经走了，剩下的三分之二，就想大家活着，就该一起聚聚。他爸也讲，你妈这几日可开心了，一改往日愁苦怨艾，脸上喜滋滋的，人也变漂亮了。易从听了稀罕。后来又听母亲拐弯抹角地提到一个男同学，也还活着，男同学在杭州当过规划局局长，已经有三个孙辈，一儿一女，儿子北京，女儿加拿大，屋里平常也就两个老头老太。易从挂了越洋电话，想起很多年前上海娘舅的话，母亲说的男同学，一定是指初恋了，遂对小简感叹起母亲失意的一生年华，又叹息母亲一生好像都活在旧戏文里。

夜饭吃好，陈易知老小四人，兴步去长桥，看八月半的月亮高挂在桥上。中秋夜，仿佛一半的镇上人都出动了，长桥上，摩肩接踵。老熟人碰到，忙着打招呼，热络寒暄。

易知站在桥中央眺望，看见河的西边，再看看河的东边，有很远处的老烟囱，已经废弃了几年。就讲，听说原来栖镇街上的厂都关门了，是这样吧？陈子船说，都关门了，新华丝厂、红旗丝厂、棉纺厂、骨粉厂、晶体管厂、钢丝绳厂，现在好像一爿厂都不见了，也奇怪的。易知说，听说我同学里厢，原来读职高的，初中高中毕业后到工厂里上班的，转制后全部另谋出路，现在真的没有一个当工人了。陈子船说，以前你们同学爸妈，大部分都是工厂里的。易知说，也不晓得他们现在做啥？

陈子船说,我碰到过你小学同学吴美仙,你记不记得,原来住吉家斗的,读书不灵光,厂里不做之后,上半日小菜场里摆个摊头,卖粢毛肉圆、卖粽子,下半日屋里打麻将。谢清韵说,还是读书好。陈子船说,还有更落魄的,你小学同学张小芬,原来住木鸭棣的,前几年下岗后,老公好吃懒做,吃喝嫖赌样样来,离了婚,伊带个小鬼,生活难过,日日夜里去红太阳跳广场舞,搭上汪厂长了,老汪老伴帮儿子带小人去了,儿子当老板,条件好,伊铜钿用不光,实际上就是包养张小芬,听说每个月八百块,过年过节加红包,加小人压岁钱。谢清韵皱眉头,讲,你又讲乌七八糟的事体。陈子船呵呵冷笑两声,讲,我勿乱讲,啥人不晓得。我前两天夜里走路,水北原来缸甏店门口,还碰到老汪跟张小芬一道荡马路,老汪还跟我打招呼。

易知听了,愤道,你这个老朋友作孽的,起码差二十几岁,都好当她爹了,这糟老头子。但其实陈子船提到她同学的名字,易知记不起来了。谢清韵说,你爸现在每天晚上走到红太阳,去看人家跳广场舞,真是喜欢轧闹忙。

陈子船夸夸其谈,你们不晓得外面世界,红太阳跳舞,跳出各种事体。有屋里厢女人寻到老子(栖镇方言,"老子"是丈夫的意思)的舞伴,凶巴巴去打人家巴掌的,有年轻一点、长得登样点的女人家,今朝同这个好,明朝同那个好,男人家互相争风吃醋的。前几日,还有子女为自己姆妈出气,找到跳舞地方来,要打伊阿爸姘头的。男人家嫌坍台,自己跑了。这个

鲲鹏

女人，听说被吓得尿裤子了。跳舞地方，男女是非多，旧社会新社会，都一样的。

易知听着父亲的奇谈怪论，望望烟囱，望望月亮，心里涌上一股怪味的凄凉，又努力回忆小学女同学的模样，还是模糊一片。陈子船说，我不过是解解心焦。

下桥时，正好碰到何君乾林冰芝走上桥。陈子船跟何君乾打招呼，谢清韵跟老船厂小学同事林冰芝打招呼，互称谢老师、林老师。何君乾说，今朝知姑娘回来了啊。陈子船说，是啊是啊，小囡回来过中秋节了。你儿子过年要回来吧？快了，快了。林冰芝说，儿大不由娘，我家小鬼，放出去的风筝，我望都望不着了。何君乾笑呵呵跟陈易知打招呼，小辰光看见过你，现在长长斯远不见了啊。易知也问候好伯伯好姆妈，张嘴想问何易从近况，话到嘴边又咽了回去。一堆人桥头道别。

何易从那里还是中秋早上，收到一条来自中国故乡的短信：中秋快乐。是杜秋依发来的，心想秋依大概春风得意，心情正好。这时很久没联系的沈美枝打电话来，说已在临平买了套大房子，装修好了快要入住，原来她在何易从父母家楼上的房子，打算出租。易从祝贺她即将乔迁之喜。

吴金发归期即至，临走前，向沈美枝求婚，说只要有了结婚证，很快可以给她办美国绿卡，一去休斯敦，她就是他家的女主人，屋里有两辆车，可以给她换辆新车。房子花园，楼上楼下，都交给她打理，她有空可以去店里当老板娘，没空就不用去帮忙。吴金发给美枝一张张看休斯敦住宅的照片，确实是花园洋房，房子里铺着的像是羊毛地毯，一尘不染。屋外的大草坪，滴绿一片。吴金发还体贴地提到，美枝可以将儿子带去美国一起生活，在美国接受最好的教育，将来上美国大学。美枝听了这个提议，尤其心动。美枝怕自己犹豫不决，为了儿子前途，一冲动马上答应了求婚。当晚，吴金发要美枝换上旗袍，在这个东方情调的温柔乡里，表现得尤其卖力，一口一个"老婆"，叫得蜜里调油，美枝闭上眼，不由自主地把压在身上的吴金发想成好久不见的唐云，才慢慢有了感觉。

第二天早上，本来说好，两人要去登记结婚，到了街道门口，沈美枝心里忽然一阵慌乱，觉得自己透不过气来，知道自己要反悔，就对吴金发说，还是不要急吧，我担心我们恐怕不合适。等说完这番话时，沈美枝脑子彻底清醒了，干脆不要再给吴金发希望了，就此别过的好。

吴金发失望了一下，问美枝到底有什么问题。美枝说，我这人留恋家乡，好像做不到将自己连根拔起，重新开始了。吴金发点点头，心里懂得美枝说的是实情。吴金发细细算一本账，自己来中国玩了一趟，美人在怀好几日，还学了几个特色点心的做法，也不算亏。又安慰自己，中国大陆想嫁去美国的漂亮女人多得很，沈美枝飞了，还有王美枝、张美枝、赵美枝等着嫁给他。

回到美枝屋里，吴金发开口要回上海买的戒指，说这是给未婚妻的，能否还他？美枝心里不舒服了一下，就说，我戴过两次了，怎么办？吴金发犹豫了一下，就说要不你喜欢的话留着，能否折个价给我？美枝笑了笑，说，我有办法。自己回房间，一会儿回到客厅，交给吴金发一个匣子，说首饰处理一下，就是全新的，匣子也是上乘的首饰盒子，你送给以后的女朋友完全没问题，吴金发收好了，两人无话，吴金发收拾行李。跨越大洋相交一场，美枝只留下一条细银的项链，和一个小手包，是在南京两人逛街时，美枝自己喜欢的款式，吴金发掏钱买的，加起来价值不过三百美元，对美国人来说，已经是厚礼了。

  在栖镇的最后一晚，美枝请吴金发去河边王元兴餐馆吃了晚饭，正式饯行。夜里，吴金发还想要美枝，美枝不肯，对吴金发说，谢谢你，这么远来看我。自己去了客房睡觉，关好了门。半夜，美枝小解，开床头小灯去卫生间，吴金发睡不安稳，听到响动，就悄悄溜到美枝房间躺在床上，等美枝回到房间，就被吴金发一把抱住，上下摸索，嘴唇也热烈地贴了上去，美枝无奈，想着从此不会再见这个人，就由他折腾。吴金发卖力讨好，软语温存，说美枝是他见过的最美最水嫩的美人儿，他以后很难忘记她。美枝听得陶醉起来，又觉得寂寞入骨，漫漫长夜，终于被他推到了巅峰，两个人筋疲力尽后沉沉睡去，睡到将近第二天中午。午后，美枝开车送吴金发到临平火车站，吴金发有点失落地告别了美枝，美枝转身，一个庞大的、曾经越来越逼近她生活的幻想中的美国，终于像潮水一般地退场了。

少年游·中

二〇一八年，七月初七，七夕。

易知在易从父母家里吃了夜饭，告别了易从爸妈，沿河往长桥这边走，找了家水北的咖啡馆坐下。记得有一年回来，易从在屋里翻到小辰光的照相馆合影，看到照相上注了时间：一九八一年。

喝着咖啡，易从说，一九八一年真的过去那么久了吗？

这趟回国探亲前，易从在美国家中整理行李，看到俞平伯的诗：浮家一舸苏杭道，纨绮年光笑耍多。重过长桥风景似，独将华发愧春波。就发给易知看，易知感叹说，要说故乡记忆，真没比我们更相似的了。

栖镇北横头那一只角，对易知来说，始终是个神秘之境。易知说，很多次我做梦，在栖镇云游，一路走，走到里仁桥，再往北走，是骨粉厂。比我们大几岁的镇上男女青年，招工招进骨粉厂的,总有点倒霉。印象中,骨粉厂比较脏,去新华丝厂的青工,要风光得多。

易从说,新华丝厂离你家太远了,从我家走过去蛮近的。当时是国内有名的丝绸业大厂,最兴盛时,职工有三千人,有好多杭州职工在厂里上班。

须臾,结了账。易从说,去看看你老是梦见的地方。易知说,我要不要去看个究竟呢,倒是想不好了。易从说,边走边看,不妨碍你痴人说梦。

他们在水北从西向东走。走过了从前的靳天外婆家,走过缸甏店,走过以前女同学沈美枝和杜秋侬的家,易知说,我以前时常去她们两家玩,躲在大水缸后捉迷藏,踢毽子,掼沙包。记得七夕夜里,满天星斗,秋侬带我到河埠头放荷灯,我们做了两只荷灯,我们放的荷灯快要漂到长桥下面时,不巧一只轮船开过,火熄灭了,一只荷灯不见了,还有一只过一会儿也沉没啦。前几年过年时,我在开封放过荷灯,但是找不到小时候那种神神秘秘的感觉了。

易从说,你们两个丫头放荷灯是七夕吗,不是要七月半鬼节么?过年哪里有荷花呀。

易知说,你个呆子,荷灯哪里就是新鲜荷花做的灯呀。易从笑说,倒也是。

易从说,这个梦要圆也容易,你要是想放,找一天半夜三更没人时,就到你家原来的西横头,我陪你放荷灯。

易知像个小孩一般高兴起来，说，今天就是七夕呀。那得半夜三更悄悄放，不然别人以为我们两个神经病。

易从说，也可能以为我们是外地游客。

易知说，被人认出来，原来是从前东横头的小伙子和西横头的姑娘，这就有点难为情了。

易从说，怕啥，你不是想圆梦吗？

从前放暑假，易知时常去运河里游泳，她爸叫她跟着游到对岸再游回来，她害怕，不肯去。有一天夜里七八点钟，易知想看看自己到底可以游多长距离，就沿着河滩边游。西边不敢去，听说运输站那边有个新水鬼，原来也是个模样清秀的小伙子，大概死得不甘心，专门拖小孩下水陪葬，易知就往东游。那天兴致高，游啊游，停下来一看，已经过了西摆渡，还想再游，一会儿又到东摆渡这边了，易知想都游到何易从家门前了，就探头张望，一眼就看到何易从在廊檐边上乘凉，吃西瓜，大概洗好澡了，正优哉游哉呢。

何易从的第一条泳裤是上海娘舅送的。不过那时栖镇，河港里游泳的男人家都不讲究，不要光屁股就好。小辰光，老是听到大男孩嘲笑小男孩下河时"赤膊赤卵"，"赤膊赤卵"这句土话，易从不好意思跟易知说出口。

栖镇女孩子家，下河游泳穿的是圆领衫短角裤，土里土气的。一开始是河滩，家门口就可以下水，后来河滩边改造成水泥马路，要走一百米，少女易知游泳上岸，从河埠头走回家，要是碰到隔壁邻舍的婶婶阿姨,总听她们大惊小怪,往伊身上瞟一眼,讲,哎哟阿知啊,大姑娘了。说得伊不好意思去游泳了。

易知说起那次最长距离的运河上游泳,那天怕易从在岸上看到她,就赶紧往回游了。那也是她唯一一次在河上看到岸上的他。

易从说,有一次我跟着比我大的小孩游到长桥,又跟着货船拖回到自己家门口,回去吃饭迟了,吃了我姆妈的鸡毛掸子。

易知说,夏天男小人们都跟煤球一样黑,叫"墨泥赤黑"。我经常看到戴正经过我家门口去游泳,小泥鳅一样,从钱家弄里滑出去。靳天在水北,住得离长桥近,下河很方便,一到夏天,长桥上最是热闹,成群的男孩子,从半高的桥墩上往河里跳。夜里六七点钟,夜饭吃好,我看男小人们跳水,看得眼热,就嫉妒男孩子自由自在的,想赤膊就赤膊。那时河上真是热闹啊。

易从说,我没有在长桥上跳过水。以前在家独自无聊时,我就抄一些古人写栖镇的诗,这个习惯一直保持到现在。现在还记得有一首,是清朝一个刑部尚书夜过栖镇的诗,里面有几句诗:烛龙摇夜水,村鼓接比邻。雨湿归帆重,风微乡语真。我最喜欢。

易从爱古诗,爱到有点痴迷,没事自己就琢磨诗的音韵玩。他看过的诗册,有劳家的藏书,有几册清末民间刻印的残卷,

栖镇美女，都是地道的两三代的栖镇人，皮肤白、细，发乌黑，明眸皓齿，杨柳腰身，声音好听，说话嗲嗲糯糯……

可惜劳家以前很多藏书都抄光了，散失了，他去劳家走亲戚偶尔翻到，就拿回来了。他的劳家表亲，基本上在外面经商，对古书没啥兴趣。易从说，他们见我对几本破书感兴趣，就笑我在美国这么多年也没长进，还是个书呆子。

易知说，你记不记得？初三时，你还为七夕的作文跟我吵一架，说我乱写，说我无病呻吟。

小辰光的七月，只要不下雨，每夜就坐在运河边纳凉，看天上北斗七星。她以为牛郎织女一年一会的喜鹊桥，就搭在长桥上面的天上。长桥的头顶上，虽然太高了肉眼看不见，每年会有一座鹊桥。牛郎可能从水北，织女可能从水南的天上，分别出发，走到鹊桥之心相会。每到七夕夜，她头朝长桥方向，仰望着天。盯得久了，仿佛有两团发亮的东西，在长桥的顶上，依稀是一男一女，两个古装的人影。

银河系根本就没有生命，你想得美。这时，少年易从的声音又在她耳边，煞有介事。

易从笑了。那时候，他就是个爱较真的男小人。

易从说，我记得有个万历年进士是我们栖镇人，叫沈朝焕，他的书斋号我特别喜欢，叫"泊如斋"，泊如，我这么理解，不就是人生如泊吗？易知说，嗯，人生如泊，人生如寄，说你呢。两人相视一笑。

他们沿着河又走一段，路过水北几家老房子，门口还保存着破破烂烂的米床，河道懒洋洋拐了个弯，由东拐向了北，再往北，气氛就越来越神秘。

易知说，我做梦，每次走到这儿，就寻思要不要走到新市去。梦里记得到了这边，河道就变出了两条分汊，很开阔，一条河道向北去了，新市湖州苏州吴江平望，还有一条河道向东，到嘉兴上海方向。

又继续痴人说梦。易知说，梦境里，北横头尽头处有几户人家，我都不认识的，好像是一些异邦来客，也许是狐狸世家，也许是吸血鬼家族，也许是外星球来客，总之，那尽头处的最后几家，是一种非常神秘的所在，"人鬼情未了"，很诡异的一种气氛。我做梦，每次独自云游到那里，那几间长期沉默的老房子里，夜里从花窗里漏出几缕灯光，灯光总是暗昏昏的，河上的幽光也是有气无力，在水面上晃动几下。房屋尽头，记得有一座小石桥。

易从笑道，是有一座小石桥，名字倒忘了。从我家门口摆个渡过去很近的。有时候我走里仁桥，再走三分桥，也可以到那边去。那只角还是老底子的样子，可能跟几百年前也差不多，沧海桑田改朝换代，就弹丸之地变化不大。

易知说，以前旧的里仁桥很陡，好像就是栖镇的奈何桥，过了桥，栖镇所有的人和鬼都迷失在梦境里了。

易从说，你可以编一部栖镇版《聊斋志异》，南横头北横头，狐鬼出没最多。

易知说，是的，而且他们都讲栖镇话。

易知说，有一次我梦见自己吱呀一声，居然推门进了北横头的最后一户人家家里，但是一个人也没有。

易从笑她，细丫头，胆子挺肥的呀。

易知说，做啥笑话我？

易从说，以前北横头到底，就是一片白地。

易知说，你是不是又要告诉我，月亮上没有嫦娥。

两人走到了里仁桥，天落起毛毛雨，就在毛毛雨里走。易从说，听说原来里仁桥北塄，曾是旧时栖镇繁华地，后来遭遇太平天国兵火，繁华不再，也不知真假。易知说，我也不清楚了。说起来，秋依小时候被选去演了《杜十娘》电影里的小丫头。秋依真是地道的栖镇美人，小时候就好看。

易从说，杜十娘怒沉百宝箱，发生地在瓜州，也就是现在的扬州，扬州好地方啊，是我阿爸老家，伊祖上就是扬州人。

易知问，原来你是半个扬州人。又问《杜十娘》是在哪座桥拍的？里仁桥还是八字桥？

易从说，八字桥。拍电影那几天我去看过热闹，离我家近。易知说，我也去赶热闹的，主要是看秋依扮丫鬟。

秋依是我小学同桌，易从说。

沈美枝也曾是你同桌，你怎么都跟美人同桌？易知说。

那时候都是小屁孩呀，划三八线，易从笑道。

不知不觉中，快要走到易知梦境中反复出现的那个拐角了，她忽然停了下来，对易从说，我们回转吧，雨下大了。易从问，你不想走到尽头了？易知笑，我怕旧梦被惊破。易从笑，事到临头，你打退堂鼓了。易知说，梦境里的北横头，还是不要弄清楚的好，让它们留在梦里吧，那样，你永远没机会跟我说，那里没有外星人，没有狐狸和野鬼了。

折返路上，到了原来的东摆渡口位置，易知望一眼高大气派的乾隆御碑亭，慢条斯理地说，真想坐个渡船，上了岸，就到你家吃茶去。

易从说，你记得吗？上大学前的那年夏天，我们在摆渡船上遇到，你说我瘦，我不高兴了一整天。

易知说，你那天好像不乐意跟我说话，我回家也很不高兴。

易从说，从前怎么回事呢，难得碰到一回，两个人回去还都不高兴了。

易知气道，那要问你了。

易知扶着沿河的一片米床停下来，问易从，你还记得吗？初中毕业离校的那天下午，我看着你和戴正靳天一起下楼的。你们后来做啥去了？

易从只记得那天上午十一点左右出了校门，戴正和靳天跟着一起到了他家，也不知道玩什么，三个人就一起荡出去，三个家荡完了，天就黑了。靳天姆妈切开一只井水里浸了半天的西瓜，西瓜是黄肉的，甜蜜蜜的。靳天姆妈高兴地讲，你们三个以后都会上大学的。

易知说，我记得那一天，天有点热，在09公路上，我坐在我爸的自行车后座上，就看到了你们三个，走在公路上大声说笑，我不知道你们要去哪里，那时我很嫉妒你们。

易从说，原来我们三个浑小子，一不小心成了你眼里的风景。

说话间，过了平桥。易从说，还早呢，你不急着回去吧。易知说，嗯，再随便荡荡。

易知跟易从路过一片新街区，从前这里是水沟弄。见雨下得密，易从在街边小超市买了把伞。两人在细雨中撑着伞走着。易知说，我小时候生活的中心区域，就是西横头到东横头，花园桥头，再到水沟弄。可惜现在水沟弄也没了，大概在这个位置吧，很难定位了。

易知讲，水沟弄就是老底子栖镇的红粉沟，又叫胭脂弄。这老弄堂南宋辰光就有了，福王在这里建了个福王庄，权作离宫，宫中妃子宫女们也有不少，日常梳洗打扮，胭脂花粉水，就顺着弄堂里青石板下的大水沟流出来，水的颜色都染红了。清朝时，水沟弄口还有一座卧龙桥，桥边几家酒楼。我看到过一首诗，记得是讲清朝时一堆栖镇的文人骚客，就在西石塘水沟弄的卧龙桥边酒楼豪饮作诗，是个快活的地方。

易从说，水沟弄倒是让我想起我们读书时背的《阿房宫赋》。

易知感叹道，胭脂弄曾经是香艳的，不明白后来为啥生猪收购站开在这条弄堂里。

易知又说，还有一家兽皮收购站，以前我每回路过，都看到墙门边竖着几块上面钉着新剥羊皮的木板，还有别的兽皮，也不知道是什么动物的,走过时总有一股子腥膻气。可我们这里是平原,不知哪里来的野兽。

易从说,我听说老底子在乡下,还打过两只狼,狼皮就送到这家收购站了,镇上人奇怪,都来水沟弄看狼皮。易知说,我们江南水乡,怎么可能有狼?易从说,你怎么跟阿毛娘似的。易知说,我是常识,不知平原有狼。易从说,我们不能因为自己没见过,就觉得一定没有,有时候,常识就是用来突破的,不然怎么会有"虎落平阳"这种话呢。易知笑道,你又来了,也可能这狼是黄鼠狼啊。除了狼皮,也有羊皮。湖羊的羔羊皮很贵的,听我爸说,有时候还有水貂皮,那水貂是河里有的。

易从说,听我妈讲,以前镇上好几户好人家,都住在水沟弄。屋里厢的人,肚皮有墨水的,解放后,小囡有考去北京上大学的。我记得小学时去过沈美枝家,还在水沟弄老墙门里。后来初中时听说她叔叔结婚,兄弟分家,她家搬到水北去了。

易知说,我小时候经常去水沟弄,还有皮匠弄,我爸也有象棋朋友住在那里,晚上经常带着我去。我记得那边墙门里厢进去,还是蛮敞亮的。大人下棋,小人在天井里玩,实在没事干,人家叔叔会给我小人书看。主人家待客人蛮客气,夏天的时候,有西瓜香瓜还有葡萄吃,葡萄是天井里的葡萄架上现摘的。有时候是冷饮、赤豆汤、酸梅汤。冬天有时候有热乎乎的番薯汤,要么馄糍汤,白糖放得多,很甜,真是大方。有时下棋晚了,我爸说要走了,主人家棋瘾正大,想赢一局,就让我爸再杀一盘,让我在藤榻上睡一觉。到夜里十一点钟光景,我爸就背着我,走过北小河西小河到长桥堍下,再回家。易从说,那时候没有夜生活,夜里十一点也就是半夜三更了。易知说,对的,更夫都敲过二更天了。我爸经常背我回家的。再小辰光,我骑在他脖子上招摇过市。东横头你隔壁家也常去下棋的,要是那时候知道你就住隔壁,我找你玩多好啊。易从说,嗯,大概一起玩过,只是太小不记得是你了。易知说,没准还打过架,我小时候很"污",爱欺负男小人。易从说,好男不跟女斗,我才不跟你打架。易知笑,又讲,后来我做梦,老是梦到要从我爸背上滑下去。易从说,我也是独养儿子,怎么就没有你这样开心的记忆呢?易知说,你爸没有背着你走街串巷吗?易从说,好像没有,我只记得从小他们吵架。易知听了,叹一声气,说,你是独养儿子,理当是最受宠的。易从说,拾吾不像伲。

听到在美国多年的易从嘴里冒出个"拾吾"来,易知哈哈大笑。易从也笑,"拾吾拾捺拾伊拾拉",不是这里的人,怎么弄得清啥意思。易知说,我以为你说话会夹带英文,没想到你冒出个"拾吾"。易从说,毕竟人在栖镇,每次回来过几天,真是乡音难改鬓毛衰。易知说,我看看,还好还好,鬓毛不衰,白头发也没有一根,还是少年呢。易从像个孩子般乐了。

说话间,收了伞,两个人在桥边,走进了一家古色古香中国风的星巴克。易从说,刚才那家的咖啡很一般。易从要了两杯热美式咖啡。

易知想起，从手机上翻出一首诗，递给易从看，易从一看是《红粉沟》：红粉沟头窈窕娘，蟠龙髻子藉丝裳。倾城一笑千秋恨，梦影犹飞蛱蝶廊。也不知作诗的人是谁。易从说，应该写的就是老底子的水沟弄。王侯将相住的地方，后来也就给了贩夫走卒。易知说，我们父母这代，就看多了贵妇到村妇的转换，不以为奇了。所以镇上人都觉得平常度日，荡发荡发，最最好。要让一个栖镇人自杀都难的，伊好死不如赖活着，吹吹风，荡发荡发。

易从忽然说，那倒未必。脸上似若有所思，人也沉默下来。

易知见易从好像心不在焉了，就问，你又想什么了？易从有些吞吞吐吐，道，没有，我看《红粉沟》，不知怎么就又想到沈美枝，自古以来，红颜薄命啊。易知道，沈美枝是栖镇有名的美人，怎么就红颜薄命了？对了，上次你说她要找你聊。易从说，前几年她住我爸妈楼上时，帮过我很多忙。我很想帮她，又不晓得该怎么帮。易知说，她遇到啥情况了么？易从说，一言难尽。

此时见易从有些走神，易知说，本来想看北斗星的，结果七夕还下雨，我要回去了。易从脸上似有愧疚，软语哄易知，道，下雨了，你说牛郎织女星还有鹊桥给他们走么？易知开玩笑说，下雨了，不知道喜鹊会不会偷懒。易从有点讨好地说，今天不太巧，下次一定陪你看北斗星。两人走到停车场，易知上了车，挥手跟易从告别。

杀狗

壹

睹花枝枝枝都凋落，再不能香馥馥馥郁上林芳。残花瓣瓣瓣埋香土，情黯黯黯然独悲伤，想他年何人把奴葬。

栖镇美女，都是地道的两三代的栖镇人，皮肤白、细，发乌黑，明眸皓齿，杨柳腰身，声音好听，说话嗲嗲糯糯，高挑的高挑，小巧的小巧，性格有的文文静静，有的纤丝扳藤（吴语，接近于妩媚、作的意思），桥上桥下，河边，水葱儿似的，画片儿似的，无论晴天落雨天，都是一道风景。还有一条，栖镇美女养得滋润，老得比别地的女人慢，这是栖镇女人家自己的说法，一般栖镇女人家到了四五十岁，身材脸蛋都没有太大的变化，能有七八分青春时模样。

河边米床又叫美人靠，因为栖镇确实有美人。在河对面的河埠头淘米的男人家，看到对岸河埠头浣衣的女人家，因为隔岸观美人，对岸的美人更是美得云里雾里，哪怕脸上有几粒麻子，也完全不妨事，男人家的米淘着淘着，半天还没淘好，心思一活络，恨不得马上过桥，跟对岸浣衣女子搭腔，套近乎，多半只是内心戏，行动是不敢的。

也有胆大的小伙子，比如靳天爸靳云长，靳云长剑眉长目，身材健美。当海军时，看惯了大海，白茫茫的海上，除了浪和偶尔能看到的往来船只，时常什么也没有。等部队回来，2.0视力的眼睛，就时常拿来望运河对岸。望着望着，靳云长看到水北河埠头边，一个埋头浣衣的姑娘，梳两条麻花辫儿，着一件素花色的衬衫，蓝色长裤子裤线笔直，标致窈窕大姑娘。靳云长观察地形，候好了时间，连连看了对岸的姑娘一个月，不仅看不饱，还想细细看，看了回去，又想半天。不知不觉就到了七月，一日黄昏，那对岸姑娘汰好浴，照例去河埠头汰衣裳，这时无锡班大轮船开过，一个浪头打来，伊搁在石头台阶上的一只木盆荡了开去，一时没注意，越漂越远，眼看要漂到河中央去了，姑娘虽会游泳，但此时人多，不好意思跳到河里去，正站在河埠头发急时，在运河里游泳的靳天爸看到了，就赶紧向着木盆方向游过去，一把抓到了木盆，潇潇洒洒游到对岸，就交给了伊。近处一看对岸的姑娘，真是标致美人，皮肤白里透红，眉目如黛，细长的眼睛，像会说悄悄话。姑娘见忽然一个小伙子，游至河边帮忙，连连道谢。靳云长说，我就住在河对面,经常看到你汰衣裳呀。姑娘偷眼看,浑身湿漉漉的靳云长,白白净净,斯文俊气,脸上一红。这时又有人来河埠头洗衣裳了,靳云长也不敢多搭讪,礼貌地道个别,又游过对岸去了。后来靳云长就候着时间,等伊出现在河埠头,靳云长也会找点家什,搬去河边洗一洗,就跟对岸招招手,姑娘就笑。

姑娘名叫王晓兰,小靳云长两岁。两人一个工人,一个教师,都根正苗红,都是本地人。靳云长认识王晓兰后才晓得,对象是崇裕丝厂的厂花,搞检验的,工种轻松,人缘好,又兼着厂工会主席,会跳交谊舞,拉手风琴。王晓兰也发现,自己对象是多才多艺的后生,毛笔字漂亮,肚里有墨汁,吹拉弹唱样样拿得起,还会编曲子,自己摸索改编了《无锡景》,两人男女声二重唱,真是郎才女貌,人生得意。一年后,这对漂亮人儿结了婚,靳天和妹妹长大了也是俊男美女,继承了父母的好相貌。

靳云长部队复员后,在栖镇小学、中学都工作过,直到成为栖镇中学的校长,又当上县教育局局长,后来又当镇长。王晓兰的人生,也是风和日丽,家里成分好,人长得靓,性格活泼,积极上进,当年的"厂花",就是工厂女神,都说王晓兰就像电影演员王晓棠的妹妹,高挑漂亮,乌黑发辫,乌溜溜的大眼睛。王晓兰求上进,入了党,成了工会主席,后来又调到了镇里当妇联主任,当过市三八红旗手,作为先进妇女代表,敲锣打鼓戴大红花,礼堂里到处做报告。厂里一进大门,就是王晓兰身披大红绸、别着大红花的十英寸彩色大照片。王晓兰这位远房伲娘,也是童年何易从心目中的"女神",觉得王伲娘样样比自己姆妈强,所以对伲娘的吩咐,何易从都是言听计从。

易知父亲陈子船,土生土长栖镇人,名"子船",意思就是这个儿子是生在一条船上的,直接就叫子船了。陈子船说过,在他之前,家里的孩子都是小船上出生的,是"船上人"。

小船就停在水北,乾隆御碑往东,一棵大樟树下面。陈子船之后的陈家小人,都是陆上出生的。陈子船出生当年,父母生意做大,就在栖镇水南置了房产,从此告别了船居时代。每年生日晚上八点钟左右,陈子船吃过夜饭,都会到桥上去坐坐,坐在最高的桥墩处,看看水南,再看看水北,看看西横头,再看看东横头,再看看桥下的这条河。

年轻辰光,河上船来船往,热闹非凡,长桥桥墩在几百年里被一次次的来往船只撞击,表面看只是一些小破损,内里早已被撞得骨裂骨折,像骨质疏松的老人,咳嗽一声都可能闪了腰。长桥也是这样,再后来,七孔石桥的桥墩只得围起来保护了。

栖镇人喜欢古老悠远,有文化没文化的老底子栖镇人,都爱讲点历史故事,喜欢编故事。陈易知从小就听陈子船说长长斯远的事。栖镇的繁荣和衰落,都与京杭大运河有关。栖镇人偏爱隋炀帝,坊间流传很多炀帝下江南的故事。镇上人心目中,炀帝倒是个有人情味的帝君,好大喜功,开凿了运河,才让栖镇小镇旺了几百年。那杨广，一路下江南，走的是运河，坐的是船，到底有没有在迷楼里荒淫无耻过，那都是小事，瑕不掩瑜。杨广此人，不过是个有故事、有点好色的男人家。

易知从小听到的版本，长桥是《隋唐演义》里的名将尉迟恭建的，尉迟恭字敬德，面如黑炭，骑乌骓马，使铁鞭，骁勇善战，辅佐李世民，顺便还帮栖镇造了座桥。

四个发小的父亲，都是土生土长栖镇人。戴言礼和陈子船是小学同学，何君乾和靳云长是姨表三表亲，陈子船跟何君乾是年轻时一道下棋的棋友。陈易知的母亲谢清韵和靳天父亲靳云长，有七八年在一个学校里教书，弹丸之地，碰来碰去都是熟人。

母系的身世更复杂一点。何易从母亲林冰芝、靳天的母亲王晓兰，是栖镇人。陈易知的母亲谢清韵，台州人。戴正的母亲刘凤娇，老家北方锦州人，原是锦州邮电局局长的千金，一九四八年，仓皇南迁杭州。解放后，她当过国民党邮电局局长的父亲被判刑，后来下放乔司农场，到了八十年代才平反。刘凤娇拔了毛的凤凰不如鸡，在杭州女中只读到初中毕业，流落到栖镇落脚。谢清韵和刘凤娇从小家里有厨子佣人，都不会烧菜，后来为栖镇妇，勉强上了灶头，烧小菜也不太灵光。

红颜薄命，大抵林冰芝是刺猬型，谢清韵是绵羊型。易从的母亲和易知的母亲，都是弱不禁风的女子，好人家闺秀出身，不同的是，何易从的母亲林冰芝，乃是栖镇望族劳家的外孙女，陈易知的母亲谢清韵，是台州书香门第谢家的小姐，祖上做官，家谱可以一路追溯到东晋，山水诗人谢灵运一脉。这两个女人，走在栖镇落雨不用打伞的街上，看起来总是和大多数栖镇女人家格格不入。她们都长得白，时常弱柳扶风，病歪歪的，缺一点健康的红色。说话的声音，要比其他镇上女子轻，大多数栖镇女子虽然说吴侬软语，声音时常高八度，还要拉长了调门，生怕别人听不见。林冰芝和谢清韵习惯轻声细语，镇上女人们认为她们气力不足。在上了年纪的镇上人眼里，这类女人跟纸片人似的，不太适合过日脚。

只有个别栖镇老大学生，还讲究斯文派头，经常白衬衫上别支派克钢笔，比如林冰芝的表哥曾对林冰芝说，你这叫小布尔乔亚气，就像冬妮娅，还需要在劳动人民中改造自新。林冰芝的反应，只是白了表哥一眼，不吭声。倒是谢清韵，到栖镇后，入乡随俗，学会了翻丝绵衣被，又学会自己做衣裳做鞋子。

谢清韵和林冰芝有一个共同的特点，人长得清秀，年轻时只会读书。胆子小，杀鸡杀鸭杀甲鱼都不会，镇上其他已婚妇女则手起刀落，往地上一甩，开水一烫，就地拔毛。鸡屁股上好看的鸡毛，烫开水前拔下来，留着给小姑娘做毽子。谢清韵和林冰芝这些事情上都笨手笨脚，离标准的栖镇贤惠能干媳妇很远。

谢清韵在台州的娘家败落后，随震旦大学法律系毕业的姐夫一起到了杭州，后来一转两转，又因为是"黑五类"子弟，从杭州再下放到了栖镇。谢清韵从十五岁的少女时代始,一再受惊吓,变得胆小怕事,谦卑恭顺,只知道低头做人,跟资产阶级家庭划清界限,不敢多说一句话。自己是需要被改造的旧人,有工作做,有工资拿,就该感恩戴德新政府,拿了工资,还能悄悄省出一部分,寄给在台州受苦、每天在街上扫地的母亲。

易从的母亲林冰芝却没有一味乖顺,她是半个劳家人,家里又重男轻女,从小沾上了不得宠的小姐脾气,冰芝的皮肤比易知母亲谢清韵略黑一点点,相貌也算秀丽,只是多了两分傲骨,三分不驯。未出阁时,冰芝闲读母亲劳婉莹收藏的鸳鸯蝴蝶派小说,张爱玲苏青小说,林琴南翻译小说,读大仲马小仲马,《茶花女》《玉楼花劫》,张恨水、周瘦鹃笔下江南旖旎世界,痴男怨女,才子佳人,也不免让少女冰芝向往。上世纪六十年代初,林冰芝在半山杭州建筑工业学校读中专,当时学的跟杭州人、民国才女林徽因一样的建筑专业,心里想自己要用功学点本领。林冰芝聪明,学习不输男同学,读了两年后,国家三年困难时期开始了,一个政策下来,凡是一九五八年办的学校,都要停办。冰芝失学回家,没有其他门路。黯然之下,她又去湘湖师范上了个培训班,四个月就结业了,随后,根据国家分配去小学当老师。工作后,冰芝觉得各种不称心,学到的知识没有用武之地,单位里,一天到晚开会,政治学习,人人汇报思想,白天学,晚上学,冰芝就有了厌烦情绪。工人阶级男同事们冰芝合不来，开会时打毛线家长里短的女同事们，冰芝也合不来，每天数着钟头盼下班。

很快运动来了，各种工作队武装起来了，要下乡的事情很多，冰芝觉得自己像一个瘪了的气球，或者像被人操控的提线木偶，三天两头身体不舒服，头晕，贫血，偏头痛，有时胸闷。吃不消又要上课又要下乡劳动，冰芝被人家指责为"娇小姐"，有一次晕倒在一个阶级教育展览厅前，没有人同情，反倒吃批评。镇上一个老中医一看，说冰芝得了黄疸肝炎，只好再一次回家，不去上班了。

单位脱离了，归街道管。街道里的干部，也拿一个病歪歪的女人家没办法，况且凡出身地道的老栖镇人，不管思想进步不进步，对栖镇劳家都怀有两分好感、三分敬意，心里也不想要劳家后人的难看，门面上能交代过去即可。林冰芝这一"白专"，又一身林黛玉小性子的女子，居然没有被消灭，庆幸地躲过了大风暴。又过几年，风声渐松，冰芝在家呆得烦闷，又无收入来源，有同学介绍去镇上一所中学当老师，她就去了。时间一长，冰芝做老师也觉得烦，那时候学风不好，课堂就像菜市场，无心上课的学生多，冰芝教书育人的热情，又被泼了一大瓢凉水。到了暑假，本想休息休息，看看闲书，陪陪小孩，不料学校要所有老师下放去宏畔公社，和农民兄弟一起，双抢劳动，下田割晚稻。冰芝没干过力气活，更没有下地割过水稻，一把镰刀拿不稳，笨手笨脚，手上脚上都割破。伊又从小体弱，血小板少，出点血还老是止不住。身上不便时，更是肚子痛得冷汗直流，心里直诅咒双抢之苦。

林冰芝经人介绍，跟栖镇棉纺厂工人何君乾相亲。何君乾长相平常，中等个子，小眼睛小鼻子，脾气温和，听说祖上是做丝行生意的。何君乾的父亲，抛下不满意的继室，和另一个相好的女人双双去了台湾，倒像是一次私奔。到一九六五年，何君乾的哥哥也经香港去了台湾，找到了父亲。父兄二人，跟栖镇家中一开始还有书信往来，后来两岸隔断，就此永别。留下何君乾孤身一人，不情不愿地奉养从小虐待他的继母，唯下棋为乐，终身大事也耽误了，一拖拖过了三十岁。

林冰芝不咸不淡地会了何君乾一面，见是个老实头人，笑眯眯的，无可无不可。又会了一面，何君乾中山装穿得齐整，谦和礼貌得体，样样奉承她，也不讨厌。第三次，介绍人给他们两张油印的电影票，两人一起去看了电影，孙道临、谢芳和上官云珠演的《早春二月》，都很喜欢这部电影。那时期的电影，基本上是另一种昂扬的调子，冰芝不太能欣赏，觉得隔膜。这天看《早春二月》，想想陶岚，又是喜欢，又是伤感，就流了眼泪，何君乾及时地把一块干净的白手帕递给了她，这种没有花样的手帕，当时棉纺厂工人都当福利发的，一时用不完。

一九六七年底，寒冷夜幕下，穿着棉袄棉裤的这对青年走出栖镇老剧院，从西小河一路散步到北小河。回去路上，何君乾说，林同志，我有点事体，要同你讲清爽。冰芝问，啥事体？

于是何君乾坦白讲了自己父兄至亲在台湾,影响了他进步,他只是棉纺厂普通工人,提心吊胆过日子,这辈子要翻身难了。又讲自己,还有一个从小打他饿他的继母要赡养。林冰芝"哦"了一声。同是天涯沦落人,相逢何必曾相识。她脑海里忽然冒出两句诗来。反正中专肄业之后,冰芝的心像蚕宝宝一样冻僵了,回栖镇后,也没碰上能嫁的人。被介绍了几次对象,她看不上大老粗,人家也看不上她出身不好,身体不好。曾有个在钢丝绳厂当干部的后生,大冰芝四岁,高中毕业,人也登样,在介绍人屋里吃茶,见了一面后,这后生跟介绍人说,林黛玉过时了。又说,这种女人家,以后恐怕拖累我的。冰芝本来见小伙子有点高傲,心里不服气,辗转听到这番话,气得要死,直骂人家"神经病"。

  林冰芝跟何君乾结婚后,有了老大何易从,两年后又生了一个女孩,不料很快夭折。冰芝长期病病歪歪,在屋里时,看一堆才子佳人旧小说,打发光阴,又觉得心中烦闷,叹自己红颜薄命。憋屈久了,就转移目标,"望夫成龙"。想何君乾是男人,有跟上国家形势的责任,识时务者为俊杰,可这个人偏偏不灵光,连个车间主任都当不上。何君乾实在被说得烦了,两人就吵架,老实人也会掼出话来:我不能干,我又没有挡着你,你可以重新嫁老子的。栖镇土话,管丈夫叫"老子",妻子叫"老娘",冰芝最不爱听这类粗言俗语,一被气晕,就要躺上三日,长吁短叹,期期艾艾,下不了床。过几日,冰芝又骂,何君乾就说自己脑子不灵光,是小辰光被晚娘的拳头打坏了。冰芝一时心软,又哀其不幸,怒其不争。等这一时的同情心过去,冰芝又骂,何君乾心烦,这辰光,曾经痴迷的象棋棋艺都荒疏了。就出去赌牌消愁。输了铜钿,垂头丧气回来,冰芝又指着鼻子跳脚骂何君乾太木,被人家骗都不晓得。

谢清韵和林冰芝两个女人,曾在同一个镇船厂小学教书。

谢清韵也时常被陈子船骂"木",木就是笨的意思。骂得多了,谢清韵也认可自己是一个"木人"。谢清韵在台州家里,从小父母恩爱,父亲日本留学归来,致力于当地教育,母亲是最早的台州女子师范学校毕业生,婚后在家相夫教子,打理大家庭。新式夫妻琴瑟相偕,谢清韵从小习诗书礼仪,父亲的书房进进出出,长成温柔淑女。十五岁后,突然天地翻覆,但谢清韵是家中幺妹,天塌了还有哥哥姐姐撑着,等到父亲畏罪自杀,母亲落难,被剃阴阳头,被殴打,顶着阴阳头扫大街,少女谢清韵犹如惊弓之鸟,跟着姐夫仓皇避走下三府,得以在杭州落脚,当上了小学老师。谢清韵依然怎么看别人都不像坏人,哪怕被人家欺负,从来不觉得自己吃亏了,而是觉得自己肯定有错。

谢清韵跟林冰芝一样,教师到暑假不能休息,要下乡双抢劳动,但皮肤雪白粉嫩,怎么看都跟农妇八竿子打不着的谢清韵,一到田里,就认认真真学习劳动,生怕自己割稻割少了,累了一天到家,还在琢磨该怎么提高割稻技术。谢清韵的天性里，没有怨天尤人。双抢结束，谢清韵和林冰芝一样，累出一身毛病。几年双抢劳动下来，谢清韵的风湿性关节炎更加严重了，关节痛得晚上哭，陈子船只好陪她看病，一路从杭州看到了常州、南京，总算遇到了一个好郎中，几个疗程下来，风湿病才好一点。尽管苦头吃足，谢清韵不仅不恨双抢劳动，还把双抢用的镰刀高高挂在楼上房间的墙上。

再说林冰芝，好不容易双抢结束，气哼哼把镰刀一丢，不知丢哪里了。栖镇甘蔗上市季，满街青皮紫皮甘蔗成捆卖，家家户户买得起这最廉价的水果。何君乾不知哪里翻出镰刀，正好用来砍甘蔗，林冰芝一见，气不打一处来，当着易从的面，将镰刀扔到了河滩上，何君乾看伊一眼，叹口气说，拿刀出气有啥用。只好改用菜刀削甘蔗皮。

流淌过栖镇的大运河，是戴言礼的失意之河。别人顺流而下，从栖镇闯荡去省城杭州，再去上海，再去北京，一路的大码头，戴言礼青年时是话剧演员，相貌堂堂，文武全才，从小被屋里寄予厚望。高中毕业后，考上了南昌航空学校，同时又考上了浙江话剧团当演员，可谓双喜临门。戴言礼那时经常听到周总理亲切接见文艺工作者的新闻，当时余杭越剧团的演员们，在一次杭州的国庆汇报演出中，被敬爱的周总理接见了，全团演员还喜气洋洋地与周总理拍了合影，那张人生巅峰的合影，就挂在栖镇长桥南堍照相馆的橱窗里。戴言礼路过照相馆，驻足对着合影端详很久，心生羡慕，其中一位女演员是他的小学同学，老家是上海人，后来嫁给栖镇一户好人家，成为戴正同学杜秋依的母亲。戴言礼头脑一热，觉得做演员比飞行员还要风光，就做起了演员梦，放弃了南昌航空学校的录取通知书。结果刚刚当上演员，刚刚登台演过主角，却从省城卷了铺盖，被发配回原籍。

风华正茂的英俊小生，演过《雷雨》里的周冲少爷，当年浙话在杭州孩儿巷，戴言礼演小生，台风好，声音好，又肯下功夫学戏，看似未来不可限量。浙话的隔壁，是浙江昆剧团，戴言礼跟名角儿汪世瑜，抬头不见低头见，汪世瑜送过戴言礼一张《牡丹亭》演柳梦梅的相片，相片背后，题词签名，以作留念。戴言礼保存了一辈子。

戴言礼抵达人生巅峰，是在一九五九年国庆节。各单位在杭州参加国庆游行，戴言礼扮成《智取威虎山》里的杨子荣，队伍行经杭州闹市，过红太阳广场，群众夹道欢呼，大喊杨子荣，杨子荣，"杨子荣"就真的陶醉了。戴言礼回栖镇后，又梦见过自己演杨子荣，这一次是在人民大会堂作汇报演出，他谢幕，台下很多观众鼓掌，第一排领导也鼓掌，声音哗哗响。黎明梦醒，发现却是黄粱一梦。自己龟缩在栖镇钱家弄寒舍，梦中的哗哗鼓掌声，实是屋顶上疾雨打瓦之声。他守着陋室，一妻两儿，妻子睡相难说优美，难看的旧睡衣上有破洞。稚儿睡在身边，因为瓦片击中脑壳，已成弱智。

一九六二年，忽然全国剧团精减，浙话也有指标，因家庭成分不好，原本又不是杭州市户籍，排来排去，就轮到他被精减出局。戴家老祖宗是徽商，祖父辈里，戴氏兄弟在杭州羊坝头开过米行，戴正大爷爷解放后坐过牢。折戟沉沙之时，正在热恋的杭州姑娘是隔壁剧团昆剧旦角，姑娘见男朋友断送了前程，如梦方醒，坚决跟他分了手，从此一生未见。

戴言礼顶了张标致小生面孔，灰溜溜回到栖镇，先去乡下当了一段时间代课老师，眼看没有转正指标，只能到了红旗丝厂，在供销科虚度光阴。丝厂的职工们，打听得这个相貌漂亮的人从前是唱戏的，其实他们分不清话剧演员与戏曲演员的区别，通通都叫戏子，唱戏的来坐工厂办公室，就跟风尘界人从良差不多，背地里闲话多，总之又惊羡，又要故意看低。

一九六三年初春的一日，吃过夜饭，从杭州剧团回到原籍的戴言礼，走出钱家弄，荡发荡发，想解解心焦。在粮管所门口，碰到了从杨宝生弄堂走出来的林冰芝。彼时林冰芝娘家就住在杨宝生弄堂里，冰芝姆妈吴师母是劳家闺女，街坊有名的女秀才。两家人老早就认得，两个失意之人打过了招呼，戴言礼说了声，芝姑娘你也回来啦。林冰芝点头笑了笑，问了声，戴家阿哥，你还回剧团吧。戴言礼苦笑笑，说，不晓得。两个人别过，又各自没心没绪地荡在马路上。风度翩然的戴言礼，眼前飘过一抹冰芝姑娘瘦削单薄的倩影，即刻又被粮管所门口码头货船靠岸的碰撞声打散了。

这时厂里有人给他介绍对象，对方是养鱼场年轻女会计，戴言礼一见之下，姑娘是北方人，脸如银盘，浓眉大眼，相貌尚算周正。只是身高略矮，下半身比上半身短，不是他理想中的修长身段，心里略遗憾。只是姑娘的普通话比镇上人说得好多了，悦耳动听，略能慰藉曾经的话剧演员的心。

姑娘见戴言礼一表人才，倒是欢喜。戴言礼犹豫不决之间，见了几次养鱼场会计姑娘，听姑娘说家道中落后，她母亲，也是前局长夫人，只能脱下旗袍换上蓝布衫，带着辍了学的她在西湖边摆凉茶摊，遂起了同是天涯沦落人的心。戴言礼想，我要挑三拣四也没资格，就她吧，于是送姑娘一张自己话剧团时期的相片，梳小分头，齿白唇红，浓眉俊眼，风流倜傥，相片背后写上八个字：执子之手，与子偕老。姑娘回赠一张在杭州女校时的学生照，背面也写了八个字：不离不弃，风雨同舟。署名：刘凤娇。这对当年的落后青年，都想不起在相片背后抄语录，还是这番旧式话语。此后"风雨"，竟一语成谶。

新夫妇在新生活中不甚用力，没有那种努力一针一线、一桌一椅去创造幸福小家庭的冲劲。小辰光的戴正倒是无忧无虑，也不知大人的忧愁，几乎玩遍运河两岸各个角落。回到家，戴正见父亲每天晚上困觉前，撕下一页日历，叹一句口头禅：做一日和尚，撞一天钟。伊小小年纪也时常从嘴里冒出这句话。

林冰芝不同，她是较着劲的。不管屋里有钱没钱，有些杂志报刊，她还是要订阅的。钩花的桌布，她也悄悄花布票买过一块，重要节日时会铺上桌子。儿子的衣裳鞋子，她也不肯马虎，伊不像谢清韵那样手巧，小孩的衣裳鞋子都会做，就去杭州解放路百货商店买，儿子从小要穿得符合她心目中的样子，虽只养了一个小人，家中一直不宽裕，冰芝顾了面子，顾不上里子。

从前栖镇街上人，吵架归吵架，没有人打老婆的。栖镇女人家挣国家工资的多，相貌又好，解放前后，女人家地位都高，又是江南斯文之地，打老婆舆论压力太大。

谢清韵家往西走十户人家，运输站旁边有一家人家，房子很小，男的老刘，是混堂里的杂工，女的美仙，江北人，家庭妇女。美仙粗笨，不会给三个小人做衣裳做鞋子这些生活，只会做些粗茶淡饭。刘师傅也不是正宗栖镇人，年轻时讨不到街上老婆，无奈讨了粗笨的美仙回家，又觉得矮人一头。易知小辰光，去混堂师傅家隔壁小卖部买零食吃，花一角钞票买八颗软糖，时常好奇地张望一下混堂师傅家里，那屋里昏气沉沉的，还好门前就是运输码头，有几盏路灯。

刘师傅在湿气很重的混堂里辛苦了一天，回到家，哪里都看不顺眼，就觉得自己倒霉透顶。喝了点隔壁小店散装的枪毙烧酒，一股恶气冲上来，就要打老婆。自己家门前没有大柱子，就经常将美仙五花大绑，绑在谢清韵家隔壁门前的木头柱子上，肆意打骂。夜里七八点钟，街坊夜饭吃好了，听到哭骂声，围观的人越多，只见美仙衣衫不整，披头散发，杀猪一样嚎叫。这男人就更加起劲，人来疯一样，用一跟粗绳子抽美仙。

镇上人没啥娱乐节目,一开始男人打女人,西横头的人当节目看,后来看热闹的人总归不忍心,就开始劝男人算了,消消气,劝美仙,笨人笨办法,好好学会做屋里生活,学学女红,也是女人家的本份。老刘打美仙的时候,他家三个小孩,要么躲在屋里床底下,要么躲在他家边上公共厕所里。

一日刘师傅心情不好,又打美仙出气,刚好这日谢清韵从学校回家,去河埠头汰衣裳,见女人披头散发被绑在柱子上,一堆街坊围观着,还没人正式出来劝架,谢清韵就忘了汰衣裳,脸盆往河边美人靠上一放,就去跟刘师傅讲道理。谢清韵一板一眼地讲,新社会了,男女平等,你要尊重女性,不能这么粗暴,一定要改正。混堂刘师傅是个粗人,一开始青筋暴突,冲天怒气,但见雪白斯文的谢老师不紧不慢,好言好语,刘师傅恍惚间,仿佛回到了小学三年级时的教室。他只读到小学三年级,险些扫盲。刘师傅觉得难为情,暴突的青筋瘪了下去,解了老婆手腕上的绳子,说了声好好好,不看僧面看佛面。又叹气,家家都有本难念的经。看热闹的街坊见势,也纷纷说,天都黑了,明朝还要上班,快点回去。遂作鸟兽散。谢清韵这时才去河埠头洗衣裳,天色暗了,谢清韵边汰衣裳边若有所思。一开小差,陈子船的一双黑袜子少了一只。陈子船气道,江北人的闲事你吃得消管。谢清韵说,为啥要看不起江北人呢,都是人。陈子船笑道,就你思想好。

冬天落雨,镇上男人家无聊了,就吃老酒,少数女人家,也老酒醢醢，跟男人家对饮。最便宜的酒，散装的，一角洋钿打一斤，吃一两顿。镇上最穷的酒鬼，吃的一种散装白酒，俗称枪毙烧，打江北老婆的混堂师傅，吃的就是枪毙烧，酒性较烈，不吵架的辰光，特别是冬天，江北老婆陪老子吃枪毙烧。戴言礼和陈子船，吃的是栖镇酿造厂酿的本塘黄酒。何君乾不吃酒，靳云长因为部队养成的习惯，吃的白酒，不过比枪毙烧质量要好，类似竹叶青和二锅头。

后来还是发生了可怕的事情。天越来越冷，冬至，河边西北风呼啸，家家户户门窗关紧，躲在屋里。夜里九点多，很多人家熄灯困觉了，老刘七点钟落班回家，吃枪毙烧酒，吃得多了，嫌美仙红烧肉烧得不酥不入味，叫美仙再添个菜，美仙说没有了，老刘开骂，讨你个老娘，冬至想吃点肉都不称心，你要气煞我啊。美仙辩解几句，老刘越骂越气，就一把扯过美仙的头发，拖到西横头廊檐下，用粗绳子捆了美仙打骂，此时外面雨夹雪纷纷扬扬，天寒地冻，西横头街坊邻里，有人依稀听到女人哭泣的声音，也懒得出来劝架。

第二天早上，才发现刘师傅家十二岁的大儿子在运河里淹死了，也不知是自己寻死还是不小心掉进了运河里。江北老婆美仙抚尸哭天抢地，凄喊道，介冷的天啊，介冷的天啊。整个西横头的人，心生悲凄。那一日，除了五岁以下小孩，整个西横头的人，没一个人发笑。

大儿子淹死后，刘师傅好像忽然酒醒了，街道特别照顾，安排美仙在运输公司食堂烧饭打杂,这一家经济条件总算好了一点。

戴正时常荡到养鱼场白相,伊有好几个小学同学,就住在圆满河边的养鱼场宿舍。一日夜里,小伙伴们去河里捉田鸡,戴正的手电筒掉进了河沟里,来不及捞起,手电筒的光线在水中荡漾着,一摇一晃,直至最后隐没了,消失了,几个男孩都觉得有趣。这一束水中的光,和那次船头失足落水,一起印在了戴正的记忆之中。

这时吉彪又溜回家,从厨房拿了一盒火柴出来,母亲见他跑进跑出,骂道,小赤佬,还不去睡觉,还要出去野天野地。吉彪一溜烟不见了,母亲也顾不上他,还要管他的两个弟弟妹妹,最小的妹妹在怀里潦草地吃奶,奶子没精打采地吊得老长。

他们摸下河,捉到了几只田鸡,肚子咕咕地叫了起来,吉彪就提议在河边烤田鸡吃。几个小子就去捡柴火,松果作火引子,风一吹,烧得很快,后来被路过纳凉的一个大人训斥了,大人是养鱼场职工,认出是林会计家阿正,叱道,阿正你个小鬼头,不要玩火。戴正觉得扫兴,吉彪看到边上有一个似已废弃的小工棚子,就提议,我们不如到里面去烤田鸡吃,免得被大人发现了。

更夫敲更巡逻,喊第二遍"门窗关好、火烛小心",大约是深夜十一点。两个小鬼躲在棚子里,烧火烤田鸡,毛手毛脚,得意忘形。这时吉彪又潜回家里,提回来一只瓶子的散装黄酒,这是他爸平时喝的。吉彪想像大人一样喝点酒，充梁山好汉。田鸡还没烤熟透，酒瓶子在两只手中轮换，你一口我一口，第一次沾酒的戴正，喝了好几大口。正兴奋间，一不小心棚子烧起来，火蹿得很高，映照了天际。

江南七月天，夜里闷热难耐，还没入睡的大人闻到了浓烟味，赶紧拎了水桶，七手八脚灭火。还好圆满河就在边上，一堆大人扑火，总算火势没有再蔓延。

戴正知道闯下大祸了，怕明朝要被派出所关监牢，马上想到拎上酒瓶子逃跑。两人一边逃，一边商量怎么办？吉彪说，听说水北有条路，可以通到德清武林头丝厂的，要不我们到厂里去避避风头。他们沿着运河向西狂奔，吉彪还拎着酒瓶子，走着走着，气喘吁吁，口干舌燥。到底是没走过长路的少年，摸黑走了一阵，周围越来越荒凉，偶尔有萤火虫一闪一闪，戴正心慌了，人又疲乏，说这是鬼火。吉彪又喝了几口酒壮胆，让戴正喝，戴正不肯喝了。戴正说，我要回家，等歇我爸我妈要寻我了。说着说着，就哭出来了。吉彪就骂伊胆小鬼，无计可施之下，两人各自溜回了家，第二天倒是波澜不惊。

陈易知九岁那年，第一次略感人间有疾苦。这一年，运河边从前小孩子们捡松果和皂荚树果，又有各种小螃蟹螺蛳的河滩不见了，取而代之的，是新建起的水泥河堤。

黄梅天的一天下午，大雨如注，几个河边长大的孩子站在屋檐下，用捡来的香烟屁股吊癞蛤蟆，小鬼们在米床边挤在一处,站的跪的排成一排,比谁钓起的癞蛤蟆多。那时候,运河边的路都是有屋檐的,下雨不用打伞。易知发现有个男小人老是挤她,她一看,怎么又是弄堂里的那个拖鼻涕,易知怒气冲天说,你别挤我啊,都要被你挤下去了。小男孩也怒道,是你挤我。易知也怒道,你滚开,臭烘烘的。小男孩也骂道,册那娘。两个小孩从有栏杆的米床那边,吵到了河堤边上,一副要打架的架势。忽然,陈易知恶向胆边生,一把将小男孩推了下去,小男孩摔下河滩,差点摔成脑震荡,钓癞蛤蟆的孩子们都惊叫起来,边上在干活的大人听到呼叫,连忙冒雨下了河滩,去把那孩子拉上来,小男孩膝盖青紫,又流血,破了很大一块皮,哭天抢地,喊"抓杀人凶手",被当赤脚医生的阿姨领回家了,打开药箱,涂了一大片红药水包扎好。易知回家后,被父亲暴打一顿,连斯文的母亲都气愤得打了她手心。易知哭道,伊个邋遢鬼,讨厌鬼。易知爸说,苦恼子的(吴语,可怜的意思)。前年这个小鬼的江北姆妈,用一把剪刀刺破喉咙自尽了,小鬼爸呢,天天吃老酒,糊里糊涂。没人管的孩子。你要没人管,照样是个邋遢鬼。

易知听了,第一次感觉心中凄凉,哇哇地哭得更大声了。又懵懵懂懂感觉到,这人间是有疾苦的,她心里的难过,超过了身上被父母打的火辣辣的疼痛。

小人们一点点长大,渐渐听闻,镇上有不少女人家寻短见过。妇道人家心小,尤其乡下女人,一不高兴就喝敌敌畏。戴正有个叔叔在东风农药厂,有次在教室里宣布,东风农药厂的农药全世界有名,因为总有人喝农药自杀的。有种烈性农药,栖镇人称为"六六粉",听起来吓人,类似古代"牵机药",就是毒死李后主李煜用的毒药,竟也有不要命的女人敢尝试。镇上女人,有跳河的、上吊的、吃安眠药的、割喉的。街坊上、马路上,大人说这种生死事体,说得热闹,跟说书一样。小人们则争论,到底是六六粉厉害,还是敌敌畏厉害。

墙门里厢,七十二家房客,私密性差,板壁隔音差,好几个想自杀的,都被隔壁邻舍发现,救了回来。只有被易知推下河滩的男孩姆妈,住得偏僻,在花园坟附近小棚屋,没人发现,真的去阎王爷那里报到了。镇上河边人家,有跳运河的,一时想不开,演戏一样,最后总有一堆河埠头围观的街坊,半推半就地拉将上岸,劝女人家好好过日子算了。

有个西横头女人家,阿公老头(吴语方言,指公公)长期窝在床上,两个小人要上学,伊心里难过,跟阿婆娘(吴语方言,指婆婆)吵架,单位里又经常迟到早退,变成落后分子。这天月底评奖金,被领导评为最低一档,比多数同事少了五块钱,伊想想丈夫又窝囊,工资比自己还低,一时想不开,就去跳运河。被邻舍拉上来后,伊在河埠头哭了一会儿,又想一大家子人还没吃夜饭,阿婆娘是吃素的,从不烧菜,自己早上到肉店买的肉骨头还在砧板上,过了一歇,揩揩眼泪,撸撸披散了的头发上了岸,过了一歇,又到河埠头洗菜淘米了,见到邻居，也如从前那般打招呼，问一声，夜饭吃过哦？这天一番折腾，女人家里吃夜饭比街坊邻居晚了两个钟头，肉骨头汤倒是火热巴烫。吃了骨头汤，女人家心情又平顺起来。

栖镇街上，是这般人间，花花草草由人恋，生生死死遂人愿，便酸酸楚楚无人怨。镇上妇女寻短见，总是死不了。易知听姆妈回来讲，乡下人命贱。走一小时路的栖镇乡下，每年小孩子们都能听说某个村妇跟人吵架，喝了农药，一般等自杀者自己喊救命，发现了，都是救不回来的，因为送医院也要送镇医院，乡卫生院不是没有，就是对付不了，陆路有拖拉机还好，走水路划小船就慢些，到栖镇圣荡角码头靠岸，再送去栖镇医院急诊，时间就耽误了。若一时找不到交通工具，几个村民抬着自杀者赶到栖镇医院，累死累活，往往来不及救命。不开心的妇女，翘了辫子，留下几个拖鼻涕的小屁孩，此后风雨飘零。谢清韵瞒着陈子船，偷偷资助两个没娘的乡下小人，娘亲都是喝了敌敌畏走了。

黄梅天日脚长了，无所事事。一个黄昏，戴正带弟弟荡到吉家斗，本想带弟弟去看吉彪养的蛐蛐，到了吉彪家住的大杂院，只听得两股女高音交锋，混杂其他不明人声。大概又有好戏看。进了院子，戴正找不到吉彪，但见院子中央，站了两名妇女，都双手叉腰，气势汹汹，互相指指点点讨相骂（吴语：吵架）。讨相骂无好话，两个妇女互相"你个只卖逼货，真不要脸孔"地骂着，激得院子里的几只鸡也凑热闹，咯咯咯地一边乱窜，一边叫个不停。

戴正认得，穿碎花圆领衫配一条黑长裤、长得俊俏的，是吉彪姆妈，另一个高一点壮一点的，是缺子阿良姆妈。明显矮小的吉彪姆妈，气焰却占了上风。戴正不喜看妇女打嘴仗，赶紧带弟弟逃离是非中心。第二天，吉彪来上课，才听说缺子姆妈跟吉彪姆妈吵架当晚，想想憋屈，找了根绳子上吊，幸好屋里的绳子碰上黄梅天，发了霉，缺子姆妈正要口吐白沫时，绳子啪嗒一声断掉，女人家狠狠地摔在地上，又碰翻一只长条凳。吉彪姆妈因为骂缺子姆妈骂得难听，骂她夜夜卖逼，吵得他们夜里睡不好觉，第二天工厂上班，生活做不动要扣工资，又骂缺子娘不要脸，野老子的短脚裤，也好意思晾到院子里，真是触霉头。

吉彪姆妈夜里冷静下来，晓得自己嘴巴刻毒，心里发虚，就竖起耳朵，听隔壁动静。忽然听到动静很大的一声，但是跟平时不一样，就叫醒吉彪爹过去探一探。男人来到隔壁门下，果然听到缺子姆妈异常的哭声，头上一凛，一脚踢门进去，才发现缺子姆妈半死不活倒在地上，赶紧送她去医院。缺子姆妈边哭边向吉彪爹喊冤：你叫我怎么活呀，你叫我怎么活呀？我就不要脸孔？我要没有人相帮，怎么养大儿子，儿子又是个缺嘴，我命真当苦啊。一路唱山歌唱到医院，吊了几瓶盐水，出了院。吉彪姆妈过意不去，事后送了一斤白糖，一斤红糖，十包酥糖，一袋馒糍，想想不够，又盛了一茶缸本来想留给吉彪爸下酒的五香狗肉，一起送给缺子娘，算是赔礼。一桩妇女相骂引发的自寻短见总算平息了。

他们在一喜一怒、一惊一吓中，丰富了对栖镇的认知。小辰光，镇上的人间惨剧从东横头到西横头，到南横头，到北横头，一年总有那么一出，男女老少，聊作谈资。

有日吃夜饭时，易知问父亲，为啥都是女人家寻死觅活？陈子船说，女人家总归心眼小，容易想不开。男人家呢，该吃吃，该喝喝，该困困。做人看得破。易知懵懵懂懂地，觉得还是做男人家好。

出了黄梅，入了伏，太阳毒辣辣的，江南的酷暑开始了。有一天，陈易知和刘春燕两个荡发荡发，荡到皮匠弄，走过镇人武部门口，只见里面一个男人被五花大绑，吊在半空中，被皮带抽打，发出嘶哑的动物般的惨叫声，陈易知又想看又害怕，刘春燕说，快走吧，吓人倒怪。两个小人赶紧三脚两脚逃了。路上易知问春燕，你爸可以抓人吗？春燕说，我弄不清爽，坏人总是要抓的。易知说，被吊起来的那个，不知道是不是坏人？春燕说，那总是坏人吧。

他们一起经历了星光暗淡的一九七六年，这是一个悲伤的年份。

有次刘凤娇走在小菜场，对面走过来一个中年女人家，普通相貌，对刘凤娇讲了一句话：伲老子（吴语，指丈夫）有相好的了。还没等伊反应过来，自顾自走了。刘凤娇拎着一只菜篮子,愣在原地。刘凤娇心里明白,戴言礼相貌堂堂,对女人家相貌要求高,以前剧团里见的都是美女。要不是落魄回乡,死蟹一只,不会找她。戴言礼单位里,确实有一位女厂长,是从杭州调来的,两人差不多年纪,刘凤娇见到过一次,也没觉得对方有多漂亮,就是个子高点,城里女人,比镇上女人会打扮点。只是找不到两人相好的证据。平日戴言礼对伊平平淡淡,夫妻也没有体己话。一只棕绷床上睡觉,除了新婚头一两个星期,冷暖自知。刘凤娇小菜场回来,见戴言礼正听收音机里的戏文,也不去对质,只是闷在心里。后来趁戴言礼不在家时,翻箱倒柜,发现了一件可能是别的女人家送给丈夫的白衬衫,一条手工编织的灰色羊毛围巾,从此更不开心。

这一年冬天,冰天雪地。易知家隔壁四岁的爱妹在家门口玩耍,被比她大的小人脖子里塞了雪球,晚上就伤了风,一场高烧,烧成了傻瓜,只会写一,不会写二。西横头从此有了两个傻子,一个智力一直停留在四岁,一个停留在七八岁。

爱妹娘国英,年轻时人称西横头一枝花,高大白皙,风流俊俏。坊间传说,陈子船小伙子时,和国英搞在一起。陈易知精明强悍的孃孃,跟爱妹的孃孃狠狠吵了一架,这一架惊动了整个西横头。论起是非,到底谁先勾引谁,两个女人吵来吵去,都占不了上风。隔壁邻居,一辈子再没搭过腔。但是经过爱妹变成傻瓜的打击,爱妹娘看人的眼神都木了,再没有以前的水波。走在街上,也再不像从前那样昂首挺胸,扭腰扭臀。爱妹倒是成了命根子似的。街坊邻里，常闻爱妹妈响亮的长一声、短一声"爱妹呀，爱妹呀，快回来呀"。国英有副清亮的好嗓子，年轻时唱"一条大河，波浪宽"很好听，现在只用一副好嗓子，到处吆喝爱妹。整个二十世纪七十年代，曾经的西横头一枝花四处找傻子爱妹的画面，深刻留在了一众街坊的记忆中。

关于爱妹妈和陈子船的这段公案，终究扑朔迷离。有一日，三伏天，易知夜里和几个西横头小孩在河滩边乘风凉，天闷热，楼上房间热得像蒸笼，几个小孩子就在河边搭的竹榻板上聊夜。贴隔壁小姐姐阿华，又说易知爸年轻时跟爱妹妈要好的事，说是自己孃孃透露的。易知听了勿开心，过了几日，横了胆子去问父亲。陈子船讲，阿囡记牢，爱妹妈是我的救命恩人，要是没有爱妹妈照顾，我早就在三十岁那年死于腰子病了。陈子船因为文采好，早年积极参加"四清"工作，下乡搞宣传调查，后来因为工作太忙，营养又差，发的工资又要大部分节省下来，寄给爹娘，养一大家子人，得了急性肾炎，俗称腰子病。小伙子仗着年轻不当回事，又拖成了慢性肾炎，整个人浮肿起来，脸肿得像猪头，工作也没法干了，只好退出了"四清"工作队。这一病，陈子船从二十八岁病到了三十二岁，一家人失去了长子的工资，致福夫妇只得重出江湖，去德清做水产生意，也顾不上他，每个月寄九块钞票给伊活命，死活由命。屋里剩下陈子船一个人病在床上，没吃的，也没钱治病，冬天只有一床赤膊席子，一床棉被，半条垫，半条盖。隔壁爱妹妈看陈子船可怜相，天天过来给伊送点吃的，有时候还陪伊说话，帮伊洗刷。爱妹妈刚生了头胎女儿，丈夫常年不在家。大人的事，易知听得一知半解，只觉得爱妹妈就像传说中的田螺姑娘。

易知记得，她爸说重病的事说了一晚上，要易知记住，命运是这样奇怪的。沈家弄算命的瞎子说，你有后福。陈子船说，后来我觉得我要死了，人生没希望了，文不能文，武不能武，不是病死，穷也要穷死了，大好前程全毁了，万念俱灰。眼看着当时一起参加"四清"工作队的同志，后来都升了官，有一个已经成了县里的领导，还有一个去了北京做官，自己却在赤膊席子上等死。国英曾说，我看你死不了，天不绝人。果然病到了第四年的年三十，后半夜四更天，我做了一个梦，梦见屋里房子失火了，楼梯都烧起来，我以为自己要被烧死了，这时一个白胡子老爷爷就蹲在楼梯下，叫声"子船你不要怕"，快跳下来，我奋力一跳，就跳到了白胡子老爷爷背上，梦就醒了。第二天开始，我的身体一日日地轻松，一天天病好了。

陈子船大病初愈，已是三十二岁，想学个手艺过活，发现栖镇街上，木匠多而漆匠少，就拜了个漆匠师傅，走街串巷，去给人家屋里的家具上油漆，吃手艺饭。陈子船人聪明，很快上手。又找来各种花鸟图案，在家具上画一些简单的漆画，就更受欢迎。这时陈子船开始为自己打算，渐渐存了一点私房钱，大难不死后，心想做人要看得破，隔三岔五买菜进补，鸡鸭鱼肉，吃吃喝喝，不再手软。陈子船觉得自己的人生不该只是个小漆匠，仍然向往全民单位，后来找到"四清"工作队队友，终于进了当时特别吃香的单位食品公司。几经周折，婚姻大事耽误了。陈子船与爱妹妈孤男寡女，到底怎么回事，当时的小易知还是搞不清楚，反正后来她爸和她妈经人介绍结婚了，再后来，田螺姑娘成了傻瓜爱妹的妈。

小镇日脚长，无所事事的人多。住西横头的人家，家家户户都有一箩筐闲话。又是夏天乘凉时，月亮下面，黑漆漆河港边，一千零一夜故事，自己会长出手脚来。

贰

其中一个故事，讲杨宝生弄堂一个墙门里的范家，有个疯女人，街坊称其"毒鬼"范小姐，范小姐有个好听的名字，芳名范沁青。

易知听父亲讲，范小姐是被封建包办婚姻害的，此地土话，把智力不正常的人都叫成"毒鬼"。范小姐从小好人家出身，屋里老幺，旧社会读的是私塾，会作诗，写闺阁体小楷，会绣花，绣手帕绣枕套，鸳鸯是鸳鸯，喜鹊是喜鹊，月季是月季，牡丹是牡丹。只是小姐脾气，为人清高，很多媒人上门做媒，伊都不肯，心里想找才子夫婿，一拖两拖，到了解放后，天地翻覆，范小姐不仅拖成了老姑娘，而且栖镇世家范家，也成了家庭成分不好的人家，抬不起头来。范小姐没有工作，想当中学语文老师，政审不合格，学校不敢要她，想当小学语文老师，也不能成，到丁河农村里去代了半个学期课，哭着回来，不想再去代课了。有一种说法是，范小姐黄昏回教师宿舍时，被村里的大黄狗咬了。另一种说法是，范小姐回宿舍路上，被不怀好意的村里贫下中农学生家长挡路，动手动脚调戏了。总之，人和狗都欺辱范小姐。从此范小姐在家，一味郁郁不乐，对象也就更难找。屋里有老姑娘，做父母的压力大，就不断地托媒人给闺女相亲。相亲的对象，要么没文化大老粗，要么长相粗陋矮小，要么年纪大一截的鳏夫，范小姐虽非国色天香，相貌也算清秀，越看越生气。她父母更急了，时常唉声叹气。

有小道消息说，范小姐悄悄爱慕从前的私塾先生，那私塾先生是个不得志的男人，比范小姐大十多岁，年轻时长身玉立，瘦削斯文、白面书生。解放后，被安排在镇小管传达室混日子。私塾先生的老婆是棉纺厂女工，棉纺厂上班，要三班倒。有日上夜班，厂里忽然停电，老婆提早回家，回去就看到十五瓦的电灯下，前私塾先生在原来当书房的厢房里，正抱着一个姑娘亲嘴。姑娘着湖蓝斜襟秋布衫，衣衫不整，头发毛糙，正是范小姐。老婆怒吼一声，不要脸的东西，上前狠劈了范小姐两巴掌，还揪住伊头发撕扯，骂得要多难听有多难听，范小姐这辈子都没听到过这些下里巴人的脏话，一时傻掉了，任发疯一般的女人打骂不还手。女人还出不了气，又跟男人大吵大闹，杀千刀的、杀头鬼、腐化堕落，乱骂一气，骂累了，索性赖在天井里打滚，鼻涕眼泪，悲从中来。范小姐受了刺激，私塾先生示意她赶快逃，范小姐醒过神才逃走，到家后，很长时间闷声不响，屋里父母问她有啥不开心，也不回答。后来父母听到风声，有街坊笑话他家老姑娘想男人，作风不好。范小姐爹妈心里发慌，女大不中留，不要留出毛病来，想赶紧找个人家打发出门，就到处托人做媒。

等到有一天，正是五一劳动节，东横头的媒人方师母带着一个中年男人家上门，男人家是死了老婆的鳏夫，钢丝绳厂的钳工金荣，比范小姐生肖大一轮，想讨范小姐续弦。当时工人地位高，钳工师傅尤其威风，但范小姐依然不肯，躲在楼上，故意不梳头，不洗脸，迟迟不肯下楼。一楼客堂间，八仙桌边坐着媒婆和金荣师傅，通过老房子楼板的缝隙，范小姐能够从楼上看到楼下的人，仔细听也能听到他们讲话。父母三叫四叫范小姐，伊偏偏不肯下楼。只在楼上侧耳听，就听得楼下媒婆嘀咕，哎哟，嫁不出去的老姑娘，你们屋里成分不好，不比老底子啦，当填房觉得吃亏是哦？范小姐爹娘低声下气，连连赔笑，说姑娘不懂事，慢慢会教育好的。金师傅本来踌躇满志，新理了发，穿了身哔叽料中山装，口袋上别了支钢笔上门，不料范小姐不识相，就喉咙梆梆响地讲，这种老底子好人家小姐么，拔了毛的凤凰不如鸡，顶需要我们工人阶级来改造。你们煞宽放心，老娘讨回去，保证不出一个礼拜，我就收拾得伊服服帖帖，笃坦的，笃坦的。

范小姐楼上听到，十分厌恶，忽地心头火起，眼前涌起在私塾先生家受辱的情形，仓皇回家后，至今又没有一丝私塾先生的消息，心里正恨私塾先生的软弱，忽然起身，将她爹房间里的便壶一倒，小便就从楼板缝隙处倒了下去，淋了媒婆和钳工金荣一头小便，连喊触霉头，落荒而逃。

连闯两祸之后，范小姐的名声更臭了。屋里也麻烦不断，她父亲里里外外受尽夹板气，几个月后两腿一蹬，死了。范小姐幽闭在家，变得神神叨叨，总是一个人在厢房里自言自语，有人说她翻来覆去讲一句话，"问世间情为何物"，发了花痴。再后来，范小姐成了镇上有名的女"毒鬼"，屋里人只好把她锁在厢房里，以免丢人现眼，她的芳名，渐渐被人遗忘了。

范小姐"毒"归毒，有一点好，伊是"文毒"不是"武毒"，就是脑子不灵清，一个人自言自语，不打人，不咬人。范师母老了，慢慢也认命了，就不再锁范小姐，让她天气好的时候自由晒晒太阳，走动走动。

寻常日子，"毒鬼"范小姐喜欢走到不远处的长桥下河埠头去，伊坐在石阶上，斯斯文文看船，大船小船，一看半日。爱妹和阿凤两个小"毒鬼"，也喜欢呆在河埠头，看船玩水。有一天太阳好，大小三个"毒鬼"，一起在长桥堍西看船。范小姐念念有词：带我去，带我去。爱妹问，阿姐你要到哪里去？阿凤嘿嘿憨笑，也鹦鹉学舌，说，带我去，带我去。这一幕滑稽场景，被在河埠头汰衣裳的街坊大嫂看到，回头就跟人讲，三个毒鬼讲白相，滑稽的。

　　有时天快黑了，戴正放学后就去找阿凤回家，总是一路找到河边，几个河埠头一个个找过去，找到在河埠头玩耍的傻弟弟，拖着阿凤的小手领回家吃饭，有时见爱妹和范小姐一道玩耍。他们喜欢玩的游戏，是把河滩上的小石头堆在一起，看谁堆得多，有时候就一起堆。有时候往运河里扔石头，能扔一整个下午。有时候不知哪里捡来的避孕套，被他们吹成了白色大气球，阿凤和爱妹叫着过年喽，过年喽，在河边抛来抛去嬉戏。戴正领了还没耍够的阿凤，就好言好语地对他们说，天黑了，好回去了。

　　按镇上人说话，范小姐一年中的大部分光景都是斯斯文文的"文毒头"，只是在每年油菜花开的三月，会变成"武毒头"。栖镇郊外的油菜花开得最艳黄最烂漫时，范小姐会奔到去丁山湖路上的油菜花田里，一个人披头散发，手舞足蹈，有时哭，有时笑，有时跑，有时躺在地上，有时往头上插满油菜花，要闹到天黑时，才被范师母找到，拉回家去。镇上人说，范师母不把这个花痴女儿锁起来，就知道在屋里念佛。也有人说，范小姐以前被人撞见过，在那片油菜花地里跟私塾先生偷偷摸摸，大概伊发了"毒"后，仍然念念不忘旧情郎吧。

　　一九七六年，到了六月里，江南闷热。陈易知突然得了伤寒病。陈子船后来说，阿囡呀，你在烂泥地上铺的草席上躺了三十七日，头发全部脱光，变成了个癞痢头，高烧不退，以为你这条小命保不住了，最后你竟然活过来了，天不绝我后啊。又说，我到乡下寻啊寻，寻到一个偏方，每天用生姜给你擦头皮，擦得你头皮发热。擦了几个月，你的秃脑瓜上长出了乌黑的新头发。

成长最一帆风顺的是靳天。父亲是校长，母亲是厂花，都是镇上体面人。靳天长身玉面，只要一出汗，脸上更添三分白。日后陈易知读《世说新语》，就想靳天是标准的江南美男子，长得跟曹操的养子何晏似的，面如敷粉。靳天从小人见人爱，发育长大了，父母更盼靳天长成三国赤壁周郎。

何易从仿佛一出生就从母胎里带着弱冠少年的气质，别人给瘦子取绰号，喜欢叫瘦猴，镇上有猴气的男孩子很多。戴正有猴气，易从缺猴性，羸弱得像个娇生惯养的公子哥儿。

一九七六年，小易从在父母失女的悲伤中默默长着，不敢惹母亲生气，因为母亲时常生病，歪在床上，也不敢惹父亲生气，因为父亲总在忙里忙外，还要对付母亲的生气，屋里又不太有欢笑声，时间久了，易从不像同龄的小孩子那么调皮捣蛋，也不怎么爱笑，也很少大声嚷嚷，东横头老房子一带，别的男孩子七八个一起追追打打，他放学后时常独自走回家，因为林冰芝交代过，叫他不要像个野孩子，总在外面浪。易从就坐在家门口米床上，一个人歪着头想心事，但是易从的心事总是很飘忽，有时候是一只燕子，有时候是河里的轮船，有时候是一本小人书，都能引发易从的"心事"。

一九七六年九月的一天，开学了，刚上小学没几日，小学生们一起在栖镇剧院里，衬衫上别着小白花，最亲的毛主席离开他们了。哭着哭着，有些小人开起了小差。戴正哭了一半，忽然想起他的蛐蛐罐子忘记在吉彪屋里了，就开始惦记他的蛐蛐罐里的四只蛐蛐会不会为毛主席伤心死掉。何易从心软，边上同桌沈美枝哭得梨花带雨，伊也跟着眼泪汪汪。陈易知哭得很伤心，因为被这个哀伤的氛围感染了，所以伊也哭。靳天很少哭鼻子，觉得女小人才爱哭，但心里不安，大家都在哭，当班长的不哭好像不对头。这时边上的女同学杜秋依哭不出来就假哭，忽然发现靳天也没哭，就去碰了碰靳天，靳天不高兴，就把头低得更低了。

到这一年的年底，何易从得了疟疾，莫名其妙开始拉肚子，又打摆子，好好坏坏折腾了一个月，在棉纺厂医务室打针，又碰到针都打不好的蹩脚厂医，打得伊屁股乌青，屁股上打出了一个小坑洼，才安宁下来，从此整个人更清瘦了。

小人们桥上桥下，河南河北，荡发荡发到十岁光景。散落在运河两岸的各个小学，合并成了一所气派的全新的中心小学，西横头的易知和戴正在四班，东横头的易从和水北的靳天分在三班。一年后，四个人上初中，一同分在了唯一的重点班，成了同班同学。

有一天，何易从和戴正陈易知一起做完值日，正要放学，在校门口见到了白衬衫蓝裤子、穿得齐整的范小姐。大家都认得这是有名的范小姐,因为最近几年,他们都在栖镇戏馆的台阶上见到过范小姐,范小姐总是一个人斯文地坐在那里,像是陷入了沉思。但是他们这天在校门口见到的范小姐,一点不像"毒鬼"了,眼神清清爽爽,像是变了个人。

戴正悄悄拉拉何易从,说,我们等一歇,看伊想做啥。会不会放火来烧我们学校?易从狐疑道,看伊蛮正常,不像疯子呀。陈易知说,倒是像我们美术老师。

但见范小姐走进传达室,问传达室大伯,校长是谁?她想进去见见。大伯问,你要见校长做啥?范小姐说,我想问问,有没有可能当代课老师,我可以教书法。难得这传达室大伯是刚从余杭瓶窑镇过来的,不识得范小姐,就说,今朝校长出去了,你过几日再来吧。范小姐说,我想看看那块老碑,可以哦?大伯说一声看看就回,就放她进去了。

易知说,原来范小姐想看我们学校小花园里的那块碑。那是一块栖溪讲舍碑记的石碣。易从说,我也晓得的。

何易从这日回家,拉开一只装满宝贝的抽屉,翻出旧年在吉家斗的废品收购站他一时好奇收起来的小楷红笺,正是署名"沁青"二字。一看到曾经的"毒鬼"范小姐,满纸狂狷的"问世间情为何物",易从的心里,奇怪地翻腾了几下。

后来听闻,四十不惑。过了四十岁后,范小姐的病真的一天天好了。伊病愈的时候,前私塾先生已死,据说得了肝癌。也有坊间说法,伊老娘太凶,范小姐"发毒"后,还时不时要折磨私塾先生，私塾先生郁郁闷闷，不肯吃东西，人一路消瘦萎黄，像生了黄疸肝炎，后来不再吃东西，就死了。范小姐想出来教书，但有精神病史，没有学校敢要她。范小姐就在屋里写书法，字写得很好，署名"沁青"。据说一个人经历了从疯魔到宁静，境界完全不一样了，范小姐从前轻盈婉约的闺阁体，现在有了莫名的禅意，乍见之下，有类宋徽宗赵佶的瘦金体。女子写字，从来清瘦又有禅境的很少。范小姐的书法，先是被范家在上海的一识货文化人亲眷看中，慢慢流出去，后来又有人买她画的花鸟小品。据传范小姐的书房，自己题名为"飞鸟轩"。范小姐依然单身，大概一辈子不会再嫁人了。

也有坊间传闻说，范师母去算过命，女儿跟私塾先生前世冤家，那个死鬼克星一死，范小姐就醒了，从此再世做人了。还好范师母一世菩萨心肠，没有抛弃这个发"毒"的女儿。

一九八七年，笼中鸟变成大鹏鸟，终于高飞了。范小姐随她亲哥哥去了美国，定居旧金山，比何易从早走了十几年。后来传闻，范小姐跟乌镇人木心在纽约一道喝过咖啡，像白头宫女一样闲话玄宗。

少年何易从曾在工人俱乐部借书室翻过一本旧书，里面的人吃墙灰，长猪尾巴，里面有个小镇也喜欢下雨，没完没了下雨，跟栖镇一样。黄梅天，雨一下就下一两个月，哗啦哗里，淅沥淅沥，没完没了，屋里厢旧书旧报纸都长出乌花毛。镇上小人，光脚穿塑料凉鞋，脏水里踩来踩去。江南冬天也爱落雨，还好栖镇街上的路,大多是有廊檐的,下雨也淋勿着,就省下了雨伞钿。冬天落雨,连癞蛤蟆都钓不着,最幸福的事情,就是一伙小人躲在煤球厂子弟的同学屋里,用烧炭的铜盆子烤红薯吃,手上的冻疮被火烤得热气腾腾地发痒。

二十世纪七八十年代的江南小镇,人生大抵如此,所谓见世面,见多不怪。孩子们没有见过哪个人真的长出猪尾巴的,吸血病引起的大肚皮小孩,运河边倒是见过,他们像是看西洋镜。猪尾巴也见过不少,而且吃过。

随着"毒鬼"范小姐的出走,栖镇古镇仿佛也彻底告别了何易从心目中的魔幻时代,一脚踏进了新时代。

也有人永远定格在了栖镇的魔幻时代。有年陈易知大学放暑假回乡,在马路上碰到拎着一只菜篮的爱妹妈,一下子都认不出来了,伊年轻时刨花水梳得乌黑发亮的头发,现在花白了,整个人松垮下来,像隔壁粮库的一只半满的大米袋子。后来才听说"毒鬼"爱妹因为贪吃粽子,端午节的半夜活活把自己撑死了。西横头的一千零一夜美人国英,也在河埠头边彻底成了一个老妪,易知从伊身边默默走过,几步之后,眼眶湿了。

叁

一九六〇年代末,江南运河边、马路上的街面房,常是一幢一楼一底的木结构房子。老房子的楼上,木窗格子糊着尼龙纸，半透明地朦朦胧胧，正好看到河对岸的一排矮平房。木房子的底楼，小镇人家都有一个小小的天井，天井上铺的是青石板，一楼的屋子斜开着亮瓦，是对着天井的，天井不大，藏着江南小家碧玉的绮思。

镇上唯一的一家国营照相馆，就在长桥南堍。早上八点半，照相馆职工上班，将沿街的一块块长条木板卸下来，开店营业。打烊时，长条木板再一块块装上。镇上很多铺子的门面都是这样。每天下午四点多的时候，小镇最热闹的街上，相邻的几家铺子相继发出砰砰嘭嘭上门板的声音，沿着河边小街响成一串。上上落落长条木板的声音，就是市井的声音。等各种铺子在一片砰砰嘭嘭上门板的闹声中打了烊，家家户户电灯打亮，镇上人家的营生开始了。

陈子船记得，照相馆的橱窗玻璃里挂大幅相片，供走来走去的行人观赏，是后来的事了。

六十年代末的一天，雨下得不大不小，这是江南四月常有的景致。陈子船和谢清韵不带雨伞，穿过镇上雕有老式花纹的屋檐廊下，男前女后，一起走到国营照相馆拍结婚照。陈子船五短身材，五官英俊，谢清韵身材修长，银盆脸大眼睛，不远不近，亦步亦趋，也是镇上大部分夫妇一道上街时的模样。拍照相之前，各做了一套灰色华达呢中山装，谢清韵新剪了头发，吹了风，短短的贴着耳朵，显出斯文人特有的端庄清秀，脸上擦了雪花膏，有淡淡的香气。胸前唯一的装饰，是一枚毛主席像章。

这家照相馆解放前是私人的，双塔弄口牙医孙鹤轩名下，隔壁就是他的牙医诊所，后来变成了国有的照相馆，张师傅小学毕业，从做学徒开始，就在这里了。张师傅是陈子船的朋友。解放初，栖镇还没有一家正规的医院，他们都参加过三个月的医生培训班，拍过合影，只是后来都没有当医生。张师傅见是老朋友，跟一对新人说说笑笑地拍了照，结婚照中，新婚夫妇的表情显得自然亲切。

拍完照是中午，新客人照了相，也算办完一件人生大事，也就没往刚摆好家具的新家赶，照相馆边上有栖味馆，镇上人铜钿紧张，一般要有隆重的事体，才上一次馆子。从水路来的四方码头客，吃力了半日，此时正吆三喝四，吃得热气腾腾。陈子船和谢清韵在饭馆找了个座位，一人吃了一大碗片儿川，又饱又乐惠。从店里出来，雨也落得疲了，两个人一前一后，走在老街上。一路看到面熟的老辈们，就殷勤点头，打招呼，互相致意，又一对新客人要在此地过日脚了。坐在河边廊下的老一辈男女，做针线的做针线，剥毛豆的剥毛豆，吃烟的吃烟，吃茶的吃茶。日脚要细水长流，结了婚，成了人家，日脚过得舒心还是糟心，自己慢慢品。

这一年，古镇还在翻天覆地前的平静时光，江南岁月静好。镇上的外来人口，除了逃荒南下的江北人，养鱼场一带驻扎定居下来的绍兴人，少数从大城市遣散来的，少数历史遗留问题的苏州人等，生活在此地的，基本是栖镇土著。

照相馆张师傅家有四朵金花。张师傅热爱生活，人又和气，从来不见他打骂小人。屋里小嘴四张，张师傅经常去菜场搞回便宜的猪下水，切碎掉的边边角角豆腐，解决一家六口的吃饭问题。可能是小辰光青菜豆腐吃得多，张家四朵金花，个个出落得水灵灵。那时镇上真正的穷人很少，张家穷是因为孩子多。奇怪的是张家姑娘并没有显得营养不良。屋里女孩多，莺莺燕燕很热闹，夫妻又恩爱，他们一家人，居然还能从牙齿缝里省下看电影的钱，全家出动，走到戏馆门前买票，是一道风景。

有一天下午，易知在钱家弄荡发荡发，路过了张家，听见墙门里传出轻风一般的娇笑声，红艳艳怒放的蔷薇花，从墙门上边的瓦檐上钻出来，煞是好看，阳光暖洋洋的，正是三月小阳春。易知的心情，也是欢快雀跃，从虚掩的门外张望进去，见张家大女儿萍姑娘，穿粉蓝色毛衫，正坐在一个小伙子的腿上，吃吃娇笑。平时街坊都很熟悉，易知本想推门进去看看蔷薇花的，一时吓得不敢闯入，就呆在门口，好奇心不歇，又向里张望一眼，这一望就更加面红耳赤，魂飞魄散，蔷薇花下的一条长凳上，小伙子正摸萍姑娘的奶。萍姑娘好像怕痒，咯咯娇笑，轻晃着身体。易知下意识捂牢自己还没发育的小胸脯，心里骂一声"下流胚"，赶紧逃走。

公认张家最美的是二姑娘，身材高挑，眼睛水汪汪的，皮肤也白，美人儿一个。这二姑娘刚刚高中毕业，会唱几句戏，

杀狗

经常去跟来栖镇演出的各剧团的戏子厮混，因为剧团招待所就在她家贴隔壁，她喜欢去剧院的后台，看戏子化妆、卸妆。二姑娘又是个伶俐人，一来二去，真的跟一个《珍珠塔》里演方卿的锡剧小生谈起了恋爱，后来二姑娘就嫁到无锡去了。

上了初中的陈易知，经常在弄堂里看到进进出出的二姑娘，男青年陪在身边走着，有点像是伺候戏文里的楼台小姐。对镇上的跟班男青年，二姑娘爱理不理，冷若冰霜。街坊女人都说二姑娘有手段，只有伊讨男人便宜，不会让男人讨伊便宜。果然二姑娘跟锡剧小生谈恋爱期间，家里伙食大有改善，还有其他各种礼物：一台双卡录音机，录音机里的港台歌曲，邓丽君龙飘飘凤飞飞，就从弄堂里软绵绵麻酥酥地飘出来，飘得钱家弄附近的女人都心痒痒，都私下想，自己屋里的丑男人要换个英俊小生该多好。恋爱两年，鸿雁传书，经常看到骑自行车的邮递员推车走进钱家弄，给二姑娘送信。二姑娘和小生坐轮船来来往往，水上困一夜，就能相会。后来办订亲酒，选良辰吉日，行头备齐，二姑娘风光出嫁。

八十年代中期，栖镇姑娘结婚，时兴戴金项链金戒指，张家二姑娘别出心裁，偏偏戴白色珍珠项链，珍珠戒指，更衬得美如天仙。新郎到栖镇接了亲后，敲锣打鼓一直送到西边的轮船码头，坐轮船，去无锡男方家里再办喜酒，听说男方家已经为二姑娘找好工作，全民单位，在无锡一家剧院当售票员。

萍姑娘那时在棉纺厂食堂工作，相比栖镇各工厂的女青工，工作轻松，还可以时常开开小灶，终于摆脱了屋里的清汤寡水，人也圆润起来。但萍姑娘外貌逊色于二姑娘，脸盘大一点，个子矮一点，运气也差一些，被那个摸过奶的洋货担子甩了，听说还去医院打过胎。过一年，再一次未婚先孕，只好匆忙下嫁骨粉厂车间工人，两人女耿过日脚。整个街坊对萍姑娘未来的想象，就此匆匆落幕。萍姑娘的归宿，既让人遗憾，又让人安心。易知河边乘凉时，听几个街坊妇女戳壁脚（吴语，意为背后说人坏话），讲张家大姑娘裤带太松，不矜贵，肚皮显了，有人要就勿错了。易知半懂不懂，只觉得街坊妇女讲话很讨厌。几个月后，萍姑娘很快生出了小囡，萍姑娘就抱着小囡回娘家，从前一脸的风流桃花相，现在桃花褪去，结成了桃子，脸上还生出几粒雀斑，变成一脸的贤良妇女相。

萍姑娘仍旧钱家弄进进出出，见着老街坊，仍旧热热络络打招呼。私下里，人家都说大姑娘没有二姑娘命好，二姑娘是有富贵命的。有街坊老妇讲，萍姑娘这种长相的，眼睛下有风流痣，就是贱相，发达不了的。张家三姑娘比陈易知大一岁，倒像个假小子，后来参军去了，人也晒黑了。当了通讯女兵，听说派去过南方，此后易知再也没有碰到过，见过三姑娘的街坊说，三姑娘现在墨黑铁塔（吴语，指皮肤黑），没有小辰光漂亮了。四姑娘生得晚，那时还是个拖鼻涕小孩，也不知长大后，前程如何。

日后人家说栖镇美女，陈易知首先想到的是张家姑娘。再后来，易知弄堂里碰到萍姑娘，奇怪萍姑娘一点不像女阿飞，看起来就跟隔壁邻舍小媳妇没啥两样。

初二新学期开学，在教室里，陈易知听到何易从刚去过上海，当时班里，还没有几个同学去过上海。

易从比易知早一年初涉上海滩，东张西望。见识大马路，外滩殖民时期的万国建筑，目不暇接，又觉得豫园没有外滩洋房好看。易从去上海娘舅家回来，在南京路"一百"买回一副四国大战军棋，因内有棋谱，甚是宝贝。当时栖镇的商店，还没有连棋子带旗谱一起卖的四国大战军棋。暑假里，易从跟几个男同学研究得津津有味，讨论四国十大名阵，什么飘香一剑、午夜风铃、于无声处，吃饭睡觉都在想，有时候易从半夜热醒，钻出蚊帐，凑到花格子窗边吹吹风，看看夜半运河上驶过船只的弱灯，又想起棋谱上的阵来，兴奋得不想睡。戴正评说，何易从云里雾里，最适宜走"风花逐月"阵，看似虚无缥缈，实则能卸千钧力。靳天是"飘香一剑"，轻灵处有力道。戴正说我是"狼来了"，虚张声势，先吓吓你们。

等到开了学，课间休息时间或者放学后，一起钻研军棋的男生越来越多，从此，四国大战统领了男生世界。易从和靳天玩军棋玩上瘾，几番折腾，变成了几副缺子的残棋。

何易从想到个办法，零花钱不够，就动员靳天一起去卖废品。这时靳天已经蹿了个子，比易从高出半个头，有了点弱冠少年的模样，怕被人看到卖废品难为情。易从说，有啥难看相，有回我去你家，碰到过杜秋依也卖废品。废品收购店原来是幢老宅，有高大的石门框，宅子里立着几根大柱子，那石头门槛也有点高，靳天一想，仙女一般的杜秋依也卖过废品，要抬脚跨那门槛，也就心安了。易从说，我们卖了废品，可以换好几副新军棋，再去长桥边冷饮店吃顿冷饮。靳天说，那好吧。两人将屋里的旧书报硬纸板等废品搜刮了一通，一人拎上一捆，到吉家斗卖废品。

在废品收购站等候过磅时，易从看到另一台空着的铁磅秤上，摊了薄薄一沓旧纸，是绯色的，感觉这纸清清雅雅，说不出的好看，跟他们平时用的纸不一样，就蹲下身看了起来。易从一看纸上，是字迹娟秀的一些诗句，最后有署名，作诗的人叫沁青，看笔迹和名字，大约是一女子。易从再看，开始几页笔迹娟秀工整，到最后两页，只有一句"问世间情为何物"，笔迹凌乱，墨迹浓浓淡淡。易从不知道沁青就是范沁青，栖镇有名的"毒鬼"范小姐，曾经的范家才女，后来发了"毒"，关在范家厢房里。易从卖完废纸，也没跟靳天说起，就将这沓薄纸带回家。

晚上无聊，就在灯下细细看来，须臾，读了几首旧体诗，字大体都识得，只是似懂非懂，不知深浅。小小年纪，一句"问世间情为何物"，易从想了又想，想得呆了，也不甚明白什么意思。忽然想起，《石头记》里贾宝玉林黛玉，大概也会这么问来问去。

也是这一年暑假，陈易知穿上新式蓝白相间的连衣裙，白色新风凉鞋，被父亲带到了杭州军区司令员的屋里做客。司令员跟易知爸不知啥交情，专程派了高级面包车，来接父女俩去他家。易知十二岁，第一次坐高级汽车，一闻到汽油味，车再一晃，就晕了车，到了杭州，已经把干净车厢吐脏了。陈子船抱歉地对司机说，小囡乡下人进城，高级汽车乘不惯。

军区司令员家在杭州花港观鱼附近。易知被父亲牵着手到了司令员家，脸色还煞白。司令员伯伯军装笔挺，面目慈祥，北方口音，司令员夫人温婉亲切，削好的苹果拿给她吃，大白兔奶糖，还有各种糕糕饼饼，易知很快就还了魂，活跃起来。平日易知爸朋友多，朋友间交游都带着她，饭局也带着她，易知从小不怕生人。室内呆不住，就在后花园的假山处玩耍，后花园有金鱼池，还有好几只鸟笼。易知偶尔抬头，从后花园看过去，只见厅堂里影影绰绰，谈笑风生，都是司令员的客人。后来，司令员和她爸坐在院子里下象棋，下了很长时间，然后吃夜饭，又派了车，一起去天香楼吃夜饭。从西湖边到市中心延安路，窗外流金溢彩，繁华梦幻。易知眼中，天香楼金碧辉煌，听她爸讲，天香楼的杭州菜参加过西湖博览会。她爸又讲，要划船，西湖六码头；要吃菜，杭州天香楼。一张大圆桌，易知就坐在她爸边上，学大人样，小架子一端，感觉自己像个小贵宾。大人们觥筹交错，菜一道道上来，西湖醋鱼、龙井虾仁、叫化童子鸡、干炸响铃、油焖春笋，真是好看又好吃，特别是有一道红烧黄鱼肚,后来她爸专门烧给她吃过,收集这些黄鱼肚再晒干,用了一年的时间。最好吃的山珍海味,都比不过江南黄鱼肚好吃吧?这是她这个小镇小囡第一次见大世面。

回家后,听她爸讲,司令员夫人老家是栖镇人,姚家的姑娘,是她爸的小学同学。正月里,司令员陪夫人回栖镇省亲,下午无聊,要找栖镇高手下象棋,夫人就叫上了陈子船等三个栖镇象棋高手,谁知司令员对栖镇的棋局念念不忘,回了杭州后,还想再下几盘过过瘾,就干脆将陈子船等三人接到了杭州一聚。

这段暑假经历,云淡风轻飘过,事后易知也没有跟同学提过。

新学期开学不久,重新分班排座,他们到了二楼新教室。易从和易知在男女生中都是中等个子,戴正依然矮小,坐在第一排,靳天忽然蹿高了,坐在最后一排。何易从跟陈易知前后座。

一日,易知跟学校请假,跟着姆妈去了上海几日。回来后,在课间休息时,回头悄悄对易从说,我也去过上海了。易从"哦"了一声,正想问易知有没有带四国军棋回来,想想不对,女同学不喜欢玩军棋。易知又说,我美国娘舅回来了。易从又"嗯"了一声。易知正想再讲几句,上课铃就响了。下课后,易知回头跟易从要墨水瓶,易从说,我晓得吴老师给你翻译英文信封。易知说,你怎么知道的?易从说,我看到的。吴老师查了很久字典,说地址很难翻译。易知说,是的,一会儿纽约,一会儿休斯敦,我也不知道在哪里。易从说,我也有爹爹伯伯在台湾,说要回来探亲。易知说,我老早知道,我爸说你爸去过香港探亲了,怎么不带你去?易从说,可能因为我要上课吧,我妈也没有去。易知说,美国不知什么样,我真想去看看。易从说,很远很远,隔着太平洋,听说飞机要坐两天,又不是你想去就能去的。易知问,那你想不想去呢?易从说,我想这干嘛?易知不高兴了,扭过头去。

从这一日起,易知把易从划入她的秘密同党。他们心里都装着一个更大的世界。他们都是独子独女,当时镇上小人,几乎都有兄弟姐妹,只有他们品尝了独生子女的孤独,他们都有"海外关系"。还有一点,他们都是好学生,会互相别苗头。还有一条,他们好像都喜欢议论神秘事物,比如飞碟外星人玛雅文明印加帝国诸葛亮的木牛流马以及世界大战什么时间爆发。几乎每节课的课间,几个男生和陈易知一个女生都在这些天马行空的胡扯中度过。

当时易知已经从母亲口中,知道了中美建交的历史性大事件。易知心想,中美建交跟我有什么关系?尼克松跟我有什么关系?但从母亲的兴奋中,易知能够感受到,中美建交跟她是有关系的。因为自从这一重磅消息发布后,没多久,她家陆续飞来贴了外国漂亮邮票的信件,有美国寄来的,英国寄来的,有辗转香港从台湾寄来的,还有沙特阿拉伯寄来的,那是因为有两年，一个娘舅派驻去了沙特的航空公司。母亲开始给"亲爱的哥哥嫂嫂"们写信，家里开始有了美元和港币，换成人民币后，又有了可以购买紧俏物资的侨汇券，一家人一年有两三次，会去杭州的友谊商店购物，再去奎元馆或天香楼吃顿好的。

让易知觉得稀奇的是，人人们信中的称呼里，有那么多的"亲爱的"。那时候，"亲爱的"是多么特别的、洋气的、肉麻的一个词。母亲自称"小妹"，收到的信，头上称呼都是"亲爱的清清小妹""亲爱的韵妹"，甜得发腻，易知仿佛被拉去一个童话世界，那里的兄弟姐妹们，都是相亲相爱的，信中提到的女子们的名字，都美得一塌糊涂，好像都是古诗里漏下来的，湘漪、彬影、葭天、碧凝、衡逸。易知奇怪，姆妈平时也不是这样说话的。一进了书信中的世界，好像就换了一副说话腔调，咬文嚼字起来。易知从小生活的世界则完全不同，见识的是大人们兄弟姐妹间的争吵与谩骂。西横头街坊邻舍间，兄弟姐妹亲厚的有，为一砖一瓦、几只鸡蛋、一个篱墙吵架打架、翻脸不认人的有，自己家也是如此。

易知的这趟上海之行，只想悄悄讲给坐在后面的何易从听，可又找不到机会。这年五月，母亲带易知去上海，见她美国回来探亲的二哥二嫂。谢清韵二嫂的妹妹，在上海一所大学任教，教师宿舍就在大学边上。屋里不算小，但是挤了很多陌生的亲戚。初中二年级的陈易知，羞愧地觉得自己是母亲的亲眷中最不起眼的一个。美国舅母本是母亲回浦中学的校友，学姐，当年是校花级别的,后来跟她娘舅去了台湾,又移民去美国,从纽约一路到了休斯敦定居下来,娘舅本是飞机机械师,退休后无师自通,成了中国剪纸艺术家,在美国四处开讲座,办展览,颇受欢迎。舅母那时六十岁出头,烫发旗袍高跟鞋,指甲染成酒红色。谢清韵对易知说,我二嫂跟从前打扮气质没啥两样,描眉涂粉,穿高跟鞋,还是很讲究的。只不过几十年时光,年轻的太太变成了花甲的太太。

易知看舅母,相比自己姆妈,觉得姆妈穿得土气,穿的衣裳完全不合身材,就悄悄假想,姆妈如果像她美国嫂嫂那样穿旗袍,会不会更好看呢?夜里睡觉前,易知问姆妈有没有穿过旗袍,谢清韵说,小辰光是穿过的,不是丝绸料的,是布的。不过各种花色的绸缎料子,她家有好几匹的存货。娘家有裁缝,大人的旗袍都是裁缝做的,家里规矩多,小孩子不能太奢侈,所以不准穿绸,只能穿布。易知听了,就向往起旗袍来,哪怕布的也好。

在上海几日,除了一大堆人去外面饭店吃饭,大人们好像一直在说话,要说几十年的事情,一时也讲不完。他们讲很长的话,哭哭笑笑,时有争吵,吵到后来,娘舅一句"哪里晓得",大家就一起叹气,一叹泯恩仇。易知觉得无聊,大人的话一只耳朵进,一只耳朵出,捕风捉影,大致了解了在美国的娘舅一家,和在国内的弟弟妹妹们,过得是完全不一样的生活。

易知第一次收到了美国舅母给她的礼物,一件夏天的彩虹横条纹针织衫，一小瓶香水。从上海回到家，十四岁的小姑娘在镜子前试新衣，衣裳色彩漂亮大方，可是易知羞于穿到街上去，怕被人侧目，只敢自己穿着照镜子，孤芳自赏。

何易从和陈易知一前一后，有了对大上海的向往。另一个原因是，他们最喜欢的英语老师吴琳，是一个上海女青年。

对吴琳老师的崇拜，缘于他们十二岁那年的春游。一个班两个带队老师，一男一女，女老师就是吴琳。

在江南，四月学生时代的春游，总是碰上下雨。这日下午，杭州就开始下毛毛雨，班上春游的同学，分成了两拨。一拨跟着吴老师，从北山街一路上了葛岭。吴老师跟大家讲，你们不要小看葛岭，这是卧虎藏龙的地方啊，很多别墅，都是有故事的。

陈易知紧跟着吴琳老师听葛岭故事，听得如痴如醉。何易从穿一双新白球鞋，是上海娘舅送的，走上葛岭的时候，脑子里还在想刚才吴老师讲的苏曼殊，说他母亲日本人，父亲广州人，年纪轻轻当了和尚，又是"情僧"。雨中青苔滑腻，易从正因苏曼殊而思绪奔逸，没看地上，踩到一只跳将过来的癞蛤蟆，只听边上陈易知一声惊叫，易从摔倒，衣裳鞋子都脏兮兮。吴老师带他到葛岭一户人家门前，户外装有自来水龙头，给他洗干净衣裳上的泥巴，又一直陪着他走。易从内向，小小单薄的一个小人，低着头，手被修长的吴老师牵着，心里很紧张。可吴老师牵着他的感觉，又让他心里生出几分依恋。印象中，好像母亲时常心情不好,很久没有这么牵着他走路了。陈易知也紧紧跟着吴老师,生怕漏听一句。不觉已到黄昏,蒙蒙细雨一直下着,葛岭上亮起些零星的灯,易从也渐渐从刚才摔跤的心理阴影中淡出,留恋起这有几分神秘色彩的葛岭景致。

　　春游回来,有一天放学前,戴正、何易从、陈易知一起做值日,戴正扫地,何易从搬凳子、洒水,陈易知擦黑板。戴正边花式花样地扫地,边讲东讲西。戴正说,春游时,我看你俩一左一右跟在吴老师边上,蛮发赝的。我就奇怪,为啥你们俩的名字里都有个容易的"易"字,你们是"易"字辈亲戚吗?易知被戴正扫把扬起的灰尘呛得咳嗽了几声,凶巴巴地说,我哪里知道,你扫地能不能不要扬灰。易从则一本正经,好像思考了下说,应该不是亲戚。

　　易知回家,就问她爸,奇怪,我跟何易从的名字里都有个"易"字,戴正问我们是不是亲戚。陈子船有问必答。想了想,说,不是亲戚,倒是有个缘故。陈子船讲,年轻的时候,我跟何君乾是象棋朋友,有段时间,我天天去东横头下棋。后来你大了,我嫌路远了。易知问,下棋跟名字有啥关系?易知爸说,我记得,何家有好几本棋谱,我借来琢磨过的。有一本《棋谱》,讲到《易经》里的一句话,他觉得讲得很好,做人跟下棋差不多的,那句话我不记得了,何易从的名字,就是那句话里翻出来的。易知问,那我的名字呢?陈易知,不男不女的。易知爸笑,生你小鬼后,我跟你妈《新华字典》翻遍了,不够用,翻《康熙字典》，取了好几个名字，你妈都不喜欢，后来你快满月时，我棋瘾发作，去何家下棋，看到他家小毛头，也才三四个月大，我说你家儿子名字蛮好，有文化，我家囡囡名字还想不好，《康熙字典》都派不着用场，何君乾把棋谱又再翻出来，说你琢磨琢磨。后来我说，男小人叫易从，女小人叫易知，陈易知，听起来蛮斯文，你妈把《易经》里的原文找出来，也觉得意思好。

易知听了，心里就多了点异样的感觉，也不知何易从知不知情。有一日早上，易知经过刚营业的照相馆，橱窗里，他们的四人合影和杜秋依的放大照片已经不见，换上了新的相片，有点惆怅。

再后来，易知觉得何易从变得讨厌了。他们一前一后坐着，他喜欢踢她的凳子，一下一下地踢着。她要是不理他，他就踢得重些。她有时恼火了就转过头去，怒气冲冲对他说，你不要踢我凳子呀，讨厌死了。他说一句，我没有。就不理她了。

连嘻嘻哈哈的戴正也变得讨厌了。戴正在教室里嘲笑陈易知像个政治女老师，易知反唇相讥，难道你不知道你像一只跳蚤吗？戴正急道，就是跳蚤，我也是"鼓上蚤"时迁，梁山好汉一条。易知轻蔑一笑，你还想当小偷啊。易知在家时，时常从后门看弄堂里来往的人，看到路过的戴正，走路从来不整只脚落地，总是一跳一跳的，像一只兔子。

少男少女，别别扭扭。有次语文老师要大家写关于桥的作文,易知引用了秦观的《鹊桥仙》,说每年七夕,长桥的天顶上还有一座长桥,就是鹊桥。这个想法写进了作文里,老师把她的作文当成范文在课堂上朗读,教室黑板报上也出现了易知的这篇范文。

坐在易知后面的易从这篇作文写的第一段是——

有一天,一个小男孩从窗口望出去,发现长桥倒塌了。他想,石头是可以永恒的,石头搭成了桥,就不能永恒了,因为桥有可能会塌掉,会消失。长桥倒塌的那日,小男孩面对一堆废墟发了会儿呆,默默捡了一块桥上的石头,拿回了家,留作纪念。他想,就让这块石头跟世界末日一起消失在银河系吧。

语文课代表陈易知发全班语文作业本时,每次都要看看何易从的作文写什么,读到易从的这篇作文时,易知很喜欢。易从拿到自己的作文本后,看到老师批的分数,有点不高兴。又一节语文课后,易从嘲笑易知说,银河系根本就没有生命,你想得美,但没有科学的宇宙观。易知也不示弱,白他一眼说,这叫想象力,你不懂。何易从说,想象力也不能乱想。易知不服,说,想象力难道要符合科学吗?又不是写科幻小说。当时,他们这些小镇少年刚刚接触到科幻小说,叶永烈的《小灵通漫游未来》。易从说,那当然,什么两情若是久长时,又岂在朝朝暮暮，你们女生琼瑶看多了，就喜欢无病呻吟。易知哼道，你根本不懂，怪不得你写来写去，都是石头。

易从因自己的作文不被老师看好，又被易知偷看，脸板了一整天。这日放学前，易知见易从还板着脸，赌气地写了个字条，当面扔进了他的铅笔盒里，上写，你有本事，永远不说这两句诗。

毕业前，易知得知易从并没有报县城的重点中学，伤心了一场。接下来，一天天地数着剩下的日子。

高中夜自修上，易知老是摊开纸笔，想给易从写封信，早默记下他家的门牌号，可终究没有写完。那时候，男女同学之间已经"邦交"正常化了，她已经可以在高中男生面前落落大方，一起厮混了，可是跟何易从，就是不行。

那信若是写出来，应该也是矜持的，很谨慎地删掉很多东西的，差不多是这样的自言自语——

何易从，你好吗？

我在这个中学住校已经有一段时间了，渐渐适应了这里的生活，有了一些住校的和不住校的新朋友，大家来自我们县的各个地方，说的方言也有所不同，但是都能听懂。你在学校过得还好吗？我在新的学校，大体是愉快的。

我每周来回，都要经过你家，有时看到你在灯下写作业呢。

初中三年过得飞快，我们是学习上的竞争对手，还争吵过，斗过嘴，不过你更像我的谈得来的朋友，我记得我们聊了很多有趣的话题，交谈得很愉快，可惜我们没有在同一个高中上学，大概我和很多人想法不太相同，我有点想离开家，去看看外面的世界。

我想告诉你，那次我惹你生气的关于七夕的作文，其实你写得挺好的。当时我觉得，你写得比我更好。

其实毕业那天你走的时候，我有一点点难过。

很快就要考大学了，我知道你肯定是要上大学的，你想考哪个大学，考什么专业，可以告诉我吗？

对了，我们住校的宿舍有很多老鼠，晚上老鼠还打架，吱吱吱叫个不停，让人头皮发麻，有一天半夜感觉有老鼠从我被子上爬过，吓得我不敢动一下。早上起来，还看到蚊帐上有血迹。我本来就特别特别怕老鼠，见了老鼠会尖叫的，可现在都有点麻木了。

住校当然没有住在家里舒服了，吃的也没有家里的好，家里每周给我带的菜，总是鸡呀鸭呀一大杯，我都吃厌了，但有些农村来的条件差的同学，带的是一大杯咸菜烧油豆腐，他们还有些羡慕我呢。

还有很不舒服的事情，冬天夜自修，教室里很冷，因为教室里总有一面玻璃窗是破的，风就能吹进来。好不容易夜自修结束了，我们从教室跑进宿舍，要先瑟瑟发抖两

小镇日脚长，无所事事的人多。住西横头的人家，家家户户都有一箩筐闲话……一千零一夜故事，自己会长出手脚来。

分钟。

即便这样,住校生活好像也还是蛮有趣的,我觉得自己变开朗了,也变得合群了,不再觉得那么孤单。

我们这儿的学校靠着火车站旁边,从前我每晚是枕着河上的汽笛声入睡的,现在是高低铺被火车开过的振动声摇晃着入睡的。我觉得有点奇怪,轮船和火车,都是要去远方的。我在哪儿读到过一句话:与无穷的远方,无数的人们在一起。我很喜欢。

我们这儿有些用功的同学,熄灯后还站在走廊的路灯下复习,不知你们学校的学风怎样?我们这儿除了学习,我和刘春燕还学跳一种叫十六步的集体舞,我们还打牌,考试前就熬夜备战。

我回来时也去过几次你现在的中学玩,见过几个老同学,可就是没有看到过你。

高二分班时,我选了文科,现在觉得学习很轻松,大概我的文科一向很强吧。我的同桌是数学课代表,我老抄她的作业,不过我数学也还不错,就是懒得做,夜自修时我看了很多闲书,经常一个人偷着乐,有时还笑出了声。

现在我和刘春燕成了最要好的朋友,放学后,我们经常去学校外面,爬上一个水坝聊天、散步,周末我回家,时常和靳天同车,下车后总是要经过你家门口。

你的高中生活有意思吗?有要好的朋友吗?等等等等。

祝

　进步！

陈易知
一九八五年×月×日

　　她想模仿母亲写信，头上写"亲爱的易从"，到底难为情。"其实毕业那天你走的时候，我有一点点难过。"这句话她写了又删，删了又写，最终，还是没有力气删去。结果，这封信就一直写不完。

肆

　　《遵生八笺》记载，有杭俗，农历五月二十日为分龙节，此日分猫。

　　栖镇街上，头号动物是猫。屋顶之下，是人类的世界，屋顶瓦檐之上，是狸奴的世界。江南老屋，时有因群猫打架翻瓦而屋漏，雨淋进了屋里，主人家才知道又是猫干的好事。被猫踩松踩凌乱了的瓦片，需要泥瓦匠上屋顶修补，重新排列整齐。尽管如此，也没人怪猫淘气。猫性如此，家家户户都需要猫来捕鼠。

　　其次是狗。乡下的狗比镇上的多，因为要看护院子。乡下的狗总是很凶，小孩子们都怕陌生人家的狗。有时几个小孩结伴去丁山湖一带玩耍,就带上一根打狗棒,才不怕一路的狗叫、狗追。

再次是鹅。陈易知在钱家弄的劳家天井里,看见过两只骄傲的白鹅。过了半年去看,那两只鹅还在,依然骄傲,优雅地踱来踱去,偶尔肆意叫上几声。易知才知道,这两只鹅不是买来吃的,是当宠物养的。

海阔天空的世界,却也杀机四伏。易知家养过的五六只猫,每一只猫都以失踪告终,都没有寿终正寝。易知不敢要她爸养狗,因为狗比猫更容易被偷被抢被打死,变成狗肉。

高考前最后几个夏夜,又热又闷。镇上人天天盼雷阵雨,雷阵雨也不来。有半个月的时间,学校放了假,学生各自回家做最后的自主复习。易知和靳天都从临平回了栖镇。

这一日,靳天从水北外婆家回自己家吃晚饭,晚饭后不想看书,就荡出门去,正好碰到隔壁老同学刘晓光,说天气好热,复习不进去,想出去走走。

两人在市心街上游荡,走到塘廊,又碰到原来跟靳天一起坐最后一排的范小荣,还有一个男同学王小强,两人都是毕业会考后无所事事。范小荣见靳天和刘晓光两个帅哥,嬉笑说,老班长,你大学生哎,怎么跑回来荡马路啦?说得靳天难为情,就做出满不在乎的样子。靳天说,考什么大学啊,实在无聊的。刘晓光也说,我妈我爸整天说考大学、考大学,烦煞。王小强说,嘻,考大学有啥意思,书呆子干的事,不如跟我们去荡荡好白相。范小荣就拿出三五牌香烟,说,来,敬敬好学生。一人一根,要给靳天和刘晓光点上香烟。靳天和刘晓光你看看我,我看看你,略有尴尬,索性就接过了香烟。这也是靳天人生中的第一支烟。

那一年,靳天十九岁,刘晓光十八岁,两人身高都超过了一米七五,相貌堂堂,已经出落成英俊少年。靳天在县中,刘晓光在镇中,邻舍隔壁,周末时常厮混。除了何易从,靳天觉得自己跟刘晓光也气味相投。刘晓光在镇中成绩中上,担任年级团支书,是吃得开的文艺积极分子,歌唱得好,刚刚流行的交谊舞也跳得好,衣裳行头看起来,也比别的男同学精心讲究,是不少女生心中的白马王子。刘晓光一想考大学这件事,心里就不上不下。

四个人从塘廊荡到长桥南堍,这时又碰到了出来想荡一荡再回去用功的戴正,又碰到了吉彪等几个毕业考后无所事事的男同学,等到过了桥,到了靳天小辰光住的水北时,一起荡的男生,变成了七个人。戴正笑着说,我们不就是"江南七怪"吗?

被逮杀的狗,是他们上两届的师兄高庆家的,名叫铁饼。高庆又特别爱狗。这一日,也不知高庆家的公狗,怎么会从水南先出了皮匠弄,荡到街上,又过了长桥,再荡到水北去的。镇上人家的狗,一般都认得水南水北的路,熟门熟路出去寻欢,熟门熟路回家。但是这一日,高庆家的狗倒霉,它远道跟水北新桥湾和里仁桥那边的两只狗妹子交欢后,折回原路。回家路上,走得有点疲沓,也许刚刚云雨巫山,销魂过了头,此刻还在温柔乡,警惕性不高,就碰到了凶神恶煞地荡到这僻静处的"江南七怪"。

只听得吉彪提议了一声,饿煞了,我们把这只狗逮了,到我家红烧狗肉吃吧。

吉彪几个,一拍动作片就兴奋,因为附近有棉纺厂,废弃的麻袋子很多,绳子和打狗棒也易得,很快,他们已经带着家伙,追着狗跑,一下子对铁饼形成了合围之势。

一群少年的大呼小叫中,铁饼寡不敌众,很快被套进了麻袋,被吉彪倒提着,在麻袋里发出"呜呜"的惨叫。铁饼本可以跳入运河逃走的,不知为何没有想到河里的"生路"。只有靳天和戴正两个,本能地闪退到了一边,成了这场闹剧的"帮闲"。

吉彪说,这里不方便,我们走到桥下,把狗打死。

戴正以前是听说过,吉彪姆妈虽是养鱼场职工,不是厨师,但是厨艺好,会烧羊肉与狗肉,猫肉也会烧,不过猫肉酸,喜欢吃的人不多。

靳天和戴正就跟着小伙伴们回头走,走到桥脚下,感觉有点腿抖的戴正,灵机一动说,我去叫声何易从。靳天也有点怕,又有点兴奋,想跟戴正一道去找何易从,一边听得刘晓光催促说,快点快点,靳天脚不听使唤,跟着大部队走到了桥底下,戴正三步两步地上了桥。靳天的兴奋,又占了上风。

戴正去何易从家，易从正在家中复习语文，若有所思。戴正兴奋地讲述了水北打狗的事，喊他一道到吉彪家去吃狗肉。易从一脸嫌弃，说，我不吃狗肉。兴冲冲的戴正碰了壁，忽然想起易从爱狗爱猫，屋里养过小狗，后来不见了，很可能被人捉去吃掉了，他伤心了好几日。这时戴正才想起自己出来荡了半日，就告别了易从，乖乖回家去了。

长桥底下，四下无人。远处昏黄路灯的光延伸过桥洞，桥洞下，坐着一个脏兮兮的流浪汉，入定一般，淡漠地看了这群"洋货担子"一眼，仍旧闭上眼睛睡觉。靳天心神不定，瞟了流浪汉一眼，觉得流浪汉长得很像"鞋儿破，帽儿破，身上袈裟破"的济公。靳天离开那只装狗的麻袋三米远，怕狗血溅到自己身上。他不知其他几个同学为何都一脸兴奋，瓮中捉鳖，一通乱棒，将铁饼打死了。等到狗不再发出呜呜的声音时，靳天悬着的心，又放了下来。

接着一行人提着被打死的狗去吉彪家，靳天也跟去了，狗血还是滴了一路，靳天没注意自己的球鞋上也沾了狗血。

过桥时，也不知谁唱山歌一样：东横头死只羊，西横头死个娘。

吉彪高兴地说，东横头杀只狗，西横头吃狗肉。

吉彪姆妈热情地招呼他们，欣欣然又利索地找出大锅，烧水，剖狗，洗狗肉，红烧狗肉，屋里各种香料俱全。靳天一直在旁边看着，看着看着，心里也不知为何有点堵堵的，也不知道为啥自己在这里。戴正并没有回来。何易从也没有来。一群少年打扑克,等着狗肉烧好。两小时后,吉彪几个又去小卖部买了好几瓶啤酒。

晚上九点,狗肉上桌,浓浓的香。靳天也觉得狗肉好吃。刘晓光说,每年冬天都有人送我家狗肉,还是吉彪姆妈烧得好吃。吉彪说,听我阿爸讲,有年春天,镇上的狗大部分都得了狂犬病,还照样有胆大的饿煞胚捉来吃狗肉。南横头有个老光棍,吃狗肉变成了"毒鬼",到春天,赤膊赤卵在街上乱走,见女人家就追,女人家见了这"毒鬼"就逃。

七嘴八舌中,酒和肉都饱了,星夜各自回家。吃不完的狗肉,是吉彪一家好几顿的美餐。

接下来,靳天流了三天鼻血。

高庆的爱狗变成盘中餐的那个晚上,夜深人静,高庆见铁饼到点未归,以为铁饼贪玩,等到深夜,心中不安起来,就独自出门找铁饼。铁饼平日的云游路线,高庆基本知道,找了一通无果,心想这公狗凶多吉少。当日深夜十一点,睡在桥边老屋楼上的何易从准备睡觉前,在窗口边站了会儿吹吹风,心里念起刚才背的古诗:昨夜星辰昨夜风,画楼西畔桂堂东。他远远地看到了河对岸的路灯下,一个人徘徊着走过,听到这个人一声声叫"铁饼"的声音,不知为何叫得他心慌意乱,易从并不知道铁饼是一条狗的名字。

几日后,高庆得知始作俑者是小混混吉彪,又气又伤心地把吉彪打了一顿。吉彪又报复高庆，有天下午，走到高庆家的弄堂下，朝高庆家正对弄堂的窗口扔石头，窗子半掩着，石头正好击中下午得闲正在床上翻滚的男女，只听女的"噢呦"一声喊痛，高庆以为自己力道太大，弄痛了女方，结果发现女的肚子上，擦出一块乌青，还略有破皮，又在床上找到一块小石头。高庆一骨碌爬起来，提起裤子，往窗下一声吼，吉彪泥鳅一样，拐进弄堂里的一个墙门溜走了。高庆想追下去，被女的拉住说，算了，丢不起人。吉彪不知道被他石头击中的女子，正是同班女同学，班花沈美枝，那时同样毕业了不想考大学的，也不知道招工会招到哪里。沈美枝正痴迷着高大英伟的高庆，交往没多久，被高庆花言巧语几句，就主动爬上了高庆的床。

吉彪奔逃，一拐拐到了戴正家，找戴正玩，两个少年荡发荡发，荡去运动场后面的河里摸螺蛳，还不过瘾，又荡发荡发，到了西郊乡下的张家墩，卷起裤脚，下了水田中间的水沟，吉彪教戴正取一段水沟，两人把两边的泥垒高，将中间这段水沟的水舀干，一片一片泥地翻过去，果然捉得若干条泥鳅，瓜分了战利品，带回家交给大人。戴正姆妈将泥鳅红烧了，加生姜加葱花，味道不错。

高庆是苏州奶奶的儿子，那时苏州奶奶不算老，街坊都叫她陆师母。陆师母苏州娘家，原来是开绸缎店的，后来败落，沿运河下嫁到了栖镇的远房亲戚家，丈夫是远房表哥，是个手艺不错的木匠。高庆高中毕业后，招工在晶体管厂工作，又是栖镇镇上数得上的帅小伙子，个子高，厂里篮球队队长，镇上几个大厂的青工组织篮球比赛，高庆的球队经常打胜仗。风光的青年工人，给喜欢的姑娘朗诵《钢铁是怎样炼成的》片段，招蜂引蝶。这本《钢铁是怎样炼成的》，正是厂里给他的优秀团员奖品之一。高庆那时正在热恋，荷尔蒙旺盛。要不是荷尔蒙过于旺盛，高庆原本在厂里的前途一片大好。后来窃窃私语多了，高庆的提拔就有了麻烦。一个个天生丽质的栖镇姑娘走上他家楼梯，拐进了高庆的西厢房，暗通款曲，沈美枝也不知排到女几号。姑娘总是留下来吃饭，而且是单独跟高庆两个人，纤丝扳藤关在楼上房间里，吃上一两个钟头，边吃边谈，或许还有别的节目。只见陆师母在几户人家共用的厨房里忙碌，烧几个拿手江南小菜，饭菜茶端上端下，殷勤招待伺候。后来满镇风雨，听说高庆始乱终弃。一个大了肚皮的姑娘，被高庆抛弃，求而不得，天天上门，流眼泪等着高庆接见，胎儿一天天见大，偏偏见不着心上人，被陆师母的苏州话软语糯言劝退。姑娘拖到六个月的珠胎，只好到医院打掉，高庆只赔了营养费加一点精神损失费，后来那姑娘心伤透，草草嫁人，再也没来过。

两个月后，大学发榜。和陈易知一起在县中的靳天居然高考考砸了，去中国医科大学学法医的理想落空，最后勉强上了个大专学校。听说数学漏做了一页，生物不知何故，总分七十分，只得了十七分。靳天后来回想，那天下午落雷阵雨前，一阵妖风，试卷吹在地上，也可能有一张卷子吹走了，他糊里糊涂不晓得，怪不得时间空出一大把。靳天爸妈如遭雷击，心想儿子一贯成绩稳定，县中理科班年级前二十，发挥再失灵，普通大学总是稳的，不知何故马失前蹄，就劝他复读一年，靳天心里杂乱无章，时常想着武林头丝厂的"姐姐"，似乎再也静不下心来读书，想哪怕上了大专，也可以回来多看看"姐姐"。

离奇的是，不仅靳天，还有刘晓光，还有另一个半道撞上、没打狗但吃了狗肉的学霸同学，本来的志向是清华北大，结果连大专都没考上，只得复读。这晚参与了杀狗、吃狗肉全过程的同学，高考全部落榜。

吉彪此后打狗上瘾，于一九八八年的冬天做起了五香狗肉生意，发了点小财，从此穿起了石狮货西装，戴起了蛤蟆镜，提起录音机，从长桥上招摇而过。有一日黄昏，陈易知在长桥上看到吉彪和一个姑娘一起，提着双卡录音机招摇过桥，她赶紧假装没看见，迤迤然飘过了。

少年游·下

二〇一八年七月初七。七夕,夜里十点半以后。

送走陈易知后,何易从沿河走过一溜新建的美人靠,如约去见一个人。又从水南走上长桥,过了桥,到水北,进了一所木结构的老宅。这老宅如今是一家民宿"桥边月"。

知道易知走时脸上不悦,只能按下不表。他这趟调整了回国探亲时间,是为沈美枝漂洋过海来的。

美枝跟他说,谢谢你来看我,我闷得人都要出乌花毛了。易从说,希望你心情好点。美枝说,你白天管自己忙,晚上你爸妈睡了,你来看我,我跟你说话。

何易从这一趟夏天回故乡,三分是为看父母,七分却是为了沈美枝而来。他是来还沈美枝的人情债的。美枝住他父母楼上的几年,殷勤关照易从双亲,令他不胜感激。几年前独处的那一晚,易从虽半途落荒而逃,事后想美枝或许只是一时迷离,但心里仍是承了她的情。

夜十一点，易从陪容颜憔悴的美枝走出"桥边月"，美枝轻轻扶着易从，慢慢地走。平常日脚，水北老街上，已经没什么人。

易从说，走一走看看风景，对你有好处，你心里会轻快些。

美枝说，我是很久没有这种心情了。这次想回到曾经的老屋清静一下，才包了一个月的二楼房间。

易从说，你不会想到，住曾经自己的闺房还需要破费房钱吧。

美枝心酸，道，回来后，我每天看着曾经的屋檐瓦顶，想想真是物是人非了。

美枝说，我现在位置，老底子河对面，就是栖镇人没有不知道的老茶馆。里面用的是老虎灶，小辰光我过桥去打开水，一分钱一壶。

易从说，我小辰光，东横头茶馆店也去打过开水。我跟戴正说，你不是说想当柳敬亭吗？你的茶馆以后重新装修，最好也再弄个老虎灶，晚上茶馆里说书，红书绿书随你说。吃茶的人，嗑点瓜子落花生，轧轧是非，听听书，最是老茶馆味道。你最好再穿上青布长衫。

美枝说，戴正的茶馆店，可惜已经有老板娘了，否则我去给他当老板娘也合适。

易从说，江南灵秀，到处有西施。豆腐西施，粽子西施，还有茶馆西施，酒馆西施。你当不了茶馆西施，可以当别的西施。

他们在长桥堍下徘徊了一阵，再往东走，对岸就是东横头了。从前易从家就在东横头。河边老房子，一楼一底，摆渡船码头边上。每天河上人来人往，呜呜呜声中，靠岸离岸，永不停息，够当西洋镜看了。易从的眼皮底下是渡口，略远处是桥。长桥上也好看，人来人往，上桥下桥。现在连个老房子的影子都没有了。

美枝问易从，从小到大，直到他去上大学，跟谁要好？易从说，靳天啊，我最好的朋友，还有戴正。美枝问，女同学呢？易从说，我从小孤僻，不太跟女同学说话。美枝问，那还记得谁呢？易从说，小学就跟你和杜秋依同桌。初中就陈易知。高中我太沉默寡言，遗憾，竟想不起和谁好好说过话，印象都不太深，连杜秋依都不说话了。

美枝说，我记得读书辰光，你跟陈易知一个西横头一个东横头，离长桥都是五百米，我初中时，就跟陈易知隔河相望。那时陈易知经常过桥，到我家里来玩。我也时常去杜秋依家玩，那辰光真是无忧无虑啊。

易从说，陈易知跟我说过，小辰光经常去水北那边捉磷火玩，她还以为是萤火虫呢。她说荒郊野地的，骨殖盆很多，死人骨头到处都是，不小心一脚就踩到了。靳天说过，胆大的小人把死人头骨当球踢，看谁踢得远。

美枝说，我跟隔壁几个大哥哥半夜还到坟场去，哪里有萤火虫，是坟场边的鬼火。后来我听靳天说，水北北面有一家人家，地基下面，挖出一具女僵尸。算起来，应该是大清朝以前的人了，发现的时候好像七十年代末或八十年代初，大家赶去看僵尸，后来镇里火葬场出面，把僵尸用煤油烧掉了。但是那家人家的主人，身体一直不好，儿子又坐牢，送去青海劳动改造，一去十几年，回来后又没有工作做，摆个香烟摊混日子。镇上人都说，他家触霉头，跟房子下面有僵尸有关。当时挖出僵尸时，他们镇上亲眷阿太要他们去烧香拜菩萨，可那时他家不搞封建迷信，结果还是触霉头了。

易从听美枝讲僵尸，背脊凉津津。小辰光他经常坐渡船到水北，走过那个河道拐角，记得拐角有家花圈店，阴森森的，拐弯再走一阵，差不多水北的市面到头了，就是一片白地，每次就要走到头为止，结果夜里总做噩梦，总是梦见那个拐角阴森恐怖的事情。易知也跟他讲过，她小辰光一做噩梦，就梦见那个水北的拐角尽头。

他们再向东走，走过了里仁桥，东横头到了尽头，一拐弯，已经在南横头了。又转过了一号桥，就到了老底子的南横头老汽车站位置。

美枝说，以前跟高庆谈恋爱时，我们老是会走到这里来。没想到，他是个短命鬼，还是个风流鬼。后来我遇到一个人，他小时候就住在南横头，跟我外婆家隔壁，我从小就跟他一起玩过。到十几岁他搬去临平了。我生病后，不想再见他。有几次他想见我，我就故意冷他，从此不见。美枝说，我何苦呢，我还是要面子的。

易从看美枝伤感，连忙岔开话题。说，老底子的事就戴正脑子好，什么都记得。说是从栖镇去临平，19路车全程十五公里，栖镇到半路凉亭三分、篷坞六分、超山九分、临平两角四分。戴正讲临平方言比栖镇方言好听，我说栖镇话也有好听的，很久以前叫"长长斯远"，不是很有点《诗经》的味道么。

美枝说，易从你是文化人，是我们羡慕的才子。可惜我读的书太少了，我从小就收男同学纸条、情书，喜欢荡发荡发地外面野。记得以前男孩子给我情书还送钢笔，大概是让我写信用的吧，可是那时候我完全不懂。后来陈易知也不太跟我玩了。也许当年跟着你们，我就不是现在的命运。

易从说，你别想多了，也不只是读书一条路啊。

美枝说，你说《诗经》，我没文化，只记得关关雎鸠，在河之洲。还不是书上看的，是高中教室里，看你瘦精精的，自顾自摇头晃脑背，觉得你有趣，才记住了。

路上光线昏暗，他们相携慢慢走着，南横头的老房子一间间多了起来，从前的旧屋尚存，熟悉的景象，缓慢静寂的时光，梦里的水乡，南横头的月色。

眼前的美枝，是一个受了生活重伤的女子。他其实不知道该说些什么话，才能给她一份慰藉。

他们路过河边开得最晚的一家馄饨店，易从停下，惯性地走进去，想到的却是易知爱吃这种小馄饨，他回栖镇时，她老是拉着他去找馄饨店吃，吃着很烫的带汤带水的馄饨，她就眉开眼笑。

易从等馄饨烧好，捞起，在烟水气中，思绪开了小差，嘴角浮起了笑意，忽见美枝站在一边等他，连忙打包了馄饨。美枝说，何易从你爱吃馄饨呀。易从说是的。美枝笑说，看来在美国没有好吃的馄饨。易从说，实在想吃了，自己动手包，肉馅超市有卖的，不过只能包饺子，馄饨皮子很难买到。

易从和美枝一起回到了"桥边月"，这是美枝预定了住在这里的最后一周，美枝说过几天她就回临平去。

房间就是从前美枝少女时代住的二楼对着天井的房间。推开窗，夏天能看见一棵芭蕉树，冬天能看见一棵蜡梅树。

易从回来后，每天都陪美枝呆到夜里十二点，才回自己父母的家。

他看见美枝虽还是花容月貌，却比之前憔悴多了，不化妆的美枝，比起浓妆艳抹的美枝，更有几分楚楚可怜。易从最受不得"楚楚可怜"。半生江湖漂泊，心从来就硬不起来。

在"桥边月"，易从听美枝絮絮叨叨地说了好几夜的往事，她哭哭笑笑，向他诉说。他在一旁照顾着她，她似乎心安理得。有时她见他坐在边上太累，就让他倚靠在边上，听她说话。她好像需要这种依偎感。易从渐渐也自然起来。有时她靠着他，他也一动不动，让她靠着。直到七夕夜，见美枝精神渐好，才带她出来走走。

美枝花钱住回自己少年老屋的第一天，给远在美国的何易从微信发了一段话。

易从看了震惊、难过。美枝说，一周前她在临平自杀未遂，吃了大把的安眠药，结果被给自己送新鲜蔬菜来的老母亲发现，救护车去了医院洗胃。儿子长大了，也不需要她了。高庆也死了。她动过情的男人，都离开了。她找不到活着的意义，只想出家当尼姑。只是还有些放不下的东西，她心里有很多话找不到人说，只想跟易从说一说。

这一晚，是易从陪美枝的最后一晚。他说余下两天，自己还有一些事情要处理。

他们一起分吃完小馄饨。美枝说说笑笑的，后来就缩在易从身上哭了，易从给她擦眼泪，说些他们小学同桌时的趣事宽慰她。她写作业时，总是要问他怎么做，有时干脆就抄他的。小易从就说，为什么不用你自己的脑袋想一想？小美枝说，想这个一点不好玩，我脑壳痛。美枝说，我知道你这个人，从小就特别心软。有一次我到教室，你看到我脖子上红红的一大块，好奇地问我怎么回事，我说昨天我出去爬树，结果被毛毛虫咬了，火辣辣的痛。你就从书包里拿出六颗糖，说一人一半。易从说，我忘记了，还有这事。

美枝心情平复下来，说已联系好医院，下星期就去医院做乳腺癌手术。她不知道自己到底有几分凶险，从医院出来后，还是不是完整的女人？

他又不忍。那晚他离开前，他抱着她。屋里空调二十五度，这是他在美国习惯的室内温度。他们一起躲进了被子。他的肩膀上枕着病美人，他搂着她，抚摸她的头发，她是敏感的，说，也许以后头发都掉光了，还不如出家剃发。他不断地对她说，你要好好的，要坚强一点。她说，好。他将她抱在怀里，眼泪也流下来。他的人生同样有种种的不如意。他们彼此怜悯，此刻他心疼她，最后就完成了几年前他作为一个男人没有做完的那件事。她心里知道他是在还她的债，他把她的债看得很重。

易从是在天亮前离开的。走出"桥边月"，易从神清气爽，全无困意。他走上长桥，看了看天，他看到了北斗七星，还看到了启明星。想起美枝，易从长叹一口气，内心十分不忍。

鱼水

壹

浙江塘西镇丁水桥篙工马南箴，撑小舟夜行，有老妇携女呼渡，舟中客拒之。篙工曰："黑夜妇女无归，渡之亦阴德事。"老妇携女应声上，坐舱中，嘿无言。时当孟秋，斗柄西指，老妇指而顾其女笑曰："猪郎又手指西方矣。好趋风气若是乎！"女曰："非也，七郎君有所不得已也。若不随时为转移，虑世间人不识春秋耳。"舟客怪其语，瞪愕相顾。妇与女夷然绝不介意。舟近北关门，天已明，老妇出囊中黄豆升许谢篙工，并解麻布一方与之包豆，曰："我姓白，住西天门。汝他日欲见我，但以足踏麻布上，便升天而行，至我家矣。"言讫不见。篙工以为妖，撒豆于野。

归至家，卷其袖，犹存数豆，皆黄金也。悔曰："得毋仙乎！"急奔至弃豆处觅之，豆不见而麻布犹存。以足蹑之，冉冉云生，便觉轻举，见人民村郭历历从脚下经过。至一处，琼宫绛宇，小青衣侍户外曰："郎果至矣。"入扶老妇人出，曰："吾与汝有宿缘，小女欲侍君子。"篙工谦让非耦。妇人曰："耦亦何常之有。缘之所在，即耦也。我呼渡时，缘从我生；汝肯渡时，缘从汝起。"言未毕，笙歌酒肴，婚礼已备。篙工居月余，虽恩好甚隆，而未免思家。谋之女，女教仍以足蹑布，可乘云归。篙工如其言，竟归丁水桥。乡里聚观，不信其从天而下也。

嗣后屡往屡还，俱以一布为车马。篙工之父母恶之，私焚其布，异香屡月不散。然往来从此绝矣。或曰："姓白者，白虹精也。"

——【清】袁子才《子不语·白虹精》

贰

栖镇人有乡风，清明、七月半、冬至要拜阿太，同时也给家中作古的至亲先祖上一炷香，烧一点纸钱。农历七月半，俗称鬼节。易知接到父亲电话，叫伊七月半回家，要去趟水南庙，给姆妈和爹爹孃孃上香，易知答应了。

水南娘娘庙，就在西小河街。从前是西小河，河道填了后，就成了街。新千年之后，老庙新建，香火一直旺盛。水南庙的香客，以栖镇镇上人和周边乡下人为主。老栖镇人心目中，镇上总算有座像样的庙了,水南娘娘会保佑自家。老底子栖镇人,一提水南娘娘,就觉得亲切。水南娘娘变成神之前,是南宋福王的一个妃子,姓詹字玉珍,泉州南安人,其父詹彬,官统制,有战功,殁于阵,玉珍遂入福王宫为宫人。玉珍虽入宫,尚一处子。德祐末,元师入临安,福王随恭帝北迁。玉珍悲愤不食,誓以身殉,饮鸩不死,再投井而殁,年二十七岁。水南庙就是供奉詹玉珍的,敬为"水南娘娘",历代以来,香火甚旺。后来"破四旧",镇上庙宇尽损。易知依稀记得,伊孃孃活着时,同一批镇上善男信女,逢清明、七月半、冬至,会趁夜深人静,偷偷摸摸在水南庙的残垣断壁前焚香点烛,请水南娘娘保佑全家。

这日清早,易知父女到水南庙给母亲和爹爹孃孃上香,此时谢清韵离世已有三年。

先是陈子船碰到小学同学,照相馆张师傅的遗孀张师母,张师母带着大女儿,也来给先夫上香。陈子船对易知讲,老张旧年中风走的,我去吃的豆腐饭。易知问起张家二姑娘近况,陈子船讲,以前听说过得不错的,在无锡,也不大回来,成了家,都各忙各的。倒是这个大女儿,住得近,老早工龄买断退休了,时常往娘家跑。还有两个姑娘呢?易知问。陈子船讲,也碰不到了。以前听老张讲起过,老三部队文工团里,混得不错,后来嫁了一个做建材生意的老板,也不晓得在哪里。小女儿在杭州丝绸市场,给人打工看店,老姑娘了,一直没有结婚。

易知说，张师傅家四朵金花，二姑娘顶漂亮。陈子船说，我听得多，见识得多了，西横头再加钱家弄一带，也没听说谁的后代大富大贵，当四品官以上的，小家碧玉，要飞上枝头当金凤凰，到底难的。易知问，那么劳家里、姚家里这些大户人家呢？陈子船说，也不大清爽，后代大富大贵的，也没听到过，倒是听说过劳家里、姚家里，后代出国的多。易知想起何易从，血缘上也算是劳家后人，只是易从自己不肯承认。

父女俩庙里事毕，荡一小圈，又碰到戴正陪父亲戴言礼给去世多年的刘凤娇和阿凤上香。两个老朋友打招呼，陈子船说，做人一世，真是快的。戴言礼说，空的，空的。戴正说，好伯伯讲得对的，我们都快要知天命的人了。戴言礼说，我这几日没事情，重翻《红楼梦》，真正是四大皆空，都是空的。戴正笑着说，我阿爸这段时间有意思的，每天吃过早饭，在我店里，泡一大杯红茶，捧一套《红楼梦》看，还是线装书，脂本。易知说，线装书厉害的，脂砚斋庚辰本，现在很少了。戴言礼难为情道，屋里翻出来的旧东西，拍了拍灰尘，看着解解心焦，曹雪芹确实伟大，贾王史薛，总算豪门，最后也是一场空。戴正说，我爸现在喜欢感叹，总觉得这辈子有点亏。陈子船说，老戴你勿要多想，人活一世，有福享就享一点，什么也带不进棺材去的。

戴言礼听说搞水文的陈易知业余爱好寻访古建筑，就对易知说，知姑娘，我希望栖镇总管堂能够重建。有了总管堂，长桥就不是孤零零的。易知应着,想起曾经翻找资料,找到了一张桥南塊总管堂的老照片,猜可能是到过此地的西方传教士拍的。

临别,戴正对易知讲,我长桥头的茶馆,上个月重新装修开张了,楼上隔了一块小书场,你有空来白相。易知说,恭喜恭喜,你真的要圆柳敬亭的梦了。戴言礼说,这小鬼胆子大的,夫妻俩贷款贷了五十万,要弄这个茶馆。开了三年了,本还没有挣回来。反正我也帮不上忙了,随他去了。陈子船说,百坦来,百坦来,现在有游客了,人气旺了,阿正的茶馆,慢慢就有赚头了。

戴正长桥塊下开的茶馆,名"柳敬亭茶书场",楼上楼下的仿清建筑,要一块一块上门板,位置就在老底子桥下总管堂边上。三年前十一长假开张时,戴正叫上了一大批老同学旺旺人气,到茶馆聚会,再到隔壁饭店吃饭。靳天还从临平叫来了唐云,跟戴正开玩笑说,从此你人在江湖漂,怕万一有人寻你事体,我叫唐云来一趟,给你"加持"一下。据说唐云最近立了集体二等功,又升职调到杭州市局了。不巧那时易知母亲刚过世,五七未断,就没有去。

水南庙事毕,陈子船说,现在三官堂又有一座新庙了,实际上也是老底子的,我带你去走走。两个人就往丁山湖方向走。沿塘抄小径,走过卖柴湾,一会儿就是三官堂村。看到一座土黄色小庙,名叫慧海寺,原来栖镇人从前说的三官庙,其实是慧海禅寺。三官庙边上,有一爿桥,周围有不少水塘。庙小,周边丁山湖的人喉咙响,早市晚市,市井杂沓声常常盖过了庙里的钟声。

给庙里捐香火钿时,易知看到大殿里一个和尚,高胖身材,圆头圆脑,有点像伊老同学吉彪。她觉得奇怪,吉彪不是失踪有十年光景了吗?

正待分辨,只听见有人说,施主你不是陈易知吗?陈易知说,是我呀。仔细一看,真是小学同桌吉彪,如今一脸的慈眉善目,剃了光头,穿了僧衣。易知想起,自那年轮船上尴尬碰见,再也没有碰到过吉彪。

吉彪说,老同学,长长斯远不见了啊。我现在是出家人,庙里讨口生活,菩萨保佑,蛮好,蛮好,也保佑你们。易知连声称谢。

出了大殿,易知感叹,吉彪当和尚,还真是想不到。陈子船说,说起来倒是有个缘故,吉彪爹爹,解放前就是三官堂庙里的和尚,后来一大批和尚都还俗了,吉彪爹爹也还了俗,当了工人结了婚。现在孙子倒是又去当和尚了。

陈子船边走边讲,陆韶官运亨通,过两年说不定就是厅长了。易知说,你就是官迷心窍,有啥意思,听他说,明年可能要从省里派去湖州,当地方官一两年。陈子船讲,湖州不是伊老家吗?看样子回来还要升。易知说,升不升的,反正他是他,我是我。陈子船讲,你到现在就是一个普通研究员,收入也勉强。水文水文，我外头讲都讲不响。易知说，人各有志。陆韶一天到晚不着家。陈子船说，男人家，外面要紧，要跑过三江六码头。易知听得厌烦。她想起孩子上中学后，住了校，有一次夫妻俩相对吃饭，易知忽然说，要不我们分开，给你自由？陆韶吓了一跳，说，你瞎想啥呢？难道你有人了？易知说，厅长夫人这个头衔，是很多人的梦想，我却没有梦想过，反倒我像尸位素餐了。陆韶说，你这什么奇谈怪论的，是不是怪我应酬多了？人在江湖，身不由己啊。易知不响，陆韶又说，你以为官场好混？每天一睁眼，多少人盯着你，多少人指望你。易知说，我觉得，你有没有我，没啥区别。陆韶想了想，说，你有你的好处。易知好像也说不清自己到底想什么，陆韶的事她听到一点风声，也不想多思，就埋头喝鸡汤。

陈子船上了八十岁后，身上好像出现了返祖现象，人缩小了一圈，变得又黑又瘦又小，嘴里一不小心飙出脏话，特别像从前的船上人。父女俩慢慢又亲热起来。陈子船一辈子望女成凤，没料到女儿读完书进了单位，水文水资源监测机构是清水衙门，陈子船心里失落，有时吃点酒就抱怨。后来在外面荡发荡发时，说起女婿又有了资本吹牛。有人奉承他，他却说，女婿好，总归不比女儿好，靠不靠得住难说的。人家就说，女婿香烟老酒总归会孝敬你的。陈子船就讲，香烟我老早不吃了，保命要紧；老酒么，倒是一直不断的。

庙里逛着，易知忽见一素衣长袍的瘦削女子在佛堂虔诚拜佛，一看是沈美枝。易知以前碰到沈美枝，她都是美艳浓妆，不料这次却是素颜，铅华洗净，反倒更显清姿。两个人见过，美枝说，我这段时间身体不好，人到处都不对劲。念佛吃素，托了吉彪，在这里当居士，修行，练太极拳。易知也亲热地说，美枝呀，长远不见了。美枝说，易知你看我，是不是变了？易知看看美枝，一时说不上来美枝哪里变了，但又觉得美枝的气质确实有一些变化，就笑说，你穿中式大褂，倒是有点像女菩萨。美枝说，人生如梦，都是一场空，你看吉彪都出家了，法号明空，说不定我哪天真出家了。易知说，你那么能干那么漂亮，不要瞎讲了。

不及深谈，两个儿时伙伴道别，易知和父亲继续走。陈子船讲，你同学沈美枝，栖镇街上有名的富婆啊，听说生意做得很大。伊阿爸同人家讲，沈美枝海南都买了度假房子，要伊阿爸姆妈冬天去海南住，享女儿福了。他又自言自语道，现在有铜钿人家，好像都流行吃斋念佛，怪不得以前拆掉的庙，现在又要一座一座造回来。

这个话题，正中下怀，陈易知要父亲讲讲以前的庙。陈子船讲，栖镇原来庙不少的，后来长毛造反，镇上二三十座寺庙都烧光了，其中就有大善寺、清流寺、栖霞院、绿野庵等。以前运河南塃还有个三层木建筑，是老底子的总管堂，易知孃孃喜欢叫广济庵，到咸丰年间，毁于匪患，后来重建，再后来又毁了。易知听着听着心绪又飘出去，想起沈美枝和杜秋依两个美人，哪怕人到中年了，依然还是称得上佳人的。

叁

戴正讲，靳天上个月召集过一次同学聚会，你怎么不在？陈易知说，不巧，我出门去了，错过了。戴正讲，我想伊要是耗下去，可能有点进退两难。现在裸官是尴尬的，不能再升官。要么靳天跟老婆离婚，伊肯定不想离。张静对伊好的，这小子，爱江山，更爱美人。易知就说，人到中年，有些想法会变的，倦鸟知返，也是有的。戴正说，靳天这个人，有点奇怪的。

戴正讲，你晓得吧？刘春燕作为够得上条件的女干部，又要提拔了，正处级，听说正在公示。易知笑，说，伊生来就是管人的。戴正也笑，说，我从小最怕刘春燕，我这种捣蛋鬼，伊从小就有本事，把我管得服服帖帖。易知说，现在你开茶馆，刘春燕作为父母官，还是要保护你。戴正吐吐舌头，说，看来有一种女同学，是要管男同学一辈子的。易知说，你不要怕，你是光荣纳税人。你要是做出了名堂，发扬光大了江南古镇文化，说不定刘春燕还可以给你批一笔政府文化扶持基金，给你店里挂个奖状镜框。戴正说，看来我得向女菩萨多烧高香了。

这一次到戴正的茶书坊，易知发现店里多了两只猫。一只基本全黑，一只基本全白，在楼上楼下自由自在地玩耍，高兴时，也凑到客人身边来，喵喵叫着打招呼。戴正讲，我老婆说，茶馆里不能缺了猫,是她从朋友那里抱来的,两个月大就抱来了。

易知发现,茶书坊里多了两只猫,确实有趣不少。一楼的壁上,还多了一幅明代沈周写生册的复制件,画上是一只圆滚滚团在一起的黑猫。二楼一角,摊开的宣纸,是戴正在店里闲时练的书法,易知看到他刚写完的,是一首叫《雪狮儿 题猫狮图》的小词——

> 班班玳瑁,狮毛长就,临安朱户。
> 写入生绡,昔日何黄休数。
> 苔阶眠处,也绝胜、顾蜂窥鼠。
> 试挂向,书堂粉壁,牙签能护。
> 我亦怜伊媚妩。
> 记绿窗绣暇,衔蝉曾谱。
> 画里携来,知否玉纤亲抚。
> 含毫凝伫,想滴粉,搓酥描取。
> 双睛竖。帘外牡丹花午。

易知惊道,这谁填的词,挂你这柳敬亭茶书场里,还真应景。戴正讲,这首词的作者来头不小,是清朝杭州才女孙荪意,老底子,杭州叫仁和。这姑娘,是个爱猫成癖的杭州才女,十七岁在娘家时,就编了一本猫的百科全书,叫《衔蝉小录》。易知说,你这些稀奇古怪的掌故都晓得,也是奇人。戴正说,这孙小姐的父亲和祖父,都是中医,而且是儒医,我碰巧晓得一点。易知说,你厉害的,读书杂七杂八,不为有用而读,这才有趣。戴正说,我这个人,就是野史之类看得多,不务正业惯了,从来不是好学生。现在人生半辈子,半老了开个柳敬亭茶书场,想靠它糊口了。易知说,说个书,撸个猫,你的日子像前朝八旗子弟啊。

此后易知每次回栖镇,都要到戴正的茶馆坐坐。有时戴正在,有时杜慧在。跟店里黑白二猫,也混得熟了,索性给它们取了两个名字,黑的叫煤球,白的叫雪糕。杜慧笑纳了。杜慧说,看来明年就能请说书人来店里,不定期唱堂会。易知好奇,现在好找说书人吧?杜慧说,想找还是能找到的,现在吃说书饭的人多了。特别是快手和抖音上一播,发现有人追,可以赚钱,有些老艺人就开始重拾手艺,收徒传授。易知连连赞许。杜慧又说,我看了一些民间说书人的短视频,已经在物色了。到时我也把柳敬亭茶书场的表演发到抖音上去,没准外地游客会跑来栖镇打卡,那我们就成网红茶馆了。易知见杜慧眼睛细细的,手却是有点大。生了孩子后,已剪成利落的短发,短发到脖子处,看着眉眼都让人舒服。她由衷地说,自从戴正有了你这贤内助,整个人就像走在金光大道上了。

杜慧笑说,你知道,戴正要是在旧社会,只要他家不败落,他就是个"白相人",只是现在经济条件不允许,我得给他管着账本，毕竟还有小孩要养。易知笑说，你上了戴正这条贼船了。

易知在戴正的茶馆，碰到过沈美枝，碰到过杜秋依，碰到过刘春燕，她们都不是一个人来的，也就匆匆打个招呼，各不相扰。

秋依又结婚了，新夫婿是杭州的一家房地产老板。这个有身家的男人，比秋依大十几岁，秋依和新丈夫，香港杭州两边都安了家。

秋依老公在超山风景区投资搞了一个"丽园香径"实景越剧梦工场。以后每年从中秋开始的半年时间，每周都有越剧实景演出。现在离首场秀不到两个月时间了，戏正在排着，可秋依心目中最称心的角儿，还没找好。

秋依知道易知丈夫陆韶对省内各地越剧团的角儿们都熟悉，秋依要搭班子做演出，陆韶是可以帮一把的。秋依拉着易知的手说，你多支持啊，我老公拿我没办法，帮我投了两百万。这钱烧得，我心里也没底，真怕自己变败家娘们。易知连忙说好。几日后，秋依特地跟易知讲了进展，易知跟陆韶一讲，陆韶爽快答应了。易知说，谢谢你啊，替我办事体。陆韶说，我是受宠若惊，能为你办点事。易知说，要不是秋依找我，我也怕烦。陆韶说，人与人之间，不要怕麻烦。麻烦里面，都是交情。易知说，倒也是。过了半个月，秋依就通过陆韶的帮忙，找到了定期来演出的满意生角和旦角。秋依的老公跟陆韶也见了面，吃了饭。

陆厅长去湖州挂职前，正值陈子船八十四周岁大寿，他到栖镇看望老丈人，翁婿俩推杯换盏，陈子船咪一口十年陈黄酒，长篇大论讲起来，说，有人辞官归故里，有人星夜赶考场。小陆你还年轻，官场的事，还是要用心。现在落马的官员特别多，昨日还在做报告，今天就进了班房了。说到底，跟对人顶要紧。陆韶谦虚称是。

又过几个月，已是二〇一七年正月。

何易从回乡过年，正月里，走亲访友，闲来无事，去西小河戴正的父亲家坐了片刻，顺便送一点美国西洋参给戴伯伯。戴言礼住在镇上一个老小区，走进去光线昏暗，有股灰尘的味道。屋子里的一切，仿佛时光还停留在二十年前，泛着老底子的气味，叫人心灰意懒。不过五分钟后，易从就习惯了这老旧蒙尘的气息，因为小客厅里，有一张褪色得看不清颜色的四仙桌，是伊小辰光镇上很多人家都有的。这张四仙桌配长条凳和骨牌凳，也是伊最熟悉的家常布置。

易从就在骨牌凳上坐下。戴伯伯砌了径山茶，又装了一盘烘青豆、白芝麻片、寸金糖、云片糕招待何易从。对易从说，你坐一歇，百坦来。戴正也在，笑，何易从到底是贵客，我平时回家，也没有寸金糖云片糕给我吃。易从道谢说，烘青豆好几年没吃过了，味道好的。易从吃了一把烘青豆，记得小辰光好像自己姆妈做过。毛豆剥好，加盐滚熟，放在炭火上烘干，烘的时候，还要不停地翻动，颜色才能翠绿碧青。戴言礼说，是啊，以前自己弄这弄那，只要好吃，烘豆是很好的零食和下酒菜，现在都嫌麻烦了。易从笑道，顶怕麻烦的是美国人，超市直接买半成品来吃。戴言礼道，我怕你美国呆惯了，吃不惯咸茶，要是喜欢，我拨你泡咸茶，除了烘豆，野芝麻橘子皮，我这里也有的。易从笑说，这些我都吃饱了。

戴言礼又客气道，你百坦来好了。等歇再带点回去，我老客人那里，可以买的。易从说，那要明年春上了。戴伯伯又客气道，勿要紧，勿要紧，我们有得吃。易从谢过。

戴言礼陪着吃了几口茶，来了兴致，说起栖镇，那是"翻手为云，覆手为雨"。戴正说，我爸栖镇通。戴言礼说，栖镇距省城二十公里，杭嘉湖平原南端，本来就是京杭大运河上的江南古镇，北宋时建镇，自古的鱼米之乡、丝绸之府，到明清时，富甲一方。

镇子不大，百年来大折腾过，太平天国时狠狠折腾了一次，日本人时又折腾了一次。经太平战乱，小镇损失惨重，里仁桥北侧的一大片，全毁光了。当时江南各处都差不多。兵荒马乱，元气受伤。后来八年抗战，传说镇上的伪维持会长候某人贿赂日本人，想避免他心目中一派斯文繁荣的古镇被烧光，结果被定为汉奸，候某人永远翻不了身。候某人的后代，开枝散叶，解放前很多都跑到上海去了，也有几个混到国外去了。

讲到栖镇发迹史，戴言礼进房间去，须臾，拿出一本老版的用旧报纸包了书皮的旧书，是明朝胡玄敬所撰的《栖土风土

栖镇人最骄傲的,是老底子的曾为"江南十大名镇"之首,大运河上繁华的大码头,首,就是头牌。

记》。

已过八十的戴言礼戴一副金丝边老花眼镜，银发梳得整齐，不凌乱，不秃，腰板挺。依稀看得出年轻时候是个英俊后生。

戴言礼讲，这部书，还是我的伯父留下的，我伯父是前清举人，栖镇老底子读书人，有学问的。书上胡玄敬讲，国初开设运河，大筑塘岸，居民初集，附塘而栖，因名唐栖。另有一种说法，也讲栖镇由来，味道比较清淡，讲栖镇的名字，跟宋末元初时一名姓唐名珏的隐士有关，"唐栖者，唐隐士所栖也。"

老小三人吃茶，讲天讲地。同样的隐士，林和靖在西湖边的待遇，跟唐珏隐士在栖镇的待遇是不同的，但也可能跟唐隐士没有写出很出名的诗有关。戴言礼感叹，我们栖镇人总体小老百姓多，生活讲究现世享乐，要吃得好穿得好，对古代隐士并没有太多共鸣，唐隐士就渐渐被人遗忘了。

吃茶，吃茶。戴言礼讲，栖镇人最骄傲的，是老底子的曾为"江南十大名镇"之首，大运河上繁华的大码头，首，就是头牌。栖镇当头牌的时候，乌镇、西塘、周庄、同里这些小镇，都落在后面。跟这些后来扬名立万的江南古镇相比，从前栖镇不仅有运河主干道，大轮船来来往往，镇内还有各种小河支流。市河、东小河、西小河、北小河、翠紫河，栖镇的水系是婀娜多姿的，有大河，小河，有丁山湖，还有各种"漾"和"湾"，除了大漾大海大江，栖镇什么样的水没有。所以栖镇人骨子里厢是骄傲的，凡是经历过繁华尾巴的上代人，总以为自己从小扎根的栖镇，才是正宗的江南。

戴言礼最喜欢讲的口头禅就是，我们下三府，人杰地灵。受父亲影响，戴正也时时以栖镇故乡为豪。

我们小镇因为码头性质，定居下来的也有各地方来的人。苏州人地位稍高，一向有着家底很厚的江南文明托着底，住在镇上的苏州人，家底基本上不容小觑。

绍兴人，在养鱼场一带定居，也不知道是怎么迁徙来的。戴正小辰光，时常去养鱼场玩耍，跟着绍兴人同学学说绍兴话，因为绍兴话有种夸张味道，学起来容易，又有戏剧性。上八府人，喉咙梆梆响，性格比本地江南人铿锵有力。圆满河边，有几条乌篷船拴在河埠头，是养鱼场的绍兴人自家的小船。戴正记得小辰光最开心的一次，是在养鱼场同学家的乌篷船舱里，好几个同学一道下五子棋，下到天墨墨黑，看不见了为止。

江北人，住运河南面，沿河而居。因为是解放前从长江北面南下逃荒来的，还有三年自然灾害又逃荒来了一批。沿河岸搭起最简单的棚屋居住。这些安扎在这里的江北人，也不知道有没有居民户口。本地人觉得他们是外乡人，说话荒腔走板，衣着寒酸，不太看得起他们。

街坊四邻，各行各当。有养蜂的，做裁缝的，做木匠的，孵坊的，教书的，工厂的，照相馆的，养鱼场的，小商店店员，店里可以买到零拷的雪花膏和散装的黄酒烧酒。居民不论男女，基本上都有工作要做。

比如在美食方面，栖镇老一辈很是讲究，就觉得栖镇人的吃，要比杭州人高级得多，栖镇人才是深得江南美食精华的。

他们骄傲到后来，认为到外面去看世界，吃勿好困勿好，完全没有必要，"去做洋盘"。易从心里讪笑自己，他的这些年，就是戴伯伯口中地地道道的"做洋盘"了。

待何易从起身告辞，戴言礼用一只茶叶罐子装了一罐烘青豆，要伊带上，又招招手说，再来白相，再来白相。易从连忙谢过。和戴正两人出了西小河街，就往长桥的方向走。

路上，两个发小争起来。因为易从说，栖镇虽古老，但文化底蕴并不深厚，历史积淀不够，市侩气也重了一些，所以一直都出不了什么大家。戴正想反驳，但一时又想不起栖镇土著出过什么大人物，就反问易从道，为啥同是江南古镇，又同是商业码头，在运河杭申甲线的乌镇，长湖申线的南浔，文气比我们栖镇要盛？易从也说不出为什么，只好讲，我小辰光读章回体小说《三言两拍》，感觉书里讲江南小镇的那种市井气质，跟我们栖镇比较像。戴正一拍脑袋说，我想起来了，记得好像清朝时有过一个"文字狱"，牵连了很多栖镇的秀才，为首的一个文人是栖镇人，因为写诗被杀头了，从此以后，栖镇人再没有人敢写诗了，文化人也少了。易从不置可否，说，文字狱江南哪里都有啊。戴正笑道，反正何易从你最清高，看不起自己家乡人。易从说，那倒没有，我只是有点失望，近代江南出了一大批文化名人，乌镇硖石南浔周庄还有甪直都有，就是栖镇没有嘛。

两人岔路口告别，戴正去茶书坊，问易从是否去店里坐坐？易从说，今天不去了，时差还未倒过来。易从走回家，跟二老说了会儿闲话，早早睡下了。

两日后，刘春燕跟他说，已约好几个企业家朋友，去德清下渚湖吃湖鲜，对方很客气，安排大家在湖边酒店住一晚。易从答应了，说，我一个人，你可以带上家人住一晚。春燕说，这次算了。

连续多日，跟几个企业家老板银行行长各局局长吃了几次饭，易从觉得也就是些场合上的热闹，他自己说不上是喜欢还是不喜欢，又怕自己在饭局上滴酒不沾，难免让牵线的刘春燕尴尬，事先做了点准备。

午后两点多出发，刘春燕开车，一个多小时后，就到了德清下渚湖。湖边酒店一聚合，另外四个人都是刘春燕的朋友。大家安顿后，先是一起湖边吃茶聊天，易从倒也觉得风景不错，晒得太阳，户外也不觉得冷。茶席间，听几个刘春燕的朋友说，早几年就在这里买了房子，以后肯定是升值。又谈股票的起起落落，问易从美国股市的情况。易从说，我自己不炒，太太偶尔玩一下，实在没精力研究。春燕说，易从你也可以在这里买个房，以后养老。易从说，总觉得太远了，有点顾不上。春燕说，那要是你真想回来，就够得上了。易从说，我是想回来呢，看看国内的机会。后来易从又听众人聊了会儿国内的风投。

令易从奇怪的是，下午喝茶的时候，春燕的朋友还一个个像自信的投资家，似乎最爱谈的就是投资，还有贷款。将近五点，张罗的老板建议大家先回房间休息两小时，也可以到边上洗个脚按个摩解解乏，晚上要好好喝一顿。春燕问要不要带易从去洗脚房放松一下，易从说，我在房间回几封邮件。春燕猜他可能不习惯这些，也不勉强。

到晚上将近七点，吃饭的时候，男人的身边都有了陪同的女人，加上春燕易从，正好十个人。易从悄声问春燕，怎么下午都没看到这些人？春燕轻声说，可能游湖去了吧。酒席上，刘春燕的一个朋友带了茅台酒，另一个朋友带了比时利酒窖的陈年葡萄酒，说要今晚大家喝个尽兴。易从平时不喝酒也不懂酒，也不知是什么名酒。酒桌上各种段子，也有各种信息，正经的，不正经的，易从听得似懂非懂。又观察那四位春燕的朋友，身边的女子，巧笑倩兮，若说是他们太太，又显得过于年轻，也不知是什么身份。易从不好意思再问春燕，只细细观察各人言行。发现春燕酒量不错，谁敬她都接得住。这一日出来，自己倒是像被她保护的。不免也打起精神来，勉为其难地喝一点红酒。

晚上近十一点，吃了最后端上的每人一小碗螺蛳肉菜泡饭后，主人朗声道：落胃落胃，来，各位干了杯中酒，为良宵干杯。易从勉强又抿了一口，主人道，何博士杯中还有酒呢。春燕见易从已是满脸涨红，随即端起易从的酒杯，一饮而尽，亮了杯底给众人看。众人叫好,一人道,这才叫红颜知己。

酒尽羹残,一群人醉醺醺,依依不舍地起身。何易从和刘春燕住同一幢小楼隔壁房间,大家起哄说,何博士要当好护花使者,把春燕局长照顾好。易从连忙答应了,就和春燕互相搀扶着,摇摇晃晃地走到了他们所在的那幢小楼。经过湖边小花园时,春燕的头已歪在易从身上。春燕说,湖边安静呀,我想吹吹风。易从说,太冷了,还是回去吧,别把你吹感冒了。

上了二楼,春燕摸出房卡,两个人一起推门进去了。进了房间,易从摸到了开关,开了灯,两人几乎同时倒在床上。易从头重脚轻,转过身,说,我帮你烧点水。正欲挣扎起身,春燕忽然抱住了易从,易从也抱了春燕,说,谢谢你,为了我喝那么多酒。春燕说,你废话。他帮她脱去了身上的大衣,她身上只有贴肉穿的粉色羊毛衫了,胸脯对着他,易从将脸埋在那里。她被他呼出的热气一刺激,顺势伸展了一下腰肢。他正欲去脱她的毛衣,这时房间的电话响了,响了几声后,又停了。易从嘟哝,这么晚了,还有电话。春燕忽然坐了起来,对易从说,我们都喝多了,你快回去吧。易从说,那我回去了。春燕道,我们在最上面一层,他们就在楼下。易从试了下,挣扎不起,说,我已不胜酒力,动不了了。春燕犹豫了一下,问,我看你摇摇晃晃的,要不要紧。易从的头,无力地垂在刘春燕胸前。忽然冒出一句:今朝酒醒何处。再欲挣扎起身,春燕搂了易从一下,说,你陪我算了。易从说,你不怕别人议论?春燕说，谁管我们呢。易从说，等我稍微清醒一下。春燕说，我还是不放心你。易从说，没事，喝了酒我只想睡觉。春燕说，那你睡吧。互相帮忙脱了外衣裤，钻进了被子，易从感觉刘春燕的身体微微颤抖着，本想豁出去抚慰她一下，可是一只手无力地抚摸了一下春燕的背，头一挨着枕头，眼皮就打架得厉害，很快就睡着了。

一觉睡到了早上五点钟，易从醒来，酒已醒了大半。想起昨晚的凌乱场面，酒喝得脑袋昏沉，边上熟睡着的是既陌生又熟悉的刘春燕，心中难过，不知自己怎会这般荒谬。他和刘春燕，只是初一的同班同学，交流不多，后来靳天的喜宴上碰到，才知她高中时跟陈易知最要好。当年他还在京城工作，她也在京城进修时，一起吃过一次饭。她犹豫不决进修结束后是回余杭，还是换岗位去杭州市局。易从跟她说，人往高处走，你前程大好。刘春燕当时解释，她的麻烦是宁波的男朋友为了她，随她一起在临平发展了，有两年还下派到了她老家栖镇工作。她有好几次机会，但不好意思留下他独自离开。易从表示理解。不久，刘春燕还是回了临平上班。又过数年，春燕在美国进修，他们又见过一次。那一次，易从觉得刘春燕春风得意，他乡遇故知，两个人都很高兴，他只负责开车，陪着她四处游玩。

易从不敢开灯，正欲摸黑离开，回自己房间冲个热水澡。春燕也醒了。问他几点了，易从说，才五点多，你再睡一会儿，我一身酒气，想去洗个澡。春燕说，你别走，再陪我一会儿。

易从闻到春燕身上的酒气,他确实不喜欢酒气,只浅浅地环抱着她。

又迷迷糊糊睡到七点,易从彻底清醒了,幸好前一晚带了美国的解酒药保护,头也不痛了。在春燕的额头上亲了一下,起身回了自己房间,如厕,洗澡。热水哗哗地喷洒在身上,易从细细回忆昨夜在刘春燕房间的事,如黄粱一梦,心中愧疚。刘春燕似乎是喜欢他的,否则也不会这么卖力帮他。可自己又是怎么回事?这几年美国的日子寂寞,一点中年情愫,都附在了故乡红颜身上。

易从坐在沙发上喝茶,八点多,刘春燕的短信就来了。问他现在人舒服了没有,易从回,我还好。也问刘春燕如何,刘春燕说,我们去吃早饭,收拾一下要回程了,我下午还有事。易从说,好。

早餐厅里,刘春燕已梳洗过,换了件红色大衣,齐耳短发上戴了一对银圈耳环,浓眉大眼,漂亮醒目,跟平日的正规装束颇有不同。朋友们互相碰到,笑说昨天氛围太好,喝得有点多了。茅台和红酒都只剩空酒瓶。有人说,茅台的酒瓶子卖了,还能换啤酒喝。见刘春燕和何易从,就客气道,昨晚两位休息得还好吧。两人有点尴尬,春燕忙说,何博士不会喝酒的,昨晚舍命陪君子了,以后你们多多联系。易从也忙道,昨天太周到了,感谢感谢。刘春燕的朋友说,以后何博士有项目,可以找我们,我们帮你运作。

早饭后,刘春燕开车把何易从送回栖镇,路上说些无关紧要的话,易从想说,我们还是做朋友好,嘴上又说不出来,只怕冒犯了刘春燕。春燕送易从回家,易从自顾自下车,上楼,也不请春燕去家小坐,春燕不乐,一脚油门,开车回了临平。

这一日,因为年刚过,陈易知到栖镇水文站有公务,看过运河水文数据,又实地察看过,见了几个当地水文站的工作人员。公务结束,又去戴正的茶馆,顺便在那里整理一点文案。

不是假日,下午两点钟光景,店里没有什么人。易知找了窗前位置,要了一壶铁观音,服务员又送上来一小碟瓜子、云片糕和椒桃片、一小碟橄榄和桃干,易知看着茶点微笑,知道这些都是戴正爱吃的零食。戴正这个人,现在平时还常吃橄榄话梅桃干这些蜜饯。

独坐良久,易知上了趟洗手间,忽然想起戴正说起过楼上还有一个比较隐蔽的空间,就拾级上楼。楼上环境更显清雅,略有些像阁楼的斜屋顶。易知被窗边墙上的一幅版画吸引,凑近看,是"柳敬亭说书",边上还有小字——

柳敬亭(1587—1670),原名曹永昌,后易名敬亭,号逢春,因"面多麻",外号"柳麻子",南通州余西场人,扬州评话开山鼻祖。祖、父皆在余西镇上经商。其叔父在泰州余西间往来经商。永昌之父奉永昌之祖命,或至泰州,助永昌之叔一臂。永昌少年好动,或随父至泰州叔父歇脚处一游。因十五岁时在泰州"犯事"当刑,遂隐姓埋名,浪迹苏北市井之间,说书度日。万历三十七年(1609年),渡江南下,在一棵大柳树下歇息时,想到自己尚在捕中,"攀条泫然,已,抚其树,顾同行数十人曰:'嘻,吾今氏柳矣。'"

易知依稀记得,在哪一篇中学语文课文里看到过柳敬亭,再读下去——

敬亭既在军中久,其豪猾大侠、杀人亡命、流离遇合、破家失国之事,无不身亲见之。且五方土音,乡俗好尚,习见习闻。每发一声,使人闻之,或如刀剑铁骑,飒然浮空;或如风号雨泣,鸟悲兽骇。亡国之恨顿生,檀板之声无色,有非莫生之言可尽者矣。

陈易知。有人唤她的名字。易知应声扭头看,一个瘦削的中年人在窗边坐着,微笑地看着站着的她。是何易从。一时间,易知脑子一片空白。

自那年在栖镇红太阳的超市匆匆一遇,又十年过去了。

你看得那么认真,我叫你两声没听见。何易从说。

我——刚才想起戴正口口声声想当柳敬亭来着。

易知应着,还有点恍惚。傻站了一会儿,易从才想起来让座。易知说，我刚才在楼下喝茶呢。易知叫服务员把她的茶具带到楼上来。稍歇，两个人面对面坐定。

你回来了。易知微笑着，说一句废话。

是，过年前几日回来的，基本上现在每年都会回来的。易从说，两年前靳天搞同学会，怎么你缺席了？我当时没看到你来还挺遗憾的。

易知说，正好我妈病重，我走不开，也没心情。

两人就此寒暄了几句。易知一时想不出话来，表情忽然严肃，沉默片刻。易从给易知的杯子里续上茶，说，这么小的地方，我们居然一直碰不到。

有三十年了吧。奇怪就是从来没有碰到过你。易从又说。

你记错了。易知说着，一丝不悦从心里飘过。

反正现在又碰到了。易从说，要感谢戴正。他给了我几张这里的茶券，说是怕别人都上班了，我一个人呆在家里闷。

我也是，上次这里开张时我没来，他请了很多同学来的，像开同学会了，有点遗憾又没赶上热闹。

两人又寒暄了一阵。易从瘦削，简净，微黑的皮肤略干涩，说话的腔调是易知最熟悉的。易从给易知倒茶，张罗着让她吃点戴正偏爱的零食和点心，打开了一小包桃酥，自己碟子里放一个，易知碟子里放一个。

易从笑道，这几日我把戴正店里的小点心快吃遍了。

易知说，你不知道，其实河对面法根糕点都有卖的，喜欢的话，可以买一点带回美国去。

易从说，那不一样的，要坐在河边吃，才最有滋味。易知吃了一口小桃酥，说，还是小辰光的味道。易从说，你再尝尝这个猪油酥糖。易知笑得眉毛也弯起来，说，小辰光，我睡觉前躺在床上还在吃酥糖，一不小心吹了口气，酥糖屑屑就吹进眼睛里去了。

易从说，我记得你小辰光有点馋的。易知问，你怎么知道？易从说，你课间老在我前面吃东西，像只小老鼠一样，窸窸窣窣，害我听得肚子咕咕叫。易知笑起来，说，那时候正在发育，特别想吃东西。易从感叹道，正是二月梢头的年华。易知说，怪不得你气呼呼踢我凳子，原来是你没得吃。易从也笑，说，那时候刚长身体，老是觉得饿。易知说，那时候我每天两角零用钱都花光，买各种零食，早知道我分你一半了。易从说，你爸妈真是宠你。易知说，小辰光我爸一边给我冲麦乳精，一边笑话我，头颈贼细，只想食计。

互相说了些近况。易从道，你一直在跟水打交道。易知笑笑说，好像命里都是水，从小住在河边，大学时学的文史地，结果一辈子跟水文缠上了。栖镇也有水文站，我经常会过来看看。

易从说，我记得当时听说你报的是地质系，心想其实你学的我还挺喜欢的。

易知说，我知道你喜欢，但结果是我读了地质系，造化弄人。

易从微笑说，我们那时候在武林头，天快黑了，你不肯回来，说要看水文站。

易知也笑了，说，哪里天黑了？还没有黑。我记得，你说让我自己住招待所。

易从问易知今朝住不住在栖镇，易知说，晚上回杭州去。易从说，你晚点走吧，一起吃饭。我们是有很多话要说，这些年，我都是从别人那里听到你的消息。

易知犹豫了一下，说，好，也不要换地方了，就在这里吧。易从说，这里不做菜的，等下去隔壁吃。易知心里一点也不想去别的地方，就说等下隔壁菜馆叫碗片儿川过来就好了。易从说，听你的。

接下来的几个小时，何易从和陈易知絮絮叨叨地说了很多话，讲这些年的经历，不知不觉中，天早已黑了下来，外面还下起了雨。易从让易知等一下，他去隔壁叫两碗面，易知看看雨下起来，说就这样雨天坐着闲聊，谋杀光阴最好了，不觉得饿。易从说，那饭还是要吃的，我饿了，你稍等我一会儿。说着易从下了楼，易知望着刚才坐着易从的那个空位子，转头支着胳膊托着腮，静静地看雨。

过了不知多久，易知从看雨的入定状中回过神来，只见易从正定定地看着她，轻声问她道，怎么了？易知忙说，你头发淋湿了。

易从说，没事，反正我头发短。易知说，是呀，剃头匠怎么把你理这么短，再剃下去，就成光头了。易从说，我到北京读博士的第一年，正好夏天，想理短点，结果理发师傅干脆给我理了个平头，我一看，还挺精神的，从此就保留这个发型了。易知笑道，这是硬汉头。易从说，我不是硬汉，我明白自己，性格挺优柔寡断。易知说，那你是多想改变自己啊，就为了看着硬朗一点。

一会儿，隔壁店小二送面上楼，两碗新烧的面，热气一缕缕飘上头上方橘黄色的纸纱灯笼。易知一看，一碗片儿川，一碗虾腰面，立刻笑逐颜开，说，我很喜欢吃虾腰面的呀，好几年没吃了。

易从笑道，刚才我看到有虾腰面，就想多一种选择，没准你喜欢。易知说，老底子的虾腰面、虾爆鳝面，我都喜欢，好像比片儿川贵。易从笑着说，那你吃贵的。易知开心，说，你也可以吃呀。就去拿了两个小碗。易从先尝片儿川，说离原来栖味馆老虎灶上烧出来的片儿川，味道稍微次一点。易知也尝了下片儿川，说，汤色没有以前的好看了，肉片浇头不够嫩，不过味道还算可以。易知问，你在美国会做片儿川吗？易从说，好像不会做地道的片儿川，胡乱做做。易知问，会烧中国菜吗？易从说，不算会吧，我最拿手的是红烧牛肉面，以后烧给你吃。

两个又吃虾腰面，浓油赤酱，腰花倒是嫩滑，吃得热气腾腾，鼻尖冒汗。易知吃着片儿川里的冬笋，忽然想起什么，问，美国有笋吗？不然没法做片儿川呀。易从笑说，有毛竹就有笋，美国也有笋的，春天时我还去林子里挖过。

吃罢面，易从问了易知的时间，易知说差不多九点要走。易从看看时间还早，跟易知说，我们坐了大半天了，你想不想走一走。易知说，雨不大，走一下也好。易从说，戴正的店里有伞借的，等下再还回来。

他们走出去，易从打了一把大号的咖啡色长柄伞，易知钻进伞下。易从问，往东还是往西？易知说，随你，往东是你家，往西是我家，反正"遗址"都没了。上桥，易知小心地不碰到易从，走路步步小心。易从说，还好不冷，外面空气也不错。易知说，以前从我家走到你家，一路不用打伞。易从说，面目全非了。不过还好，这几年回来，感觉我们小辰光的那个小镇又回来了一点。

易知说，你有了戴正的据点了。易从说，没想到，这小子真的开起茶馆来了，还把柳敬亭请回来了。易知说，戴正有次讲，他要是开茶馆，垒起七星灶，煮开三江水，最好自己三不管，只管呼朋唤友，闲来吹一曲箫。易从笑道，他啥也不管，大家都去白吃白喝，那三个月就倒灶了。易知说，他如今是当爹的人了，只笑傲江湖恐怕不行了，是得精明点儿。易从笑，这家伙想着笑傲江湖，啥时候会吹箫了。

易知说，我好奇，你在外面这么多年，会想家乡吗？易从说，会呀，有时候做梦，会梦到长桥，还有我家河边的老房子。

易知说，奇怪的，我这么多年梦来梦去，只要是梦见屋里，都是在河边老屋。易从说，我也是。易知道，我家西横头老房子先拆的，大概过了一年，你家东横头也拆了。易从感叹，自从回来不见了老房子，好像少了寄托。易知说，有一天回来，我看到你家老房子没有了，就很失落，以前总是从你家门前走过。易从说，我爸倒是好几次提到你。易知说，我爸也是。易从笑道，还是他们消息灵通，互相报信。

桥上桥下地走了一段路，雨势密集起来，一柄伞下，易从隔得太远，怕淋到易知，又见易知衣衫有些单薄，薄薄的藕荷色呢子大衣，没有戴围巾，穿的是半高跟的休闲皮鞋，就问易知冷不冷？易知说，我刚才出来忘记戴围巾了，不过还好。易从戴了男式围巾，也不好意思问易知要不要戴他的围巾，又怕她鞋子不好走，就说我们还是回去坐吧，别着凉了。易知说好。

回到了茶馆，上二楼坐下。续上茶，又絮絮叨叨地接着说话。服务员送来一碟小水果，是略加腌制的樱桃。易从捡起一颗樱桃放进嘴里，酸酸甜甜。

到九点时，雨渐止，易知说，我差不多要走了，明朝上班。易从说，忽然就半辈子了，话一时讲不完的，慢慢讲，细水长流。易知听得"细水长流"，心里安妥。

易从送易知到停车场，看着易知上车，启动马达，易知忽打开车窗，问，你哪天回美国？易从说，很快了，只能再呆一两天了。易知哦了一声，没再说什么，两人道别。

回到父母家后，易从翻出一本相册，里面有从前那张黑白四人合影，他凝视有些模糊的相片，看五官清秀、神情却有点拧巴的陈易知，还在总角之年，似笑非笑，似嗔非嗔。想起前几天他在家无事，就趁父亲打麻将母亲买菜的当儿，在家搞大清理，把家里很多杂里古董扔了，看着才清爽些。不料母亲回家后见状，跟他大吵一架，说他把一个旧唱机也当垃圾扔了，那唱机有百年历史了，是古董货。易从连忙下楼去找，旧唱机已经被人捡走了。母亲骂骂咧咧了一天，骂得易从很想用棉花塞住耳朵。幸好母亲又去楼下杂物堆想找回点什么，把一个他没看仔细误扔的相册捡了回来，不然这张从前的四人合影也被他扔掉了。

易知回去，翻看何易从微信朋友圈的照片，照片上的何易从，像是在自己家的后院，一手抱子，一手牵女，不喜不忧，神情温肃。她对着照片发了长长的呆。次日夜里，易知做了一个梦，梦中，何易从在栖镇东横头的家搬了，搬去了东小河一带，她明明见过一次他站在新家门口的，但是等她去东小河的一排房子前，一家家地找，找了好几十家，怎么也找不到何易从的家了。

天亮后，易从告别了爹妈出发，几小时后到达浦东国际机场，托运了行李，过了安检，终于安静下来，在候机楼发了一张候机的照片给易知。易知说，我刚醒，你就要飞了。易从说，是。易知说，你都好好的。易从说，你也一样。

这年晚秋,易从在美国见到了易知。易知去纽约参加一个水文环境的行业研讨会,有大半天的自由活动时间,事先微信上跟易从说了,易从请了一天假,特地从新泽西坐大巴到纽约看她。一小时后,两人在四十二街附近客运中心碰头,又搭上地铁,去曼哈顿下只角的码头,易从陪易知坐船,从自由女神像下经过。易从说,我是第二次来坐船,记得在罗德岛时,来纽约玩了一次,特地坐了一回船,看自由女神像,又去百老汇看了演出,看歌剧《悲惨世界》,就算开洋荤了。易知说,听你一讲,我也好想去罗德岛看一看。易从说,记得我刚到罗德岛时,有一个月的时间,老觉得恍惚,好像时空是不真实的。我怎么会到这里呢?我一天问自己好几次。易知说,真羡慕你,一走这么远。我去过三亚有个地方叫"天涯海角",罗德岛才是真正的天涯海角啊。易从说,从地理位置上来看,确实是的。

易知又说,《悲惨世界》我只看过书和电影,记得书我是在大学时杭州回栖镇的轮船上读的,轮船上一个来回没读完,回校又开夜车读。易从惊讶道,原来我跟你在轮船上读过同一本书呀。易知说,有一次我下了轮船,才看到你匆匆走到我前面去了,我还当你故意不理我呢。易从道,怎么可能故意?怪我近视眼。易知说,从小我就觉得你是我同类呢,没想到你理不都理我。易从说,都怪我,近视眼遇到光线不好的黄昏,姑娘大驾都看不见。易知笑了,说,我不是大驾,是小驾,所以你不见。

他们在布莱恩公园里走,易知看到一排玻璃小屋,很是欢喜,一起走进一间玻璃小屋,小坐片刻,一人点了一杯热巧。易从开玩笑说,丫头你出息了,大老远来美国开研讨会,风光女学者嘛。易知正色道,你别糗我了,我爸一天到晚嫌我没用。说说女学者吧,我是搞水文环境的,我爸觉得这没几个人关心,要关心了,就是发洪水了或水资源污染了什么的,不是好事情。易从说,我们的京杭大运河也是你研究的一部分吧。易知笑,你都是这么哄姑娘的么?易从说,我笨,不会哄人。但真的挺好奇你研究的江南水文。易知说,我也觉得奇怪,八字先生说过我是水命,真是一辈子跟水打交道。易从道,我这些年关注的东西杂七杂八,你的研究领域我也好奇。易知说,说起来人文研究,到头来我只明白了一件事:水满则溢。易从说,你这是从水文上升到水的哲学了。

易从说,我想我也是无用的人,人家眼里我是书呆子。易知揶揄道,比方鸿渐如何呢?易从笑道,也跟废物差不多吧,我搞艾滋病疫苗研究多年,没什么成就感。易知说,我们小时候蛮能干,长大都变成废物了。易从说,废物利用罢了。

穿过布莱恩公园时,易从忽然想起范小姐,就说,上次我跟你讲起过有一回我们学校门口碰到的范小姐,后来到了美国后,她的画展就在中央公园附近的一个小画廊里。

两人坐地铁,去了中央公园那边八十六街。易从带易知走进那家他半年前遇见范小姐的画廊,遗憾的是,范小姐的书画一个月前就撤展了。易知说,站在这里,好像范小姐她刚刚走开似的。易从说,这位栖镇女史,名字叫沁青。易知笑,沁青女史,你的隔代粉红知己。易从想起小辰光的事,也笑了。易知说,要不是范小姐命大,还能清醒过来,那太罪过了。易从说,等伊清醒,已经是老姑娘了,也不知后来姻缘如何。易知笑说,你可真为范小姐操碎心了。

十一月下旬,纽约风大,背阳处,寒冷萧索。太阳底下却温暖。易知缩着脖子,笑说风衣难挡纽约的寒风。易从讲,我也很少在纽约的街上走。易知说,北京我都觉得冷,我始终不习惯北方。易从说,看来你是江南植物,不能乱移植。我粗糙些,挪一挪,尽管有点不适,还能活着。

易从穿得单薄,好像并不怕冷,带易知走进古根海姆美术馆,在小卖部买了条蓝白色羊毛围巾,让易知马上戴上。易知马上眉开眼笑,说,又好看又软和,现在不冷了,纽约的风我都不怕了。

易从说,我没想到纽约比北京还冷,早知道我该定居加州的,当时加州这边也有大学的实验室要我。易知问,那为什么要去罗德岛呢?易从说,谁知道呢,也许那时候有对远方的想象吧,总觉得一说加州,就是华人成堆,就是唐人街,就是到另一个中国,没劲呀,要去就去真正的美国。结果我这一路,工作环境有点像小型联合国,白人、黑人、印度人、中国人、日本人都有,跟春秋战国时代似的,也算是在高科技领域,各人种的群雄逐鹿，你要想轧个中国人堆也不容易的。易知笑说，豪情万丈。易从说，年轻就是胆大。易知说，你是天马行空的，我以前就知道。易从说，小简也说我天马行空，飘忽不定。易知说，你到天涯海角，她都相随，已经很好了。

易从第一次问起陆韶的情况，易知有些窘，回答道，在文化厅，想不到我找了个官迷吧。易从笑说，在中国难道不是当官最有前途吗？呼风唤雨。一个地方官能张罗的事，有时你是想象不到的。易知说，太热衷了也不好吧。易从坦白说，如果不是出去，我也许也走了这条路。易知一时语塞。

晚上，易从请易知在曼哈顿的一家中餐馆吃饭。烛光摇曳，侍者风度翩翩，端上冰水，易知皱了下眉头，易从反应过来，赶紧让侍者换成热茶水，另外付费，还小贵。易知难为情道，我的中国胃，都不能入乡随俗。易知问起易从，现在是否吃得惯奶酪，易从说一般。又讲，美国的超市里，奶酪有上百种。易知又问他中午上班吃什么，易从笑道，今朝中午是蓝莓加酸奶。易知咧嘴，说，你快成地道的美国人了。易从笑道，没有品尝过上百种奶酪的人，都不可能地道，又感叹，不要说隔着中国和美国，就是一个江南人，一个北方人，一南一北，生活方式上也是有明显差异的。

等上菜的时候，易知看餐厅窗外，黄叶飞舞。易从见易知在发呆，问，你在想什么？易知笑笑，指指窗外说，你看纽约的落叶。

菜上来了，两人默默吃饭。易从也不殷勤劝菜。吃的是川菜，主菜是芹菜水煮鱼。易知感叹道，现在川菜真是要攻陷全世界了，江南菜倒是式微。易从笑道，舌头都麻掉，味觉也就麻木了，需要强刺激。易知笑道，那你为什么要带我来这家呢？易从也笑，刚才你不是冷吗？我想吃得热乎乎的，驱寒。易知脱口而出，你下次回家，我烧几个你吃吃看。

易知又说起，戴正的茶书坊添了两只猫，她给它们取了名字，易从告诉易知他家一狗一猫的名字，东横头西横头，猫名叫西横头。易知开心地说，那你家"西横头"的老家，大概就是我家老房子了。易从说，从前的猫都是屋顶上的游侠，活动范围可大了。易知说，我小辰光就梦见过我家小黄咪在你家窗口前叫呢，你还给它开窗了。易从听着，脸上就有点孩子气。

晚上九点光景，易从要赶末班车回新泽西。易从说，新泽西等于是个大乡村，他就住在乡下小镇上。有时在小镇上跑步，半天见不到一个人。在美国呆久了，有时跑步会跑到墓地去。美国人的墓地，也是公园。说着话，易从把易知送到酒店楼下，两人道别。易知上楼，进房间，从包里掏出两只苹果、两只橘子、两根香蕉、四块巧克力，在书桌上一字排开，这是刚才易从从双肩包里掏出来给她的零食。

到晚上十一点多，易从到家洗完澡，收到易知的微信，问他到家了没有？易从说顺利到家了。易知说，我刚得到个好消息，接下来两天的集体活动，因为一个主讲人临时家中有事来不了，改自由活动了。易从回道，正好是双休日，你想去哪里逛，或者接你来我家？易知说，你可以带我去别的地方吗，开车能到的地方？你家我下次去。易从笑着说，美国大陆开车哪儿都能到呀，就是时间长短，远的开几日车也能到，不过去阿拉斯加的话，得越过国境线。易知说，我最想看你以前呆过的地方，对我来说很神秘。易从说，你只有两天时间，太紧张。易知撒娇说，我好想去罗德岛呀，还有田纳西，还有北卡，都想去，你陪我去吧。易从为难，回道，有家的人了，对不起。易知胸口一震，才清醒了。

第二天将近中午，两人背着简单的双肩包在纽瓦克机场会合，易从见到一脸欣喜的易知，笑着说，才发现你这个家伙是天上一脚，地上一脚。幸好我跟太太请好假了。易知难为情道，我让你这个有家的人为难了。

易从说，就带你去北卡吧，飞机飞一个小时就到了。晚上住我朋友家里，你正好看看美国的家庭生活是什么样。易知问，住人家家里不叨扰吗？易从说，美国中产阶级家里房子大，房间多，好朋友住朋友家是没有问题的，家里也时常要搞派对。他们一家感恩节也来我家住过。易知说，那我们要带什么礼物呢？易从说，小简已经准备了酒，给孩子们准备了韩国点心。我朋友爱喝几口酒，说说话，烤个肉串，这是他最喜欢的周末生活。易知说，你太太真好，好感动啊。易从说，是，我也以为她会不同意呢。

午后，飞机落地罗利达勒姆机场，易知说，原来你在这儿，回国要转机还是麻烦呀。易从说，我家的一个笑话，之前这个机场要新添一条直飞航线，让当地居民民主投票来决定，我投了上海航线，小简投了北京航线，为了各自探亲方便。结果开通的是直飞巴黎的航线。人家说你们中国人就是不团结。

易从的朋友方先生来接，彼此见过。到他家的郊区别墅，两条狗和两个孩子一起跑了出来迎客。稍事休憩，女主人正在厨房煮咖啡，做水果盘。原来方先生夫妇上海人，以前跟何易从同在杜克大学的实验室工作。夫妻两个都是生物学博士，比易从早一年到的美国。大家在一起，说的都是中文，让易知不觉得疏离，只是方先生夫妇称呼易从英文名斯万，易知耳朵有些不适应。宾主一起喝了咖啡。易从跟朋友说好，晚上晚一点回来吃饭，借了朋友的车跟易知一起出门了。

上车后易知说，斯万，斯万。我先熟悉一下，斯万是你，你是斯万。易从笑。易知说，我只知道斯万是《追忆逝水年华》里的一个男主人公，他痴迷一个交际花叫奥黛特，后来娶到手就不喜欢她了。易从难为情道，我没看过啊。易知说，我最爱的普鲁斯特。

两个一路说话。车子开了不到二十分钟，就到大学的一个停车场了，停好车。易从说，我离开，是因为我们这个艾滋病毒实验室折腾了快三十年，一直在做艾滋病疫苗研究，也包括其他传染病疫苗的研究，但是很痛苦地遇到了瓶颈。有一个艾滋病疫苗，现在在南非做三期临床实验。易知说，三期临床意味着疫苗或者新药快要落地了吗？易从说，更大的可能是被"枪毙"。易知说，那心理承受力得多强大啊。易从说，这些年埋头苦干，始终没有实质性突破，好几个节点，感觉疫苗要成功了，结果又是一场空，我就开始怀疑自己坚持下去的意义。搞研究十几年，苦闷在于好消息太少了。前段时间我这个朋友也跟我说，他不想坚持下去了，他想彻底改行，干自己有兴趣的事情。易知问，你朋友原来在实验室做什么？易从说，他是免疫学教授。他太太现在全职在家，要带两个孩子，有空给一些刊物写写医普文章。

说着，到了从前易从工作的那幢小楼前。小楼看起来静谧安宁，易从说，这个楼是独立的，一旦失火，是不可以进去救的，因为实验室里面有各种病毒，楼里有专门的高压灭毒锅处理垃圾，为防止病毒等有害物质流出来，只能任它自己烧完。易知听易从解释里面的一些研究设施，说有一种液化氮，达到零下九十六度以下超低温，储存细胞用的，比南极还冷。易知只听懂了这幢小楼的安保级别很高，直感叹隔行如隔山，易从笑说，我也不懂水文怎么回事呀，觉得很神秘。易知说，你就想人类文明都是从河流边发端的，就没那么神秘了。

这个片区的路清幽，步行起来很是适意，下午又不冷。易从说，这就是我从前每天出没地方，还真有点象牙塔的味道。易知问易从当时是怎么来的，易从说，这事说来话长。最早到美国，罗德岛大学医学院，当时正好有个 B 细胞免疫调节实验室有博士后职位，我就去了，后来就跟着这个艾滋病实验室一路到田纳西，再到杜克。但是我离开了好几年了，艾滋病疫苗还是没有真正的突破。易知说，我才知道，科学真是难啊。你经历过了，离开也好。易从说，我朋友比我多坚持了几年，也离开了。易知说，我现在更理解为什么有些物理学家，最后因为自己理论被证伪就自杀了，心理关太难过。易从说，是很容易崩溃，也容易抑郁。我有段时间一到秋冬季，人容易抑郁，离开后这几年好多了。易知问，研究半途而废了，会不会觉得很遗憾？易从说，有时我觉得自己意志薄弱，所以半生一事无成。我知道，真正能坚持一辈子的，只能是出于热爱，当科学狂人，我肯定还是不够热爱吧。

易知感叹道，古水系啊，古建筑啊，我算有兴趣探究，我的理想是把世界上重要的水系都实地看个遍，但也不知道自己究竟有多热爱。易从问，你现在跑了多少水系了？易知说，国内的跑得多，每年夏天几乎都跑出去，晒得墨黑回来。国外的就没跑几个啊，只去过欧洲，还有埃及，到了尼罗河。我希望以后退了休能去。易从说，以后有了时间，我陪你去看密西西比河流域吧。

整个下午，易知跟着易从走在昔日工作的大学校园里，听他滔滔不绝地讲从前在这里的工作和生活，她忽然觉得这一个何易从，跟自己在老家见的那个何易从不一样。他是完全陌生的，却又是让她好奇的一个新人。

易知走累了，易从总想让她多看一些，他背着她的包，还有两个人的水。图书馆、医院、花园。晚上八点不到，易知笑着说，光风霁月，我已经看饱了。易从说，现在带你去最后一站，不看后悔。他们七拐八拐，走进校园内一座哥特式古老教堂，这时教堂里正响起古老的管风琴乐声，庄重肃穆。易知跟着易从轻手轻脚走进去，教堂里只有他们两个人。他们找了个位子坐下来，静静地听了会儿管风琴，易从说，这是十七世纪的宗教音乐。易知想的却是，教堂真是个让人有安全感的地方。

出了教堂，这时外面下起了小雨。易知说，为什么我们在一起，到哪里都会下雨。易从说，刚才下车时问你要不要带伞，你说不要，不过你今天差不多把我从前的活动区域都走遍了。易知说，我的脚痛煞了。易从笑说，我以前每天都会在校园里走很多路。雨下得密起来，易从赶紧脱下身上外套，罩在两个人的头上，一路小跑，终于上了车，易知脱了鞋子揉脚，一边哼唧，我的脚被你蹂躏得要肿了。易从笑道，你还是娇小姐。我这些年走南闯北，倒是练出把蛮力气了。易知笑说，瘦子也有力气呀。易从说，在美国做男人，需要动手能力非常强。我现在也要干很多户外的园子里的活，很多东西买来，要自己动手装，以前简直难以想象。易知感叹说，你一会儿是易从，一会儿是斯万的。

八点多，他们开车回到方先生的家，只见餐桌上已摆好葡萄酒和香槟酒，还有鸡肉、牛肉、鱼和大盘的蔬菜虾仁色拉。

餐桌上，易知听方先生说，离开大学后，他在亚马逊上卖照相器材一周年了，现在生意不错。他太太说，我们的目标是早日实现财务自由，时间自由，然后他去拍他的照片，玩他的摄影器材，我写我的文章。易从跟易知解释，方先生是摄影爱好者，对照相器材很发烧，屋里有各种镜头。又说方先生以前拍了很多花的照片，其实不是花，是实验室显微镜下的各种病毒。

易知又听他们说了些陌生的人和事，远远近近，一时竟迷惑何易从到底是不是她从小认识的那个何易从，这迷惑将她拖入了困倦，她强忍住困意听着，又时时出戏，终于打起了哈欠，易从和朋友一家说得起劲，却不曾察觉易知的局促。

终于捱到临睡前，易知在易从朋友家房间的窗口看了会儿星星，迷迷糊糊间，忽然想，在隔壁房间的易从，等他老了，他是何易从，还是斯万呢？

第二天一早，和方先生一家，还有他们的狗狗一起去一个很大的湖边露营，女主人早上做了些三明治和水果蔬菜色拉，还有甜点，方先生说这湖上有很多鸟可以拍，运气好的话，可以拍到鸳鸯亲嘴。易知笑问，美国也有鸳鸯吗？方先生笑说，我们自己乱叫的。

午后，方先生开车将他们送到了机场。回程飞机上，两个人都乏了，闭眼休息。两个多小时后回到纽约，在机场取了车，易从将易知送回宾馆，自己回新泽西，车上，易知问，我来之前有人来看过你吗？易从说，我大学同学有人来美国时，碰过几个。以前老同学，只有刘春燕，在洛杉矶进修过一年，中间有假期，她来找过我，可是我那段时间实验室太忙，只休假陪她逛过一天。易知听到刘春燕的名字，就不再追问。易从却道，我知道刘春燕高中时跟你最要好。易知说，是的，我们这些年反倒疏远了。易从说，也正常，老同学慢慢少了音讯。

在美国最后一晚，易知有些意兴阑珊。她感到对易从那一点未了的情愫，缥缈到了半空，风又吹走了大半。

肆

戴正讲，靳天这小子，你晓得哦？官当得好好的，一个急转弯，说按政策，他到三十年工龄，可以办内退。一开始还不让退，伊从医院里开出好几张体检单子，这里有问题那里有问题，也不知真假，要求病退，然后去新西兰跟老婆团聚去了。我说伊想得通的，无官一身轻，从此自由自在，脚底生风。易知问，张静不是原来跟瑶姑娘一起开普洱茶坊吗？戴正讲，店老早转让了。这两年风声紧，严查三公消费，又有八项规定，还有谁敢顶风去这种地方高消费。私人花钱的客户，毕竟少的，普通茶馆咖啡馆，哪里不好去。张静聪明的，一看风向不对，马上调转枪头，听说要去新西兰种茶叶了，投资移民，去那边开公司。新西兰我也不晓得可以种什么茶,反正张静就是当老板的料。戴正又讲,伊真是重新做人,连香烟都戒掉了。

二〇一九年。冬至前,戴正从杭州请到了自己的老师坐堂一周,在柳敬亭茶书场开膏方。每年冬至前,老先生在杭州坐堂都来不及,但是听戴正神神叨叨地讲了栖镇古镇一些老底子的逸事后,就对这个老运河码头感兴趣了,欣欣然答应,来坐堂开方一周,每天最多五十个号,顺便开启一下和夫人的古镇美食之旅。

戴正在老师坐堂的最后一日下午,与湘湘有了一面之缘。湘湘那日穿了草绿色大衣,是带她妈来配膏方的。临走前,特地跟正在店里给老师打下手的戴正打了招呼。湘湘说,好几次听靳天说你,蛮有意思的一个老同学,现在回老家开起了柳敬亭茶书场。戴正说,原来是靳天的朋友呀,幸会幸会。湘湘说,我已经带我妈来过一次,专门吃茶,今朝又来配膏方。戴正说,老人家冬天补膏方,要紧的。

戴正见这位陌生绿衣女子对他却是很熟悉的样子,心想应该是靳天的红颜知己。跟湘湘客气了几下,请她多来店里坐坐。湘湘说,我现在新西兰、上海、栖镇三头跑来跑去,栖镇也是时常回来的。戴正心一动,说,靳天现在就在新西兰逍遥法外。湘湘笑说,我晓得。

眼前跟他攀谈的女子,明艳贵气。湘湘指指桥对岸,说她原来住水北的。戴正"哦"了一声,说靳天小辰光也住水北的。

两人简单说了几句，湘湘就陪她妈离开了。

冬至后不久，易从再次回乡时，靳天去新西兰已大半年。至于靳天到那边去后的情形，也无人知晓。靳天远走之前，也没特地告别，说走就走了。同学发小，基本上猜靳天是为了儿子去的。戴正说靳天，腔调有点滑稽。伊倒是遁了，人都找不着了，大概去新西兰找魔戒去了。何易从候鸟一样，飞去飞回。靳天呢，平时恋恋风尘，醉生梦死，忽然来了一个明月清风，凌波微步，再来一记黄鹤一去不复还，白云千载空悠悠。后来茶坊里，陈易知对戴正讲，你惊堂木一拍，可以讲书了，靳公子辞官西游记，东扯头西扯脑的，够你说上一个月。何公子牧马频来去，又说上一个月。戴正说，何公子我还好懂一点，靳公子么，我有时候看伊，越看越糊涂，不知这一出"西游记"怎么讲法。

这日小雨天气，易从回来后第一次见易知。到浙二医院先取了父母的体检报告，下午四点多，叫易知一起吃夜饭。易知前一天刚风尘仆仆从河西走廊回来。

两人约了西湖边新新饭店。这次回来，易从给父母做了全面身体检查，半喜半忧，父母虽没有要命的大毛病，但慢性病总还是要当心的。特别是老父亲，八十好几了。易从一想这些烦心事，心境就有点灰暗。

两人饭后走出新新饭店，见西湖水清澈，微波荡漾，雨没有下大，就撑了一把伞，从西湖边走到平湖秋月，在大平台上立了会儿。易知说,白虹精回来啦?易从笑说,我成精了,白虹精不是个老太婆吗?易知说,看你也没什么豪气,不过江河湖海的,踏遍了呢。易从说,其实没跑什么。易知道,从运河,走到西湖和钱塘江,又跨过了太平洋,不是吗?易从自嘲道,也是。年轻时一去千万里。到中年,冯唐易老,进退两难。

又经孤山,走上葛岭。走路时,易从说,记得初一那年春游时,也是个落雨天,我在葛岭摔了一跤,裤子鞋子都脏了,吴琳老师牵着我走,我很紧张。易知说,你摔跤后哭丧着的小脸我记得的。想起十二岁的何易从呆萌的脸,易知笑了。

易从心头一酸,说,在美国,我最想念江南的落雨天。易知笑说,怎么以前一春游就要下雨。我们一起散个步,也总是落雨天。易从说,江南雨多,春天下,夏天下,秋天下,冬天也下。所以一个人在外面,下雨天我会比平时更想家些。易知说,前年你陪我在北卡,一下雨,你还要我赶紧快跑,我都跑不动了。易从笑说,我在美国这么多年真没见过你这种娇小姐,美国妇女都很壮实的。易知也笑,叫道,我才不是娇小姐,我也时常下乡的。

两人走到"孤"字下边,易从感叹道,我记得小辰光有一次跟大人来杭州,大约十岁左右,到这个大红"孤"字,表情严肃地拍了一张照相,看来冥冥中注定,此身要独在他乡作老翁了。易知不知该怎么安慰他好,就对易从来了一个"摸头杀"。

正月里，老同学们的饭局一个接一个，每逢佳节胖三斤。易从难却盛情，从正月初一到十五，等着他的是一场一场的故人欢会。觥筹交错，聚了九场，醉了五场。故人相见，分外眼红。总是被各路老同学当成稀客，似乎总还有下一场等着他。有几场，易知也在，坐在边上。易知见易从主动给自己杯中倒酒去敬别人，不免惊讶，易从酒精过敏，碰酒就醉。易知悄悄对易从说，你怎么豁出去啦？易从说，有些老同学难得一会，不好推托的。

各种名目的饭局上，中年面孔，影影绰绰，人声鼎沸。六人以上的饭局，基本上说不了什么话，最后都是喧闹中一片混沌。有两次，饭局还没散，易从倒在沙发上睡着了。如果饭局不是在栖镇，喝多了，请客的老同学给他就近开个宾馆的房间，他就倒头睡一夜，第二天清醒了回家。

正月初六中午，钟晓伟大女儿在超山的盛大婚礼，酒宴有五六十桌，参加婚礼的，有不少当季有头有脸的人物，政界商界文艺界，各有代表来捧场。也是栖镇的老同学们到得最齐整的一次，杜秋依、刘春燕、唐云、何易从、陈易知、戴正等等，连和尚吉彪也来了，靳天不在中国，缺席了，沈美枝也缺席了，刘晓光也缺席了。

钟晓伟如今已是超山民营企业家，当上了市政协委员，自家厂出产的蜜饯和青梅酒出口到海外很多国家。钟晓伟结婚早，女儿研究生毕业后，嫁给了嘉兴一副市长的公子。去酒店正式开宴前，一大堆故友同学在钟家超山的别墅院子里吃茶聊天，钟家别墅占地一亩半，挨着溪流，能望见超山。下午，大太阳暖洋洋的，矮矮胖胖的钟晓伟的脸上，又沧桑又喜气，和他身穿墨绿丝绒旗袍的妻子梅芳在院子里转悠着，四处殷勤地递烟分茶，请女同学们吃各种精美的零食水果。大家夸他福气好，奋斗成了企业家，女儿又嫁得好。又夸梅芳是贤内助。戴正口没遮拦，说，你小子老婆还是原配，好男人呀。钟晓伟说，做人靠的是运道，全靠梅芳帮我。一旁，身材略发福的梅芳笑道，都说我是帮夫运，福气好。钟晓伟说，我们没让女儿接班，让伊好好读书，伊也争气的，我女儿和女婿，是香港中文大学的同学。宾客连声羡叹。

吃喜酒时，戴正感叹说，我们一堆人辛苦读书，考大学，忙来忙去，哪怕何易从读到博士再出国，也没有钟晓伟现在风光。易知说，我要有这样一个超山风景区边上的大院子，真是快活当神仙了。易知问易从家的院子，有没有钟晓伟家的大。易从说，我家的院子不值一提啊，没有钟家院子大，而且也没有梅花树。

酒席毕，众宾客散去，余者收到邀请函的宾客，由钟晓伟领着，移步超山风景区内"丽园香径"实景越剧梦工场，超山梅园内，曲径通幽处，环环绕绕，梅花暗香在风中阵阵飘过，易知易从戴正杜秋依刘春燕唐云等几个老友，乘兴移步梅园。易从对易知说，晚上感觉好像进了仙境一样，暗香浮动月黄昏。

易知说,你不要回去算了,卧梅又闻花。易从说,想起来大学时的这梗了,是"我没有文化"的谐音。

他们在梅园中落座,只见亭台楼榭,一应俱全。穿旗袍装的服务人员从水上回廊上莲步而来,一一递上茶水和热毛巾,一小盘水果,宾客们的脚边,错落地摆放着几只取暖的炭炉。炉火的红光,影影绰绰,照得这梅园恍若大观园中的暖阁。直到杜秋依上台致辞,方把大家拉回现实。

不一会儿,丝竹之声响起,越剧折子戏的演出开始。一出《五女拜寿》折子戏,又一出《十八相送》折子戏,又一出《山河恋》折子戏。易知和易从窃窃私语。易知说,这个就是秋依和她老公投资的越剧梦工场了。易从道,秋依是能做事情的人。易知说,秋依好像就该嫁个富商,命中注定的。易从说,我这人大概顶不合时宜,人家喜事,新郎新娘郎才女貌,我刚才思绪一飘,心里忽然感叹,婚姻就像我女儿爱吃的冰激凌,只有刚出冰箱的那一刻是明艳的,接下来你要么舔啊舔,烂在肚子里,你要是怠慢些,就化在手里了。易知说,你是不合时宜,瞎七搭八。

正看着戏,易从忽然收到一条微信,是沈美枝发来的,只有三个字:谢谢你。易从的心,莫名地沉了一沉。自去年七夕一别,他没有再见过她。

两日后,是刘晓光的葬礼。听说刘晓光杭州临平的房产都抵押掉了,最后只剩下栖镇的房子,丧事也是在栖镇办的。陈易知跟刘晓光素无往来，没有去刘晓光的葬礼，是听何易从回来说的。易从说，刘晓光这几年改做汽车金融公司，做零首付，借了高利贷加杠杆，风光了只一年光景，结果资金链断裂，一堆人上门讨债，有的追债人急红了眼睛，身上带了刀，说哪天不给钱就剁他手指头，剁光为止。他出门到处找钱的路上，心神一恍惚，出了车祸，油门当刹车踩，当场死亡。现在他第二任妻子带着个六七岁的小儿子，整天哭，对着个烂摊子，有些是夫妻共同债务，不知道怎么办好。易知问，瑶姑娘去了吗？易从说，听说不在杭州。靳天在新西兰听说了，倒是很震惊，他跟刘晓光从小关系好，私下跟我说，刘晓光走到这一步，真是兔死狐悲。易从又叹，孤儿寡母怎么办呢？我们老同学大家也只能各出一份力，出点份子钱给未亡人。易知说，也算上我一份。记得上次我们碰到他，他正在请人吃饭。

易知说，你知道吗，我们镇上的同学中，已经过世好几个了，有出车祸的，有上吊的，有跳楼的，唉。易从说，我学医的，对生死看得淡些。每个人总有活下去的理由，或者活不下去的理由。

正月初九，是戴正组的局，在临平。戴正和易从两个都醉了，尤其是戴正，被灌了黄酒，黄酒的后劲大，晕晕乎乎。易知主动留下来，把两个发小送到了隔壁一家宾馆。易从一头歪在床上。易知用房间的矿泉水烧了水，泡了绿茶，让易从喝了几口。易从让易知早点回去，易知见易从脸上脖子上大面积都是红的，就说不急，反正明朝我休息。戴正一进房间就去了厕所，半天没出来。易知怕他在厕所睡着了，有点不放心，说再等一下。她坐在沙发上，不远不近，听到他问，你累不累？

过了半小时，戴正还没有出来，易知走到易从床边，推推他，让他起来去卫生间看一下。易从勉强起来去卫生间，见戴正果然吐过，趴在浴缸那边睡着了。易从挣扎坐起，跟易知两个，好不容易把戴正拖到了床上，让他吃茶漱口。易知说，何苦灌那么多酒，醉了多难受。戴正醒来，嘟哝道，今朝是我生日，趁易从还在，就想一醉方休，可惜靳天不在啊。我今朝五十岁了，五十岁了啊。

易从说，人生五十，白驹过隙。易知怪道，你们两个又不能喝，充什么好汉。戴正说，陈易知，我们是开裆裤兄弟啊，你以前对我很凶。现在你终于不凶巴巴骂我们了，还留下来照顾我们。易从说，再骂我们也没用了，反正也改不了。戴正说，陈易知向来偏心你，只骂我，不骂你的，长桥西跟长桥东就是好，到底是从小共饮一条运河水的。易从说，我脸皮薄，你脸皮厚，骂你你也嬉皮笑脸，所以就多骂骂你。戴正说，以后你们两个都得让着我。易知见两个发小东倒西歪地说着胡话，哭笑不得，嗔道，你们两个酒量介差，还乱话三千。易从指指戴正，说，是他贫嚎。易知忍不住又去摸了摸易从的脑袋，像哄两个小孩一样哄他们睡下，见两人无事，方关上门走了。

正月初十，财税局长同学的局。正月十一，公安局长同学的局。正月十二，银行行长同学的局。正月十三，开发区管委会领导同学的局。易从又被拉去参加了四场饭局，都是初中、高中同学组的饭局，要他参加，在座的，除了易从如今当了各局局长的同学外，基本上是在做企业的大小老板，还有银行等各机构的金融人士、天使投资人等等，有头有脸的衮衮诸公，大多数人彼此都认识，只有何易从，没人知道他是什么来头，他是谁，坐在这里做啥。他像尊贵的客人，又像是无关紧要的客卿。

元宵节前一晚，易从本来要和易知一起吃饭，再去轮船码头的，但临时被刘春燕拉上，只得跟易知说另约。易知说她刚准备开车上路，问易从人在哪里，易从说已经在去临平的路上了。易知有点恼，不再理他，过一会儿，收到易从信息：莫生气啊，明天陪你。易知依然不理。

易从到临平，见一大堆人，认识的不认识的，前年下渚湖见过的两个刘春燕的投资人朋友也在。觥筹交错间，刘春燕把海外人士何易从介绍给大家，说何博士手上有技术资源，有想法，因父母年事渐高，远在他乡不便，有意回国创业，看看是否有合作机会云云。不善饮酒的易从，稀里糊涂地，被以各种很难推托的名目，灌下去好几杯酒。一堆熟人们说得热火朝天的人和事，易从也多半插不上嘴。

刘春燕的饭局，老同学范小荣也来了。席间，范小荣说，你们当年急着奔出国的，现在都后悔了吧。易从本想附和，又感觉范小荣语气里，有说不出的得意和轻慢，令他不舒服，只是笑笑，不回应。另一个未谋过面的企业家说，我的班长，当年成绩比我好多了，上名牌大学，后来去了美国，现在也在问我国内有没有机会，哪怕他来给我打工，他也乐意，我可雇不起他。易从说了一句，现在国内有实力的企业很好啊，怎么雇不起呢。企业家说，一则海归要价高，二则么，你们懂的，海归不懂国情，未必能干得好。他朝易从笑笑，说，你别生气啊何博士，我说的是一种情况。易从礼貌地说对对对，也无力反驳。

那晚的饭局上，易从一直神不守舍，又觉得眼前场景荒谬得紧，不知自己为什么还坐在其中，坐到后来，分分钟都是煎熬，荒谬之感渐次变成荒凉蔓延，几乎没说一句话，只听一桌子说说笑笑，碰杯声四起，自己却不时记挂陈易知没有回信息。后来这种记挂变成了更浓烈的不安。

八点不到，易从再也坐不住，找了个借口离席，不告而别，想从临平打车回栖镇。不料这会儿下阵雨，易从没带伞，叫车时间又有点长，车总不来。等刘春燕电话追来，人又追到饭店楼下，看到易从站在路边焦急等车，生气又着急地问他为啥不打招呼提前走了，易从说，对不起，我觉得我坐在你一堆朋友中间，像个傻瓜，我头有点晕。春燕气道，你不要觉得我们是一堆傻瓜坐在你边上就好了。易从说，不是你们傻，是我一个局外人。刘春燕说，你又来了。易从拂了刘春燕一番美意，连连道歉。春燕委屈道,那你对我又是怎么一回事。易从过去抱了春燕一下,说,我真是抱歉,都是我不好。春燕气道,我早该明白的。你只在意陈易知,我是那个只配替你跑腿的。易从说,我,我不知道自己。春燕说,算了,现在车不好打,我送你回去吧。你等我五分钟。易从说,你走掉不太好,反正我不重要,先告辞也没人在乎。正僵持时,网约车到了,易从如释重负,连忙拥抱了一下刘春燕,拍了拍她的背,径直上了出租车。

易从淋了点雨,到家后,低烧,头痛欲裂。昏沉沉中,觉得自己为了刘春燕的饭局失约于陈易知,更加后悔。

易从给刘春燕发了一个"平安到家"的信息,刘春燕回,我很难过。易从说,我辜负你了。刘春燕说,你心里有别人。隔了很久,易从回了一个,对不起。

易从发信息给易知说,我这几日真像个特别无聊的人,忽然觉得这些热闹都不属于我。过十分钟,易知只回,厌烦了,那干嘛又巴巴地去呢?易从说,我性格优柔寡断。易知说,也没要你断什么吧。易从说,得不偿失。刘春燕生气了,你也烦我了。易知回,群魔乱舞?易从说,是。易知又回,醉生梦死?易从说,是。易知说,你眼中的成功人士?易从答,不是。易知说,那为啥眼热?易从回,大概寂寞久了,远远看着,热闹也是好的,身在其中又不适应了。易知问,累不累?易从说,累病了。易知说,奇怪了,有这么累吗?不就吃吃饭,说说场面话，还有红粉佳人陪着，以崇拜的目光看着你，要我也乐不思蜀了。易从说，你别笑我了，这么多场子，我只有跟你一起喝喝清茶，才是最舒服的。易知气道，你一回来就是大红人啦，我都要跟人抢了。易从忙回，冤枉啊！得罪姑娘了。易知回道，得罪我有什么要紧？得罪刘春燕可不太好，人家是大人物。易从回，阿知你消消气，怪我意志不坚定。

沉默了良久，易从不见易知回音，靠在床上，静默了片刻，自怨自艾起来，心想，易知嫌弃我一回来就经不起诱惑，刘春燕恨我对她无情，我里外都不是人。快晚上十点了，易从喉咙痛得厉害，挣扎起来量了体温，三十九度，感觉自己又虚弱又脆弱，易知那边还是沉默。

易从晕乎乎中，又发信息跟易知说：发烧三十九度，人有点不舒服。

果然易知马上问，回国打的疫苗没用？易从回，那是流感疫苗，并不预防普通感冒。易知问，要我送你去医院不？易从说，不用，我睡觉。易知说，你家里有药吗？易从说，好像没有，太晚了，我不去打扰老人家了，他们都睡下了。易知说，你等我，我买了药开车过去。易从说，我没事的，外面雨大，你别来了。

一个小时后，易从起来开门，见是易知，一把揽住她，像个孩子那样委屈道，这么晚，我以为你不来了呢。易知挣脱开身，在门边放了伞，说，怎么可能不来。我买药花了点时间嘛。

易从说，外面好冷吧。易知拉他重新上床，易从的心，落定不少。易知又摸了摸易从的额头，烫得厉害，让他服下感冒药、退烧药，维生素泡腾片，贴上降温贴，又让他平躺下。易从问，你贴的是什么？易知笑，原来你不识降温贴，真是美国人了。

易知坐在易从房间的床沿。老式的栖镇家庭的房间摆设，也没觉得不适。过了会儿，又听到易从问，你不走吧？易知"嗯"了一声。易从说，我一时也睡不着，我们说说话。

易知说，发着高烧还要说话，那说的是胡话。易从道，我时常心思飘忽，自己也不知道怎么回事。易知说，是姑娘太多了吧。易从说，哪里有姑娘，并没有。易知讽道，你跟靳天，哪里有戴正纯真。易从说，不瞒你说，好像人到中年了，忽然很讨红颜喜欢，我都不知怎么回事。易知说，当然了，中年女人最寂寞。易从说，要说男人的本性，我学医的，你听了可别生气，只是生物学意义上的，男人是比女人更有动物性的种类，从繁衍本能上来讲，男性的精子是要多多播种的，才能保证数量，因此从本能上讲，男性比女性更有多偶性倾向。女性更讲究后代的质量，所以要择优。单偶制是人类文明社会的结果。易知说，只管播种不择优劣，不是很低等动物吗？易从说，我一向认为女性比男性更高级。易知好气又好笑说，你发着高烧还振振有词，跟小时候一个德性。易从说，其实你是我以前说话最多的女生。上高中后，我越来越内向，人瘦弱又自卑，跟女生全程无交流。易知说，戴正可不是这么说的。易从说，他整天没个正经。易知噗嗤一笑，说，戴正说的你倒真像个十三点了，整天要问世间情为何物，不是呆了就是傻了。易从也笑，这小子真把我说成神经病了。易知说，说得轻一点，你就是贾宝玉。易从叹一声，又若有所思，道，你说大观园里，这么些美好的女孩子，宝玉也都是爱的吧，这就是宝玉的多偶性本能，但你一定要他只能选一人，那他当然选黛玉。

外面雨小了，易知说，我要走了。易从问，几点了？易知说，十一点半。易从说，我太自私了。易知问，怎么了？易从说，下雨天让你辛苦了。易知安慰道，没事，我不赶夜路了，去我爸家就是了，明天直接去单位，开车就半小时。易从说，那就好，我们还可以说说话，过几天我又要走了。易知奇道，你今天怎么老想说话？易从说，我也不知道，身体云里雾里，心里有点乱。前尘往事和眼前搅在一起，好像觉得自己一步走错，一路错错错，再也无法掉头了。易知说，你知道么，以前我最气你了。你自己跑得远就算了，我还要被我爸老拿你举例子比来比去。我爸最喜欢说，看看你同学，何易从美国寄美金回来，爹妈享福。刘春燕当官，家里样样方便，有点事体就有人上门服务，骂我最没本事，读书都白读。易从说，我倒是羡慕你呢。易知说，你那时候总要跟我别苗头。易从憾道，那时候要是知道你想让我跟你一起去临平，我会跟你去的。易知"嗯"了一声，易从又说，可是我们那时都不成熟，我又不起眼又臭脾气，你会嫌弃我。易知小心问，你还记得我小辰光的样子吗？易从说，俊俏小丫头一个，天天盯你后脑勺，怎么不记得。易知笑了，说，你不也脸臭臭的。易从说，臭小子什么都不懂，唉。

梦里不知身是客，此刻病中的易从，温顺得像一只小羊。易知又摸摸易从的手，还是烫的，就说道，你是发烧亢奋的，怪不得话多呢。易从说，你的手冰凉，说着把易知的手拉进被子里焐着。易知的手，碰到易从隔着毛衣怦怦跳的心脏，抖了一下，脸红了，想要抽出来。易从还是给她焐着，说，姑娘家家的，你不老是爱摸我脑袋吗？易知笑了。

易知一动不动，易从仿佛倦了，似乎进入了浅睡眠状态。屋子里的挂钟滴答响着，外面冬雨声潇潇。不料何君乾起夜，经过易从房间，见儿子房间还亮着灯，怕他睡着了忘关灯，准备给他关灯，看见易知坐在屋里，不打招呼又退了出去。易知听到动静，连忙从易从的被子里抽出手，易从惊醒，睁开眼睛，见易知委屈又涨红的脸，快要落泪的样子，没来得及说什么。易知急道，你好好睡，我走了。说着迅速起身出门，雨中开车到家，已是凌晨一点。

到家后，发现书房灯亮着，不知什么时候，陆韶从湖州回来了。书房里很凌乱，好像陆韶正翻箱倒柜地找什么东西。陆韶一脸的凝重，还好小篱笆不在家，住校去了。一见易知，也不问她为什么这么晚回来，依然埋头寻找什么。易知一见陆韶面有菜色，忙问陆韶怎么了？陆韶说，我在找一份以前的材料，几年前的了，记得当时有复印件带回来收着的，我要确认下我到底有没有签字。易知说，那怎么会在家里呢。陆韶说，找找看吧。易知说，你好像很紧张，出什么事了。陆韶说，我明天一早就要回湖州上班，这段时间估计都回不来了，如果这一两个月有什么风吹草动，或者你找不到我，手机电话微信不通，你不要急，和孩子先过好自己的日子。易知急道，你摊上事了？陆韶说，还不好说。上面线上领导出事了。易知反问，那你自己有没有什么？陆韶说，这个不好说，水至清无鱼啊，有个几千万的项目招投标说不清楚。也许虚惊一场，也许就有事了，事情可大可小。易知说，早跟你说官道凶险，我说什么你根本听不进去。陆韶说，做人难啊，什么都要选择。我可能要拖累你了。你要做好最坏打算。易知沉吟片刻，对陆韶说，我知道了。陆韶说，你要离婚的话，我都同意，你照顾好儿子就好。只是我想跟你说，我外面虽说逢场作戏也免不了，其实也没什么我真正在意的女人。易知说，现在说这干嘛，我们是一家人。陆韶说，让篱笆一个月去看一下奶奶。易知说好。

易知先睡下了，心里七上八下，风声鹤唳，也不知陆韶到底犯了什么事。平时他的事，她并不知道多少。迷糊中，睁开眼睛一看手机，已是夜里三点半，易知默默叹了口气，再也睡不着，又起身去书房，见陆韶依然在书房枯坐。她想陪他一会，陆韶说，你去睡吧，我想自己呆会儿，脑袋里一团乱。易知不放心，去厨房给陆韶做了一碗水蒸蛋，又热了一杯牛奶端到书房，回了房间。

挨到天明，又迷糊了一会起来，陆韶不知什么时候走了。易知洗脸刷牙吃早饭，想冷静一下，给自己磨了豆浆，慢慢地喝。

此时收到易从信息，记得小时候你生气了扔给我的字条吗？易知忽然就泪流满面，却回，不记得了。

转眼年过完了。戴正在自己的柳敬亭茶书场守店时，忽闻沈美枝红颜轶事。提到沈美枝的，正是美枝的表姐。原来沈美枝去年做了乳腺癌手术后，休养了一阵，几天前在有五百年历史的超山梅林边一家尼庵削发了。

在此之前，美枝的前夫高庆得了肺癌，高庆去世时，他的母亲苏州人陆师母也已离世。病入膏肓时的高庆回了栖镇老家，拒绝再去医院，住在老房子里独自静养。高庆良心发现，留给前妻美枝一大笔钱养儿子。据说他最后的一个月时光，是美枝和儿子陪他度过的。美枝陪儿子处理完高庆后事，有种身心俱疲的感觉。不久她关了美体中心，开始茹素。美枝二十岁之前就爱上高庆，为了他要死要活，他是她的初恋。现在他死了，她好像半条命也没了。

戴正记得，去年有一回，陈易知在他那里吃茶。易知说，以前班上，女同学一致认为沈美枝最漂亮，男同学一致认为杜秋依最漂亮，至于为啥男女审美有这等差异，戴正说，要我是搞不清的。

知道美枝正式出家的事后，易从才跟易知提及他与美枝过往几年的交情，他是最早知道她要出家的。易知唏嘘。

戴正约易从和易知，找时间去美枝出家的那家超山尼庵一探究竟，也正好再看一看开到极盛时的梅花。易知没心没思，易从一再劝道，你去看梅花散散心吧，别自己闷着。易知答应了。

这日，天气晴好，三个当年的发小在超山梅林相聚。路上，易从想起去美国前，有朋友送给他一本关于江南古镇文化的书，他在田纳西时有点想家，就看这本书，记得书里讲，万历年间，栖镇有个名士叫卓明卿，创立了镇上第一个诗社栖水社，参加名流中有文徵明、戚继光等等，后来又有镇上才子参加"复社"，当时江南诗社遍地开花，很是繁荣，再后来，清朝搞文字狱，诗社就零落了，说栖镇人都不敢写诗了，怕惹牢狱之祸。到民国时，又有超社等等，诗社又复兴了，这个超社就在北小河。易从听林冰芝讲过，劳家亲戚中，就有会写诗的读书人，家里有亲戚曾经参加过超社的诗会，即兴作的超山咏梅诗，很长时间裱好了挂在劳家厅堂间里。

易知说，我对这个卓明卿也很有兴趣探究呢。

这两年，易知在做一系列浙江古水系环境的课题研究，查找一些资料时，顺手抄录下到过栖镇的历代名人写下的诗。

明代才子文徵明，某一日拜访栖镇贤达卓光禄明卿，卓明卿当时是光禄寺署正，又是明朝文坛"后七子派"首要成员。

卓家的私园在栖镇南芳杜洲，也即卓光禄明卿的私家园林别墅。有记载，卓明卿家别墅，园中有"介如堂"，东边是"夕阳明半楼"，西边是"月波楼"，又有诸峰楼，一侧为"灵籁馆"和"白云堂"，文征明就给栖镇古镇留下了一首《过卓明卿园居》，这首诗的墨宝，现在还留存于世——

卜筑幽栖一亩宫，泠然时欲御天风。
月光缥缈开帘处，山色虚无览镜中。
静对晴波沙鸟白，乱翻春浪野桃红。
知君应是龙门客，来许扁舟作钓翁。

易知对这个卓园上了心，有次回栖镇，吃过夜饭，出门散步，走过翠紫湖，就猜原来这卓家的私园子，可能是依着翠紫湖的。小辰光，陈子船的单位在市河边上，市河不宽，两边都是市面，很闹忙的，河上有好几座石拱桥，造型各有不同，都很精致。伊最喜欢在花园桥、八字桥上走。八字桥东面，翠紫湖景色优美，霞影烟光，紫翠交集。老底子，翠紫湖边有"自有余庐"，还有"蒹葭水榭"。八字桥西面，有个横潭，旧书上记载，这里景物清旷，是看月亮的好地方。横潭北岸，就是卓家园亭，横潭对岸还有芳杜洲、竹里馆、柳堂等等。到了清朝，横潭一侧又有"超山别墅"，还有"卧鱼楼"。过西面又有"系槎楼"，还有"雁楼"，古时栖镇园林，也很热闹。

易从说，明清两朝时，栖镇确实有不少文人才子。以前听说我外婆劳家，藏有几本栖镇诗人的集子，后来大部分毁了。小辰光我去劳家做客，见到过半本劳氏手抄诗集，有个什么"松寸轩"，我外婆说，伊小辰光闺阁也读诗，到我妈时，旧东西不大看了。

他们在林间山坳处寻访寺庙。几个转弯，看见山脚边有一黄墙寺院，名"水镜庵"，几棵红梅树正开着花。他们沿着黄墙，到了庙门前，戴正说，沈美枝是在这里出家的。

听说美枝现在法号"莫问"，戴正想进去探望一下，易从想起美枝曾对自己的种种，心下黯然，就说，既然是"莫问"，那么还是不进去打扰了吧。我们在俗，她在佛门。易知也说，清净之地，不扰为好。我们知道她在这里静静修行就是了。三人在梅庵门前折回，一路上，易从说，莫问，莫问，世间事，莫问为好。易知说，还是你懂美枝啊。说起美枝的儿子，戴正说刚考到北京读医科，挺懂事的孩子。易知说，跟当年易从一样，进京学医了呢。易从双手合十，说，善哉，善哉。

三个人在园子里走，易知和易从还沉浸在刚才寻访水镜庵的惆怅里，只听戴正插科打诨。易从回父母家后，夜深人静，想起望不到伊人的水镜庵，自己又想象美枝缓缓进入庵中，哀伤的佳人背影渐行渐远，在易从的想象中，美枝在释迦牟尼大佛像前跪下，静默，经声四起，一黄衣老尼给伊落了发，这个人世间，从此再无沈美枝。

元宵节晚上，易知让儿子去湖州看奶奶，强颜欢笑，在家陪完父亲吃饭，陈子船问起陆韶，易知只说他忙工作，回不了家。

夜里八点多，易从让易知陪他去老棉纺厂旧址看看。两人长桥堍下会合后，一路向东走，走到了里仁桥。易从说，我小辰光，从东横头屋里去我爸厂里吃食堂饭，去澡堂洗澡，很近。两人走过了里仁桥，路上的灯光渐暗，易从说，我好像闻到了小辰光熟悉的茧子的味道。易知说，我鼻子不灵，还没闻到。

又往里仁桥北走，易从看到两个夜空中耸立的大烟囱，说，这儿已经面目全非了，但看烟囱，这一带的大厂就是棉纺厂了。易从带易知走进一条小路，小路坑坑洼洼，年久失修的样子，易从拉着易知，深一脚浅一脚，小心靠近。易从说，以前棉纺厂就是这儿了。易知说，我也闻到茧子的味道了。

两个人同时深呼吸了一下，又对望了一下，易从笑了，易知却笑不出来。茧子的气味，就是他们童年时最熟悉的气味的一部分，总是从各家大厂的上空飘出来。易知跟着易从，在早已不知变成什么的棉纺厂大门外探头探脑。易从看到，昔日厂区，还有一幢旧厂房里，一些日光灯没精打采亮着，难道现在还有车间在生产吗？又好像不像。他们窃窃私语，议论着这茧子的气味，到底是从前残留到现在的老气味，还是现在的气味，若是从前的气味，难道十多年来那气味能经久不散？也是奇怪的事。

因为曾经热闹的这一片，如此已是偏僻之地，周边又黑咕隆咚,夜里有几条很瘦的野狗出没吠叫,易从就说,我们走吧。

回去路上,易从断断续续地说着棉纺厂往事,忽然沉郁下来。说到少年心事,易从说自己曾经为父亲的行为感到很羞耻。易知问易从有什么事?易从说,我那时觉得太丢人了。因为家里海外关系,落实政策,我爸被厂里提拔为中层干部。可是他又忍不住去赌,把暂时寄存在他那儿的公款也输掉了,后来又被革职当工人,真是哀其不幸,怒其不争。易知劝道,父母是我们无法选择的。易从说,我少年时并不开心,又很自卑,不像你。家里永远在吵架,我烦了就躲房间里,想看书,老房子不隔音,他们吵架的声音还钻进来,我就用棉花塞住耳朵。易知说,没想到。易从说,我从来没跟人说过,太丢人了。后来我上大学,去北京,出国,心里负气,想离家越远越好。有年回家,得知我爸把外面寄来的美元都赌掉了,还欠了一屁股债,我跟他大吵,他用凳子砸我,差点砸到我,但回北京后,我还是心软,写信回家,想想父子一场,已经离得这么远了,怪他也没用啊。说着说着,易从自嘲道,你还以为我是什么劳家子弟,劳家我从小也沾不上光,我妈继承的好像都是劳家人的缺点。

两人默默往从前易从河边的老屋走去,几分钟后,路过一小片居民新公房,绕到了东横头的河边,河边的老街木楼早已不存。易知走到河边拐弯处的一棵大樟树下,轻声说,你家原来就是这儿了。易从"嗯"了一声。易知叹息一声,说,还是下棋好啊。我的名字，还是因为我爸翻了你爸的棋谱。易从说，知道。易知说，以前黄昏后我路过你家时，看你家的灯亮着，就很高兴。我还梦见过我家的猫跑到你窗口叫，你给它开窗了。

易从在大香樟树下站定，扶着水泥栏杆，望着夜里深不可测的河水。须臾，易从道，要不是你，我已经很多年没来这了，也无甚心情怀旧。

易知忽然说，红颜知己你又不少，怎么说没有？

易知心里的腼腆，以前当面是说不出来的。她记得有一个独自出差的午夜，在浙西小县城松阳，她被当地搞水利的乡亲灌下一瓶黄酒，烂醉如泥。午夜时分，易知对远方的易从说，你有好多姑娘，你要陪好多姑娘，我不要！正是易从的清晨，即刻回道，没有好多姑娘，哪里有？易知又道，小时候还有人夸我好看呢，可惜后来长残了。易从说，我不知道你长得好看不好看。易知道，那就是不好看了。易从回，不是。你就是你，没有这些形容词。易知说，那好看的别的姑娘呢？易从马上回，亲疏有别。易知酒还没醒，又说，我不要那么多人都亲。索性就关了手机，昏昏沉沉睡去。半夜起身如厕喝水，又打开手机，见易从回了一个"喏"字，也不知其意。第二天酒醒，赶紧发信息给易从说，昨晚醉了，胡说八道。易从秒回，你要收回吗？易知没有再回。

易从好声好气，待要去搂易知的肩膀，易知一把将易从的手臂打开了，说，我梦见了，你跟别的姑娘睡在一起。

易从求饶，姑奶奶，我错了，我不会再让你委屈了。易知说，我委屈什么，你乱说。易从说，你别气着自己了，不值当的。易知说，不关我的事，可我就是不高兴。易从说，我笨。易知说，我一个中年妇女，我有什么资格生你气呢。易从说，你生气，我也难过。易知叹气，我脸皮厚吧，老是记不得自己几岁了，我都是孩子妈了，有什么资格跟你说这些。易从轻声说，跟你一起时，我也记不得自己几岁。易知说，我就是控制不了自己的情绪。易从说，这些年我内心也很寂寞，可你知道，我不是那种乱来的人，我有分寸。易知说，我好像找不到一个可以说话的人，你呢又姑娘太多。易从叹道，没有的事，你别想多了。

易知道，我们十年前见过一次，在红太阳超市里，你却不记得了。易从说，原来你为这个气我呢。那次太匆忙，没好好跟你说话，我心里大概一直以为不算。易知说，我们各自带着娃，两个娃还自来熟了，你倒忘了，我当时想你是不想留联系方式。易从着急道，怎么会呢？我们那天超市出来走了几步，到一条弄堂口，你说你马上到了，我一时忘了问你要联系方式，真的很后悔。易知说，水沟弄。易从说，什么弄堂我不记得了。易知冷笑道，我明白的，那时大家对付生存要紧，哪来风花雪月的心情。易从喃喃道，大概如此吧，十年河东，十年河西。

两人静默了，听夜里河上的流水声。过了会儿，易知有些不好意思，转头望望易从，忽见微弱的路灯光打在易从突起的颧骨上，易从的神色却是黯然销魂状。易知胳膊肘碰碰他，说，怎么了？易从赶紧摘下眼镜，抹了下脸上，易知又去摸摸易从的头，说，谁说的，上中学到现在从来没哭过？

易知说，我记得高中时给你写信，好像对世界满怀憧憬。易从好奇道，写什么了，可惜我没看见啊。易知笑说，撕掉了。具体不记得了，只记得有一句话：我想和无穷的远方，无数的人们在一起。很有豪情吧？可是我只是嘴上说说，你却做了。

易从道，我们人到中年了，现在的愿望呢？易知说，等我们七老八十了，哪怕拄着拐杖，还能一起在河边桥上桥下地走走。易从说好。易知说，你不嫌陪个老太婆荡发荡发没意思吗？易从说，不会。易知又问，那你不会太老了就不回来了吧？易从心口一紧，拉起易知的手，说，不会，只要我还能拄根拐杖走得动。

易知崩溃，头埋在易从肩膀上闷闷抽泣。易从轻声语，别伤心了。易知更加泣不成声，呜呜咽咽，道，我现在人生是一塌糊涂，家里的麻烦事都处理不过来，我怎么管起你有没有跟别人睡觉呢，我发什么神经。易从抱着易知宽慰道，你想管就管。他又安慰道，天塌不下来的，会好的。

伍

易从临走前，又连续拉了三天肚子，心里觉得怪异，大概这阵子回来吃得肠胃都紊乱了，身体都抗议了，回去是得吃几天草莓酸奶餐了。

这日刚刚见好，易知要易从陪她坐一次夜航船，易从离乡三十几年，梦里还时时有夜航船。为了保护古桥，到栖镇的航段早就停了，只能从杭州市中心坐到拱宸桥。还好有黄昏七点出发的船，在武林门码头下船。进了船舱，两个人挨着窗口坐下来。易知难得化了淡妆，描了眉眼，一件淡雅的古典式斜襟印花蓝白底棉褛，易从说，你要是一个人立在船头，就像是回到民国老电影里了。

船到清水港时，易知看见船舱前有一轮上弦月，就对易从说，我有一日夜里，梦见你穿白衬衫，清清瘦瘦，走到长桥中央，指给我看月亮。你讲，这个月亮不是今朝的，是大清朝的。易从说，这个梦淡雅。易知说，你知道庄子讲的鲲鹏的故事吧。北方的海里有一条大鱼，名字叫鲲。鲲很巨大，有好几千里长；它变成鸟，就叫鹏。鹏的脊背，也不知道有几千里长，这只鸟，等大风吹动海水的时候，就要飞到海的另一边去了。易从傻问，那我到底是鱼，还是鸟呢？易知说，你是三月的鱼，鱼想飞的时候，就变成鸟了。易从笑说，记得看过一个纪录片，讲鸟类迁徙的。易知说，我也看过，翻译过来叫《鸟与梦飞行》。可是鸟在天上，鱼在海里，永远不能相逢。易从说，不是还有水鸟吗。易知又说，我和戴正五岁就认识了，跟你，到底是三四岁还是十岁以后认识的呢，都成悬案了。

你知道吗，为什么有水的地方就有鱼呢？易从忽然问。

那是因为有水鸟。你忘了我是搞水文的呀。易知说。

一路上，易知跟易从絮絮叨叨说小辰光的事，准确地说，是十二岁以前的事情。易从说，十二岁前的你，我不记得了。易知记得小辰光的易从是斯文的，没有自己调皮捣蛋。她问易从小辰光有没有大夏天去乡下抓知了？易从说，有啊。又问有没有挖沟挖陷阱害过路的人掉下坑？易从说，好像有过，不记得了。问有没有半夜十二点吵着闹着要拉条草席出去野外探险？易从说，应该没有，到点了乖乖睡觉，困觉前，躲在夏布帐子里看看小人书，所以我看过很多的小人书。陈易知说，果然是乖孩子，所以你不会被暴打。易从说，我也一样挨打，我妈脾气急。又问易从，有没有干过把别的小朋友河里捞来的一脸盆的小鱼全部掐死的事？易从说，太残忍了，我可没干过。易知笑起来，说，罪过，罪过。易从说，我是大意之过，小辰光凳子上跳下来，不小心踩死过一只自己养的小猫，真是难过，哭了很久。易知"啊"了一声。又问，有没有一生气就咬人？易从笑说，你会咬人，我不会。易知笑，又问，有没有坐在马桶上，给自己取一大堆名字呢？易从笑，那是你女小人干的事，我不会。易知说，白白小学四年级就看香港武侠小说了。易从说，我倒是初一就琢磨着写武侠小说，后来跟靳天和戴正合计着一起写一部武侠小说，在靳天家里讨论小说大纲，男性侠客角色，各自贡献了好几个，取了一堆名字。一说武侠小说里的女主角，戴正的说法，为啥一定要有女主角呢？靳天说女主角当然要有的。戴正想来想去，只有一个"侠女十三妹"。易知问，你那时心目中的女主角，长得像谁？杜秋依还是沈美枝？易从说，我也不知道，反正最后女主角还是定不下来，写武侠小说的事，就不了了之。易知说，你从小就是想啊想啊，看着像个假装的思想家，就爱挑我的刺。易从说，你对我还有意见是不？易知小声说，当然有意见。易从说，是我不好。易知说，我是生自己气。易从说，我也是。有一晚在桥上看到北斗星，就特别想跟你一起看。易知说，可惜明白得太迟了。易知说，我最想穿越回童年，晚上我们两个躲在老房子的夏布帐子里，你讲鬼故事给我听。易从一激动，紧握住易知的手，握了一会儿，易知把他的手打开了，打得易从的手背生疼，易从小声说，你又打我了。沉默了会儿，易从轻声说，我错了。易知小声说，你有什么错的。她眼眶湿了。他看她一眼，眼眶也湿了。

　　一声汽笛声，拱宸桥已在眼前了，一个小时不到，就要上岸了。易知打破沉默，说，太快了，我还没坐够。易从说，从前慢慢地坐船，两个小时，发个呆，刚刚好。易知说，现在我们要一起坐船回家是不可能了。

　　冬去春来，孩子们来了，又如候鸟一样飞走了。易从是惊蛰前一天飞走的，走时独自一人，易知跟他说不能去送他，陆韶出事了，她正在帮他找律师。易从听了沉重，只说留得青山在，让她自己保重。易知说，我这尴尬人遇尴尬事。易从说，别多想。易知说,你不如忘了我吧。易从说,忘不了了。

长途飞行后,回到新泽西的家中落定,浅浅地睡了一下。夫妻客厅喝茶闲坐,小简见易从神思恍惚,仿佛还在心游太玄,半是认真半是玩笑地问道,这趟回去,公子的风流债又了了几桩?易从闻之默然,只道时差没倒好。午后,易从开始在后院割草。第二天,又将后院的木栅栏用清漆漆了一遍。

此后日子一天天过去,天各一方,易从担忧起近来风声日紧,中美关系又一天天紧张,凛冬将至,谁也不知明天会怎样,万一父母有个三长两短,真不敢想。又忧心易知单枪匹马殚精竭虑的,怕她忧劳成疾。

又一个中秋节,打越洋电话,父亲在电话里说,你姆妈让我跟你说一声,以后我们会去敬老院住的,生老病死都有人管,万一你回不来,我们也有人管,叫你不要太操心。还有,你妈叫我先不要跟你说的,我想想还是告诉你好,你好放心。我们的墓地,已经买好了,就在超山。易从身体里打了个雷。

易从问候易知,听易知说,正在栖镇家中陪老父亲。陆韶进去已半年,一直也没有正式结案,也不知要等到什么时候判决。易从问,你自己好不好?易知说,我挺好,一切尽力而为。易从想易知倔强,竟不知如何安慰是好。

戴正告诉易从,沈美枝在庙里出家半年,又回到了临平,据说是过不惯庙里的苦日子。出家千般苦受得,美枝只一样苦熬不住,就是不能经常洗澡,于是重又还了俗,只是还俗了之后，身体状况又没有在庙里时好，现在美枝拖着支离破碎的身体，守着以前的一点钱财清淡养命，什么也不做了，也不跟任何人来往。

挂了电话，易从难过了一阵。思绪却又飘了开去，飘到跟陈易知一起的夜航船上，呜呜呜呜，他希望船一直在河上开下去，他听易知絮絮叨叨，天上一脚、地上一脚地跟他说话，漫无边际，船最好不要停下来，也不要靠码头。

当夜乱梦不断，一歇坐飞机，一歇又坐轮船，一歇自己开车。梦里出现过自己和小简在云端里，总是落不下去。又忽然和易知在海上颠簸，易知说风吹得好冷，他就把外衫脱下来给她披上，易知还说冷。又梦见自己爸妈在河边老屋楼上粒米不进，可是门关着，怎么也敲不开。他知道他们已断炊好几天，急得大哭。后来他又在云端了，一个人戴了一对大鸟的翅膀在天上飞，他俯视大地，忽然不知何时，地球不再是他印象中的一个圆球，而是裂成了东西两大个矩形，中间是矩形的海洋。他拼命扇动翅膀，却怎么也飞不到东面的矩形去。远远望去，东面矩形上立着一些人形小蚂蚁，都翘首望天。他在小蚂蚁中辨认出了有一只蚂蚁的脑袋，长得像易知的脸。心想，怎么易知变成蚂蚁了？次日醒来，胸口闷得难受，又发了低烧，还在回味着易知变成了一只小蚂蚁。

头痛中打开手机，想也没想，给易知发了一条信息：阿知，梦见你变成小蚂蚁了。过了半日，易从的晚上，收到易知的信息：梦见我们站在雪地里。

陆

又一个长日，陈子船和戴言礼不约而同看报纸，看到了江南小镇打包申请世界文化遗产的消息，可是在一堆江南小镇的名字中，却没有发现栖镇。两个老头儿戴着老花镜，又细细读了一遍，还是没有看到栖镇的名字，心里十分震惊。曾经是十大江南名镇之首，栖镇怎么可能没能打包进入申遗江南小镇名录呢？到晚上，陈子船郁闷地走出了门，到公园里，开始讲述这件事情。镇上的一些老栖镇老头们听到消息，就忿忿不平，都想不通了。

过了几日，戴言礼叫陈子船到柳敬亭茶书场吃茶，说要聊聊天。两个老家伙聊了半天，还不尽兴，又到隔壁馆子去吃饭。陈子船说，老戴啊，你请我吃茶，我请你吃酒，难得一道吃酒，今朝吃个痛快。两个加起来超过一百七十岁的老头儿，叫了几个家常菜，坐一起喝酒骂娘。喝醉了，一路相搀着，踉踉跄跄走上了长桥。天气晚凉，将近夜里十点了，桥上没什么人。两个老家伙一屁股坐在桥墩上，因为喝了酒，也不觉得冷。两双醉眼，晕晕乎乎，先看天上月亮，今朝是个铜钱大的细月亮。再从桥上往河上看，河一开始是死寂的，他们的身子摇摇摆摆，慢慢，河水也跟着他们摇荡了起来，岸上的灯光落在河上，河上的色彩也更斑驳摇曳了。两个老头儿，四只老耳朵听到了河上来往船只的汽笛声。四只老眼又看到了河上一条条各式各样的船，有客班轮船有货船有大拖船有小划船，次第朝他们驶过来。一个老头儿说，是官船吧，上海过来的。一个老头儿说，是花船吧，两排小姑娘穿古装，吹拉弹唱。一个说，我也听到船上在唱戏。最是仓皇辞庙日，挥泪对宫娥。一个说，来了两只客班，看看是苏班，还是湖班？一个说，靠过来了，停码头上了。一个说，我看到知姑娘站在船头，向我挥手呢。一个说，阿正叫我乘苏班，到苏州得月楼吃酒。一个说，乘湖班去，我女婿在湖州当地方官，叫伊请客好了，包我身上。一个说，册那，你看后头一只日本人的兵舰，小心点勿要踏错了。一个说，狗触，大清国老早倒灶了，日本人老早投降了。一个叫道，册那个娘！要脱班了。一个喊道，册那个娘！苏班，苏班，还有两个老死尸要上船。两个老头儿看见两三条船同时朝他们靠过来，互相拉着，摇摇晃晃，跌跌撞撞，骂骂咧咧，跳上船了。

柒

戴正换一件灰白长衫，脚底布鞋，杜慧撑好三脚杆，架好手机，准备戴正的柳敬亭茶书场首秀。因为提前做了网上推介，来了不少人。

夜里八点钟，戴正清了清嗓，惊堂木一拍，叹一声，是谁鸾吟凤唱，道不尽，世间苍凉。吃一口茶，又讲，各位看官，《鹊桥仙》本事，就从这河边开始。今朝，我先开个篇。

一连讲了十日。杜慧除了直播，又将十期说书剪辑后，发到了抖音上去，点击居然不错。有人留言，武林头轮船码头遇到的这对恋人，中年后旧情复燃，怎么都会到新西兰去的？这里面又有多少算计？倒像一桩悬案了。戴正回复：细思恐极。南辕北辙，无问西东。有人留言，东横头的才子，好像到处留情，伊到底喜欢哪一位栖镇佳人？听得急都急煞。戴正回复：伊自己讲，宝玉最爱林妹妹。有人留言，我天朝威武，跟那日不落美利坚要脱钩，东横头飞出去的公子，这山海经还怎么念？戴正回复：梦断长桥，魂兮归来。有人留言，人世已苦，我偏看不得世间苦。不给我大团圆结局，明朝我来砸你场子。戴正回复：客官心平平气和和。睡里梦里大团圆。有人留言，栖镇白虹精到底啥意思？戴正回复：且听下回分解。

杜慧见戴正说书有了微波，又推波助澜，做网上小调查：你心目中的栖镇第一美人是谁？在以下四个人物中打钩。参加调查者无论在世界哪个角落，以后到栖镇柳敬亭茶书场，首次消费赠送一百元消费券。戴正笑言，我讲书的力气，还没你推广的力气大。

六月里，芒种夜，茶坊戏楼，灯火辉煌。戴正长衫拖地，梳齐整小分头，嘴边别一支小话筒，讲了一个钟点。烟雨江南岸边，红男绿女，关关雎鸠。下面有客官叫，你这就叫说书啦？

不文不白，不伦不类，又不是苏白，普通话怎么叫说书？你到底讲的啥？戴正说，这位客官，你勿要急，明朝再来听。下面有人讲，你讲的不是古装戏。戴正说，我讲的是文明戏。有人讲，现代文明戏，故事精彩也好听的。公子小姐后花园，我们年轻辰光早听厌了。戴正笑眯眯说，兜兜转转，峰回路转。我今朝，学学《石头记》，先讲一个桥边梦。有人讲，你以为你穿了长袍我就不认识你了，你不就是钱家弄里的小把戏戴正吗？你学医的，怎么郎中说起书来了？有人讲，我听下来，你的书中人，一个也不会留下的，都变成栖镇客人了。有人讲，痴人说梦。有点意思。有人起哄，下趟讲，你顶好加点荤料，红男绿女，颠鸾倒凤太少了，啥人要听。戴正讲，你还嫌少。我这柳敬亭茶书场，姜太公钓鱼，愿者上钩啊。

青梅，夜船，丝绵被
——《鹊桥仙》的物质史

对话人：萧耳、吴越

萧耳：我这个小说之前有一些问题没有解决好，你的"金手指"很灵，比如关于女主之一的陈易知的职业，小说的名字等等，然后你就跟我来原型小镇了。

吴越：昨天晚上没想到一走就是两个多小时，我的鞋跟都走掉了，悄悄按了回去。在夜色中感官无比敏锐，觉得很穿越。印象最深的还不是三条半弄堂，而是你指的那个公路方向，童年视野与想象的终结之处，那么近那么远。

萧耳：对你来说是特别陌生感的夜晚，但是有小说作为对照物，忽然，有了一个"原型之夜"。

吴越：有种走进电影棚里的感觉。江南水气，潮气，植物

曾经的无言瓦顶，想想也真是物是人非了。

青气,丝丝地吹过来。

萧耳:有青气,我也特别想在小说中写出那种"青气",基本上,想在"少年"部分把"青气"体现了。我想起之前叶开说,他觉得少年部分比中年部分写得更好。我想谈谈名字。我最早的题目是《河边书》,后来改成《逍遥游》,结果发现跟班宇的短篇小说集重名了,再后来又取过《关雎图》《兰舟记》等等,还有《大码头记》,都觉得太文气,后来你说《鹊桥仙》,忽然觉得就是它了。本来我有半年叫它《逍遥游》,觉得符合小镇人群体的形象和味道,但《鹊桥仙》把主角们这代人的状态和浮在生存之上的东西托起来了

吴越:有个"仙"字我觉得就盘活了。又俗又仙,又有遗老遗少的文气,跟江南小镇接上了。昨天深夜,跟随你在塘栖镇的深处游荡了几个小时,那时你随手指出了你家和几个发小家的位置。现在我们所在的这家看得见河流的咖啡馆,离你家旧址非常近,是吗?

萧耳:对。我家的房子靠码头,一边临河,面街,一边临弄堂。放在几十年前,我们现在坐的位置就是我家房子靠街这面的后边。

吴越：所以我们是在一个今昔叠映的地理位置上聊你的这本书，就像是钻进了一个时空"虫洞"里。你现在的日子是小时候自己想要的生活吗？

萧耳：我觉得还是有距离的。我小时候一直想去很远的地方。你看到了，塘栖是京杭运河上的一个点，我从小就有这样的认知——从我家里的码头出发，可以去到很远处。可以通到上海，从上海再出去，不就出海了吗？其实我小时候对未来的想象是无边无际的，但是小说里也写了，实际情况是你的家庭会把你困住，不让你飞远。

上世纪八十年代初，国门打开，半大的孩子开始对外面的世界产生向往。而这种向往，竟然是通过一张张邮票来促动的。那时候我们几乎都收藏邮票，小孩子的邮票不是成套得来的，是从一封封信件上剪贴下来的，这些花花绿绿、主题各异的邮票上，盖着寄出地的邮戳，让你对着一个个地名失神联想，感觉到它来自多么遥远的他方。我家与"海外关系"恢复通联之后，家境类似的孩子会暗中有一种"默契"，半神秘地在课间聊着各自家信中谈到的外面的世界，甚至连信上的称呼"亲爱的"某某，也会引起我们的震动。我的思想要说复杂也就从这时起有点复杂了。所以这些对少年的我来说，形成强烈的暗示，那就是将来我要飞得远，过很丰富的人生。

然后就是这个运河码头上的江南小镇独有的地理文化。码头是个充满流动性与可能性的地方。码头人都会往外走,这里的文化就是如此。我的发小们像水波一样一波一波推远了。但我又是独生子女,在那个时代还挺少见。我爸从小就宠我,哭着喊着不让我走远,我就一次一次放弃了飞远的机会。

吴越:听你说过以前根本不知道有"重男轻女"这回事。

萧耳:对的。我们这里是正宗的"江南",塘栖又是"江南十大名镇"么,虽然过去有段时间比较苦,但总体来说生活的底子还是比较丰润。老一辈对故乡的认同度很高,亲缘上相近的就是杭(州)嘉(兴)湖(州)地区和苏(州)(无)锡常(州)地区,这么一个小"江南"。这里的生活习惯、语言风格和文化属性都亲近苏州,苏州是明清以来吴越文化的核心,吴越文化在我们日常生活中的权重是很高的。吴越文化再往外走就是海派文化,就是上海,就意味着现代文明。我就发现,故乡没有太多重男轻女的思想,是和近现代以来江南工厂兴起有关系的,女性有了工作,挣了工资,她的地位就有了保障,男女自然就趋于平等。女孩子骨子里没有匮乏感,比较自信,说话轻声慢气,心态比较好。

吴越:这么多年下来,走近走远,对家乡有没有不满意的地方?或者说有你觉得失落的一些地方?

萧耳：我在小说中写到了故乡的颓败，江南文化的礼崩乐坏。我心里很清楚，我上了大学之后，每次回小镇，对我来说就是一个越来越多否定的过程，这个过程伴随着整个航运文明的衰弱，码头的衰弱。老房子拆了，河道填掉了，整个都在大改建。我们看在眼里非常痛心，那些富足安逸、小桥流水的岁月静好，慢慢消失了。昨天我带你小镇夜游，记得我刚上大学的时候，也带我大学里的男同学女同学们来过，当时小镇还不错，从杭州市区的武林门码头坐着小轮船来的，在运河上开两个多小时就到了塘栖老码头。大家都玩得很开心，吃得也好。那时可去的地方比我昨天带你走的地方多多了。

吴越：其实这种运河文明如果能够延续下来的话，它还是蛮高级的。

萧耳：我试着描述一下吧：一般市民住的房子，有墙有院，一年四季花开不同，搭着葡萄架，供着小盆景，家家户户一个大水缸，蓄着干净的雨水；闲时人们听评弹、越剧、沪剧、锡剧，茶馆书场天天开。八十年代之前，生活也不是很富足，但鱼米之乡，鱼虾蟹日常有得吃。此地出名的物产有枇杷甘蔗青梅，书里写到，一个小酒盅里放一颗青梅，甜汤渍着，三分钱，吃到嘴里酸酸甜甜，现在想起来还口舌生津。

吴越：什么时候起，家乡衰弱了？

萧耳：它的整体气质的突然变化，是与运河码头的凋敝同步发生的。九十年代初吧，过年的时候，小镇中心广场空地上搭了大棚，表演带点情色的、挑逗的、俗艳的歌舞，买几块钱门票就可以看。它们替代了戏馆、剧场和电影院。电影院开始放港台录像带了，还有草台班子的马戏团带来了臭烘烘的动物表演。这就是市场经济带来的第一批冒险者，带来了南方的开放的气息。紧接着丝厂、棉纺厂这些传统的经济支柱在瓦解，广东那边来的风尚劲吹。这里我要说到石狮，现在九〇后不太清楚曾经石狮对我们这代人的意义。石狮在我们那个年代的年轻人眼里就是一个标志性的地域符号，它的成衣制品冲击了江南的风尚，它的纽扣、布料、版样甚至舶来的旧衣旧裤也是更先进、更好，风靡一时，青年人完全被吸引。这种冲击下，此地居民骨子里的傲气渐渐消弭。再后来，浙江也有了义乌小商品市场，时代完全更迭了。

吴越：你小说中，轮船码头是一个重要的地点，易知、易从、靳天、湘湘在码头来来回回。昨天你带我去原来的轮船码头，除了废墟什么也没有了，相当于运河文明的一个重要见证都消失了。

萧耳：对，与大码头的凋敝同步的，还有年轻人走向远方的进程。我们在大学里开始接受西方文化，全身心地去拥抱世界、拥抱未来，去咖啡馆，抽烟，喝酒，彻夜谈艺术，跳迪斯科，做文学沙龙，当摇滚女青年。家乡的那一个静静的小镇在你的视野中缩得很小很小，它的故事都成为了过往。对于青年人来说，江南传统文化相对沉闷了。

现在我又重新看到了家乡的价值，感受到了它的好。扯远一点说，历史上少数民族几度入主中原，异质文明最后还是会被中国文化给吸纳、包容、同化进去。江南文化尽管经历了冲击和衰败，似乎式微下去，但它的脉络毕竟是很深很长的，它不会那么轻易被抹掉。这又是它强大的地方，你看，最终我被它吸引回来，为它写下一本书。

吴越：小说开头，长桥，苏班夜航船，雨滴敲窗，河边一梦，流水般的无常聚散，落花下的少年心事……这是你生命的底色，记忆的基调。昨天夜里找吃饭的地方，你领着我在一条灯火通明的、短短的小街上走了几遍，找不到原初的那家私房菜馆，你说，过年时刚来吃过，仅过了两个月，店面就换过了。此时你所面对的家乡，是一个旅游景区的概念。但坐进店家，你菜单也不用看，迅速报出一溜菜名，那种主人翁的姿态又回来了。这一刻我其实很感动，也就是时间并没有让一切都面目全非，而你的小说恰恰留住了变化之中最恒常也最珍贵的东西。

萧耳：很多年里我是不愿意回头看的。当年对我来说，这个地方我要赶紧抛掉。我要狂飙突进。

更早一些时候，我想给母亲的家族写一点东西，但仅有长辈们的讲述是不够的，小说所必须涉及的物质、环境对我来说还是隔膜的，我抓不住。于是我把眼光转向我成长的地方。这个时候，塘栖又变化了。因为经历了几次撞船撞桥的事件——也不知道为什么，好像事物的尺寸都变化了——这片河道就被保护起来了，船都从外面绕行了，然后旅游业兴起。不必说我们所在的这间咖啡馆是从前我家的后门了，就连你昨天住的民宿，其实也就是我小时候同学家的旧宅，我们的弄堂和他家的弄堂是面对面的。那户旧宅里原本住着很多人家，拆空了，从一片废墟中重新规整出了民宿。我现在每次回来，都住这家民宿，因为感觉好像是还住在自己家里一样。

吴越：这个行为挺有象征意义的，似乎意味着你和这个镇的现状达成了某种融合。

萧耳：这个认同感找回来确实是绕了很大的弯。这可能就是中年时期才会做的事，我从一个摇滚女青年变成了江南小镇人家的代言人。

吴越：现在可以说说你们这一波发小了。小说里写到林林总总差不多十来个人，这可能是镇上年龄相近的孩子中的一个小团体。与此同时，你的"发小"群陪伴你整个写作过程。

萧耳：没有他们，我可能写不出来，他们给我提供了很多的素材，比如小说中范小姐的故事等等，写作过程中，我也去拜访过发小们的父母，我们叫"好伯伯好姆妈"，听他们讲往事。说到底，我这个作品是献给我的发小们的。青梅竹马的一小群人，先后走出小镇，此后各经人事，风筝的那根线仿佛要断，却又没有断。然后人到中年，又开始有事情了，生老病死把我们再次聚到一起。大家虽然所在行业不同、职位不同、性情也不同，但都是从当初那个小镇上走出去的，彼此有基本的原乡认同，根系是连在一起的，非常亲切。到了这几年，青梅竹马中发生了生死大事。我一个小学一年级起就关系很好的女同学因为抑郁症走了，而她此前还和我们吃过很多次饭，一直都是美丽、温柔、斯文的模样，这对我，对我们，都产生了难以言喻的震动，原来是觉得他们永远在那里，从未想过会失去。

吴越：我之前比较喜欢你的《中产阶级看月亮》，看《鹊桥仙》时，发现有一个风格比较一致，都有一些诗文穿插着。

萧耳：我小说里有不少的诗文，读者可能有些好奇，其实就是个自然态的东西，真不是刻意为之，比如小时候，我父亲不是读书人但聊《红楼梦》可以聊得很细，就他的文学底子其实一点不差。我想起李洱写过的，贾宝玉成年之后会怎么样？小说中的何易从也是一个江南小镇版贾宝玉，成年之后漂洋过海了。何易从从小爱古诗词，远在异国他乡也不改初心，这就是江南小镇文化底子的一些日常残余吧。过年时我去发小的父母家探望，看到一部古诗文线装书随手翻翻，老人家就说，你喜欢的话你拿去。

吴越：我们知道当代有好几位重要的作家，都以他们运河边的故乡为主角写出了各自的代表作，而你的写作，恰好也补齐了运河文学中"沪杭段"的一块，它具备江南水乡古镇的普遍性，又因其所处的独特地理位置而风味有殊。它经历着现代化的屡次冲击，但并未丧失活力。它一度失去了在年轻人心中的地位，却最终迎来了和解与重生。虽然这种和解与重生饱含着时间的感伤——"两情若是久长时，又岂在朝朝暮暮？"这已经是经历了多少山川河泽、雨雪风霜之后。

萧耳：我记得小时候，我妈给回国探亲的她的兄弟们在超大行李箱里塞下一床两斤头的丝绵被，其实丝绵被用起来是要隔年翻新的，到了国外哪还会有人翻被头呢？甚至可能这床被子都没有机会打开来用过。但在家乡老一辈人心里,江南丝绵被就是天下最好的盖被。你年轻的时候可以嘲笑这种迂腐,但你到了中年以后不得不承认,江南丝绵被就是天下最好的盖被。

后记

关于小说,很多我想说的话,在我和吴越的对谈录里已经说了,这里再说说《鹊桥仙》在《收获》长篇专号刊发之后的事。

十七万字删减版《鹊桥仙》出来后,我收到一些好评,当听到文学圈外人说喜欢时,尤其令我欣慰,我希望有江南情结的人,能在此中依稀寻梦。

感谢陪伴我从《鹊桥仙》酝酿到出世的我的发小们,他们虽都是文学圈外人,对小说却有诸多贡献。书中的插图,是我的发小,也是浙大校友、建筑师陈清驹为单行本所绘。远在大洋彼岸的发小、浙大校友袁雄读完书稿,即兴填词一阕《鹊桥仙·塘栖》:

廊檐走道,眠床倚靠。七孔古桥夕照。渔火幽微映水碧,依稀梦当时年少。

杨梅酒烧,枇杷膏熬。十里梅海凛笑。炊烟一缕催人归,仿佛道别来可好。

我们出发时都是少年,天地悠悠,长长斯远。一停足一稍歇,一半幽梦,一半余生,需要一块惊堂木,需要青梅煮酒,阑干拍遍。

我们的故乡江南塘栖镇,老底子确曾"阔"过几朝,而构成栖镇"小世界"的,其实就是小说中的两代人。似乎很难确定,我们的下一代,还会不会对父母的故乡往事感兴趣。

《鹊桥仙》从《收获》版到单行本,是又一段跋涉。我改了很多内容,比如压缩人物,把《收获》版中的刘春燕和林茵茵合而为一,加强了刘春燕的戏分。单行本也加了一些陈易知和何易从几十年间的交集。在对江南水土中的人物的准确性和人性的反复斟酌后,听取了金仁顺和念青等朋友们的意见,我仍然坚持时至今日,在时代的沉浮中,江南古镇依然有那一点最后的斯文,最后的尊严,能将书中人物们几十年沉浮的最低处往上抬高一寸,但我想多给中年的他们"一些尘埃"是对的,理想本就是用来打破的,于是看过《收获》版的读者们会发现,何易从与刘春燕有了更多的交集,以交代何易从多年来蓄积的乡愁何所寄,以及曾经的迷茫。沈美枝病后出家,受不了寺庙的生活又还俗了,陆韶不能侥幸避祸,陈易知因为人生不如意种种,最后一刻在何易从面前崩溃了。但是靳天,我依然坚持了一种飘然逸出的人生可能性,因为这里面寄托了我对江南式智慧的期许……

关于人物塑造，我粗略统计了同辈人物名字出现频率：易知，1130 次。易从，1450 次。靳天，748 次。戴正，516 次。美枝，406 次。湘湘，334 次。秋依，178 次。陆韶，159 次。春燕，145 次。也即书中最重要的四男五女，都是江南人物。

我在其中寄托了对江南人物的理想，不管读者怎么看，我想说的是，为什么陈易知和何易从都有一个"易"字，其实他们是同一个人的阴阳，是二位一体，是我心目中的江南文人、江南知识分子，我试图从江南水乡文脉里挖出未断裂的那一脉"斯文"，于是"知从从知"。靳天、唐云和刘春燕是一类人，他们连接着江南水乡自古的那一缕"仕气"，学而优则仕，也是江南传统，是江南人家的"正道"，当然他们只是一些基层官员，包括也是江南人的陈易知丈夫陆韶，都不是真正的"达官贵人"，却都是被仕途大浪裹挟而行中的一员。戴正则是另一路江南"闲人"，也是自古有之的，或许只有江南的水土才能优裕地给戴正这类闲人一席之地。那么自古作为运河上大码头的江南古镇，商人的位置在哪里？我尝试着在一些女性人物上作了体现：我以为书中几个主要人物沈美枝、杜秋依和靳瑶骨子里都是商人思维，还有一个失败者刘晓光，从来商人和"白相人"之间，是一种摇摆的平衡。

自古塘栖出美女。作者摆出一众栖镇美人来"摆阔"，实乃事实如此，美人并非空中楼阁。翻出我少年时代的毕业集体照，看一个个女生，俊的很多，几乎找不出丑的。再看男生，长得歪瓜裂枣的，真是不多。

我们那个时代，往往美人太忙就无心用功，不管上不上大学，美人们的人生照样有比普通样貌者更多的可能性。小说中，仪态万方的栖镇美女一一登场：陈易知、刘春燕、杜秋依、沈美枝、瑶姑娘和许湘柳，河边丽人行，各有各的美，各有各的命运。伴随着江南年年岁岁的风花雪月四季更替，她们是江南靳公子何才子们真正的温柔乡和梦里人。反倒是"闲人"戴正与江南美人无缘，当然也是作者故意为之的一个"指向"。

这是我在小说文本之外，再闲谈几句所谓的"江南性"，至于现代性，那是见仁见智的事了。

感谢陪伴《鹊桥仙》这一路上的人们：《收获》主编程永新、编辑吴越和叶开，我的好友阿波和七七，他们都给小说提出了宝贵意见。小说在《收获》上刊登后，更多的朋友提出了中肯意见，让我有力气再往前冲最后一程。也非常感谢上海文艺出版社副社长李伟长和责编李霞，以最快的速度向我表达了他们对《鹊桥仙》的厚爱。

这也是我人生中特别重要的一本书，献给我的发小们和父辈们。这是一本幸运之书，我并未想到，我会获得那么多的回报。

萧耳

2021 年 8 月

图书在版编目（CIP）数据

鹊桥仙/ 萧耳著. -- 上海：上海文艺出版社,2022
ISBN 978-7-5321-8066-0

Ⅰ.①鹊… Ⅱ.①萧… Ⅲ.①长篇小说－中国－当代
Ⅳ.①I247.5

中国版本图书馆CIP数据核字(2021)第203577号

发 行 人：毕　胜
策 划 人：李伟长
责任编辑：李　霞
装帧设计：钱　祯
插　　图：陈清驹

书　　名：鹊桥仙
作　　者：萧　耳
出　　版：上海世纪出版集团　　上海文艺出版社
地　　址：上海市闵行区号景路159弄A座2楼　201101
发　　行：上海文艺出版社发行中心
　　　　　上海市闵行区号景路159弄A座2楼206室　201101　www.ewen.co
印　　刷：上海盛通时代印刷有限公司
开　　本：889×1240　1/32
印　　张：13.75
插　　页：16
字　　数：261,000
印　　次：2022年4月第1版　2022年4月第1次印刷
Ｉ Ｓ Ｂ Ｎ：978-7-5321-8066-0/I.6389
定　　价：76.00元
告 读 者：如发现本书有质量问题请与印刷厂质量科联系　T:021-37910000